CRAIG LANCASTER

EDWARD AUF REISEN

amazon crossing

Das Buch

Für den zweiundvierzigjährigen Edward Stanton mit Asperger-Syndrom war es ein aufregendes Jahr: Er hat seinen Job verloren! Seine geschätzte Therapeutin ist in den Ruhestand gegangen! Seine besten Freunde sind weggezogen! Sogar sein allabendliches Ritual, eine Folge der alten Fernsehserie »Polizeibericht« zu sehen, musste er aufgeben. Durch diese Veränderungen ist Edwards Leben, das geregelte Abläufe benötigt, aus den Fugen geraten.
Doch dann ruft plötzlich seine Freundin Donna an, weil ihr Sohn Kyle in Schwierigkeiten steckt. Edward verlässt sein geschütztes Zuhause in Billings, Montana, und fährt nach Boise, Idaho. Dort stellt er fest, dass sich Kyle vom lieben kleinen Jungen in einen trotzigen Teenager verwandelt hat. Er beschließt, mit Kyle eine Kleinstadt in Colorado aufzusuchen, in die ihn einst sein verstorbener Vater mitnahm. Für beide wird es eine Fahrt mit Folgen: Sie streiten über Football, Musik und die Regeln des täglichen Lebens und treffen auf eine exzentrische Motelbesitzerin, die für Edward die Liebe seines behüteten Lebens werden könnte.
Ergreifend, herzerwärmend und mit viel Humor beschreibt Autor Craig Lancaster nach »600 Stunden aus Edwards Leben«, wie es für seinen liebenswerten Protagonisten weitergeht.

Der Autor

Craig Lancaster arbeitete als Journalist für mehrere Zeitungen in den USA, so auch bei *San Jose Mercury News,* wo er als Chefredakteur die Berichterstattung über den BALCO-Dopingskandal leitete. Das Buch »600 Stunden aus Edwards Leben« schrieb er 2008 in weniger als 600 Stunden während des »Nationalen Romanschriftstellermonats« und erhielt dafür 2009 einen Ehrenpreis *(Montana Honor Book)* und den ersten Preis des *High Plains Book Award* (2010) als bestes Erstlingswerk. Zu seinen weiteren Veröffentlichungen zählen der Roman »Der Sommersohn« und die Kurzgeschichtensammlung *Quantum Physics and the Art of Departure*. Craig Lancaster lebt mit seiner Frau in Billings, Montana.

CRAIG LANCASTER

ROMAN

EDWARD AUF REISEN

Übersetzt von Annette Hahn

amazon crossing

Die Originalausgabe erschien 2013 unter dem Titel
»Edward Adrift« bei Lake Union Publishing, Las Vegas.

Veröffentlicht bei
AmazonCrossing, Amazon EU S.a.r.l.
5 Rue Plaetis, L-2338, Luxemburg
Dezember, 2014

Umschlaggestaltung:
bürosüd⁰ München, www.buerosued.de

Lektorat: Daphne Grossmann
Satz: Verlag Lutz Garnies, www.vlg.de

Gedruckt durch
Amazon Distribution GmbH
Amazonstraße 1
04347 Leipzig, Deutschland

ISBN: 978-1-477-82168-8

www.amazon.com/crossing

Dieses Buch ist all jenen gewidmet, die Edward in ihr Herz geschlossen haben und mehr über ihn erfahren wollen. Mir ging es genauso. Außerdem widme ich es, wie immer, auch Angie und Zula und Bodie, der besten Heimmannschaft, die man sich nur wünschen kann.

MITTWOCH, 7. DEZEMBER 2011

Ich sehe auf meine Armbanduhr: 15:37 Uhr beziehungsweise 15:37 Uhr und sechzehn Sekunden – ich habe eine Digitaluhr mit LED-Anzeige für äußerste Präzision – und bleibe in der Küche stehen. In den vierundfünfzig Sekunden, die mir noch bleiben, könnte ich es gut bis zum Sofa schaffen, aber ich rühre mich nicht vom Fleck und beobachte, wie die Sekunden verstreichen. Die Sechs morpht (ich liebe das Wort »morphen«) in eine Sieben, dann in eine Acht, dann in eine Neun, danach verwandelt die Eins sich fließend in eine Zwei, während die Neun zur Null wird, und so geht es weiter. Schließlich, um 15:38 Uhr und zehn Sekunden, atme ich tief ein und halte die Luft an. Die Zeit läuft weiter, und ich atme aus. Dann sehe ich nach unten und stelle fest, dass ich auf einem Fleck angetrockneter Nudelsoße stehe, die gestern aus der Pfanne gespritzt ist. Und genau wie gestern habe ich nicht die Energie, sie wegzuwischen, obwohl sie mich stört.

Um 15:38 Uhr und zehn Sekunden vor einundzwanzig Tagen, am Mittwoch, dem 16. November 2011, hat Mr Withers mir meinen Job bei der Zeitung *Billings Herald-Gleaner* gekündigt. Den genauen Zeitpunkt weiß ich deshalb, weil ich, als Mr Withers sagte: »Ich sage dir das nur äußerst ungern, Edward«, sofort auf meine Timex gesehen habe, die ich immer am linken Handgelenk trage. Auf dem Display stand 15:38:10, und ich merkte mir die Zahl, um sie so bald wie möglich aufzuschreiben, was ich exakt sechsundfünfzig Minuten und vierzehn Sekunden später tat, als ich in meinem Auto saß. Ein Satzanfang wie »Ich sage dir das nur äußerst ungern« geht schlechten Neuigkeiten voraus, und ich denke, dieses Wissen brachte mich dazu, auf die Uhr zu sehen. Ich hatte recht, was die Neuigkeiten betraf. Mr Withers beendete den Satz mit: »… aber leider müssen wir dich entlassen.« Er sagte noch viele andere Sachen, aber nichts davon war gleichermaßen wichtig, und ich konnte auch nicht mehr so gut zuhören, weil ich mich darauf konzentrieren musste, mir die Uhrzeit zu merken. Der Zeitpunkt ist jetzt schriftlich notiert, aber das ist ein rein technisches Detail. Ich glaube nicht, dass ich ihn je vergessen werde, wobei ich das ungern als Tatsache deklarieren würde. Ich kann glauben, was ich will – das bedeutet nicht, dass es auch so passiert. Es ist einfacher, sich an die unumstößlichen Tatsachen zu halten (ich liebe das Wort »unumstößlich«).

Dass ich sechsundfünfzig Minuten und vierzehn Sekunden brauchte, um zu meinem Auto zu gelangen, kann man dahingehend deuten, dass es keine einfache Sache ist, gefeuert zu werden. In Filmen und im Fernsehen sieht es immer einfach aus, wenn jemand gefeuert wird. Irgendein Boss (für gewöhnlich von jemandem wie Ed Asner aus der Serie *Lou Grant* gespielt) kommt aus einem Büro, sagt: »Sie sind gefeuert«, und die gefeuerte Person geht. Aber Mr Withers sieht weder wie Ed Asner aus, noch klingt er so, und er ließ mich eine Menge Papiere unterschreiben – etwa die Fortführung meiner Krankenkassenbeiträge durch etwas, das COBRA heißt, und eine Quittung für meinen letzten Gehaltsscheck. Der Betrag auf diesem Scheck enthielt den Lohn für die Stunden, die ich seit dem letzten Gehaltsscheck gearbeitet hatte, sowie eine Summe, die Mr Withers eine »Abfindung« nannte. Diese bestand aus dem Lohn für zwei Wochen Arbeit, also achtzig Stunden à 15 $ pro Stunde abzüglich der Lohnsteuer, was eine Summe von 951,01 $ ergab. Als ich Mr Withers fragte, warum ich gefeuert würde, antwortete er, per se würde ich nicht gefeuert (ich liebe die lateinische Wendung »per se«, die »an sich« bedeutet), es sei eher eine »unfreiwillige Trennung«, wie das

Unternehmen es gerne nenne. Er erklärte, das passiere oft, wenn ein Unternehmen seine Verluste beschränken müsse. Und Arbeitskraft, also Menschen, stellten für ein Unternehmen die größten Kosten dar. Wie Mr Withers sagte, ist es eine unglückliche Realität in der Geschäftswelt, dass Menschen hin und wieder unfreiwillige Trennungen hinnehmen müssen.

»Also, Edward, betrachte es nicht als Gefeuertwerden«, meinte er zum Abschied, nachdem er mir die Schlüssel und meinen Parkausweis abgenommen hatte und mir die Hand schüttelte. »Du hast nichts falsch gemacht. Wenn wir dich behalten könnten, würden wir das tun. Es ist wirklich eine unfreiwillige Trennung.«

Ich denke, Mr Withers wollte glauben, was er sagte, oder vielleicht wollte er, dass ich glaube, dass er es glaubt. Ich weiß es nicht. Ich begebe mich auf gefährliches Terrain, wenn ich versuche, »Subtext« zu interpretieren – was so etwas wie »unterlegte Bedeutungsebene« heißt, also das, was eigentlich gemeint ist. Mir wäre lieber, die Leute würden einfach genau das sagen, was sie meinen, mit unmissverständlichen Worten, aber ich kenne nicht viele Menschen, die dazu bereit sind. Trotzdem will ich Ihnen etwas verraten: Ein weiteres Wort, das ich liebe, ist »Euphemismus«, was im Prinzip bedeutet, auf nette Weise etwas Schlechtes zu sagen. Die unumstößliche Tatsache ist, dass sich »unfreiwillige Trennung« für mich sehr nach Euphemismus anhört.

* * *

Vom *Billings Herald-Gleaner* gefeuert – oder unfreiwillig getrennt – zu werden, hat dieses Jahr zu einem miesen Stinkstiefel von einem Jahr gemacht. Den Ausdruck »mieser Stinkstiefel von einem Jahr« habe ich von Scott Shamwell, einem der Drucker beim *Herald-Gleaner*. Scott Shamwell kam immer wieder mit seltsamen und interessanten Wortkombinationen an, und die meisten davon waren sehr derb, was mir gefiel. Einmal gab es an der Druckmaschine einen Bahnriss – das bedeutet, dass während des Druckvorgangs das Papier auf dieser riesigen Rolle reißt und sie alles anhalten und es wieder neu einfädeln müssen – und Scott Shamwell nannte die Druckmaschine »einen miesen Haufen Scheiße«. Darüber lache ich immer noch, denn die Maschine ist fast komplett aus Stahl, und nirgends habe ich auch nur irgendetwas gesehen, das einen Haufen machen könnte. Und jetzt, wo ich nicht mehr bei der Zeitung arbeite, werde ich die Druckmaschine wohl nie mehr wiedersehen. Aber genau weiß ich das nicht. Auch hier ist es schwierig, etwas Definitives zu sagen. Falls ich jemals wieder Gelegenheit haben sollte, einen Blick auf die Druckmaschine zu werfen, werde ich ganz genau hinsehen und prüfen, ob da irgendwo ein Haufen von irgendwas ist. Aber ich glaube es nicht.

* * *

Etwas, das ich von Dr. Buckley gelernt habe, bevor sie in den Ruhestand ging – und das ist ein weiteres Ereignis, das dieses Jahr zu einem miesen Stinkstiefel von einem Jahr gemacht hat –, ist Folgendes: Wenn es im Leben gerade schwierig für mich ist, dann muss ich mich bemühen, Stabilität zu finden und Dinge tun, die mir Spaß bringen. Dr. Buckley hat mir geholfen, mit meinem Asperger-Syndrom zurechtzukommen, und ist eine sehr logische Frau. In den elf Jahren, zwei Monaten und zehn Tagen meiner Arbeit mit ihr habe ich gelernt, ihre Ratschläge zu beherzigen (ich liebe das Wort »beherzigen«). In diesem Sinne sollte ich mich wohl auf die gute Tatsache konzentrieren, dass ich meine täglichen Aufzeichnungen der Höchst- und

Tiefsttemperaturen sowie der Niederschlagsmenge für meinen Wohnort Billings in Montana fortführe. Mit diesen Aufzeichnungen habe ich am 1. Januar 2001 begonnen, als mir auffiel, dass Billings nicht nur sehr unterschiedliche Witterungsverhältnisse, sondern auch sehr schlechte Meteorologen hat. Mit ihren Vorhersagen liegen sie so regelmäßig daneben, dass ich ihnen nicht mehr traue. Ich bevorzuge Tatsachen. Meine Ausgabe des *Billings Herald-Gleaner* liefert mir jeden Morgen die Tatsachen zum Wetter des Vortags. Ich schreibe sie auf, und meine Daten sind vollständig.

Gestern, zum Beispiel, am 6. Dezember 2011, dem 340. Tag des Jahres, lag die Höchsttemperatur in Billings bei einem und die Tiefsttemperatur bei minus neun Grad. Es gab keinen Niederschlag, was bedeutet, dass wir bei den bisherigen 491,24 Millimetern für das Jahr bleiben. Es war ein schlechtes Jahr für Vorhersagen in Montana, und viele Orte wurden überschwemmt. Billings allerdings nicht. Scott Shamwell lebt in Roundup, das 49,82 Meilen nördlich von Billings liegt, und seine Stadt wurde heftig überschwemmt. Einmal meinte er, er werde wohl bald mit einem »scheiß-beschissenen Ruderboot« zur Arbeit fahren müssen, aber ich glaube nicht, dass er das je gemacht hat. Ich war nicht immer da, wenn er gearbeitet hat, weil unsere Arbeitszeiten sich nicht komplett überschneiden, also ist es natürlich theoretisch möglich, dass er irgendwann ein scheiß-beschissenes Ruderboot benutzt hat, aber ich glaube, das hätte mir dann jemand erzählt. Wobei Glauben natürlich gefährlich sein kann. Ich bevorzuge Tatsachen. Was wir allerdings hatten, war eine Ölverschmutzung des Yellowstone River, die sich bis nach Billings ausbreitete, und letztes Jahr beschädigte ein Tornado unser Sportstadion – man kann also nicht sagen, dass Billings hinsichtlich Katastrophen ungeschoren davonkommt. Ich glaube, heutzutage haben alle ihre Probleme.

Jedenfalls bewahre ich mir durch die Aufzeichnung der Wetterdaten Stabilität, so wie es mir Dr. Buckley geraten hat. Sie schlug außerdem vor, etwas zu suchen, das mir Vergnügen bereitet. Das gestaltet sich allerdings schwierig, vor allem seit ich unfreiwillig vom *Billings Herald-Gleaner* getrennt wurde. Möglicherweise sollte ich mich einfach mehr anstrengen. Aber wie?

DONNERSTAG, 8. DEZEMBER 2011

Diarium von Edward Stanton:
Aufwachzeit: 8:23 Uhr – das 17. Mal in 342 Tagen
Höchsttemperatur am Mittwoch, 7. Dezember 2011 (Tag 341): 3°
Tiefsttemperatur am Mittwoch, 7. Dezember 2011: -6°
Niederschlag am Mittwoch, 7. Dezember 2011: 0 mm
Gesamte Niederschlagsmenge für 2011: 491,24 mm

Dieses Jahr wird immer schlimmer.

Gestern ist Harry Morgan gestorben. Ich habe es im *Billings Herald-Gleaner* gelesen.

Unten auf der Seite A3 gab es einen kurzen Bericht, an dem ich einige Dinge bemängeln könnte. Zum einen ist er zu kurz. Harry Morgan ist sechsundneunzig Jahre alt geworden und hat von 1942 bis 1999 in Hollywood gearbeitet. Darüber in einem achtzehn Zentimeter langen Artikel einen vollständigen Abriss zu geben, ist unmöglich. Ich könnte auch anführen, dass Harry Morgans Nachruf auf die Titelseite der Zeitung gehört hätte, aber ich will einräumen, dass so etwas in das Ermessen der Redaktion fällt, und vernünftige Menschen und Zeitungsherausgeber können durchaus unterschiedlicher Meinung sein. Der einzige unanfechtbare Punkt (ich liebe das Wort »unanfechtbar«) ist meines Erachtens, dass der Chefredakteur den großen Fehler beging, ein Bild von Harry Morgan im Kostüm des Colonel Sherman T. Potter aus *M*A*S*H* einzufügen. Das war eine gute Rolle für ihn, verstehen Sie mich da nicht falsch, aber sie ist eindeutig unbedeutender als seine Rolle des Officer Bill Gannon in den achtundneunzig Farbfolgen der Serie *Polizeibericht*.

Betrachten wir die Tatsachen:

Tatsache Nr. 1: In *M*A*S*H* war Harry Morgans Rolle des Colonel Potter ein Ersatz für Lieutenant Colonel Henry Blake (gespielt von McLean Stevenson), der am Ende der dritten Staffel getötet wurde. Wenn Colonel Potter eine solch bedeutende Rolle war, warum kam er dann erst als Zweiter? (Das ist eine rhetorische Frage – ich liebe das Wort »rhetorisch«.)

Tatsache Nr. 2: Bevor Harry Morgan die Rolle des Colonel Potter übernahm, erschien er in *M*A*S*H* als Major General Bartford Hamilton Steele. Aufmerksamen Zuschauern wie mir fällt es schwer, das zu akzeptieren. Beide Rollen werden sehr offensichtlich von ein und demselben Mann gespielt. Dachten die Produzenten von *M*A*S*H*, wir würden das nicht merken? (Auch das ist eine rhetorische Frage.)

Tatsache Nr. 3: Colonel Potter war bestenfalls die drittwichtigste Rolle in *M*A*S*H*, während Officer Bill Gannon in *Polizeibericht* eindeutig die Nummer Zwei war und noch dazu viel lustiger als Sergeant Joe Friday, was ihn unvergesslich machte.

Die Tatsachen sprechen für mich. Der *Billings Herald-Gleaner* hat es vermasselt.

Früher habe ich *Polizeibericht* auf Video gesehen, jeden Abend um Punkt 22:00 Uhr eine Folge (beziehungsweise um 0:30 Uhr, weil ich beim *Billings Herald-Gleaner* bis spät in die Nacht arbeiten musste). Ich fing mit der ersten Folge an, hörte mit der achtundneunzigsten auf und fing dann wieder von vorne an. Diese Routine endete am 19. April 2009, als das erste meiner sieben Videobänder während der elften Folge mit dem Titel »Überfall auf einen Polizisten« von meinem Videorekorder gefressen wurde. Sergeant Joe Friday und Officer Bill Gannon waren gerade dabei, zwei Ganoven zu überführen, die einen Polizeikollegen niedergeschossen hatten, als mein Bildschirm nur noch Schnee zeigte und der Videorekorder plötzlich grässliche Geräusche machte, und das war das Ende der Videokassette. Meine Freundin Donna Middleton (jetzt Donna Hays), die inzwischen weggezogen ist, zeigte mir noch, wie ich die Folgen auf dem Computer ansehen kann, aber ich habe es versucht, und es war nicht dasselbe. Daraufhin habe ich alle meine Videokassetten mit *Polizeibericht* weggeworfen, auch die guten.

* * *

Vor dem heutigen Tag fürchte ich mich seit dem 15. November, an dem ich den heutigen Termin bei Dr. Rex Helton vereinbarte, meinem Hausarzt in der *St. Vincent Clinic* an der Broadwater Avenue. Als ich ein Jahr zuvor, am 15. November 2010, meine jährliche Untersuchung hatte, sagte Dr. Rex Helton, dass ich abnehmen müsse und meine Blutzuckerwerte allmählich bedenklich würden. Ich solle mich mehr bewegen und gesünder essen. Die Spaghetti, die ich neunmal pro Woche koche, müssten reduziert werden, meinte er. Außerdem sagte er, ein Liter Eiskrem pro Woche sei ebenfalls nicht gut für mich und ich solle lieber zuckerfreien Wackelpudding oder Obst essen.

Eine gewisse Zeit lang konnte ich Dr. Rex Heltons Rat leicht befolgen. Ich kaufte eine Waage und wog mich jeden Tag, was eine aufregende neue Kategorie für meine Aufzeichnungen ergab. Ich ging spazieren und versuchte, öfter mageres Fleisch und Gemüse zu essen, ohne mich allzu sehr von meinen Gewohnheiten zu entfernen, damit ich kein »Scheiß-Körnerfresser« würde, wie Scott Shamwell mich einmal nannte, als er mich in der Arbeitspause einen Salat essen sah. Am 1. Februar dieses Jahres hatte ich mein Gewicht von 128,7 auf 120,8 Kilogramm reduziert. Aber der 1. Februar war dann der Tag, an dem Dr. Buckley mir mitteilte, sie werde sich zur Ruhe setzen, und danach lief es mit den neuen Vorsätzen nicht mehr so gut (was ich nur ungern zugebe, aber ich muss gestehen, dass es wahr ist). Seit dem 8. März bin ich nicht mehr auf die Waage gestiegen und hätte jetzt auch Angst davor. Im Moment stehen drei Ein-Liter-Packungen Eiskrem in meinem Gefrierschrank. Die Werte können nicht gut sein. Das ist eine begründete Mutmaßung, die natürlich nicht so zuverlässig ist wie eine Tatsache.

* * *

Für den Termin um 11:45 Uhr bei Dr. Helton verlasse ich mein Haus an der Clark Avenue um Punkt 11:15 Uhr. Die Broadwater Avenue ist die nächste große Durchfahrtstraße südlich von mir, was gut ist, weil ich dann bis zur Klinik immer nur rechts abbiegen muss. Rechts abzubiegen ist statistisch gesehen weniger gefährlich als links abzubiegen, also plane ich, so oft es geht, eine Route, bei der ich möglichst nur rechts abbiegen muss. Ich möchte aber nicht, dass Sie mich jetzt für einen Spinner halten oder so etwas. Ich kann sehr wohl auch links abbiegen, manchmal ist das unumgänglich. Aber ich bevorzuge es, rechts abzubiegen.

Als ich rechts auf die Broadwater abbiege, kommt im Radio der Song »Losing My Religion«, und ich werde wieder daran erinnert, was für ein mieser Stinkstiefel von einem Jahr dies ist. R.E.M. ist meine Lieblingsband – oder eher: war es. Sie haben sich getrennt. Am 21. September verkündete die Gruppe, sie wolle sich auflösen. Ich konnte es nicht fassen. Das kann ich immer noch nicht, aber wenn ich meinen Computer einschalte und »R.E.M.« in eine Suchmaschine eingebe, wird es mir bestätigt: Die Band gibt es nicht mehr. Ich verstehe das nicht. Noch im März dieses Jahres haben sie ein neues Album veröffentlicht, das eines meiner Lieblingsalben war. Der Leadsänger Michael Stipe sagte so etwas wie, dass ein guter Partygast wisse, wann er gehen müsse, was natürlich ein Euphemismus ist. Ich kann Michael Stipe nicht übel nehmen, dass er das tut, was er tun will, aber ich wünschte, ich könnte ihn davon überzeugen, die Party weiterzufeiern.

In der Klinik sage ich der Dame am Empfang meinen Namen und unterschreibe meine Medikamentenliste. Das einzige Medikament, das ich nehme, sind täglich achtzig Milligramm Fluoxetin. Dr. Buckley hat es mir vor zwölf Jahren verschrieben, um mein Asperger-Syndrom und die damit zusammenhängenden Zwangsstörungen zu behandeln, die alles kaputtmachten. Ich bin zweiundvierzig Jahre alt, und Fluoxetin zu nehmen ist Teil meines Lebens wie das Atmen oder das Notieren der täglichen Temperaturen.

Sobald ich mit dem Papierkram fertig bin, widme ich mich meiner üblichen Routine. Ich gehe von Tisch zu Tisch und sortiere die Zeitschriften nach Titel und Ausgaben. Das muss ich jedes Mal tun, wenn ich hier bin. Die anderen Patienten kümmern solche Dinge nicht, und obwohl mich das frustriert, habe ich gelernt, dass ich es nicht ändern kann. Ich tue, was ich kann, um das entstandene Durcheinander zu beheben.

Was mich bei meinem Besuch bei Dr. Rex Helton stört: Mein Termin ist um 11:45 Uhr, aber aus Erfahrung weiß ich, dass es auch 11:48 Uhr oder 11:55 Uhr oder sogar 12:01 Uhr werden kann, ehe mein Name aufgerufen wird. Bei Dr. Buckley ist so etwas nie passiert. Bei ihr hatte ich jeden Dienstag um 10:00 Uhr einen Termin, und sie schaffte es immer, dass ich um diese Zeit in ihrem Sprechzimmer war. Daraus kann ich nur schließen, dass die Klinik an der Broadwater Avenue nicht so sehr an Präzision interessiert ist wie sie.

Und es gibt noch etwas, das mich an meinem Termin mit Dr. Rex Helton stört: Als die Schwester um 11:47 Uhr endlich meinen Namen aufruft, mich wiegt (131,6 Kilo – heilige

Scheiße!) und meinen Blutdruck misst (138 zu 92 – heilige Scheiße!), lässt sie mich um 11:51 Uhr allein in einem Raum warten und sagt, Dr. Helton werde sich in Kürze um mich kümmern. (Ich mag den Ausdruck »in Kürze« nicht. Er ist unpräzise und überlässt zu viel der individuellen Interpretation. Dr. Rex Heltons »In Kürze« und mein »In Kürze« können zwei sehr unterschiedliche Dinge sein.)

Als Dr. Rex Helton schließlich auftaucht – um 12:02 Uhr –, sagt er »Hallo, Edward« und kommt sofort zur Sache. Seine Direktheit ist das Einzige, das ich an Dr. Rex Helton schätze.

»Ich will offen mit Ihnen sprechen. Es sieht nicht gut aus«, sagt er. »Überhaupt nicht gut. Es ist nicht nur das Gewicht, von dem Sie wissen, dass es in die falsche Richtung geht. Wir haben die Ergebnisse des Glukosetests vorliegen, den Sie vor ein paar Tagen gemacht haben, und Sie sind in den Typ-2-Diabetes gerutscht.«

»Wie lauten die Werte?«, erkundige ich mich.

»Tja, der halbjährliche Durchschnittswert liegt bei 212. Das ist alles andere als normal.«

Heilige Scheiße!

»Ich mache mir außerdem Sorgen um Ihren Blutdruck«, fährt Dr. Rex Helton fort. »Darum müssen wir uns ganz dringend kümmern. Sie müssen gesünder essen, sich mehr bewegen, und Sie werden Medikamente nehmen müssen.«

»Wie viele Medikamente?«

»Fünfzehn Milligramm Lisinopril gegen Bluthochdruck, vierzig Milligramm Furosemid zum Entwässern, dreißig Milligramm Actos, das Ihre Empfindlichkeit gegenüber Insulin erhöht. Zweimal täglich tausend Milligramm Metformin, um den Glukosegehalt in Ihrem Blut zu kontrollieren. Und schließlich eine Tablette Kaliumchlorid täglich, um Ihre Nierenfunktion zu unterstützen. Das Furosemid wird Ihre Nieren sehr beanspruchen, und da wollen wir keine Probleme.«

»Sie meinen, ich werde häufig pinkeln müssen?«

»Ja.«

»Heilige Scheiße!«

Ich kann nicht fassen, dass ich das tatsächlich laut gesagt habe, vor Dr. Rex Helton.

»Edward, ich weiß, das klingt nach viel. Aber wir müssen das jetzt aggressiv angehen. Nehmen Sie ab. Halten Sie strenge Diät. Sie müssen diese Sachen nicht ewig nehmen. Ich habe schon erlebt, dass Patienten irgendwann wieder darauf verzichten konnten. Aber Sie müssen sich anstrengen. Gibt es irgendeinen Grund, weshalb das nicht klappen sollte?«

Ich könnte jetzt zur Entschuldigung viele Sachen aufzählen, die mir in diesem Jahr passiert sind, aber ich tue es nicht.

»Nein, Dr. Rex Helton. Es gibt keinen Grund. Wie viel sollte ich denn wiegen?«

Das weiß Dr. Rex Helton nicht genau, aber für mich ist es besser, konkrete Ziele zu haben.

»Weniger als jetzt, okay? Es geht nicht nur ums Gewicht, es geht ums Ganze. Sie sind groß ...«, tatsächlich bin ich 1,91 Meter groß, »... aber Sie haben trotzdem Übergewicht. Verlieren Sie etwas von dem Gewicht, passen Sie Ihre Ernährung an, und wir werden die Verbesserungen spüren.«

»Aber wie viel?« Dr. Rex Helton hat meine Frage nicht beantwortet.

»Sagen wir einfach, Sie sollten nicht mehr als neunzig Kilo wiegen.«

Heilige Scheiße! Ich rechne es im Kopf nach: Ich muss 31 % meines Gewichts verlieren. Eigentlich sogar mehr, aber ich habe nicht die Zeit, die Kommastellen zu berechnen, bevor Dr. Rex Helton weiterspricht.

»Also«, sagt er. »Ich möchte, dass Sie Folgendes tun: Legen Sie sich ein Notizbuch zu und schreiben Sie auf, wie viel Sie sich bewegen. Dreißig Minuten am Tag, Edward. Das können einfach schnelle Spaziergänge sein. Was die Mahlzeiten angeht, stellen Sie sich einen Teller vor, der in drei Teile geteilt wurde. Ich möchte, dass zwei Drittel davon Gemüse sind – Salat, Karotten, grüne Bohnen, Erbsen, was immer Sie mögen. Das andere Drittel kann mageres Fleisch sein. Sie dürfen Nudeln essen, aber nur hin und wieder, nicht jeden Tag. Diese Zeiten sind vorbei. Und kümmern Sie sich um zuckerfreie Nachspeisen, die gibt es haufenweise. Sie müssen das ernst nehmen, Edward. Verstehen Sie mich?«

Ich lächle. Dr. Rex Helton lächelt zurück. Ich habe verstanden: Ich darf neue Kategorien in mein Diarium eintragen. Ich würde nicht so weit gehen zu behaupten, dass Typ-2-Diabetes eine gute Entwicklung ist, aber ich sehe immerhin einen Silberstreif am Horizont.

* * *

Für den Nachhauseweg nehme ich nicht die umgekehrte Route wie für den Hinweg. Das würde alles Rechtsabbiegen in Linksabbiegen umkehren. Stattdessen steige ich in meinen liebesapfelroten Cadillac DTS, der früher meinem Vater gehörte, und fahre rechts auf die Broadwater, rechts in die 24th West, rechts auf die Grand Avenue und direkt auf den Parkplatz von *Albertsons* an der Grand Avenue, Ecke 13th West.

Dr. Helton hat meine Medikamentenliste an die Apothekenabteilung des Supermarkts geschickt, und als ich der Apothekerin (auf ihrem Namensschild steht LUELLA, was ich für einen schönen Namen halte) sage, wer ich bin, hat sie die Sachen schon fertig. Ich zahle die 122,57 $ mit meiner Kreditkarte.

Vom Parkplatz bei *Albertsons* aus darf ich wiederum den Rechtsabbieger geben: rechts auf die Grand Avenue, rechts auf die 5th West, rechts in die Clark Avenue und wieder rechts in meine Auffahrt.

Manchmal bin ich ganz schön clever.

* * *

Während meiner Abwesenheit ist der Postbote gekommen. Früher wollte ich immer genau wissen, um welche Uhrzeit die Post gebracht wird, weil mich die zeitlichen Unterschiede beunruhigten, wo die Strecke doch jeden Tag dieselbe ist. Das erschien mir unlogisch. Aber Dr. Buckley arbeitete intensiv mit mir daran einzusehen, dass, solange ich meine Post überhaupt jeden Tag bekomme, es vollkommen egal ist, um welche Uhrzeit sie eintrifft. Dr. Buckley ist eine sehr logische Frau. Außerdem habe ich im *Billings Herald-Gleaner* über die finanziellen Schwierigkeiten des staatlichen Postsystems der USA gelesen ... dass die Auslieferung von Postsendungen an bestimmten Tagen gestrichen werde und der Versand von einem Ort zum anderen insgesamt länger dauern könne. Obwohl ich Mutmaßungen nicht mag, kann ich mir sehr gut vorstellen, dass die Postangestellten unter großem Stress stehen, und ich glaube, es wäre nicht fair, durch meine zwanghafte Besessenheit von Zustellungszeiten noch dazu beizutragen.

Ich habe nur zwei Briefe im Postkasten. An der Handschrift auf dem ersten Umschlag erkenne ich, dass der Brief von meiner Mutter stammt, die die Herbst- und Wintermonate in North Richland Hills in Texas verbringt, einem Vorort ihres Heimatorts Fort Worth. Seit dem Tod ihrer beiden Ehemänner leben sie und ihre Schwester Corinne jetzt immer die Hälfte des Jahres zusammen, unternehmen alle möglichen Dinge wie Reisen oder Konzert- und Ausstellungsbesuche und verbringen eine Menge Zeit mit alten

Freundinnen, von denen viele ebenfalls den Mann verloren haben. Bei all diesen Todesfällen frage ich mich manchmal, ob die Ehe die Männer umbringt. Einmal fragte ich meine Mutter, ob sie sich vorstellen könne, wieder zu heiraten, nun, da mein Vater von uns gegangen sei. Aber sie zog nur die Nase kraus und sagte: »Warum sollte ich einen müffelnden Mann im Haus haben wollen?« Darauf hatte ich keine Antwort, und sie bestand auch nicht weiter darauf.

Der andere Brief ist von Jay L. Lamb, meinem Anwalt. Bei seinem Anblick geht es mir nicht so gut.

Während ich durch die Tür in mein Wohnzimmer trete, öffne ich den Brief meiner Mutter.

Lieber Edward!

Hier ist Dein Flugticket für Weihnachten nach Texas. Du fliegst am 20. Dezember um 6 Uhr morgens los – ich weiß, das ist früh – und kehrst am 27. Dezember wieder zurück. Alle Informationen stehen auf dem Ticket, das ich beigelegt habe. Wusstest Du, dass es 25 $ extra kostet, wenn man es sich ausdrucken lässt? Das ist Straßenräuberei! Luftstraßenräuberei! Denk daran, dass Du Deine Kreditkarte und den Führerschein mitnimmst. Für den Koffer musst Du extra bezahlen, und sie werden Deine Identität überprüfen.

Ich kann es kaum erwarten, Dich zu sehen, mein Sohn. Wir werden uns gut amüsieren. Wusstest Du, dass an Heiligabend die Cowboys spielen? Rate mal! Du wirst hingehen!

Im Voraus schon mal frohe Weihnachten!
Herzliche Grüße
Mom

Meine Mutter hat mir zwei Fragen gestellt, beide rhetorisch. Das bedeutet, dass sie keine Antworten darauf erwartet, aber ich fühle mich dennoch gezwungen, sie zu liefern. Erstens wusste ich das mit den ausgedruckten Tickets nicht, und ich stimme meiner Mutter zu. Zweitens wusste ich natürlich, dass die Dallas Cowboys an Heiligabend spielen, und zwar gegen die Philadelphia Eagles, die ich hasse. Also, ich hasse sie nicht so, dass ich ihnen Schlechtes wünsche. Ich mag sie einfach nicht. Die Dallas Cowboys hingegen sind mein liebstes Football-Team, und in ihrem neuen Stadion will ich sie schon sehen, seit es 2009 mit Beginn der Spielsaison eröffnet wurde. Das war für die Cowboys ein gutes Jahr. Sie beendeten die Saison mit 11-5 und gewannen damit in der NFC East, also einer der vier Ligen der National Football Conference, auch wenn sie in der zweiten Runde der Playoffs 34-3 gegen die Minnesota Vikings verloren. In der jetzigen Saison 2011 stehen sie 7-5, aber ich habe kein allzu gutes Gefühl. Trotzdem bin ich weiterhin ihr Fan, weil ich das schon immer war und mein Vater auch. Ich verstehe allerdings, dass nicht jeder die Dallas Cowboys mag. Scott Shamwell hasst die Cowboys. Er nennt sie »Amerikas Warmduscher«. Es gefällt mir nicht, wenn er das sagt, aber ich muss bedenken, dass Scott Shamwell ein Fan der Minnesota Vikings ist und sein Team noch nie einen Super Bowl hat gewinnen sehen. Die Cowboys hingegen haben ihn fünfmal gewonnen. Ich will einfach für das glückliche Geschick meiner Mannschaft dankbar sein.

Voller Freude über meine Reise zu Weihnachten und den Besuch des Cowboys-Spiels öffne ich den Brief von Jay L. Lamb und bereite mich innerlich darauf vor, dass meine gute Laune gleich verfliegen wird. Ich muss einräumen, dass dieses präventive Gefühl (ich liebe das Wort

»präventiv«) der Furcht die Folge von Erlebnissen der letzten Jahre darstellt. Jay L. Lamb schickte mir öfter im Namen meines Vaters Briefe, in denen er mir vorschrieb, was ich zu tun hätte, und mir androhte, die finanzielle Unterstützung meines Vaters zu beenden, sofern ich seinen Anweisungen nicht Folge leisten würde. Seit mein Vater starb und meine Mutter Jay L. Lamb anbrüllte und ihn aufforderte, nie mehr ohne ihre Einwilligung mit mir Kontakt aufzunehmen, hatte ich keine Probleme mehr mit ihm. Angst vor seinen Briefen zu haben, würde Dr. Buckley als »konditionierte Reaktion« bezeichnen, und die sind schwer zu durchbrechen, genau wie Gewohnheiten. Aber ich versuche es. Ich werde es noch intensiver versuchen.

Edward,

wie ich Ihrer Mutter bereits mitteilte, die mich daraufhin bat, es Ihnen mitzuteilen, habe ich eine private Krankenversicherung für Sie abgeschlossen, da Sie nun ja nicht mehr für den Herald-Gleaner *arbeiten. Ich werde die Personalabteilung der Zeitung bitten, Ihre Teilnahme am COBRA-Programm zu kündigen. Obwohl die neue Versicherung teurer sein wird als die unter Ihrem früheren Arbeitgeber, ist sie auf jeden Fall kostengünstiger als COBRA. Ich werde mich in nächster Zeit bei Ihnen melden, um die Details zu besprechen und Ihnen die Versicherungskarte auszuhändigen. Bitte lassen Sie mich wissen, wenn sich bei Ihnen in medizinischer Hinsicht etwas geändert hat.*

Außerdem habe ich noch weitere gute Nachrichten: Die Anlageformen für Ihr Geld, für die wir uns Ende 2008 entschieden haben, haben sich sehr gut bezahlt gemacht. Wir haben die rezessionsbedingten Verluste wettmachen und zudem Gewinne einfahren können, sodass sich Ihr Guthaben nach derzeitigem Stand auf

6.123.817 $ beläuft. Ich kann Ihnen ohne jede Einschränkung versichern, dass Sie in Ihrem ganzen Leben keinen einzigen Tag mehr arbeiten müssen.

Mit den besten Grüßen
Jay L. Lamb

Jay L. Lamb hat ein Talent, Dinge zu sagen, die unverfänglich klingen (ich liebe das Wort »unverfänglich«) und gleichzeitig beleidigend sind. Ich finde es gut, dass er mir eine neue Krankenversicherung verschafft hat und sich um mein Geld kümmert, und das werde ich ihm mitteilen. Was seine Bemerkung hinsichtlich der fehlenden Notwendigkeit meiner Arbeit betrifft, zeigt nur, dass Jay L. Lamb zwar mein Anwalt ist, mich jedoch in keiner Weise kennt. Mein Vater hat dieses Geld im Ölgeschäft verdient und mit Investitionen, die er tätigte, nachdem er sich aus der Arbeitswelt zurückgezogen hatte und Politiker geworden war. Jay L. Lamb ist der Meinung, mein Geld sei es, das mich am Leben hält. Er ist ein Dummkopf. Aber das werde ich ihm nicht mitteilen.

Ich gehe in den Raum neben meinem Schlafzimmer, in dem mein Schreibtisch und Computer stehen, und schreibe Jay L. Lamb einen Brief. Ich will ihn so schnell wie möglich abschicken, damit alle notwendigen Details meiner neuen Krankenversicherung geklärt werden können.

Sehr geehrter Jay L. Lamb,

danke für Ihre Nachricht vom 7. Dezember. Ich schreibe Ihnen, um Ihre Nachfrage wegen der Details hinsichtlich meiner medizinischen Versorgung zu klären. Heute hatte ich einen Termin bei Dr. Rex Helton in der Klinik St. Vincent, *und er teilte mir mit, ich hätte Typ-2-Diabetes. Daraufhin fuhr ich zu* Albertsons, *um die*

Medikamente abzuholen, die mir Dr. Rex Helton zur Behandlung dieser neuen Krankheit verschrieben hat, und ich bin sicher, er kann Ihnen weitere Details geben, falls Sie solche benötigen sollten.

Danke, dass Sie sich darum gekümmert haben, und für die Nachricht über mein Geld.

Mit freundlichen Grüßen
Edward Stanton

Wo ich schon mal dabei bin, kann ich gleich einen Brief an Mr Withers vom *Billings Herald-Gleaner* schreiben. Ich habe drei Wochen und einen Tag über die Umstände meiner Kündigung (oder unfreiwilligen Trennung) nachgedacht und eine stichhaltige Begründung erarbeitet, weshalb ich so bald wie möglich wieder eingestellt werden möchte.

Sehr geehrter Mr Withers,

wie Sie sich vielleicht erinnern, mussten Sie am 16. November meine unfreiwillige Trennung vom Billings Herald-Gleaner *durchführen. Bei unserer letzten Begegnung, die Sie euphemistisch als Abschlussgespräch bezeichneten, sagten Sie, dies sei das Ergebnis »geschäftlicher Maßnahmen« und keine Aussage zur Qualität meiner Arbeit.*

Obwohl ich keinen Einblick in die geschäftlichen Maßnahmen der Zeitung habe, glaube ich, dass Sie nach einigem Überlegen einsehen werden, dass ich weiterhin als Maschinenwartungsexperte der Nachtschicht arbeiten sollte.

Ich füge eine Liste der Dinge bei, die beim Herald-Gleaner *erledigt werden müssen. All das hätte ich erledigt, wenn ich weiterhin bei Ihnen beschäftigt geblieben wäre:*

Die Treppen an der Südseite des Gebäudes müssen mit flüssigem Beton begradigt werden. In ihrem jetzigen Zustand stellen sie ein Sicherheitsrisiko dar.

Der Eingangsbereich am Nordeingang muss neu gefliest werden.

Aufgrund des bislang unverhältnismäßig warmen Dezembers ist es an der Zeit, die gesamten Bäume um das Gebäude herum zu beschneiden.

Wiederum aufgrund der außergewöhnlichen Wärme können die Markierungslinien auf dem Parkplatz neu überstrichen werden.

Wie ich bereits erwähnte, sind dies nur Beispiele der Arbeiten, die durch meine unfreiwillige Trennung unerledigt bleiben. Sobald ich sie erledigt haben werde, wird es zweifellos viele neue Aufgaben für mich geben. Ich bin sicher, ich muss Ihnen nicht sagen, dass die Instandhaltung einer so großen Anlage eine dauerhafte Angelegenheit darstellt. Ich bin bereit, meine ehemalige Arbeitsstelle wieder einzunehmen, um Sie bei diesen Aufgaben zu unterstützen.

In Erwartung Ihrer Antwort verbleibe ich
mit freundlichen Grüßen
Edward Stanton.

Ich bin stolz auf diesen Brief. Ich beschrifte die Umschläge für Jay L. Lamb und Mr Withers, gebe die Briefe hinein, verschließe sie, klebe auf jeden eine Briefmarke und deponiere sie im Briefkasten, damit sie gleich morgen früh mitgenommen werden können.

Zum ersten Mal seit drei Wochen und einem Tag habe ich ein gutes Gefühl. Ich fühle mich tatsächlich so gut, dass ich mich nach dem Einnehmen meiner Medikamente zu einem Nickerchen hinlege. Es ist noch nicht einmal 15 Uhr.

* * *

Als ich um 22:48 Uhr hochfahre, gehen mir vier voneinander unabhängige Gedanken durch den Kopf.

Der erste ist, dass ich ganz dringend pinkeln muss. Ich laufe ins Badezimmer, das glücklicherweise direkt neben meinem Schlafzimmer liegt, und schaffe es gerade noch rechtzeitig, die Hose herunterzuziehen. So, wie das Pipi herausschießt, kommt es mir fast so vor, als wäre mein Schniedelwutz (ich liebe das Wort »Schniedelwutz«) ein Mini-Wasserschlauch der Feuerwehr. Es kommt in einem klaren, starken Strahl, und als ich schon denke, ich bin fertig, kommt noch mehr. Ich glaube nicht, dass ich jemals so viel gepinkelt habe, wobei ich zugeben muss, dass ich noch nie auf die Idee gekommen bin, regelmäßig meine Urinmenge zu messen. Während der Gedanke einigermaßen verlockend erscheint – ich liebe das Messen von Dingen –, wird mir schnell klar, dass dies einer der Zwänge ist, die ich laut Dr. Buckley unbedingt lernen muss zu kontrollieren.

Auf jeden Fall sehe ich jetzt, dass Dr. Rex Helton recht hatte: Mit den neuen Medikamenten werde ich viel pinkeln müssen. Nicht genug, um 31,6 % meines Gewichts zu verlieren, aber viel. (Das war gerade ein Witz. Manchmal kann ich ganz schön witzig sein.)

Mein zweiter Gedanke betrifft die neue Fernsehserie, in die ich mich gerade einarbeite. Wenn ich »neue Serie« sage, meine ich, dass sie für mich neu ist. Tatsächlich ist es eine alte Serie, *Adam-12*, die von Jack Webb produziert wurde, dem Star aus *Polizeibericht*, also muss sie gut sein. Im Februar, nachdem Dr. Buckley mir sagte, dass sie in den Ruhestand gehe, schenkte mir meine Mutter die DVDs der ersten Staffel. Sie dachte, es würde mich aufmuntern, aber das tat es nicht. Ich stellte die Hülle einfach auf ein Regal im Arbeitszimmer. Erst als Mr Withers mich vor fünfundzwanzig Tagen feuerte, fing ich an, die Serie zu sehen, weil ich nichts anderes zu tun hatte. Und obwohl ich definitiv einige Ähnlichkeiten zu *Po-*

lizeibericht feststellen kann, da es hier ebenfalls um Polizisten in Los Angeles geht, bin ich doch ein wenig enttäuscht. Das ist es, was mir gerade durch den Kopf geht. Nehmen Sie zum Beispiel die Folge, die ich heute Abend hätte sehen sollen, wenn ich nicht verschlafen hätte. Es ist die zweiundzwanzigste Episode mit dem Titel »Protokoll 152: Ein toter Cop hilft keinem«. Sie kommt direkt nach »Protokoll 102: Wir können nicht einfach gehen« und vor »Protokoll 12: Es war ein Mordversuch«. Ich bin überzeugt, Sie sehen sofort, wo mein Problem liegt: Die blöden Protokolle haben keine richtige Reihenfolge. Die Hauptfiguren, Officer Pete Malloy (gespielt von Martin Milner) und Officer Jim Reed (gespielt von Kent McCord) sind ganz in Ordnung, auch wenn sie nicht Sergeant Joe Friday und Officer Bill Gannon sind. Aber im Bezug auf Beständigkeit lässt diese Serie sehr zu wünschen übrig.

Mein dritter Gedanke ist allerdings der Grund dafür, dass ich aufstehe und mich anziehe. Wenn ich erst darauf warte, dass Mr Withers meinen Brief beantwortet und mich beim *Billings Herald-Gleaner* wieder einstellt, wird wertvolle Zeit vergeudet, in der man die Anlage betreuen könnte. Außerdem könnte sich das unverhältnismäßig warme Wetter schnell ändern – ich besitze die Aufzeichnungen vieler Jahre, die diese Tendenz bekräftigen – und die Durchführung einiger der Aufgaben verhindern, die ich Mr Withers beschrieben habe. Bereits der heutige Tag war schon recht kalt, und mehr schlechtes Wetter könnte folgen.

Da ich jetzt wach und angezogen bin, besteht kein Grund, diese Aufgaben nicht zu erledigen, die ich gern auch unentgeltlich verrichte (ich liebe das Wort »unentgeltlich«).

Im Keller suche ich die Sachen zusammen, die ich brauche: eine Sicherheitsbrille, einen Meißel, einen Vorschlaghammer, einen Handbesen, einen Hammer, einen Malerpinsel, Bretter für eine Verschalung, Nägel sowie eine Abdeckplane aus Kunststoff (wobei mir auffällt, dass »Kunst*stoff*« ein dummer Name ist, da es sich ja nicht um Stoff handelt). Ich muss dreimal gehen, aber ich schaffe es, alles nach oben und durch die Hintertür in den Kofferraum meines Wagens zu verfrachten. Aus der Garage hole ich noch einen Gartenschlauch, eine Schubkarre (die ich auf dem Autodach befestige), eine Schaufel, einen Beutel Betonspachtelmasse (ich bin froh, dass ich immer etwas davon parat habe) und das Bindemittel.

Ich gehe noch einmal alles durch, um sicherzustellen, dass ich nichts vergessen habe, und dann fällt mir ein: Es ist Nacht. Ich werde also auch Licht brauchen. Ich kehre zurück ins Haus und hole eine Lampe. Dabei fällt mir mein dritter Gedanke wieder ein: Ich habe fürchterlichen Hunger, da ich den ganzen Tag noch nichts gegessen habe. Auf dem Weg durch die Küche schnappe ich mir eine Schachtel Käse-Erdnussbutter-Cracker aus der Speisekammer. Die gehören nicht zu meiner neuen Diät, aber ich hoffe, Dr. Rex Helton wird nichts davon erfahren.

* * *

Es ist 23:38 Uhr. Nachdem ich den bereits gefallenen Schnee beseitigt habe – der bei diesem Projekt ein mögliches Problem darstellt – und gerade die Holzverschalung für die Betonstufen zusammenzimmere, kommt Elliot Overbay, der dicke Mann aus dem Lektorat des *Herald-Gleaner*, auf mich zu.

»Was tun Sie da?«, will er wissen. Er muss dumm sein.

»Ich repariere die Treppe. Sie müssen zur Seite gehen, Sie stehen im Licht.«

»Warum?«

Er ist tatsächlich dumm.

»Wie Sie sehen können, bröckeln die Stufen an manchen Stellen ab. Wenn Sie jemals hingesehen hätten, Elliot Overbay, dann hätten Sie das bemerkt.«

»Ich meine, warum tun Sie das ausgerechnet jetzt? Sollen Sie das machen?«

Ich beschließe, mit einer rhetorischen Frage zu antworten. »Warum nicht?«

»Was soll das bedeuten?«

»Was denken Sie denn, was es bedeutet?«

Elliot Overbay ist ausgesprochen dumm, und so sehr ich es auch genieße, behindert es mich in meiner Arbeit.

»Sie müssen jetzt gehen«, fordere ich. »Ich bin beschäftigt.«

Elliot Overbay schüttelt den Kopf und verschwindet. Ich mag ihn nicht. Ich habe nie direkt mit ihm zu tun gehabt, aber immer, wenn ich nachts noch in der Redaktion war, schimpfte er lautstark über alle Grammatikfehler, die er korrigieren musste. Ich bin froh, dass er geht.

* * *

Um 23:46 Uhr höre ich, wie die Tür aufgeht, und sehe nach oben. Scott Shamwell kommt auf mich zu. Ich frage mich, was er hier draußen zu suchen hat. Um 23:46 Uhr sollte er sich um die Druckmaschine kümmern und sie auf den Durchlauf der ersten Zeitungen vorbereiten.

»Edward, was zum Teufel machst du hier, Mann?«

»Was?«

»Ich hab gehört, sie haben dich gefeuert. Was willst du hier?«

»Ich repariere die Treppe.«

»Es schneit.«

»Aber sie ist kaputt.«

»Du solltest nicht herkommen, Kumpel.«

»Warum nicht?«

»Weil du hier nicht mehr arbeitest, Mann.«

»Das wird sich ändern.«

Scott Shamwell zieht eine Augenbraue hoch, und für einen Moment sieht er aus wie John Belushi in dem hervorragenden Film *Ich glaub', mich tritt ein Pferd*, bei dem ich immer lachen muss.

»Wie kommst du darauf?«, fragt er.

»Ich habe Mr Withers geschrieben und darum gebeten, meinen Job zurückzubekommen.«

»Was hat er geantwortet?«

»Ich habe den Brief noch nicht abgeschickt.«

Scott Shamwell kommt näher, bis er nur noch etwa dreißig Zentimeter entfernt steht. Sein Blick wirkt traurig. Er streckt seinen kräftigen Arm voller Sommersprossen aus und legt eine Hand auf meine Schulter.

»Ed, Kumpel, ich hoffe wirklich, dass das klappt. Aber bis du deinen Job offiziell zurückhast, darfst du nicht hier sein, Mann.«

Ich lasse ein Brett fallen.

»Warum?«

»So funktioniert das einfach nicht. Wenn du dich verletzt ...«

»Ich werde mich nicht verletzen«, sage ich.

»Ich meine ja nur, *falls* das passiert, dann wär das schlimm, Mann. Das würdest du doch nicht wollen, oder?«

»Ich schätze, nein«, sage ich.

»Also gut, Kumpel. Komm, ich helf dir, das Zeug wieder ins Auto zu schaffen.«

Wir sammeln meine Sachen zusammen und packen sie in den Kofferraum. Scott schlägt vor, die Schubkarre dazulassen. Er könnte sie in ein paar Stunden mit seinem Truck zu meinem Haus bringen, damit ich das Dach meines Cadillacs nicht verkratze.

Ich will gerade losfahren, als Scott Shamwell, der ein kurzärmliges Druckerhemd trägt und sich in der Kälte die Arme reibt, noch einmal pfeift und mir bedeutet, das Fenster zu öffnen. Ich drücke auf den Knopf, und die Scheibe versinkt in der Tür.

»Eddie, ruf mich nach Weihnachten mal an, und wir geh 'n aus und machen 'ne richtige Sause.«

»Okay«, antworte ich.

Er dreht sich um und joggt zurück ins Gebäude. Ich begebe mich auf den Heimweg, biege rechts in die 27th North, rechts auf die 3rd Avenue, rechts auf die Division und links in die Lewis und die 5th Street, bevor ich wieder rechts auf die Clark Avenue komme, die zu meinem Haus führt. Nicht einmal das Linksabbiegen macht mir etwas aus, so enttäuscht bin ich!

Ich lasse das Werkzeug im Wagen und schlurfe ins Haus. Ich fühle mich nicht gut. Ich weiß nicht, was ich mit meiner Zeit anfangen soll. Wäre mein Leben eine Folge von *Adam-12*, würde es jetzt »Protokoll 152: Ein unfreiwillig getrennter Arbeitnehmer hilft keinem« heißen.

FREITAG, 9. DEZEMBER 2011

Diarium von Edward Stanton:
Heutige Aufwachzeit: Ich bin nicht sicher, was ich schreiben soll. Nach dem Debakel (ich liebe das Wort »Debakel«, obwohl ich tatsächliche Debakel hasse) beim Herald-Gleaner *bin ich erst nach 1:00 Uhr morgens eingeschlafen und dann um 2:14 Uhr, 3:31 Uhr, 4:16 Uhr und 5:27 Uhr aufgewacht, weil ich pinkeln musste. Um 10:22 Uhr bin ich dann endgültig aufgewacht, weil das Telefon klingelte.*
Höchsttemperatur am Donnerstag, 8. Dezember (342. Tag): -3°
Tiefsttemperatur am Donnerstag, 8. Dezember: -11°
Niederschlagsmenge am Donnerstag, 8. Dezember: 1,5 mm
Gesamte Niederschlagsmenge für 2011: 492,8 mm

Das Klingeln des Telefons sickert zunächst in den Nebel meines Traums, der sich verflüchtigt, sobald ich erkenne, dass ich wach bin.

Ich stemme mich aus dem Bett und laufe in Unterwäsche und mit nur einer Socke, am linken Fuß, zum Telefon in der Küche.

»Hallo?«

»Edward, Gott sei Dank!«

Als ich die Stimme meiner besten Freundin Donna Middleton (seit ihrer Heirat Donna Hays) höre, passiert etwas Seltsames. Es ist, als würde mein Gehirn einen Schnelldurchlauf der Zeit machen, die ich bereits kenne. Ich erinnere mich, wie sie am 12. September 2008 im Haus gegenüber einzog. Ich denke daran, wie ich ihr am 15. Oktober 2008 das erste Mal begegnete. Ich denke daran, dass sie mich nicht mochte und ich sie deshalb auch nicht besonders. Aber das hielt nicht lange an. Sie und ihr Sohn Kyle wurden gute Freunde von mir. Wir hatten viel Spaß zusammen. Einmal baute ich Kyle sogar ein super-cooles Dreirad, das er den »Blauen Blitz« taufte. Und dann lernte Donna Victor Hays kennen und heiratete ihn, und er wurde ebenfalls mein Freund, aber später zog er mit ihr weg.

»Donna, was willst du?«

Ich merke sofort, dass ich das Falsche gesagt habe. Aber der Anruf hat mich überrascht.

»Bitte entschuldige, Donna«, sage ich. »Ich hatte eine schlimme Nacht.«

Sie antwortet sehr schnell.

»Edward, ich verspreche, ich werde dich gleich nach deiner schlimmen Nacht fragen, weil mir das sehr leidtut, aber kann ich dir vorher etwas erzählen?«

»Ja.«

»Es geht um Kyle.« Es klingt sehr dringend.

»Kyle?«

Die letzten Fragmente von Schlaf (ich liebe das Wort »Fragmente«) verschwinden aus meinem Kopf. Mein Herz schlägt schneller, und ich wünsche sofort, ich wäre jetzt sechshundert Meilen entfernt bei Donna und Kyle in Boise und nicht hier in meiner blöden Küche im blöden Billings.

»Er ist vom Schulunterricht ausgeschlossen worden. Heute Morgen. Heilige Scheiße, Edward, ich war gerade beim Einkaufen und bekam einen Anruf von seinem Schulleiter, der mir sagte, Kyle dürfe für mindestens den Rest des Schuljahrs nicht mehr zur Schule kommen. Mein Kind! Mein wunderbarer, kluger Sohn! Ich … ich weiß einfach nicht … Wie soll ich …«

Es gibt eine Million – nicht buchstäblich eine Million, aber viele – Fragen, die ich Donna jetzt gern stellen würde, einschließlich der, ob ihr Supermarkt Selbstbedienungskassen hat, aber stattdessen sage ich: »Ganz ruhig.« In meinem

Kopf höre ich Dr. Buckleys Stimme und alles, was sie mir so oft gesagt hat. *Ganz ruhig. Immer eins nach dem anderen. Erzählen Sie mir, was passiert ist. Erzählen Sie mir, was schiefgelaufen ist.* Meine Erinnerung an Dr. Buckley flüstert mir die Worte ins Ohr, und ich spreche sie laut in den Telefonhörer.

»Erzähl mir, was passiert ist.«

»Edward, es ist einfach unglaublich. Ich weiß nicht einmal, wo ich anfangen soll. Ich meine, du weißt, dass der Umzug hierher für Kyle nicht leicht war.«

»Ich weiß.«

»Er hatte da viele Freunde, und die siebte Klasse ist für einen Schulwechsel wirklich schwierig, weil die anderen Schüler schon jahrelang zusammen sind, und Kyle musste sich erst mal seinen Platz erkämpfen. Es war hart. Seine Noten sind das ganze Jahr über schlechter geworden, und zuerst dachten wir, es liegt vielleicht nur an der Umstellung und den anderen Lehrern hier. Wir waren sicher, er würde sich wieder fangen, aber das hat er nicht. Es ist nur noch schlimmer geworden.«

»Okay.«

Ich fahre mit dem rechten Fuß über den Küchenboden und fühle etwas Hartes, das auf dem Linoleum hervorsteht. Ich sehe nach unten: der Soßenfleck. Ich beschließe, ihn heute wegzuwischen. Ich habe lange genug gewartet.

Donna fährt fort: »Auf dem letzten Zeugnis hatte er in Algebra eine Vier. Eine Vier! Mathe ist sein Lieblingsfach. Seine Noten für Betragen waren auch schlecht, und da wussten wir, dass es ernst ist, denn in dieser Hinsicht hatte er noch nie Probleme.«

»Okay, aber warum wurde er vom Unterricht ausgeschlossen?«

Ich reibe wieder mit dem Fuß über den Fleck.

»Dazu komme ich gerade. Ich wollte nur, dass du ... ein bisschen Hintergrundinformationen hast. Er wurde freigestellt, weil ... O Gott, ich kann es kaum erzählen.« Donna senkt ihre Stimme zu einem Flüstern. »Edward, er hat seine Englischlehrerin Fotze genannt.«

Ich muss kichern.

»Edward!«

Ich kichere wieder.

»Ich leg gleich auf!«

»Nein, bitte nicht. Entschuldige.«

Ich halte das Telefon von meinem Kopf weg und huste laut, um einen freien Hals zu bekommen.

»Entschuldige.«

»Ich möchte wissen, wo er so ein Wort nur herhat«, sagt sie.

Ich habe keine Ahnung. Scott Shamwell ist der einzige Mensch, den ich kenne, der vollkommen schamlos das Wort »Fotze« benutzt, aber er kommt damit durch, weil es in der Druckabteilung keine einzige Frau gibt. Ich denke nicht, dass Kyle ihn getroffen hat.

»Wahrscheinlich hat er es bei einem anderen Jungen aufgeschnappt«, schlage ich vor, um zu helfen.

Donna beginnt zu weinen. »Ich weiß nicht, was ich tun soll. Ich habe Kyle gefragt, was um alles in der Welt mit ihm los ist, und er hat gesagt, er hasst es, hier zu wohnen, er will wieder zurück in das Haus bei dir gegenüber und dass du sein einziger Freund bist.«

Darüber freue ich mich riesig, wobei ich mich sofort frage, ob ich das Donna wirklich sagen sollte. Donna und Kyle und Victor sind im Juni weggezogen, und ich vermisse sie.

»Was hast du gesagt?«, frage ich sie.

»Ich habe gar nichts gesagt. Ich habe ihn auf sein Zimmer geschickt, damit ich ihn nicht erwürge. Nein, nicht wirklich erwürge ... du weißt, so etwas würde ich niemals tun. Ich muss mit Victor sprechen, aber der ist heute Morgen nicht im Büro und geht auch nicht ans Handy. Ich weiß, dass Kyle dich vermisst. Das tun wir alle, aber ich glaube nicht, dass es hilft, ihm einfach das zu geben, was er will. Verstehst du?«

»Ja.«

Sie hat aufgehört zu weinen. »Hättest du Platz für ihn? Ich meine, falls wir ihm erlauben, dich zu besuchen?«, erkundigt sie sich.

»Ja, natürlich.«

Sie schnieft. »Okay, ich werde mit Victor reden. Wir überlegen dann, was das Beste ist.«

»Gut.«

Und wieder fahre ich mit dem Fuß über den Linoleumboden.

»Edward«, sagt Donna. »Wieso hattest du eine schlimme Nacht?«

»Ähm ...«

»Es tut mir leid, wenn es jetzt nur um unsere Probleme ging. Was ist bei dir los?«

Ich drücke mit dem Nagel meines großen Zehs gegen den Fleck, um ihn vom Untergrund zu lösen. Es funktioniert nicht.

»Donna, ich muss dich später zurückrufen. Okay?«

»Was ...?«

Ich lege auf.

* * *

Die verkleckerte angetrocknete Nudelsoße lässt sich problemlos abwischen, sobald ich einen in heißes Wasser getränkten Lappen auflege und etwas reibe. Dabei fällt mir auf, dass es nun eine Stelle auf den Küchenboden gibt, die sauberer ist als der Rest, was natürlich nicht akzeptabel ist. Ich gehe zurück ins Schlafzimmer, hole meine fleckigen Arbeitsklamotten aus der untersten Schublade meiner Kommode, ziehe sie an, kehre in die Küche zurück und fülle warmes Wasser und Reinigungsmittel in den Wischeimer.

Während ich den Boden fege, um ihn vor dem Aufwischen zu säubern, denke ich an 8:17 Uhr am Samstag, dem 4. Juni, zurück, als ich auf der gegenüberliegenden Straßenseite in der Auffahrt zu Donnas Haus stand und ihr, Victor und Kyle zum Abschied hinterherwinkte. Sie sind nach Boise gezogen, weil Victors Arbeitsstelle bei der Bahn dorthin verlegt wurde.

Ich kann nicht sagen, dass ich überrascht war. Ich meine, ich kann natürlich sagen »Ich war überrascht« – das ist einfach –, aber ich würde es nicht glauben, wenn ich das sage. Schon im Oktober 2010 hatte Victor diese Möglichkeit angesprochen, und zwar am 31. Oktober. Das weiß ich deswegen so genau, weil wir gerade Halloween-Süßigkeiten an die Nachbarskinder verteilten, als er etwas in der Art zu Donna sagte und sie nickte. Ich wollte furchtbar gern fragen, warum er einen Umzug nach Boise, Idaho, überhaupt in Betracht zieht, wo er dann doch diese tolle Nachbarschaft verlassen müsste, aber ich sagte kein Wort. Ich wünschte mir nur sehr, dass es nicht passieren würde, und Sie sehen ja, was einem das Wünschen bringt: nichts Gutes. Im März blieb Kyle nichts anderes übrig, als die Schule hier abzubrechen, damit sie packen und umziehen konnten.

Schon früher ist mir aufgefallen, dass es dumm wäre zu denken, Zeit könne unterschiedlich schnell vergehen. Das ist nur eine Illusion. Dennoch scheint sie schneller zu vergehen, wenn einem etwas Unerwünschtes unmittelbar bevorsteht (ich liebe das Wort »unmittelbar«). Der Juni kam rasend schnell, bildlich gesprochen. Meine drei besten Freunde – genauer gesagt, meine einzigen drei Freunde – verließen die Stadt, und seither trauere ich ihnen nach. Wir telefonieren, aber das ist nicht dasselbe. Ich rede nicht gern am Telefon. Wir schreiben auch E-Mails, aber auch das ist nicht dasselbe. Donna ist die beste Freundin, die ich jemals hatte. Sie weiß genau, wie sie mit meinen Besonderheiten klarkommt, ohne dabei zur Giftnudel zu werden (ein Wort, das ich von Kyle gelernt habe und immer noch nicht ganz verstehe). Ihre Worte auf dem Bildschirm zu sehen, ist besser als nichts, das gebe ich zu, aber lieber wäre mir, ich könnte sie jeden Tag persönlich treffen, so wie früher. Es gefiel mir, wie ihr Haar im Sommer heller wurde und die Sommersprossen auf ihrer Nase deutlicher, auch wenn das alles nur ein Trick des Lichts war. Ich mochte es, wie sie ganz schnell und steif ging, wenn sie verärgert war. Ich mochte es, wie sie mich zum Lächeln brachte, indem sie mich anlächelte, während jeder andere, der mich anlächelt, mich einfach nur nervös macht.

Was Kyle angeht: Ich habe ihn am 15. Oktober 2008 das erste Mal getroffen, also kenne ich ihn seit 1.148 Tagen der 4.684 Tage seines Lebens. (Das bedeutet, dass Kyle am 9. Februar 1999 geboren wurde, womit er zwölf Jahre, neun Monate und neunundzwanzig Tage alt ist.) Ich kenne Kyle länger als 24 % seines Lebens. Das heißt, ich bin persönlich involviert (ich liebe das Wort »involviert«), und deshalb tut es weh, ihn nicht jeden Tag zu sehen. Inzwischen ist er 187 Tage weg, und das sind 187 Tage, in denen er schlauer, größer und männlicher geworden ist. Einmal im Monat habe ich ihn an der Wand meiner kleinen Garage gemessen, obwohl ich sehen konnte, dass er schnell wuchs, aber was meine Augen mir sagten, war nichts gegen harte Daten. Die Daten sind an der Garage immer noch zu erkennen, mit blauem Kugelschreiber festgehalten für jeden, der es sehen will, aber die letzte Messung erfolgte am 1. Juni dieses Jahres. Zwischen dem 1. März 2009, als wir die erste Messung vornahmen, und dieser letzten Messung am 1. Juni 2011 ist Kyle von 1,47 Meter auf 1,69 Meter gewachsen, größer als seine Mum. Es ist eine Schande, dass ich nicht sagen kann, wie groß er jetzt ist. Ich werde die Garage nie mehr streichen, sodass ich zumindest die Messdaten habe, um mich zu erinnern, dass er hier war.

Ich habe versucht, Victor die Schuld dafür zu geben, dass meine Freunde weggezogen sind, denn wenn Donna ihn nicht kennengelernt hätte, hätte sie ihn nicht geheiratet, und es hätte keinen Job bei der Eisenbahn in Boise gegeben, der sie alle von hier fortbrachte. Das Problem ist nur: Wenn ich Victor die Schuld gebe, bin ich gezwungen anzunehmen, es hätte sich sonst nichts verändert, und mit Annahmen fühle ich mich nicht wohl. Dass Dr. Buckley im Ruhestand ist und ich meine Arbeit verloren habe, zeigt, wie viel sich verändert hat, nicht nur, dass es einen Victor und seine Anstellung in Boise gibt. Ich bevorzuge Tatsachen, und während es eine Tatsache ist, dass Victors Job meine Freunde von mir weggebracht hat, ist es außerdem eine Tatsache, dass Donna und Kyle ihn lieben und bei ihm sein wollen und glücklich sind, ihn gefunden zu haben, und ich denke, das zählt mindestens genauso viel wie alles andere. Und bei allem Unglück darüber, dass meine Freunde weg sind, mag ich Victor viel zu gern, als dass ich ihm die Schuld dafür geben will. Donna und ich waren schon gute Freunde, als er dazukam, und er hat sich sehr bemüht, ebenfalls mein Freund zu werden, was nicht immer einfach ist. Er bat mich sogar, bei der standesamtlichen Hochzeit sein Trauzeuge zu sein, und das war wirklich sehr nett von ihm.

Während ich über meine Freunde nachdenke, kommt mir ein anderer Gedanke. Wenn Donna und Victor bereit sind, Kyle für ein paar Tage hierherzuschicken, werde ich vor meiner Reise nach Texas Zeit mit ihm verbringen können. Wir könnten zusammen Football gucken, spazieren gehen, in meiner Werkstatt im Keller Sachen bauen. Ich könnte ihn nach seinen Problemen in der Schule fragen und ihm von meinem Stinkstiefel von einem Jahr erzählen. Wir könnten draußen an der Garage eine neue Messung vornehmen, was dringend erledigt werden muss. Es könnte uns beiden gut tun, und mir fällt ein, dass Dr. Buckley einmal sagte, Resultate, die auf »beiderseitigem Einverständnis« beruhen, seien die besten. Sie ist eine sehr logische Frau.

Ich wische den Boden auf und freue mich über meine Idee. Als ich fertig bin, rufe ich Donna zurück und sage ihr, was ich denke. Dann hoffe ich, dass sie und Victor meinen Plänen gewogen sind (ich liebe den Ausdruck »etwas gewogen sein«).

Glücklich lasse ich den Wischmopp über meine Armbeuge zu Boden sinken, als wäre ich Fred Astaire und er Ginger Rogers.

Manchmal kann ich ganz schön lustig sein.

* * *

Als ich mit der Küche fertig bin, die Schubkarre in die Garage zurückgebracht habe (Scott Shamwell hat sie wie versprochen draußen hingestellt), geduscht, meine guten Sachen angezogen und meine Haferflocken gefrühstückt habe – zusammen mit dem Fluoxetin und den neuen Diabetes-Medikamenten –, klingelt das Telefon.

»Hallo?«

Sofort höre ich eine Stimme, die mir wohl bekannt ist: »Edward, hier ist Nathan Withers.«

Das ist unglaublich! Der Postbote hat meinen Brief noch nicht einmal abgeholt, da kommt schon eine Antwort.

»Hallo.«

Ich höre, wie er sich räuspert.

»Edward, mein Junge, ich habe bei dir nie um den heißen Brei herumgeredet, oder?«

Ich habe Mr Withers noch nie Brei kochen sehen, aber ich erkenne die Redewendung.

»Nein.«

»Und das soll auch so bleiben. Ich möchte nie wieder hören, dass du hier aufgetaucht bist. Habe ich mich klar ausgedrückt?«

Ich möchte am liebsten weinen. »Ja.«

»Hör zu«, fährt er fort, und seine Stimme ist viel weicher und freundlicher als gerade eben. »Ich weiß, dass es hart ist. Ich hätte dich nie gehen lassen, mein Junge, wenn ich eine andere Wahl gehabt hätte. Ich sollte dir das eigentlich nicht sagen, aber ich will auch jetzt ehrlich zu dir sein. Eine Arbeit hier bei der Zeitung kommt für dich nicht mehr infrage. Das ist blöd, denn du hast gute Arbeit geleistet und verdienst in keiner Weise, was dir passiert ist. Aber hast du je den Spruch ,Verdienst hat nichts damit zu tun' gehört?«

»Ja, das sagt Clint Eastwood in *Erbarmungslos.*«

»Genau. Du bist ein fleißiger Mann mit vielen Begabungen, und irgendjemand wird das anerkennen und dir eine Arbeit geben, wenn du eine willst. Aber nicht hier. Wenn du ein Empfehlungsschreiben brauchst, werde ich dir gern eins ausstellen. Wenn du irgendwann einmal mit mir zum Mittagessen gehen willst, lade ich dich gerne ein. Aber deinen Job hier bekommst du nicht zurück. Hast du das verstanden?«

»Ja.«

»Okay, Edward. Ich wünsche dir frohe Weihnachten. Das Leben besteht aus so viel mehr als deiner Arbeit. Finde etwas, das du gern tust, das gut für dich ist und das dir niemand wegnehmen kann, und dann tu das mit Freude für den Rest deines Lebens. Ich weiß, du kannst das.«

»Ich werde es versuchen.«

»Das ist gut. Pass auf dich auf.«

Mr Withers legt auf.

Ich will wieder ins Bett.

Leider muss ich erst noch pinkeln.

* * *

Als ich schließlich richtig aufwache, ist es 13:57 Uhr. Zuvor bin ich dreiunddreißig Minuten sowie eine Stunde und zwölf Minuten früher ebenfalls aufgewacht, um pinkeln zu gehen. Obwohl ich zu diesem Aspekt keine statistischen Daten besitze, kann ich dennoch mit fast hundertprozentiger Sicherheit sagen, dass ich in meinem ganzen Leben noch nie so viel pinkeln musste.

Der Grund, weshalb ich schließlich richtig aufgewacht bin, ist eine Idee. Es ist eine der besten Ideen, die ich jemals hatte. Doch auch hier gehört es nicht zu meinen Gewohnheiten, Daten über die Anzahl meiner Ideen und ihre jeweiligen Qualitäten zu sammeln, sodass sich diese Aussage nicht auf empirische Fakten, sondern auf mein Bauchgefühl stützt. Zwar wird mir das Konzept des »Bauchgefühls« aufgrund seines signifikanten (ich liebe das Wort »signifikant«) Mangels an Verlässlichkeit auf immer suspekt sein, aber ich habe in den vergangenen Jahren gelernt zu akzeptieren, dass ich eins besitze.

Nun, da Mr Withers ohne jeden Zweifel erklärt hat, dass ich nie wieder beim *Billings Herald-Gleaner* arbeiten werde, bin ich weder an dieses Haus noch an Billings gebunden. Außerdem bin ich, wie mein Anwalt Jay L. Lamb mir klarmachte, scheißreich. Eigentlich habe ich so nie darüber nachgedacht, aber ich weiß noch, dass Scott Shamwell genau das sagte, als er erfuhr, wie viel Geld mir mein Vater bei seinem Tod hinterlassen hat. »Kumpel«, sagte er, »du bist scheißreich. Warum arbeitest du noch hier?« Das war eine rhetorische Frage, aber inzwischen hat Mr Withers sie beantwortet, indem er meine unfreiwillige Trennung durchführte.

Doch zurück zu meiner aktuellen Situation. »Die Welt ist mein', Auster«, wie es bei Shakespeare heißt, was eigentlich ein blöder Spruch ist. Kyle muss nicht herkommen. Ich werde zu ihm fahren. Bis in elf Tagen, wo ich nach Texas fliege, um meine Mutter zu besuchen, werde ich nirgendwo erwartet. Ich habe jede Menge Zeit.

Mit einem Umweg über das Badezimmer eile ich zum Telefon.

* * *

Das wird einfach großartig!

Donna meint, sie und Victor würden mich gern zu Besuch in Boise empfangen. Sie hätten einen ausgebauten Keller wie ich auch und ein gutes Bett dort unten. Sie holt sogar Kyle ans Telefon, und obwohl er ziemlich bedrückt klingt, als er »Hallo, Edward« sagt, bin ich sicher, dass unser Treffen seine Stimmung wieder heben wird. Es ist natürlich schwer, bei so was sicher zu sein, aber wiederum habe ich ein gutes Gefühl.

Ich sage Donna, dass ich wegen des unverhältnismäßig milden Wetters am liebsten so früh wie möglich mit meinem Cadillac DTS nach Idaho aufbrechen würde. Es ist lange her, seit ich das letzte Mal unterwegs war und den westlichen Teil von Montana gesehen habe, und mit »lange« meine ich, dass ich seit dem 15. Juni 1986 nicht mehr dort war, als ich siebzehnjährig mit meiner Mutter und meinem Vater zu einem Familienurlaub nach Seattle und zurückgefahren bin.

Donna ermahnt mich, sehr vorsichtig zu sein und vor der Abfahrt noch ein Handy zu kaufen, damit ich Hilfe rufen kann, falls irgendetwas passiert. Sie ist eine sehr logische Frau.

Wenn ich mir vorstelle, zur *Rimrock Mall* zu fahren, wird mir ein bisschen schwummrig im Magen (ich liebe das Wort »schwummrig«). Es gefällt mir dort nicht besonders, mit all den Leuten. Außerdem kann man nicht hingelangen, ohne links abzubiegen. Ich weiß das. Ich habe es ausprobiert.

Ich denke auch an all die anderen Dinge, die ich vorbereiten muss. Ich muss packen. Ich muss eine Route planen, einschließlich Pausen und Essen. Ich muss das Öl in meinem Cadillac DTS wechseln lassen. Und ich muss Dr. Bryan Thomsen anrufen und ihm sagen, dass ich unseren 10-Uhr-Termin am Dienstag nicht einhalten kann.

Das wird seltsam sein. Ich habe Dr. Buckley beziehungsweise Dr. Thomsen seit dem 11. Juni 2002 an jedem Dienstag einer jeden Woche gesehen. An jenem 11. Juni hatte Dr. Buckley den Termin, statt für die üblichen 10 Uhr, auf 11 Uhr verschoben, und es wurde fast zur Katastrophe. Diesen Fehler beging sie nie wieder, und von da an fanden meine Sitzungen immer um 10 Uhr satt. Egal, was sonst in meinem Leben unregelmäßig verlief – meine Dienstagstermine waren unverrückbar. Nun werde ich absichtlich einen verpassen, was ich nur schwer fassen kann.

Andererseits bin ich auch durch die Tatsache beunruhigt, dass Dr. Bryan Thomsen, den ich aufsuche, seit Dr. Buckley in den Ruhestand ging, unseren Einzelsitzungstermin um 10 Uhr schon sieben von zweiunddreißig Malen nicht exakt eingehalten hat. Ich habe bisher nichts gesagt, weil ich es mir nicht mit ihm verderben will, aber wenn diese Unzuverlässigkeit weiter andauert, muss ich es erwähnen. Indem ich einen Termin auslasse, werde ich dieses potenziell unangenehme Gespräch noch ein wenig hinausschieben.

»Sind Sie da auch sicher, Edward?«

Das ist noch etwas, das ich an Dr. Bryan Thomsen nicht mag. Was für eine Frage soll das sein? Natürlich bin ich sicher. Darum habe ich ihn ja angerufen und ihm gesagt, er werde mich am Dienstag nicht sehen.

Es ist nicht so, dass Dr. Buckley meine Entscheidungen nie hinterfragt hätte. Glauben Sie mir, das hat sie. Aber ihre Fragen hatten immer eine gewisse Spezifität (ich liebe das Wort »Spezifität«), die denen von Dr. Bryan Thomsen fehlt. Sie sagte zum Beispiel etwas wie: »Haben Sie an ›Punkt,

Punkt, Punkt‹ gedacht?«, wobei »Punkt, Punkt, Punkt« für irgendeine Konsequenz meiner Entscheidung steht, die ich vor meinem Handeln bedenken sollte. Aber Dr. Bryan Thomsen stellt einfach eine müßige Frage ohne jede Spezifität.

»Ich bin mir sicher. Ich fahre nach Boise, Idaho.«

»Wann kommen Sie zurück?«

»Vor dem 20. Dezember, weil ich dann nach Texas fliege.«

»Versprechen Sie, einen Termin zu vereinbaren, sobald Sie wieder zurück sind? Ich möchte nicht die Dynamik verlieren, die uns gerade so gut vorangebracht hat.«

»Ich verspreche es.«

»Haben Sie meine Telefonnummern? Wenn Sie mich von unterwegs aus anrufen müssen, können Sie das tun.«

»Ich habe Ihre Nummern.«

»Okay, Edward, dann reden wir, wenn Sie wieder da sind.«

»Okay.«

Ich lege auf, und dabei fällt mir ein, dass der 20. Dezember ein Dienstag ist. Selbst wenn ich nicht nach Boise fahren sollte, wäre meine Routine der Dienstagsbesuche für diesen Monat bereits beendet.

Es scheint, als würde mir alles entgleiten, auf das ich mich sonst verlassen konnte.

* * *

Wenn ich es vermeiden könnte, würde ich heute nicht zur *Rimrock Mall* fahren.

Der Parkplatz ist so voll, dass ich ganz weit hinten parken muss, fast an der 24th Street West, der befahrensten Straße der Stadt. Es ist sogar so schlimm, dass ich auf der Suche nach einem freien Platz sechsmal links abbiegen muss, bis ich endlich eine Lücke für meinen Cadillac DTS finde. Das sind sechs hochgefährliche Verkehrsmanöver, und ich kann mich glücklich schätzen, sie ohne Unfall überstanden zu haben, aber es ist schwer, sich glücklich zu fühlen, wenn einem das Herz vor Angst bis zum Halse klopft.

Es ist ebenfalls schwer, sich glücklich zu fühlen, wenn man pinkeln muss und der Eingang zum Einkaufszentrum so weit entfernt liegt.

Ich nehme den Weg über den Parkplatz in leichtem Laufschritt – schnell genug, um das Gebäude zu erreichen, bevor ich mir in die Hose mache, aber langsam genug, dass die Bewegung meinen Harndrang nicht noch verstärkt. Den Mittelweg zu finden, ist sehr schwierig.

* * *

Als ich aus der Herrentoilette komme – und kurz im Gastronomiebereich stehen bleibe, um mir den Reißverschluss hochzuziehen –, sehe ich erst, womit ich es aufnehmen muss. Die *Mall* wimmelt nur so vor Menschen (ich liebe das Wort »wimmeln«), und obwohl der äußere Schein trügen kann, muss ich sagen, dass nicht viele von ihnen feiertagsfröhlich aussehen. Ich fühle mich eingeschüchtert.

Während ich mich bis zur Mitte des Einkaufszentrums vorarbeite, bleibe ich dicht an der Wand, um sicherzustellen, dass ich so wenige Menschen wie möglich berühre. Vor ein paar Jahren ist hier eine Frau mit einem großen Orangen-Smoothie direkt in mich hineingerannt, und eine solche Szene würde ich heute gern vermeiden. Als ich die große Kreuzung aller Gänge erreiche, bleibe ich stehen, drücke meinen Rücken an die Wand und halte Ausschau nach dem Stand für Mobiltelefone. Schließlich entdecke ich ihn. In dem Stand arbeitet eine hübsche junge Frau mit einer Weihnachtsmütze. Sie sieht freundlich aus. Vielleicht wird das hier doch nicht so schlimm. Alles beides – die augenscheinliche Freundlichkeit der Frau und die

Annahme, dass es nicht so schlimm wird – sind Mutmaßungen, und Mutmaßungen sind nicht gut genug. Ich brauche Tatsachen, und es gibt nur einen Weg, die herauszufinden.

Die Frau mit der roten Mütze sieht mich kommen.

»Fröhliche Weihnachten, Sir«, sagt sie. »Wie kann ich Ihnen helfen?«

»Ich brauche ein Handy für meine Reise nach Idaho.«

Sie zeigt auf eine Reihe Mobiltelefone hinter sich im Stand. »Tja, da können wir Ihnen ganz sicher helfen. Hatten Sie an ein bestimmtes Modell gedacht? Wir haben Blackberries, iPhones, Androids ...«

»Nur ein Telefon, mit dem man andere Telefone anrufen kann.«

Sie lächelt.

»Sie sind witzig, Sir. Sehen wir uns mal dieses Droid Razr an. Es hat ein Gigabyte Arbeitsspeicher, ein Vier-Komma-Drei-Zoll-Display, läuft über 4G-Mobilfunknetze ...«

»Kann man damit Leute anrufen?«

»Ja, natürlich. Es hat außerdem ein paar scheißgeile Apps.«

»Was?«

Sie wird rot.

»Entschuldigen Sie. Das hätte ich nicht sagen dürfen.«

Ich bin konsterniert.

»Das ist mir egal«, sage ich. »Wenn die Apps scheißgeil sind, sollten Sie das ruhig sagen.«

»Oh, gut. Was für Tarife brauchen Sie?«

»Was heißt ›Tarife‹?«

»Sie wissen schon, Internet und solche Sachen.«

»Zu Hause habe ich Internet über Kabel.«

»Ja, aber ich meine, für Ihr Handy.«

»Dieses Telefon hat Internet?«

»Natürlich. Und eine Kamera, damit Sie Fotos verschicken können ... und Textnachrichten können Sie auch senden.«

»Textnachrichten?«

»Auf jeden Fall!«

»Gibt es denn noch andere?«, frage ich.

»Andere was?«

»Nachrichten.«

»Nicht bei diesem Handy.«

»Okay. Ich möchte Nachrichten senden.«

»Okay, dann wollen Sie sicher keinerlei Einschränkung.«

»Ja, ich will keinerlei Einschränkung.«

»Wissen Sie was?«, sagt sie. »Das Razr ist gut. Aber ich glaube, ich habe genau das richtige Telefon für Sie, Sir. Sie wollen bestimmt das Beste.«

»Ja.«

Sie holt etwas, das sie Apple-iPhone nennt. Es hat alles, was ich mir nur wünschen kann, sagt sie. Ich kann damit telefonieren, im Internet surfen, Nachrichten senden und empfangen, Musik hören, Fotos schießen. Sie sagt, es sei das beste Mobiltelefon, das es gibt.

Sie sagt außerdem, dass es 399 $ kostet und das volle Tarifpaket ohne Einschränkungen – »Das wollen Sie bestimmt«, sagt sie – noch einmal etwa 150 $ pro Monat. Beide Zahlen erscheinen mir sehr hoch, aber mir fällt ein, dass ich a) scheißreich bin und b) diese Frau nicht enttäuschen will, die mir immer wieder sagt, wie klug ich sei, mich für das iPhone entschieden zu haben.

Ich gebe ihr meine Kreditkarte.

* * *

Es ist 23:23 Uhr. Ich habe die letzten sechs Stunden und vierunddreißig Minuten mit meinem scheißgeilen iPhone herumgespielt, abzüglich der Zeit für acht Pinkelpausen.

Es ist das tollste Gerät, das ich je besessen habe. Das mag übertrieben klingen, aber das ist mir egal.

Ich kann meinen Fernseher abschaffen.

Ich kann meinen Videorekorder abschaffen, den ich sowieso nicht mehr benutze, seit ich meine *Polizeibericht*-Videokassetten entsorgt habe.

Ich kann meinen DVD-Player abschaffen.

Ich kann überall die Spiele der Dallas Cowboys sehen.

Ich werde meinen Computer kaum noch brauchen.

Ich habe jeden Song, den R.E.M. je herausgebracht haben, in meinem Telefon gespeichert.

Ich habe gerade die gesamte Fahrt nach Boise vorausgeplant, einschließlich der Pausen fürs Tanken und Essen sowie eine Übernachtung in Butte, dann habe ich die Daten aus meiner »cloud« an meinen Drucker geschickt, damit ich auch etwas auf Papier habe, was einer absolut klugen Planung entspricht.

Ich liebe meine »cloud«.

Ich denke nicht, dass mein scheißgeiles iPhone ausreicht, um meine Ernennung des Jahres 2011 zu einem miesen Stinkstiefel von einem Jahr zu widerrufen (ich liebe das Wort »widerrufen«), aber vielleicht wird es 2012 zum besten Jahr machen, das ich je hatte.

Morgen werde ich abreisen.

Von Billings nach Boise: ein Zwei-Tages-Reiseplan von Edward Stanton

Datum der Reise: 10.-11. Dezember 2011

Startadresse: 639 Clark Avenue, Billings, Montana

Zieladresse: 1313 N. 25 Street, Boise, Idaho

Meilenstand zu Beginn der Reise: 27.156,8 Meilen

Erwarteter Meilenstand am Ende der Reise: 27.848,3 Meilen (das setzt sich zusammen aus den 686,5 Meilen von hier bis zu Donnas und Victors Haus und den 5 Meilen extra, die ich zum Verlassen des Highways brauche, wenn ich tanken und etwas essen will. Ich wünschte, ich könnte dabei präziser sein, aber das geht nicht.)

Erwarteter Benzinverbrauch: 5 Meilen pro Liter

Größe des Benzintanks: 82 Liter

Anzahl der Tankfüllungen für die gesamte Fahrt: 2 – einmal an Tag 2 in Butte und später am Tag in American Falls, Idaho.

Erwartete Tankkosten in Butte: 45 Liter zu 0,71 $ je Liter ergeben 32,02 $. Benzinpreise sind jedoch sehr unbeständig, und diese Schätzung beruht auf den Online-Daten der heutigen durchschnittlichen Benzinpreise in Butte, Montana. Ich habe keine Möglichkeit herauszufinden, wie hoch sie morgen oder übermorgen sein werden.

Erwartete Tankkosten in American Falls: 55 Liter zu 0,70 $ je Liter ergeben 38,50 $. Siehe obige Anmerkung zur Unbeständigkeit der Benzinpreise.

Erwartete Restmenge Benzin beim Erreichen von Donnas und Victors Haus: 39 Liter, das bedeutet genug für 157 Meilen Fahrt durch die Stadt bei 4 Meilen pro Liter. Das ist mehr, als ich brauche, denke ich. Die Tatsachen werden sich beizeiten zeigen.

Geplante Unterkunft in Butte: Ich habe ein Zimmer im Best Western Plus Butte Plaza Inn an der Harrison Avenue reserviert. Google hat bei fünf Bewertungen eine durchschnittliche Punktzahl von viereinhalb Sternen angezeigt. Pro: leichte Erreichbarkeit von der Autobahn aus, angrenzendes Perkins Restaurant (ich liebe das Wort »angrenzend«). Contra: 110 $ pro Nacht. Aber scheiß drauf – ich bin scheißreich.

Proviant: Dr. Rex Helton würde zweifellos empfehlen, dass ich Karotten und Sellerie esse, aber das kann ich nicht. Abgesehen davon, dass ich Sellerie nicht mag, muss der Umstand mangelnder Frische bedacht werden. Ich werde 691,5 Meilen fahren. Daher nehme ich ungesalzene Sonnenblumenkerne und einen Karton Wasser in Flaschen mit.

Musik: alle Songs, die R.E.M. je veröffentlicht haben, gespielt von meinem scheißgeilen iPhone.

Verschiedenes: einige Dinge, die es zu beachten gilt:

1. *An Medikamente denken und jeden Tag einnehmen.*
2. *Jeden Tag einen Spaziergang machen und alles für Dr. Rex Helton aufschreiben. Das habe ich bisher versäumt, und ich muss dringend damit anfangen.*
3. *Den Wagen auf der Autobahn konstant bei 65 Meilen pro Stunde fahren, auch wenn andere schneller fahren. Bei 65 mph ist der Benzinverbrauch am günstigsten, womit der von mir geschätzte Benzinverbrauch einen hohen Grad der Genauigkeit aufweist.*
4. *Auf der Fahrt nach interessanten Dingen Ausschau halten. Stehenbleiben und Fotos mit der Kamera des scheißgeilen iPhones machen. Die Fahrt genießen.*
5. *Sicher fahren.*
6. *Aufhören, diese Liste zu schreiben.*
7. *Okay, jetzt ist Schluss.*
8. *Jetzt.*
9. *Scheiße.*
10. *Ich kann nicht bei 9 aufhören, also dann hier.*
11. *Gott sei Dank!*
12. *Scheiße!*
13. *Ich*
14. *Denke*
15. *Ich*
16. *Höre*
17. *Auf*
18. *Bei*
19. *Nummer*
20. *20*

SAMSTAG, 10. DEZEMBER 2011

Diarium von Edward Stanton:
Heutige Aufwachzeit: 6.17 Uhr (das erste Mal in diesem Jahr)
Höchsttemperatur am Freitag, 9. Dezember 2011 (343. Tag): 1°
Tiefsttemperatur am Freitag, 9. Dezember 2011: -6°
Niederschlagsmenge am Freitag, 9. Dezember 2011: 0 mm
Gesamte Niederschlagsmenge für 2011: 492,8 mm
Nachtrag: Ich werde ein paar Tage unterwegs sein, also werde ich mich bezüglich der Wetterdaten für Billings auf auswärtige Zeitungen verlassen müssen. Das sollte im Grunde kein Problem sein, wobei ich mir Sorgen mache, ob andere Zeitungen dieselbe Informationsquelle benutzen wie der Billings Herald-Gleaner. *Aber ich schätze, ich werde ihre Zahlen übernehmen müssen und sie später mit dem* Billings Herald-Gleaner *abgleichen, wenn ich wieder hier bin. Keine ideale Situation.*

Da ich gern mit wenig Gepäck reise, habe ich nicht meine gesamten Aufzeichnungen der Wetterdaten dabei, deshalb sage ich mit der zugegebenen Ungenauigkeit meiner persönlichen Erinnerung, dass dies der schönste Dezember ist, den ich je gesehen habe. Dies stelle ich um genau 8:03 Uhr fest, zwölf Minuten nach meiner Abreise, während ich auf die *Interstate 90* Richtung Westen auffahre und einen klaren Himmel sowie die Crazy Mountains vor mir habe.

Ich habe meine Haferflocken gegessen und mein Fluoxetin, Lisinopril, Kaliumchlorid, Metformin, Actos und Furosemid eingenommen. Ich habe eine große Reisetasche mit Kleidung für eine Woche gepackt. Für meine Rückreise haben Donna und ich keinen bestimmten Termin ausgemacht. Es liegt mir nicht, etwas im Ungewissen zu lassen, aber irgendwie beunruhigt mich das heute gar nicht. Was mich beunruhigt.

Ich stelle den Tempomat des Cadillac DTS auf exakt 65 Meilen pro Stunde und trinke einen Schluck Wasser aus der Flasche im Flaschenhalter neben mir. Ich habe oft gehört, dass Sänger die Vorzüge der Freiheit der Straße preisen – wie es aussieht, kann man nicht lange Sänger sein, ohne etwas über Straßen zu singen, als würde das von der internationalen Sänger-Union gefordert oder so etwas –, und zum ersten Mal denke ich, ich kann verstehen, was sie meinen. Ich weiß nicht genau, warum ich mit dieser Fahrt gewartet habe, bis ich zweiundvierzig bin.

Michael Stipe singt übrigens nichts über die Freiheit der Straße. Aus meinem scheißgeilen iPhone, das ich in die Lautsprecher meines Cadillac eingestöpselt habe, singt er von einer Angebeteten mit Eyeliner. Michael Stipe kann manchmal ganz schön rätselhaft sein.

* * *

Dreizehn Komma sieben Meilen nach Beginn meiner Reise singt Michael Stipe davon, dass jeder Mensch Schmerzen hat – ein Lied, das mich sehr anspricht –, als ich merke, dass ich Schmerzen habe, oder zumindest mein Schniedelwutz.

Ich muss ganz dringend pinkeln.

Zum Glück bin ich recht nah an der Ausfahrt nach Laurel, der Stadt gleich westlich hinter Billings, als mich der Harndrang überfällt. Ich fahre von der Autobahn auf den Parkplatz einer Tankstelle, haste hinein und halte meinen Schniedel durch die Hose hindurch fest, während ich nach einer Herrentoilette suche.

Während ich dort stehe und meine sich ständig nachfüllende Blase leere, fällt mir ein, dass Kühe »rückwärts harnend« sind. Ich nicht, ich pinkle nach vorn. Eigentlich ist das kurios.

Im Tankstellenladen kaufe ich ein Päckchen zuckerfreies Kaugummi. Ich mag Kaugummi nicht besonders, aber ich halte es für falsch, die Toilette zu benutzen, ohne etwas zum Umsatz beizusteuern. Dies scheint mir die richtige Wahl.

Bald bin ich wieder auf der Landstraße Richtung Westen unterwegs. Michael Stipe singt von seiner Hafenjacke. Ich muss sagen, dass es äußerst clever von mir war, meine umfangreiche Musiksammlung von R.E.M. im Shuffle-Modus zu hören. Obwohl ich weiß, dass jedes Lied von R.E.M. sein wird, habe ich keine Ahnung, welches als Nächstes gespielt wird, bevor die ersten Töne erklingen. Ich genieße diese Spontaneität (ich liebe das Wort »Spontaneität«).

Und doch ist diese Freude auch von einer gewissen Trauer durchdrungen, die ich seit dem 21. September – dem Tag, an dem R.E.M. ihre Trennung verkündeten – nicht abschütteln kann. Ich wünschte immer noch, ich würde wissen, warum Michael Stipe und der Rest der Band mich verlassen mussten.

* * *

Ich möchte erzählen, warum ich am ersten Tag meiner Reise nur 223 Meilen fahre. Ganz sicher wäre es unmöglich, die gesamten 686,5 Meilen von mir bis zu Donna und Victor an einem einzigen Tag zu fahren. Würde mein Vater noch leben und diese Reise mit mir unternehmen, bin ich sicher, er würde so etwas sagen wie: »Teddy, schnall dich an. Wir werden die ganze Strecke in einem durchfahren.« Ich werde nicht gern »Teddy« genannt, mein Name ist Edward. Aber wenn es bedeutete, dass ich meinen Vater wiedersehen und seine Stimme hören könnte, würde ich es gern ertragen.

Der Grund, weshalb ich heute nur 223 Meilen fahre, ist der, dass es mir schwerfällt, mich länger auf eine einzige Aufgabe wie etwa das Fahren zu konzentrieren. Das ist eine der Folgen meiner Erkrankung am Asperger-Syndrom mit Neigung zu Zwangsstörungen. Meine Gedanken schweifen ab, und das kann beim Fahren gefährlich werden, vor allem, wenn man allein fährt und niemanden zum Reden hat. Die restlichen 463,5 Meilen werde ich morgen fahren. Wenn ich dabei viele Pausen einlege, um meinem Gehirn Ruhe zu gönnen, müsste ich es schaffen, und sobald ich bei Donna und Victor angekommen bin, werde ich so viel Ruhe bekommen, wie ich brauche, um mich von der Mühsal (ich liebe das Wort »Mühsal«) der Reise zu erholen. Falls ich morgen keine 463,5 Meilen schaffe, wäre ich bereit, eine weitere Nacht in einem Motel zu verbringen. Aufgrund meiner Krankheit tue ich gelegentlich dumme Dinge, aber für eine solche Reise die unvorhersehbaren Umstände nicht einzukalkulieren, gehört mit Sicherheit nicht dazu. Ich habe die Übernachtungsmöglichkeiten zwischen Butte, Montana, und Boise, Idaho, bereits eruiert. Ich bin in meiner sozialen Entwicklung gestört. Aber ich bin nicht blöd.

* * *

Es sind 140,7 Meilen von meinem Haus bis nach Bozeman, Montana, und ich habe zwei Stunden und zweiunddreißig Minuten gebraucht, um diese Distanz zu überwinden. Die Reise hat länger gedauert als erwartet, weil ich zweimal anhalten musste, um zu pinkeln.

Das erste Mal passierte es kurz hinter Columbus, Montana, am Meilenstein 418. Die Raststätte liegt auf einem Berg, von dem aus man das Tal des Yellowstone River überblicken kann. Nachdem ich mein Geschäft verrichtet hatte, was ein

Euphemismus ist, ging ich den Fußweg entlang, um die Aussicht zu genießen. An einem ungewöhnlich warmen Dezembertag wie diesem, mit klarem Himmel und ohne Dunst, kam es mir vor, als könnte ich unendlich weit sehen, was natürlich eine optische Täuschung ist.

So sehr ich auch versucht war, mich ins Gras zu setzen und eine Weile den Ausblick zu betrachten, fuhr ich weiter. Ich hatte noch viele Meilen vor mir und wollte Donna, Victor und Kyle nicht enttäuschen, indem ich später komme als notwendig.

Achtunddreißig Meilen später, nahe der Kleinstadt Greycliff, musste ich wieder anhalten. Diese Pinkelei wird allmählich etwas lästig, obwohl ich vermute, dass ich es mit meiner Wassertrinkerei noch schlimmer mache. In Greycliff war ich bei der zweiten Flasche und hatte noch nicht einmal hundert Meilen geschafft. So seltsam es auch klingen mag, aber es könnte sein, dass ich in eine zweite Kiste Wasser investieren muss.

Es könnte auch sein, dass ich auf der *Interstate* nicht konstant 65 Meilen pro Stunde gefahren bin. In Livingston, zum Beispiel, 27 Meilen hinter Bozeman, blies ein aggressiver Wind. Und als ich über den Bergpass nach Bozeman einfuhr, schwankte das Tempo zwischen schneller als 65 Meilen pro Stunde beim Bergab-Fahren und langsamer als 65 in engen Kurven. Der Bergpass zwischen Livingston und Bozeman ist ein gutes Beispiel dafür, warum ich diese Reise in Etappen nehmen muss. Über Bergpässe zu fahren, stresst mich sehr.

Jetzt bin ich in Bozeman in einem *Coffee Shop* an der Main Street, weil ich Hunger habe. Ich habe das Haus um 7:51 Uhr verlassen und vorher nur Haferflocken und drei Handvoll Sonnenblumenkerne gegessen (die ich jetzt nicht mehr esse, weil sie Dreck machen, und ich mag keinen Dreck). Jetzt ist es 10:23 Uhr, und mir ist ein bisschen schwummrig. Das ist nicht gut.

Ich bestelle einen zuckerfreien Chai-Tee, von dem ich noch nie gehört habe und ihn gern einmal probieren möchte, sowie einen Müsliriegel, von dem die nette Dame an der Theke meinte, er sei bei meinem Zustand vertretbar.

»Ich bin Diabetiker, wissen Sie das?«, erkläre ich ihr.

»Tja, das wusste ich nicht, aber wir finden bestimmt etwas Passendes«, antwortet sie.

Ich fand sie sehr zuvorkommend – sowohl ihre Bereitwilligkeit, meine ernährungsspezifischen Bedürfnisse zu berücksichtigen, wie auch ihren Hinweis, dass sie nichts über meinen Zustand wissen könne. Es war dumm von mir zu fragen, ob sie das tue.

Ich trinke gerade meinen zweiten Schluck Chai-Tee, der wirklich lecker ist und in einem hohen, dünnwandigen Glas serviert wird, das ich optisch sehr ansprechend finde, als ein junger Mann mit kurz geschorenem blonden Haar zu mir kommt und sagt: »Oh, du bist wohl ein ganz heller Junge, wie?«

Ich sehe mich um. Ich habe niemanden mehr »heller Junge« sagen hören, seit ich den Film »Rächer der Unterwelt« von 1946 gesehen habe, in dem William Conrad diesen Ausdruck in der ersten Szene mehrere Male benutzt.

»Ich?«, frage ich nach.

Er zeigt auf mein Sweatshirt. Ich sehe nach unten. Auf meiner Brust steht: *University of Montana, 2001 National Champions.*

»Ja, du«, sagt er.

»Tja, manchmal bin ich ja auch ganz schön clever«, sage ich.

Er pikst mir mit dem Finger in die Brust. Das tut weh.

»Es ist aber nicht clever, in Bozeman einen Pullover der Grizzlies zu tragen.«

Ich sehe an dem jungen Mann vorbei zur Theke, aber die Frau, die mir den Tee und den Müsliriegel gegeben hat, scheint uns nicht weiter zu bemerken. Er und ich sind im hinteren Teil des Cafés allein.

»Die Grizzlies von der Universität von Montana sind mir egal«, sage ich. »Ich bin ein Fan der Texas Christian University.«

Das macht ihn noch wütender.

»Dann bescheißt du die Leute also bloß?«

»Nein.«

»Für mich sieht es aber ganz so aus.«

»Vermutungen können riskant sein«, erwidere ich. »Wie es scheint, ziehen Sie bestimmte Schlüsse daraus, dass ich dieses Sweatshirt trage, aber die sind nicht korrekt.«

Mein Vater hat diesen Pulli von einem Freund geschenkt bekommen, einem Förderer der Universität von Montana, und ich habe ihn von meiner Mutter bekommen, als sie nach dem Tod meines Vaters seine Sachen aussortierte, um sie wegzugeben. Ich trage ihn heute, weil ich an ihn denken musste.

»Du bist ein echter Schlaumeier, wie?«

»Nein, nur schlau.«

Was als Nächstes passiert, kommt so unvermittelt, dass ich keine Möglichkeit habe, mich darauf vorzubereiten. Der wütende junge Mann schlägt mir mit der Faust direkt auf die Nase. Heftiger Schmerz breitet sich in meinem Gesicht aus, und meine Augen beginnen zu tränen. Fast falle ich von meinem Stuhl, aber ich bekomme mit der linken Hand die Tischkante zu fassen und halte mich aufrecht. Ich schmecke Metall in meinem Mund und fasse mir an die Nase. Sie blutet.

»Fick dich«, sagt der junge Mann, dreht sich um und geht zur Tür.

Die Frau von der Theke rennt an ihm vorbei, um nach mir zu sehen.

»Sind Sie okay?«, will sie wissen.

»Ich blute.«

Ich will weinen, und das könnte ich vermutlich auch, weil meine Augen ganz nass sind, aber ich will es nicht vor dieser Frau tun.

»Warten Sie, ich hole etwas«, sagt sie.

Sie läuft zurück zur Theke und hält einen Lappen unter heißes Wasser, den sie mir dann bringt.

»Legen Sie den Kopf in den Nacken«, sagt sie.

Ich tue, was sie sagt. Sie wischt mir vorsichtig über die Nase, die immer noch wehtut. Als sie den Lappen wieder hochnimmt, kann ich sehen, dass er von Blut durchtränkt ist (ich liebe das Wort »durchtränkt«).

»Ich bin gleich wieder da«, sagt sie.

Während sie weggeht, rufe ich ihr nach: »Wer war das? Warum hat er mich geschlagen?« Die erste Frage ist ernst gemeint, die zweite ist rhetorisch. Es gibt keinen Grund, jemandem ins Gesicht zu schlagen.

»Ich weiß es nicht«, ruft sie zurück. Sie hebt die Hand, um einem Pärchen, das an der Theke wartet, zu bedeuten, dass sie gleich zurückkommt.

»Hier«, sagt sie und hält mir den sauberen Lappen entgegen. »Lassen Sie den Kopf hinten und halten Sie das unter Ihre Nase.«

»Ich habe ihm nichts getan«, sage ich.

Nun weine ich doch. Ich konnte es nicht unterdrücken.

»Das weiß ich. Wollen Sie, dass ich die Polizei rufe?«

Ich mag die Polizei nicht. Das möchte ich ihr nicht weiter erläutern, aber es ist so, dass die Polizei schon ein paarmal wegen mir gerufen wurde, bevor ich mit Dr. Buckleys Hilfe lernte, meinen Zustand zu kontrollieren. Dass ich Polizisten nicht mag, ist eine konditionierte Reaktion.

»Nein«, sage ich.

»Wird es denn gehen?«

»Ich weiß nicht.«

»Okay. Hören Sie, ich muss die neuen Gäste fragen, was sie wollen. Geben Sie mir Bescheid, wenn Sie etwas brauchen.«

»Okay.«

Als sie weg ist, stehe ich auf, drücke den Lappen weiter auf mein Gesicht und gehe nach hinten zu den Toiletten. Ich muss nicht pinkeln.

Die einzelne Glühbirne in der Herrentoilette verbreitet mattes Licht. Ich recke mein Gesicht bis zum Spiegel vor und begutachte den Schaden. Meine Nase ist feuerrot, und an der Nasenwurzel sehe ich eine Schwellung. Um meine Nasenlöcher klebt getrocknetes Blut.

Ich berühre die Schwellungen, und sofort spüre ich wieder heftigen Schmerz. Ich werde sehr vorsichtig sein müssen, bis das alles wieder geheilt ist.

Insgesamt scheint die Verletzung jedoch minimal zu sein, abgesehen von meinen Gefühlen. Was ich wollte, war ein kleiner Imbiss und ein paar Minuten Entspannung, und dann bekam ich einen Schlag ins Gesicht.

Das habe ich nicht verdient. Es war falsch von diesem jungen Mann, mich zu schlagen.

Aber dann fällt mir der Spruch ein, dass Verdienst nichts damit zu tun hat.

* * *

Von Bozeman bis zum Harrison Drive in Butte, wo mein Hotelzimmer auf mich wartet, sind es 83,15 Meilen. Auf der Strecke sind Teile der bizarren Landschaft zu sehen, für die Montana bekannt ist – Flusstäler, Bergketten (mir gefallen besonders die Tobacco Root Mountains, die einen tollen Namen haben) und ein Himmel, der so beeindruckend ist, dass er dem

Staat einen besonderen Namen verpasst hat: Big Sky Country – Land unter großem Himmel. Ich nehme all das in mich auf, aber abgesehen von einer Pinkelpause im Einkaufszentrum halte ich nicht an. Ich schieße keine Fotos mit meinem scheißgeilen iPhone. Hin und wieder betrachte ich mein Gesicht im Rückspiegel und sehe, dass die Schwellung um meine Nase nicht abnimmt und mittlerweile sogar violett gefärbt ist. Das pisst mich gewaltig an. Es verdirbt mir die ganze Reise.

Endlich, um 12:37 Uhr, fahre ich auf den Parkplatz des *Best Western Plus Butte Plaza Inn*. Ich hole meine Reisetasche aus dem Kofferraum und betrete das Hotel, um einzuchecken.

»Hey, Mann, was ist denn mit Ihrem Gesicht passiert?«, fragt der Mann an der Rezeption.

»Ich wurde geschlagen.«

»Von wen?«

»Von wem, meinen Sie.«

»Ja.«

»Von jemandem, der mein Sweatshirt nicht mochte.«

Er späht über seine Brille hinweg auf meinen Brustkorb.

»Hm. Gutes Team.«

»Ach ja?«

»Wissen Sie das nicht?«

»Das ist mir egal.«

Er schüttelt den Kopf.

»Tja, das sind sie.«

Ich will etwas sagen, lasse es dann aber sein. Seine Aufmerksamkeit ist wieder auf den Bildschirm gerichtet, und er scheint kein Interesse mehr daran zu haben, mit mir zu reden, was auch in Ordnung ist. Schließlich gibt er mir meine Key-Card, und ich gehe.

»Frühstück gibt es ab sechs Uhr morgens«, ruft er mir nach.

* * *

Nachdem ich geduscht habe, lege ich mich im Bademantel quer aufs Bett und schließe die Augen. Ich muss immer wieder an den jungen Mann denken, der mich geschlagen hat, und wünschte, ich könnte Dr. Buckley sehen, weil dies eine Situation ist, über die wir ausgiebig gesprochen hätten. Zu ihr hatte ich völliges Vertrauen, was ich zu Dr. Bryan Thomsen nicht habe – was vermutlich der Grund dafür ist, dass ich ihn nicht anrufe und ihm von der Sache erzähle.

Ich denke an Dienstag, den 1. Februar zurück, als Dr. Buckley mir sagte, sie werde Ende April in den Ruhestand gehen. Sie sagte, ihr Mann habe sich bereits von seinem Beruf als Herzchirurg an der *Billings Clinic* zurückgezogen, was ich nicht wusste, denn erstens haben Dr. Buckley und ich meist über mich geredet und nicht über sie, und zweitens lässt meine Familie sich im *St. Vincent* behandeln. Mein Vater war dort im Aufsichtsrat und dem Krankenhaus treu verbunden. Vor drei Jahren, einem Monat und zehn Tagen ist er darin gestorben. Ich habe noch nie darüber nachgedacht, aber ich hoffe, dass er, wo immer er auch ist – wenn er überhaupt irgendwo anders ist als auf dem Friedhof *Terrace Garden* –, sich freut, im *St. Vincent* gestorben zu sein und nicht in der *Billings Clinic*. Ich denke, es wäre ihm wichtig gewesen.

Dr. Buckley sagte, sie und ihr Mann würden noch herumreisen wollen, bevor »wir zu alt sind, um uns vom Fleck zu bewegen«, und ich sagte ihr, das sei albern, sie sehe doch jung und munter und mobil aus (ich liebe das Wort »mobil«). Sie erwiderte: »Das haben Sie lieb gesagt, Edward«, aber das wollte ich gar nicht. Sie sieht wirklich gut aus, oder zumindest tat sie das am Dienstag, dem 26. April, als ich sie das letzte Mal sah. Es wäre eine Mutmaßung zu sagen, wie sie jetzt aussieht. Jedenfalls habe ich keine Ahnung, ob ihr Ehemann gesund und munter ist, da ich ihn nie kennengelernt habe. Vielleicht wird er bald sterben. Vielleicht ist Dr. Buckleys Eile begründet.

Bevor sich Dr. Buckleys und meine Wege trennten, hatten wir fünf Sitzungen zusammen mit Dr. Bryan Thomsen. Dr. Buckley meinte, dies werde es Dr. Bryan Thomsen und mir erleichtern, in eine Arzt-Patient-Beziehung »hineinzugleiten«. Sie sagte, sie sei sicher, wir würden »wunderbar klarkommen« und dass Dr. Bryan Thomsen, da er mehr in meinem Alter sei, mich deshalb vielleicht sogar besser verstehen könne als sie. Ich hatte da meine Zweifel, weil ich den Altersunterschied zwischen mir und Dr. Buckley nie als Beschränkung (ich liebe das Wort »Beschränkung«) empfunden hatte, sagte ihr aber, ich werde es versuchen.

Bislang hatte ich mit meinen Vermutungen über Dr. Bryan Thomsen recht. Er ist nur ein schwacher Ersatz für Dr. Buckley. Die meiste Zeit macht mir das nichts aus, aber im Moment tut es das sehr wohl.

* * *

Da ich nicht schlafen kann, weil ich immer wieder an den Teil meines Gesichts komme, der wehtut, beschließe ich, *Adam-12* auf meinem Handy zu gucken. Ich liege weit zurück. Ich habe es nicht geschafft, diese Serie täglich zu sehen, so wie *Polizeibericht*. Aber ich werde versuchen, das zu ändern. Dr. Buckley und ich haben eifrig daran gearbeitet, meine destruktiven Zwänge zu überwinden und die zu stärken, die meinem Leben Ausgeglichenheit verleihen, wie etwa mein täglicher Beschwerdebrief. Aber in diesem miesen Stinkstiefel von einem Jahr sind offenbar viele meiner Gewohnheiten durchbrochen worden. Ich habe die Hoffnung, dass die Wiederaufnahme der Routine, eine Fernsehserie zu verfolgen, mir helfen wird, zur Ruhe zu kommen. Allerdings ist Hoffnung vergänglich und unvorhersehbar. Ich hätte lieber Tatsachen.

Ich sehe die zweiundzwanzigste Episode der ersten Staffel mit dem Titel »Protokoll 152: Ein toter Polizist hilft keinem«. Ich hätte sie vor zwei Tagen sehen sollen, aber da bin ich eingeschlafen, und danach war ich wegen meiner Reise zu aufgeregt.

Ich habe eine Weile gebraucht, bis ich mich mit *Adam-12* zurechtfand, und obwohl ich die Serie noch immer für erheblich schlechter halte als *Polizeibericht*, kann ich mich doch langsam dafür erwärmen. Weder Officer Pete Malloy noch Officer Jim Reed sind so klug und logisch wie Sergeant Joe Friday, aber zusammen ergeben sie den fast perfekten Polizisten. Malloy ist älter und launischer, während Reed ein junger Heißsporn ist (ich liebe das Wort »Heißsporn«). Ihre jeweiligen Eigenschaften – Weisheit und Zurückhaltung, Jugend und Stärke – sind ihnen von Nutzen, während sie in den Straßen von Los Angeles Verbrechen bekämpfen.

Ich denke, ich werde die Serie weiter verfolgen.

* * *

Nachdem ich bei *Perkins* ein Brathühnchen gegessen habe, mache ich einen Spaziergang durch die unmittelbare Nachbarschaft. Es ist eine uninteressante Gegend nahe der Autobahn. Morgen früh werde ich auf der *Interstate 90* weitere 6,6 Meilen Richtung Westen fahren müssen, um zur *Interstate 15* Richtung Süden zu gelangen, die mich nach Idaho bringen wird.

Der Himmel ist dunkel geworden. Während das Wetter relativ unberechenbar ist, trifft das für die Zeit des Sonnenuntergangs nicht zu. Wir haben die Wintersonnenwende noch nicht erreicht, ab der die Tage immer länger sein werden. Die Sonne ist vor 17:00 Uhr untergegangen. Ich schlage den Mantelkragen bis über die Ohren hoch. Es ist ziemlich kalt hier – viel kälter als zu Hause in Billings.

Ich treibe ziellos dahin. Dieses Gefühl habe ich, seit ich heute Morgen aufgebrochen bin – eigentlich die meiste Zeit dieses Stinkstiefels von einem Jahr über –, und endlich habe ich einen Ausdruck gefunden, um dieses Gefühl zu beschreiben. Mein Zuhause liegt 223 Meilen hinter mir und mein Ziel noch 463,5 Meilen entfernt. Ich fühle mich hier nicht wohl, meine Gefühle sind immer noch sehr verletzt, weil ich geschlagen wurde, und ich bin nervös, weil ich Donna und Victor und Kyle wiedersehen werde. Das finde ich seltsam. Hätten Sie mich an einem der hundertneunundachtzig Tage seit ihrem Auszug gefragt, ob ich sie gern wiedersehen würde, wäre ich vor Aufregung aufgesprungen und hätte gerufen: »Ja, bitte, das wäre wunderbar!«

Nun, da ich ungefähr noch vierundzwanzig Stunden von ihnen entfernt bin, habe ich Angst.

Das irritiert mich. Es ist schwer zu erkennen, wie viel von diesem Gefühl daher rührt, dass ich meine Freunde wiedersehe, und wie viel davon mit allem anderen zu tun hat. Ich mag es nicht, etwas nicht zu wissen.

QUASI SONNTAG, DER 11. DEZEMBER 2011

Ich wache um 2:37 Uhr auf und bin desorientiert (ich liebe das Wort »desorientiert«) und außer Atem. Während sich meine Augen an das Fehlen von Helligkeit gewöhnen, versuche ich, ruhiger zu atmen, und mein Herzschlag verlangsamt sich. Ich weiß jetzt wieder, wo ich bin.

Ich hatte einen seltsamen Traum.

In ihm lebte mein Vater noch. Ich träume häufig, dass mein Vater noch lebt und bei mir ist. Normalerweise zeigt er mir, wie ich etwas tun soll, oder sagt mir etwas, das ich seiner Meinung nach wissen müsste. Während er noch lebte, habe ich nie von meinem Vater geträumt. Zumindest erinnere ich mich nicht daran. In den letzten drei Jahren, einem Monat und elf Tagen seit seinem Tod habe ich oft von ihm geträumt. Es ist eigenartig, aber auch tröstlich, also beschwere ich mich nicht.

Dieser Traum war seltsam, weil das, was darin passierte, vor vielen Jahren auch im richtigen Leben passiert ist. Ich war mit meinem Vater in einer Bar in der kleinen Stadt Cheyenne Wells, Colorado. Ich war neun Jahre alt. Das weiß ich, weil etwas eher in dem Jahr die Dallas Cowboys beim Super Bowl XII die Denver Broncos geschlagen haben. Ein paar Monate später, nach Schulende, ließ meine Mutter mich mit meinem Vater nach Cheyenne Wells fahren, wo er die Arbeit an den Ölpumpen beaufsichtigen sollte, die seine Firma dort besaß. So landeten wir in der Bar.

Wir saßen auf Barhockern. Mein Vater saß links von mir und diskutierte mit dem Barkeeper, und rechts von mir saß dieser alte Mann mit langen weißen Koteletten. Er hielt seine gefalteten Hände fest zusammengepresst und hob sie immer vor sein Gesicht, um mit einem Auge hineinzuspähen.

Ich wurde neugierig.

»Was haben Sie da drin?«, fragte ich ihn.

»Eine Maus. Willst du sie sehen?«

Ich glaubte ihm nicht. Eine Maus passte nicht in den kleinen Raum zwischen seinen Händen. Und selbst wenn, dann hätte sie den Mann bestimmt gebissen. Ich dachte, er macht sich einen Spaß mit mir.

»Nein, ich will Ihre Maus nicht sehen.«

Ich erinnere mich nicht mehr an alles – ich weiß nicht einmal mehr, wann ich das letzte Mal an diese Sache gedacht habe –, aber ich weiß noch, dass es eine ganze Weile so lief. Der alte Mann spähte zwischen seine Hände und lud mich ein, ebenfalls zu gucken. Ich lehnte jedes Mal ab.

Irgendwann stand ich auf, um pinkeln zu gehen – weil ich ein kleiner Junge mit einer kleinen Blase war und nicht, weil ich Medikamente nahm, so wie jetzt. Als ich wiederkam, wartete der alte Mann auf mich, packte mich am Handgelenk und tat mir dabei weh.

Ich schrie nach meinem Vater, und er kam in einer gefühlten Millisekunde dazu, obwohl ich weiß, dass das unmöglich ist. Er packte die Hand des alten Mannes und mein Handgelenk und riss sie auseinander, und dann hieb er dem alten Mann mit einer schnellen Bewegung den Ellbogen in den Brustkorb, sodass er zu Boden fiel.

»Scheren Sie sich raus, zum Teufel«, sagte mein Vater, und das tat der alte Mann.

Nachdem er weg war, drehte mein Vater sich zu mir um. Er sah besorgt aus. »Alles in Ordnung, Teddy?«

Ich nickte. Ich konnte nicht sprechen.

Mein Vater streckte mir seine Hand entgegen.

»Komm mit, Sohn.«

Er führte mich zurück zur Theke und bestellte beim Barkeeper ein frisches Rootbeer für mich.

* * *

Ich will ehrlich sein, was meinen Vater betrifft. Er war manchmal ganz schön abgründig. Als ich klein war, kamen wir wunderbar miteinander aus, aber später, vor allem als ich ein Teenager wurde und auch danach noch, haben wir viel gestritten. Es gab Zeiten, da war er richtig böse zu mir, zum Beispiel, als er Jay L. Lamb beauftragte, mir unfreundliche Briefe zu schreiben, in denen er mich wegen der Schwächen und Fehler rügte, die er bei mir sah.

Als er starb, was recht unvermittelt und unerwartet passierte, hatten wir die meisten unserer Unstimmigkeiten nicht geklärt, und das habe ich sehr bedauert.

Während ich den Tod meines Vaters verarbeite, so meinte Dr. Buckley, würden die guten Erinnerungen die schlechten vertreiben, und vielleicht könnte ich mit meinem toten Vater dann die Beziehung haben, die ich mit dem lebendigen nicht haben konnte. Das hat sich großenteils bewahrheitet, aber nicht ganz. Die Wahrheit ist, dass sich schöne Erinnerungen, bei denen es fast so ist, als wäre er neben mir, und bedauerliche Erinnerungen, bei denen wir streiten und uns überhaupt nicht verstehen, abwechseln. Das einzig Konstante dabei ist, unabhängig von meiner Erinnerung, dass ich wünschte, er wäre richtig wieder da. Während ich rücklings auf dem Bett liege, mit der Decke bis zum Hals, und in die Dunkelheit starre, denke ich, dass ich ihn mir nie mehr herbeigewünscht habe als jetzt.

Wäre mein Vater gestern bei mir gewesen, hätte er mich vor dem unbeherrschten jungen Mann in Bozeman beschützt. Wäre er jetzt bei mir, könnte er mir vielleicht sagen, warum ich plötzlich solche Angst habe mir vorzustellen, wie mein weiteres Leben verlaufen soll. Ich weiß es nicht mehr. Ich hatte eine Arbeit und Freunde, die ich jeden Tag gesehen habe, oder *fast* jeden Tag. Ich hatte regelmäßige Gewohnheiten und Dinge, auf die ich mich verlassen konnte. Das meiste davon habe ich nicht mehr, und ich weiß nicht, wie ich das, was ich verloren habe, ersetzen soll. Ich weiß nicht einmal, ob das überhaupt möglich ist.

Das alles würde ich meinem Vater sagen wollen, aber ich würde auch wollen, dass er weiß, dass ich mir Mühe gebe. Mein Vater bewunderte Menschen, die sich Mühe geben. Troy Aikman war sein allerliebster Football-Spieler, weil er furchtlos wirkte, auch wenn andere Teams ihn sehr verletzten. Ich bin nicht furchtlos. Ich kann nicht einmal so tun, als ob. Aber ich gebe mir Mühe. Ich versuche, die Dinge zu begreifen, und denke, das ist auch der Grund für diese Reise. Ja, Kyle ist in Schwierigkeiten, und ich will ihm helfen, wenn ich kann. Ja, ich will Donna und Victor wiedersehen. Aber vielleicht will ich auch etwas für mich, zum Beispiel, dass ich mich nicht so ziellos herumtreibend fühle. Das hört sich egoistisch an, aber ich denke, es ist in Ordnung. Ich denke, mein Vater würde das auch so sehen.

Ich bin froh, dass ich über all das nachdenken konnte, auch wenn es mir den Schlaf geraubt hat.

OFFIZIELL SONNTAG, DER 11. DEZEMBER 2011

Diarium von Edward Stanton:
Heutige Aufwachzeit: 2:37 Uhr, um über den Traum mit meinem Vater nachzudenken. Endgültig dann um 7:38 Uhr (das 208. Mal in diesem Jahr).
Höchsttemperatur am Samstag, 10. Dezember 2011 (344. Tag): 6°
Tiefsttemperatur am Samstag, 10. Dezember 2011: -3°
Niederschlagsmenge am Samstag, 10. Dezember 2011: 0 mm
Gesamte Niederschlagsmenge für 2011: 492,8 mm

Neue Einträge:
Körperliche Betätigung am Samstag, 10. Dezember 2011: ein 47-minütiger Spaziergang nach dem Frühstück.
Gefahrene Meilen am Samstag, 10. Dezember 2011: 223,4

Nachtrag: Während ich heute Morgen beim kostenlosen Frühstück meine Schüssel Haferflocken aß – und alle meine Medikamente einnahm – dachte ich weiter über meinen Traum nach und über meine Angst, weil ich nicht weiß, welche Richtung mein Leben nehmen soll. Ich kann nichts tun, damit diese Angst wie durch Zauberei verschwindet. So etwas wie Zauberei gibt es nicht. Vielleicht hat die Angst auch etwas zu bedeuten. Vielleicht kann sie mich zu etwas hinführen. Das ist alles weitaus gefühlsbetonter, als ich es normalerweise mag, aber vielleicht stresst es mich weniger, wenn ich daran glaube, dass ich etwas Neuem und Wichtigem entgegengehe. Ich habe nichts gegen Glauben, wobei ich einräumen muss, dass es nicht annähernd so gut ist wie Tatsachen.

Ich habe auch viel darüber nachgedacht, dass mich der unbeherrschte junge Mann in Bozeman geschlagen hat. Ich werde versuchen, mich auch deswegen nicht zu stressen.

Rechts von meiner Nase verläuft ein blauvioletter Streifen, und die Schwellung unter meinem rechten Auge wird dunkelblau, fast schwarz. Der unbeherrschte junge Mann ist ein echter Vollidiot!

* * *

Bevor ich abreise, tue ich etwas Schlaues: Ich warte eine Stunde nach dem Einnehmen meiner Medikamente, belade dann erst meinen Wagen und fahre los. In dieser Zeit gehe ich zweimal pinkeln, was mein Pinkelbedürfnis während der Fahrt mindern sollte (ich liebe das Wort »mindern«). Trotz allem bin ich um 10:02 Uhr wieder unterwegs und habe vorher sogar getankt. Um den Tank nachzufüllen, brauche ich 46 Liter zu 0,69 $ je Liter, was 31,74 $ ergibt. Anhand des Meilenstands kann ich errechnen, dass ich gestern 4,9 Meilen pro Liter gefahren bin. Meine Voraussagen lagen ziemlich weit daneben, und das enttäuscht mich. Es besteht einfach keine Möglichkeit, seine Kosten exakt vorherzubestimmen, wenn man den Launen der Ölgesellschaften ausgesetzt ist.

Es ist ein kalter, klarer Morgen. Das Außenthermometer meines Cadillac DTS, dessen Messwert auf dem Armaturenbrett zu sehen ist, zeigt -11°. Das Außenthermometer dieses Wagens ist nicht so zuverlässig wie das offizielle Temperaturmessgerät des Nationalen Wetterdienstes, für meine Bedürfnisse auf der Reise jedoch ausreichend.

* * *

Wenn ich an einer Wiegestation vorbeifahre, an der das Verkehrsministerium die Papiere und Frachtmengen großer Lastwagen und anderer gewerblicher Fahrzeuge überprüft, erinnere ich mich manchmal an meinen Vater, wenn er so lange

Fahrten unternahm wie ich jetzt. Er hasste Wiegestationen. Seine Feindseligkeit konnte nicht aus persönlicher Erfahrung rühren. Ich habe meinen Vater nur einmal einen großen Lastwagen fahren sehen, und das war im November 1974, als er in Denver einen *International Paystar 5000* kaufte und ihn dann nach Midland, Texas, brachte, um eine Ölbohranlage aufladen zu lassen. Meine Mutter schickte mich mit ihm auf diese Fahrt. Ich war fünf Jahre alt. Sie hatten gerade Eheprobleme, obwohl ich das zu der Zeit nicht wusste. Ich kann mich an keine Probleme mit Wiegestationen auf dieser Fahrt erinnern. Hätte es sie gegeben, würde ich mich bestimmt daran erinnern.

Jedenfalls hasste mein Vater Wiegestationen. Jedes Mal, wenn wir an einer vorbeikamen, sagte er etwas wie »geldgierige Arschlöcher« oder »billige Möchtegernpolizisten«. Einmal fragte ich ihn, warum er Wiegestationen so sehr hasse, und er sagte, die Leute darin hätten Freude daran, die Bohrmannschaften zu ärgern, für die er zuständig sei. Er erzählte von einem Mal, als ein Bohrmann namens Jim Quillen an einer Wiegestation bei Grand Junction, Colorado, angehalten wurde. Das Personal der Wiegestation kam heraus und überprüfte die Papiere und den großen Ölbohrer und einen kleineren Laster mit einem Wassertank. Sie kletterten auf den Führerstand der Bohranlage, maßen den Überstand des Bohrmasts und teilten Jim Quillen mit, der Mast rage vorn zu weit über das Fahrzeug hinaus.

»Quillen war ein Hitzkopf, aber er war auch schlau«, sagte mein Vater. »Er wusste, wenn er sich beschwerte, würden sie ihn nie mehr weiterfahren lassen. Also, weißt du, was er gemacht hat, Teddy?«

Ich wusste nicht, was er gemacht hatte, und das sagte ich meinem Vater.

»Er fuhr mit dem Wassertanklaster nach vorn und verband die beiden Lastwagen miteinander. So gab es keinen

Überhang mehr. Quillen sagte, als er sich umsah, hing den Männern das Kinn bis zum Boden. Geschieht ihnen recht, den Arschlöchern!«

Mein Vater erzählte mir diese Geschichte und lachte so heftig, dass er ganz rot im Gesicht wurde. Ich konnte erkennen, dass es eine seiner Lieblingsgeschichten war. Wahrscheinlich war es eine gute Geschichte. Ich bewerte solche Dinge nicht, aber es ist nicht die beste Geschichte, die ich je gehört habe. Trotzdem bin ich dankbar, dass er sie mir erzählt hat, damit ich mich daran erinnern und an ihn denken kann.

* * *

Die Strecke, die ich jetzt fahre, auf der *Interstate 15* Richtung Süden nach Idaho, bringt mich durch ein paar wunderbare Landschaften, und am *Beaverhead-Deerlodge National Forest* halte ich zweimal an, um Fotos zu schießen. Ich habe nie viel fotografiert. Ich erinnere mich auch so an sehr viele Dinge, sodass ich keine Bilder brauche, die mir dabei helfen, aber ich muss einräumen, dass ich froh bin, all die Fotos von Donna und Kyle und Victor zu haben, die in den letzten Jahren gemacht wurden. Wenn ich mich sehr einsam fühle, hole ich sie hervor und denke an die gute Zeit, als sie aufgenommen wurden. Die Fotos dieser Reise, die ich mit meinem scheißgeilen iPhone mache und in meine »cloud« schicke, könnten irgendwann einen ähnlichen Zweck erfüllen. Ein Teil von mir wünscht, ich könnte die Autobahn verlassen und die Gegend erkunden. Virginia City, das einst die Hauptstadt von Montana war, liegt nicht weit entfernt, ebenso wie Bannack, das vor Virginia City die Hauptstadt war. Von diesen Städten habe ich im Geschichtsunterricht der achten Klasse der *Will James Middle School* gehört, und ich würde sie eines Tages gerne sehen, aber ich muss noch Hunderte von Meilen fahren und darf nicht zu weit von meinem Weg abweichen (ich liebe das Wort »abweichen«).

Meine Pinkelmaßnahme vor der Abfahrt scheint sich auszuzahlen. Bevor ich Idaho erreiche, muss ich nur einmal anhalten, um die Python zu würgen, und zwar nach 66,1 Meilen in Dillon. Ich biege auf den Parkplatz einer Exxon-Tankstelle und renne fast hinein. Ich habe gut geplant. Anders als gestern habe ich nicht das Gefühl zu platzen, und so erreiche ich die Toilette, ohne groß Aufmerksamkeit auf mich zu ziehen, indem ich meinen Schniedelwutz festhalte. Zwei Minuten und sieben Sekunden später, nachdem ich mir ausgiebig die Hände gewaschen habe, bezahle ich eine Packung zuckerfreies Kaugummi und gehe zurück zu meinem Auto.

Um 11:28 Uhr bin ich wieder auf der Interstate Richtung Idaho.

Dies ist bereits jetzt ein guter Tag.

* * *

Genau 24,7 Meilen hinter Dillon gibt mein iPhone komische Geräusche von sich.

Ich nehme es hoch, und auf dem Bildschirm steht eine Nachricht: *Was geht? LOL.*

Das ergibt keinen Sinn.

Mit einer Hand am Steuer sehe ich immer wieder zwischen meinem Handy und der Straße hin und her und tippe zurück: *Wer sind Sie?*

Ich lege meine Hand zurück aufs Lenkrad und versuche, nur auf die Straße zu sehen, aber meine Neugier ist stärker als mein Wunsch, auf die empfohlene sichere Weise zu fahren. Ich verdrehe immer wieder die Augen, um auf das Display des Handys sehen zu können.

Endlich kommt eine weitere Nachricht: *Die Bullen. LOL. Dreh um und fahr nach Hause. LOL*

Jetzt bin ich mächtig irritiert. Ich teile wiederum meine Aufmerksamkeit und tippe: *Woher haben Sie diese Nummer? Und was ist so lustig?*

Ich bin nicht dumm, ich weiß, was LOL bedeutet: »laughing out loud« – lauthals lachen. Ich weiß auch, was ROFLMAO bedeutet: »rolling on the floor, laughing my ass off« – auf dem Boden rollen und sich den Arsch ablachen, und die meisten der sogenannten Emoticons kann ich deuten. Aber ich mag sie nicht. Die Internetkultur zerstört die Art und Weise unserer Kommunikation.

Ich starre auf mein Handy und erwarte eine Antwort. Als ich wieder aufblicke, bin ich zu sehr nach rechts gedriftet und muss das Lenkrad deutlich nach links drehen, um nicht von der Straße abzukommen. Das war knapp. Mein Herz rast.

Schon kommt die nächste Nachricht: *Ich weiß alles. LOL*

Als ich nach unten greife, um eine neue Antwort zu schreiben, sehe ich im Rückspiegel blaues Licht. Ein Polizeiwagen gibt Zeichen, dass ich anhalten soll.

Da brat mir doch nen Storch und nenn mich Sally! Das ist aber nur eine Redewendung. Scott Shamwell sagte das hin und wieder. Ich mag keinen gebratenen Storch, und ich bevorzuge es, bei meinem eigenen Namen genannt zu werden, der Edward lautet.

Ich fahre rechts ran und warte auf den Polizisten.

* * *

Nachdem mir der Polizist einen Strafzettel über 250 $ für leichtsinniges Fahren ausgestellt hat – und geschimpft, weil ich während der Fahrt SMS geschrieben habe, und gesagt, ich könne froh sein, dass ich mich nicht umgebracht habe oder jemand anderen oder etwas noch Schlimmeres, was mir unlogisch erscheint, denn was könnte schlimmer sein, als jemanden zu töten oder selbst getötet zu werden? –, bleibe ich bei abgestelltem Motor in meinem Wagen sitzen.

Wer sind Sie wirklich?, tippe ich. *Keine Lügen.*

Es vergehen ein paar Augenblicke. *Kyle. LOL.*

Du hast mich gerade 250 $ gekostet und in Schwierigkeiten mit der Montana Highway Patrol *gebracht.*

LOLOLOLOLOLOLOLOLOLOLOLOLOLOLOLOLOLOLOLOLOLOLOLOLOLOLOLOLOLOLOLOLOLOLOLOLOLOLOLOLOL!

* * *

Es kommen weitere Nachrichten von Kyle. Er textet, ich solle ein »gangsta« sein und den Strafzettel nicht bezahlen. Er textet, die Dallas Cowboys seien »Hirnis« und die Denver Broncos und Tim Tebow »geil«. Er textet, er werde mich bei all seinen Wii-Spielen »abzocken«, was vermutlich stimmt – mit der Wii war ich nie gut. Er textet, seine Eltern seien »Dödel« und seine Schule voller »Saftsäcke«.

Ich lese die Nachrichten beim Fahren eine nach der anderen, was ich vermutlich nicht darf, aber ich kann nicht anders. Ich werde in American Falls, das 170,6 Meilen entfernt liegt, anhalten und essen und dort die vielen SMS beantworten. Bis dahin werde ich sie einfach nur lesen.

Um 12:37 Uhr bekomme ich allerdings eine Nachricht, die mich veranlasst, das scheißgeile iPhone abzuschalten.

Und sei nicht wieder so blöd, wenn du hier bist.

Als ich es sehe, muss ich zweimal blinzeln. Die Worte verletzen mich. Kyle und auch alle anderen sollten wissen, dass ich nicht blöd bin. Kurz, nachdem wir uns kennenlernten, habe ich ihm meine Krankheit erklärt, und ich weiß, dass auch Donna ihm etwas darüber erzählt hat. Trotzdem hielt er es für richtig, mir diese SMS an mein scheißgeiles iPhone zu schicken. Ich bin keineswegs blöd. Ich bin sogar ziemlich clever. Ich weiß eine ganze Menge, und ich kann eine ganze Menge. Manchmal ergibt die Welt für mich keinen Sinn. Andere Menschen irritieren mich immer wieder. Ich komme schlecht mit Menschenmengen zurecht, und ich weiß nicht, was ich tun soll, wenn Leute emotional werden, aber nichts davon bedeutet, dass ich blöd bin. Die Ironie dabei ist, dass ich jetzt derjenige bin, der emotional ist. Kyles Nachricht weckt in mir den Wunsch, den Wagen anzuhalten und mit einem Hammer draufzuschlagen.

Außerdem ist es ganz schön dreist von Kyle, mich blöd zu nennen, wo er nicht einmal richtig schreibt.

Ich versuche mir vorzustellen, was Dr. Buckley mir raten würde, was ein armseliger Ersatz für ihren echten Rat ist. Zum einen zwingt es mich, Mutmaßungen anzustellen, und wie ich laufend klarzumachen versuche, können Mutmaßungen gefährlich sein. Aber ich schätze, ich habe jetzt keine andere Wahl.

Ich vermute, Dr. Buckley würde sagen, dass Kyle ein Junge ist und dass Jungen gemein sein können. Sie könnte außerdem sagen, dass seine Bösartigkeit mir gegenüber nur ein fehlgeleiteter Ausdruck seiner Frustration mit sich selbst ist. Dr. Buckley sagte oft, wenn wir schlecht über andere Menschen redeten, würden wir etwas an ihnen kritisieren, das wir in Wahrheit an uns selbst nicht mögen. Ich bin nicht sicher, dass ich jemals richtig verstanden habe, was sie damit meinte, aber wenn ich das jetzt auf Kyle übertrage, ergibt es irgendwie einen Sinn. Ich weiß, dass Kyle es in der neuen Stadt und auf der neuen Schule nicht leicht hat. Vielleicht bezeichnen andere *ihn* als blöd. Vielleicht gibt er das an mich weiter, damit es nicht länger auf ihm lastet. Das sind viele Vielleichts, was mir unangenehm ist.

Schließlich fällt mir ein, wie Dr. Buckley einmal sagte, dass die Kinder, die mich früher ausgelacht hätten, als ich jünger war, einfach nur auf Besonderheiten reagierten, so wie Kinder es eben tun. Kinder nehmen Eigentümlichkeiten sehr schnell wahr und werden dann Opfer einer Art von Herdentrieb, bei dem mangelnde Anpassung angeprangert und bestraft wird. Die Vorstellung, dass das jetzt auf Kyle zutreffen könnte, macht mich traurig, weil unsere Besonderheiten – wie etwa unser unterschiedliches Alter – uns bisher nicht davon abhielten, gute Freunde zu sein. Als er und Donna und Victor vor 190 Tagen Billings verließen, nahm er mich vor ihrem alten Haus in die Arme, und ich habe ihn auch umarmt, was mir normalerweise schwerfällt. Jetzt spricht (oder schreibt) er mir auf diese Weise. Was, wenn wir keine Freunde mehr sein können? Ich denke, dass ich nicht weiter darüber nachdenken will.

Ich beschließe, das scheißgeile iPhone ausgeschaltet zu lassen, bis ich bei Donna und Victor angekommen bin. Ich werde keine Fotos von Idaho machen können, und wenn ich mich verspäte, werde ich das Spiel der Dallas Cowboys gegen die New York Giants heute Abend nicht sehen können, aber ich will durch Kyles Nachrichten nicht noch mehr verwirrt werden, als ich jetzt schon bin.

* * *

Nach dem Abendessen im *Pizza Hut* in American Falls setze ich mich wieder in meinen Cadillac DTS und schalte mein scheißgeiles iPhone ein. Ich kann nicht anders.

Ich habe eine Nachricht auf dem Anrufbeantworter.

»Hallo, Edward, hier ist Donna. Ich habe mir Kyles Handy geschnappt und den ganzen Mist gesehen, den er dir geschickt hat. Das mit dem Strafzettel tut mir furchtbar leid. Wir werden ihn bezahlen. Und du kannst sicher sein, dass du keine weiteren Nachrichten mehr bekommst. Der junge Mann scheint es darauf anzulegen, sich in noch größere Schwierigkeiten zu bringen, als er sie ohnehin schon hat. Oh, Mann, wir freuen uns schon riesig, dich zu sehen, wenn du jetzt überhaupt noch Lust darauf hast. Bis in ein paar Stunden dann! Ruf an, wenn du dich verspätest. Tschüs!«

Donnas Stimme zu hören, ist ein komisches Gefühl, aber nicht ha-ha-komisch und auch nicht blöd-komisch. Ich werde innen drin ganz warm und fühle mich so ähnlich wie früher, als ich noch klein war und krank und meine Mutter mir dann über die Stirn strich und mir Geschichten von Häschen erzählte, die in den Wolken leben, was natürlich unmöglich ist. Seit Donna weg ist, habe ich das überhaupt nicht mehr gefühlt. Sie ist meine beste Freundin. Kyle war auch mein bester Freund, und ich hoffe sehr, dass er es wieder sein wird, aber im Moment haben er und ich Probleme. Kyle scheint mit vielen Leuten Probleme zu haben.

Dass Donna meinen Strafzettel bezahlen will, zeigt, was für ein lieber Mensch sie ist. Wobei das natürlich albern wäre. Ich würde nie zulassen, dass sie das tut. Ich weiß, dass Donna und Victor finanziell abgesichert sind, aber 250 $ sind eine Menge Geld, und es ist ja nicht so, dass sie etwas falsch gemacht haben. Wenn jemand anderes den Strafzettel bezahlen sollte, dann Kyle – er ist derjenige, der ihn verursacht hat. Aber Kyle ist nur ein Kind, und wahrscheinlich hat er keine 250 $.

Ich werde den Strafzettel bezahlen. Egal, was Kyle getan hat – ich bin dafür verantwortlich. Und verdammt noch mal, ich bin scheißreich!

* * *

Nach einer halben Stunde Fahrt, als die Sonne hinter dem Horizont verschwunden ist, sehe ich die Scheinwerfer der nach Osten fahrenden Autos als lange Lichtstreifen auf mich zukommen. Ich habe noch einmal angehalten, um zu pinkeln, was ich im *Pizza Hut* vergessen habe. Ich bin jetzt nicht mehr weit weg, weniger als drei Stunden, wenn meine Berechnungen stimmen, was sie aber meistens tun. (Das betrifft nicht meine Berechnungen zum Benzin, da diese mich immer wieder irritieren. In American Falls brauchte ich 59 Liter zum Nachtanken für 0,677 $ je Liter, was 39,95 $ ergab und wie ein Preis aus der Fernsehwerbung klingt. Von Butte bis nach American Falls bin ich 278,3 Meilen gefahren, was bedeutet, dass ich pro Liter 4,72 Meilen weit gekommen bin.)

Obwohl ich relativ wach bin, fahre ich nicht gern im Dunkeln, vor allem nicht auf einer Straße, die ich nicht kenne. Zu Hause in Billings kenne ich alle Straßen gut und weiß, wie ich wohin fahren muss, um nur rechts abbiegen zu müssen. Hier auf der Autobahn weiß ich zumindest, dass ich konstant in eine Richtung fahre: nach Westen. Was ich nicht weiß, sind Dinge wie, wo es bergan geht, ob Teile der Straße marode sind (ich liebe das Wort »marode«) oder ob bestimmte Fahrbahnen wegen Bauarbeiten gesperrt sind. Ich werde das alles erst beim Fahren herausfinden, im Dunkeln. Und deshalb fühle ich mich unwohl.

Ich erinnere mich an das eine Mal, als mein Vater im Dunkeln einen schlimmen Unfall hatte. Er und meine Mutter waren in Sheridan, Wyoming, zu Besuch bei Freunden gewesen, und auf der Rückfahrt fuhr mein Vater auf der *Interstate 90* ein Reh an. Es war ein schlimmer Schaden. Das Auto – natürlich ein Cadillac – lief nicht mehr, und mein Vater und meine Mutter mussten mit einem Abschleppwagen die etwa achtzig Meilen bis nach Billings zurückfahren (ich wünschte, ich wüsste die genaue Entfernung, aber die habe ich nie herausbekommen). Die Versicherungsgesellschaft meinte, es sei ein Totalschaden und gab meinem Vater Geld für einen neuen Cadillac, den er natürlich kaufte. Mein Vater wäre nie ein anderes Auto gefahren. Er bezeichnete den Cadillac immer als bestes Verhandlungsinstrument der Welt. Er sagte: »Wenn sie dich in einem Cadillac kommen sehen, wissen sie zwei Dinge: Erstens, dass du weißt, was Qualität ist. Und zweitens, dass du ihren Deal nicht brauchst. Weißt du, warum? Weil du einen gottverdammten Cadillac fährst, darum.«

Ich weiß auch noch, dass meine Mutter wegen des Unfalls sehr böse auf meinen Vater war. Jedes Mal, wenn das Thema zur Sprache kam, verzog sie das Gesicht und sagte: »Ted, du hättest *gar* nicht mehr fahren sollen.« Ich bin nicht sicher, was sie damit meinte. Meine Mutter ist nie Auto gefahren, jedenfalls nicht, wenn mein Vater dabei war.

In neun Tagen werde ich meine Mutter wiedersehen. Es ist das erste Mal seit dem 28. August, womit ich sie seit 105 Tagen nicht mehr gesehen habe. Sie verbringt nur einen Teil des Jahres in Billings, und mir scheint, als würden ihre Aufenthalte immer kürzer. Letztes Jahr fuhr sie im September nach Texas und kam im April nach Montana zurück. Im Jahr davor war sie im März zurückgekommen.

Es ist lange her, seit ich mit meiner Mutter über meinen Vater gesprochen habe. In letzter Zeit denke ich mehr an ihn als zuvor, und das überrascht mich, weil ich viel Zeit hatte – drei Jahre, einen Monat und elf Tage –, um mich an die Tatsache zu gewöhnen, dass er tot ist. Ich frage mich, ob sie ebenfalls an ihn denkt. Ich frage mich, ob sie ihn ebenso vermisst wie ich.

Ich schätze, ich werde sie fragen müssen.

* * *

Um 19:53 Uhr sehe ich die Lichter von Boise, und Michael Stipe singt »Bang and Blame«, und ich spüre ein Glücksgefühl in mir aufsteigen, das wie Cola-Gesprudel bis in meine

Schädelhöhle blubbert. Ich versuche jedoch, mich zu konzentrieren, weil ich weiß, dass ich aufmerksam bleiben muss. Ich muss viermal rechts abbiegen – und leider auch zweimal links –, um zu Donnas und Victors Straße zu gelangen, aber endlich fahre ich in die North 25th Street ein. Ich fahre langsam, weil es jetzt nicht mehr weit ist und ich die Hausnummern im Dunkeln nicht sehen kann und das Haus nur von Fotos kenne. Michael Stipe rät jemandem, nicht nach Rockville zurückzukehren.

Das Haus ist nicht schwer zu finden. Victors und Donnas Pick-up steht davor.

Ich parke am Straßenrand und stelle den Motor ab.

Als ich aus dem Cadillac aussteige, spüre ich einen dumpfen Schmerz in meinen Beinen und Schultern. Ich strecke mich.

Ich schlage die Fahrertür zu und gehe zum Kofferraum, um meine Sachen zu holen.

Da höre ich ihre Stimme. »Edward!«

Ich drehe mich Richtung Haus, und Donna kommt auf mich zugesprungen – sie springt wirklich, das ist keine Übertreibung. Sie läuft und springt und ruft meinen Namen, und hinter ihr ist Victor und lächelt und streckt mir seine Hand entgegen, damit ich sie schüttele.

Ich gehe auf sie zu, und Donna schlingt die Arme um meinen Hals. Victor schüttelt mir die rechte Hand und klopft mir mit der linken freundschaftlich auf den Rücken.

Sie freuen sich, mich zu sehen.

Ich bin froh, hier zu sein.

Im Türrahmen, im Schein der Hauslaterne, steht Kyle.

Er ist groß geworden.

QUASI MONTAG, DER 12. DEZEMBER 2011

Es ist 00:09 Uhr, und seit ich um 22:04 Uhr in den Keller ging, konnte ich meine Augen nicht länger als sieben Minuten und siebenundzwanzig Sekunden geschlossen halten.

Ich weiß nicht, was ich tun soll.

Victor und Donna waren großartig. Sie verstehen mich vollkommen und bemühen sich sehr, gute Freunde zu sein. Nach der Begrüßung auf der Straße halfen sie mir, meine Sachen ins Haus zu tragen. Sobald wir drinnen waren und mehr Licht hatten, sahen sie meine verletzte Nase und waren sehr besorgt, als ich ihnen die Ereignisse aus Bozeman schilderte.

Dann sagte Kyle zum ersten Mal etwas.

»Er hat dich geschlagen?«

»Ja.«

»Warum?«

»Ich weiß es nicht. Ich schätze, er mag die Universität von Montana nicht.«

»Hast du ihn zurückgeschlagen?«

»Nein.«

»Warum?«

»Das ist mir gar nicht eingefallen.«

»Das hättest du aber tun sollen.«

»Als ich begriffen habe, was da eigentlich passiert ist, war er schon wieder weg.«

Donna und Victor boten mir an, mich aufs Sofa vor den Fernseher zu setzen. Die Cowboys spielten gegen die New York Giants, und sie waren schon in der zweiten Hälfte. Meine Freunde wussten, dass ich gern den Rest des Spiels sehen würde, und obwohl ich mich vermutlich mehr um sie hätte kümmern müssen, sahen sie mir das nach. Das tun gute Freunde füreinander.

»Ein spannendes Spiel bis jetzt«, sagte Victor.

Er erklärte, Tony Romo habe in der ersten Hälfte toll gespielt, mit zwei Touchdown-Pässen, und die Cowboys würden 17-15 führen.

Donna bat Kyle, sich neben mich zu setzen und das Spiel mit anzusehen. Er stand an die gegenüberliegende Wand gelehnt und hatte nach seinen Fragen zu meiner Nase nichts mehr gesagt.

»Ich hasse die blöden Cowboys«, sagte er.

Ich gab mir große Mühe, darauf nichts zu erwidern. Kyle und ich haben schon oft über dieses Thema gesprochen, und obwohl ich verstehe und akzeptiere, dass er Fan der Denver Broncos ist, war er nie bereit zu akzeptieren, dass ich Fan der Dallas Cowboys bin. Ich schreibe das seiner Jugend zu, in der man oft trotzig und widerspenstig ist (ich liebe das Wort »widerspenstig«). Er wird älter – er ist jetzt 191 Tage älter als bei unserer letzten Begegnung in Billings – und ist bockig. Es wird anstrengend werden.

Donna blieb ruhiger als ich, und so war ich froh, dass sie als Erste sprach. »Aber du magst Edward, und daran solltest du vielleicht denken.«

Darauf sagte Kyle nichts mehr, aber er kam und setzte sich zu mir auf die Couch, allerdings mit großem Abstand ans andere Ende. Er machte noch immer ein verkniffenes Gesicht, mit einem Mund, zu dem mein Grandpa Sid gesagt hätte, er sehe aus »wie ein Hühnerarschloch«.

Ich wartete auf eine Werbepause, um ihn anzusprechen.

»Wie groß bist du jetzt?«, erkundigte ich mich.

»Weiß nicht.«

»Am ersten Juni warst du einen Meter neunundsechzig groß. Jetzt siehst du viel größer aus.«

»Ach was!«

»Können wir dich messen?«

»Nein.«

»Warum nicht?«

»Weil das blöd ist, du Saftsack.«

»Hey!«, sagte Victor.

Donna war sichtbar böse. Sie stand von ihrem Sessel auf, ging zu Kyle und beugte sich vor, sodass sie sich mit ihrem Gesicht direkt auf Augenhöhe ihres Sohnes befand.

»Du weißt, ich hasse dieses Wort. Ich will nicht, dass du es hier benutzt, und woanders auch nicht. Du entschuldigst dich sofort.«

Kyle sah mich nicht einmal an. »'Tschuldigung.«

Dann ging das Spiel weiter, also ließ ich ihn in Ruhe. Nachdem sie die Giants bei deren erstem Ballbesitz in der zweiten Halbzeit gestoppt hatten, versuchten die Cowboys Raumgewinn zu erreichen, aber Tony Romo wird bei seinem Passversuch zu Fall gebracht.

»Komm schon, Romo«, sagte ich.

Das habe ich schon oft gesagt, seit Tony Romo Quarterback der Cowboys wurde – viel zu oft, um es zu zählen, und ich bin froh, dass ich darüber keine Statistik führe.

»Hirnis«, sagte Kyle.

»Was?«

»Das sind Blödmänner.«

»Sie liegen immer noch vorn, Kyle.«

»Du bist ein Blödmann.«

Donna sprang auf. »Das war's. Schluss jetzt, Kyle. Wenn du dich nicht zivilisiert benehmen kannst, fliegst du raus.«

Sie packte Kyle am Arm, zog ihn auf die Füße und zerrte ihn aus dem Wohnzimmer. Kyle riss heftig an seinem Arm und befreite sich. Sofort stand Victor auf und stellte sich vor Kyle, der ein Stück zu schrumpfen schien, auch wenn das technisch nicht möglich ist. Aber er wusste genau, dass er in Schwierigkeiten war und sich nicht mit seinem Stiefvater anlegen wollte.

»Ins Bett«, sagte Victor. »Sofort.«

Kyle protestierte nicht. Er verließ den Raum, und Donna folgte ihm.

Victor setzte sich wieder hin und sah mich an. »Er meint es nicht so, Edward. Er ist verärgert. Verwirrt. Er trägt eine Bitterkeit in sich, die wir einfach ertragen müssen, bis sie vorbei ist.«

»Warum?«

»Ich weiß es nicht. Vielleicht Hormone. Es war kein leichter Wechsel hierher. Er kennt die anderen Kinder nicht so gut. Und die Junior High ist schon unter besten Umständen eine harte Zeit, wie ich mich erinnern kann.«

Ich nickte. Für mich war die Schule vom Anfang bis zum Ende hart – nicht unbedingt der Unterricht, auch wenn einiges dabei schwierig war. Ich hatte keine Freunde, und das ist für ein Kind sehr schlimm. Eigentlich ist das für jeden schlimm, wie ich seit dem Wegzug all meiner Freunde aus Billings gemerkt habe. Ich bin heute schrecklich frustriert über Kyle, und jetzt, während ich mich an meine Schulzeit vor dreißig Jahren erinnere, als ich in seinem Alter war, habe ich das Gefühl, ihn zu verstehen. Ich würde nicht wollen, dass er das erlebt, was ich erlebt habe.

»Er ist so groß«, sagte ich.

Victor lachte. »Das kannst du laut sagen. Seit Ende des Sommers ist er mindestens zehn Zentimeter gewachsen. Er trägt Schuhgröße vierundvierzig. Wir mussten zweimal neue Klamotten kaufen.«

»Was soll ich tun?«, fragte ich.

Victors Gesicht wird schlagartig ernst. »Erst einmal solltest du weiterhin sein Freund bleiben. Er braucht einen. Wir werden abwarten, wie es läuft.«

Das ist es, worüber ich jetzt im Dunkeln nachdenke. Darüber, Kyles Freund zu sein.

Tatsache ist, dass Kyle mein allererster guter Freund war. Donna und ich sind ebenfalls gut befreundet, und ich merke, dass ich mich auch mit Victor immer mehr anfreunde. Aber Donna und ich hatten keinen so guten Start. Als ich sie das erste Mal traf, mochte ich sie nicht besonders, und ich denke, sie mochte mich auch nicht. Mit Kyle dagegen hatte ich von Anfang an richtigen Spaß. Ich lernte ihn am 15. Oktober 2008 kennen, als er mir half, meine Garage zu streichen.

Vielleicht ist es das, was Kyle fehlt – Spaß. Er sieht übellaunig aus, und seine Eltern haben wegen ihm mit Sicherheit auch schlechte Laune. Er macht mir schlechte Laune. Dr. Buckley würde sagen, dass wir diesem Jungen sehr viel Macht über uns gegeben haben.

Um fair zu sein, muss ich sagen, dass Kyle nicht der einzige Grund ist, warum ich schlechte Laune habe. Die Dallas Cowboys haben es heute Abend richtig verbockt. Fünf Minuten und einundvierzig Sekunden vor Schluss haben sie bei 34-22 zwölf Punkte geführt und es dennoch geschafft zu verlieren. Eli Manning warf einen Pass zum Touchdown und Brandon Jacobs erlief einen, und durch diese zwei Zusatzpunkte der *Two-Point-Conversion* gewannen die Giants 37-34. Es ist häufig passiert, dass die Dallas Cowboys eine Führung nicht genutzt haben. In diesem Fall war es nicht Tony Romos Schuld – er hat vier Touchdowns geworfen. Sonst ist es allerdings schon häufig Tony Romos Schuld.

Ich schüttele den Kopf und rufe mir ins Gedächtnis, dass ich wegen Kyle hier bin und nicht wegen der Dallas Cowboys. Ich gebe mir selbst im Dunkeln ein Versprechen, aber nicht wie in dem Song von Pat Benatar. Ich verspreche, dass ich mich in meiner Zeit hier sehr bemühen werde, Spaß mit

Kyle zu haben, ihm zu zeigen, was Spaß bedeutet und ihn an die guten Zeiten zu erinnern, die wir hatten und wieder haben können.

Es ist ein gutes Gefühl, einen Plan zu haben. Es ist jetzt 00:48 Uhr. Der Spaß beginnt in wenigen Stunden.

OFFIZIELL MONTAG, DER 12. DEZEMBER 2011

Diarium von Edward Stanton:
Heutige Aufwachzeit: 8:33 Uhr (ohne Berücksichtigung der Stunden, die ich nach Mitternacht noch wach war) (das 208. Mal in diesem Jahr)
Höchsttemperatur am Sonntag, 11. Dezember 2011 (345. Tag): 6° (laut der Zeitung in Boise). Dieselbe wie am Vortag.
Tiefsttemperatur am Sonntag, 11. Dezember 2011: -3°. Ebenfalls dieselbe wie am Vortag.
Niederschlagsmenge am Sonntag, 11. Dezember 2011: 0 mm
Gesamte Niederschlagsmenge für 2011: 492,8 mm

Neue Einträge:
Körperliche Betätigung am Sonntag, 11. Dezember 2011: keine, leider. Ich bin gefahren, habe gegessen, die Dallas Cowboys gesehen und bin ins Bett gegangen. Heute muss das anders laufen.
Gefahrene Meilen am Sonntag, 11. Dezember 2011: 464,9
Insgesamt gefahrene Meilen: 688,3

Nachtrag: Ich bin jetzt in Boise, das Schlüsselwort heißt »Spaß«. Kyle hat offensichtlich keinen und seine Eltern auch nicht. Auch ich habe keinen, wenn ich ehrlich bin, und ich bin fast immer ehrlich. Ich bin jetzt hier und möchte das Beste aus meinem Aufenthalt machen, weil ich schon bald wieder nach Hause fahren und dann nach Texas fliegen werde, um meine Mutter zu besuchen, und ich weiß nicht, wann ich meine Freunde das nächste Mal wiedersehe.

Spaß. Das ist jetzt das wichtigste Wort. Vielleicht klingt das seltsam. Ich habe nie darüber nachgedacht, ob Wörter ihrer Wichtigkeit nach klassifiziert werden sollten, obwohl ich weiß, dass

Etymologen gern die Häufigkeit messen, mit der bestimmte Wörter benutzt werden. Aber Häufigkeit und Wichtigkeit sind nicht unbedingt das Gleiche. Sagen wir einfach, dass Spaß gerade ein sehr wichtiges Wort für Donna, Victor, Kyle und mich ist. Mehr Bedeutung muss man ihm nicht zuschreiben.

Ich frühstücke Haferflocken, was schnell eines meiner Lieblingsessen geworden ist, seit Dr. Rex Helton es mir empfohlen hat, um meinen Typ-2-Diabetes zu bekämpfen. Donna sitzt dabei, und wir reden. Ich erzähle ihr von der Diagnose, und sie ist sehr interessiert, weil sie Krankenschwester ist und die Auswirkungen unkontrollierten Diabetes aus nächster Nähe gesehen hat.

»Helton hat vollkommen recht, Edward«, sagt sie. »Es ist anders als der Diabetes, den man schon früh bekommt. Du kannst ihn bekämpfen. Du kannst abnehmen und deinen Blutzucker in den Griff bekommen und irgendwann die Medikamente absetzen.«

»Ich muss viel davon pinkeln.« Ich schlage die Hand vor den Mund. »Tut mir leid. Es ist unhöflich, übers Pinkeln zu reden.«

Hinter mir höre ich Kyle herannahen. »Pinkeln ist cool.«

Er sagt das wie diese beide Comicfiguren auf dem Musikkanal im Fernsehen, und dann kichert er albern, so wie sie es immer tun.

»Okay, du Schlaumeier, Frühstück«, sagt Donna.

Sie schiebt ihm eine Schüssel entgegen, und er setzt sich auf den Stuhl rechts von mir. Bei Tageslicht kann ich ihn besser betrachten und er mich auch.

»Hey, Mann, sieht aus, als ob dein Gesicht besser wird«, sagt er.

Ich berühre die Haut neben meiner Nase. »Wirklich?«

»Yeah, Mann. Du hast echt was aufs Maul gekriegt.«

Sofort zischt Donna: »Fang bloß nicht so an, junger Mann.«

Er sieht sie an, dann schaufelt er sich etwas von seinem Frühstück in den Mund. »Bist du früher schon mal zusammengeschlagen worden?«

»Du musst nicht antworten, wenn du nicht willst«, meint Donna.

Ich lege meinen Löffel zur Seite. Es macht mir nichts aus zu antworten.

»Zusammengeschlagen? Nein. Ich wurde viel gehänselt. Es gab aber Jungen, die hätten mich bestimmt gern zusammengeschlagen, wenn sie gedacht hätten, dass sie damit durchkommen. Aber nein, das hat vorher noch nie jemand getan. Ich war nicht darauf vorbereitet.«

»Wirst du kämpfen lernen, damit es nicht wieder passiert?«

Kyles Interesse an dem Thema irritiert mich.

»Ich will nicht kämpfen«, antworte ich.

»Aber was, wenn jemand mit dir kämpfen will?«

»Dann laufe ich weg.«

»Was, wenn das nicht geht?«

»Das kann ich mir nicht vorstellen. Das heißt nicht, dass das nicht passieren kann. Ich kann mir nur keine Situation vorstellen, in der ich nicht die Möglichkeit hätte, mich zu entfernen.«

»Wie auch immer. Vielleicht hast du einfach nicht viel Phantasie.«

Kyle ist ein sehr aufmerksamer junger Mann.

»Das stimmt.«

»Also wird es vielleicht wieder passieren.«

Das Gespräch verläuft jetzt im Kreis, aber es widerstrebt mir (ich liebe das Wort »widerstreben«), es zu beenden, weil Kyle sich endlich mit mir unterhält. Das Problem ist, dass ich nicht weiß, was ich ihm sagen soll, um das Gespräch in Gang zu halten, ohne all das zu wiederholen, was wir bereits besprochen haben. Das wird mich ermüden und ärgerlich machen.

Donna jedoch weiß, was zu sagen ist.

»Wie wäre es, wenn wir über etwas anderes reden als darüber, wer wann von wem geschlagen wird?«

Es gefällt mir, dass Donna die Pronomen richtig dekliniert.

Kyle scheint sich für kein anderes Thema zu interessieren. Er isst wieder seine Frühstücksflocken, und wir sitzen schweigend da.

Während wir das tun, denke ich über Kyles Frage nach. Was *würde* ich tun, wenn jemand mich schlagen wollte und ich nicht weggehen könnte?

Ich denke und denke und denke. Kyle sagt nichts, und Donna liest die Zeitung, also habe ich Zeit, dieser Frage die nötige Aufmerksamkeit zu schenken. Das Problem ist, dass ich einfach nicht weiß, was ich tun würde. Es ist zu hypothetisch und zu wenig Tatsache, als dass mein Gehirn es verarbeiten könnte. Ich kann nur hoffen, dass es nie passieren wird.

* * *

Donna erzählt, sie habe sich den ganzen Tag freigenommen, damit wir zu dritt etwas unternehmen können. Als Erstes, sagt sie, machen wir einen schönen, langen Spaziergang, damit ich mein Pensum (ich liebe das Wort »Pensum«) an Bewegung bekomme. Donna Middleton (ich vergesse immer wieder, dass ihr neuer Name Hays lautet) ist eine sehr logische Frau.

»Ich komm nicht mit«, sagt Kyle.

»O doch, das tust du«, erwidert Donna. »Junge Männer, die höflich und respektvoll sind, dürfen Zeit allein verbringen, wenn sie möchten, weil sie sich das Recht darauf verdient haben. Junge Männer, die vom Unterricht ausgeschlossen wurden, müssen endlose, quälende Stunden mit Menschen verbringen, die sie lieben.«

Sie nimmt seine und meine Schüssel und bringt sie in die Küche. Sobald sie uns den Rücken kehrt, macht Kyle eine sehr unhöfliche Geste, die man »Stinkefinger« nennt. Ich bin entsetzt, und ich schätze, mein Gesichtsausdruck verrät das, also zeigt er mir auch den Stinkefinger.

* * *

Wir gehen auf Donnas Straße, der 25th North, Richtung Norden und überqueren Straßen mit Namen wie »Lemp« und »Heron« und »Hazel«, die ich sehr interessant finde. Diese Wohnsiedlung scheint mir anders als die in Billings. In meinem Viertel richten sich alle Straßennamen nach einem bestimmten Thema: Lewis, Clark, Custer, Miles. Es sind die Namen bedeutender Menschen aus der Geschichte von Montana. Aber hier ... ich weiß nicht. Ich gebe zu, dass ich mich in der Geschichte von Boise oder Idaho nicht so gut auskenne, aber ich kann in den Namen kein System erkennen. Ich weiß nicht, was »Lemp« bedeutet. Ein »Heron« ist ein Reiher, also ein Vogel, »Hazel« ist ein alter Frauenname oder eine Farbe, ein Braunton. Danach kommen wir an der »Bella Street« und der »Irene Street« vorbei – das sind definitiv Frauennamen. Bella ist im Moment ein beliebter Name wegen dieser Vampirbücher und -filme. Leider ist Edward das auch. Als ich beim *Billings Herald-Gleaner* arbeitete, sagten mir die Leute immer wieder, ich sei im Team Edward, was wohl etwas mit diesen Filmen zu tun hat. Das hat mir nicht gefallen.

Hinter Irene biegen wir rechts ab und gehen zu einem schönen Park an der Ecke. Donna hat sich bei mir untergehakt, und wir reden – also, die meiste Zeit redet sie – den ganzen Weg über und lächeln uns an. Kyle hat noch kein einziges Wort gesagt, und die meiste Zeit geht er mit gesenktem Kopf ein paar Schritte hinter uns.

»Gefällt es dir hier?«, will Donna wissen.

»Es ist eine hübsche Stadt. Gefällt sie dir?«

Sie antwortete nicht sofort. Während ich warte, sehe ich zur anderen Straßenseite.

»Ich vermisse Billings«, sagt sie schließlich. »Ich habe lange dort gewohnt, und ich hatte viele Freunde. Aber hier gibt es auch viele Möglichkeiten, und Victor hat eine sehr gute Arbeitsstelle. Ich kann mir hier eine Zukunft vorstellen.«

Kyle hinter uns sagt: »Ha!«

»Kannst du dir hier keine Zukunft vorstellen?«, frage ich ihn.

Um ehrlich zu sein, haben Donnas Worte mich ein wenig irritiert. Ich bin nicht sicher, dass ich mit der Aussage, eine Zukunft zu sehen, etwas anfangen kann. Ich mag keine Vorhersagen, weil sie nicht zuverlässig sind. Ich bevorzuge Tatsachen.

»Nein, alles, was ich sehe, sind ein Haufen Saftsäcke.«

Donna dreht sich um und sieht ihren Sohn an. Sie ballt die Fäuste und öffnet die Hände wieder. Ich habe sie schon einmal so wütend gesehen und gehofft, ich würde es nie wieder erleben. So viel zu Hoffnungen.

»Wer bist du?«, sagt sie.

»Was meinst du?«

»Vor noch nicht allzu langer Zeit hatte ich einen Sohn. Er war ein guter Junge. Er war lieb und freundlich. Aber er ist nicht mehr da. Weißt du, was mit ihm passiert ist?«

»Vielleicht hast du ihn in Billings gelassen, blöde Kuh.«

Mein linker Arm schießt vor, und meine Hand packt Kyle am Kragen. Das überrascht mich, da ich meinen linken Arm und meine Hand nicht gebeten habe, das zu tun.

»Lass mich los, du Missgeburt!«

Donna verpasst Kyle eine Ohrfeige. Fest. Das Klatschen ihrer Hand auf seiner Haut hallt durch die Kälte im leeren Park.

Kyle sieht sie an. Er wirkt schockiert, als hätte ihm jemand etwas Unglaubliches und Erschreckendes erzählt. Er sieht mich an. Donna neben mir atmet schwer. Ich will loslaufen und nicht wieder stehen bleiben, bevor ich weit weg bin von diesem Ort und dem, was gerade geschehen ist.

Und dann fängt Kyle an zu weinen. Er weint und weint, und Donna wird ruhig und streckt die Hände nach Kyle aus, und er versucht sie abzuschütteln, aber sie greift wieder nach ihm, und schließlich lässt er sich in ihre Arme ziehen. Er schluchzt gegen ihre Schulter, und Donna weint ebenfalls. Eine leise Stimme in meinem Inneren fordert mich auf, sie beide zu umarmen, aber der Impuls hält nicht lange an.

Ich setze mich auf eine Parkbank und beobachte die beiden.

Ich wünschte, ich wäre nicht hier, aber ich habe auch das Gefühl, dass ich genau hier sein sollte.

Diese beiden Dinge gleichzeitig ergeben keinen Sinn.

Wie kann ich meinen Freunden helfen, wenn auch ich mich nicht auskenne?

* * *

Durch eigene Schuld wird Kyle wieder in sein Zimmer verbannt. Die Tür ist geschlossen. Donna sagt, sie ist nicht sicher, ob Kyle vor uns verbannt ist oder wir vor ihm. Das ist eine Sache, die mir an Donna gut gefällt. Sie leidet offensichtlich mit ihrem Sohn mit, und obwohl sie weinen und ihn umarmen kann, wenn er es braucht, lässt sie es ihm trotzdem nicht durchgehen, wenn er sich unangemessen verhält und sie mit Schimpfworten wie »blöde Kuh« belegt. (Ich gehe jetzt mal nicht weiter darauf ein, dass er mich »Missgeburt« genannt hat. Das hat meine Gefühle verletzt, aber ich versuche, daran zu denken, dass nichts von Kyles Verhalten gegen mich persönlich gerichtet ist. Er wird etwas dafür tun müssen, um unsere Freundschaft wieder zu kitten (ich liebe das Wort »kitten«). So viel ist klar. Aber das kann bis zu einem anderen Mal warten.)

Donna nimmt ihm seine Wii und seinen Computer weg. Sie sagt ihm, er müsse sich hinsetzen und mal in Ruhe über ein paar Dinge nachdenken und wenn Victor zurück sei, könne er wieder rauskommen. Dann würden wir uns als Familie – und ich fühle mich gut dabei, dass Donna mich in dieses Wort »Familie« mit einbezieht – gemeinsam hinsetzen und über Kyle sprechen und was nun passieren soll.

Obwohl das sehr unglückliche Umstände sind, bin ich froh, daran teilzuhaben. Normalerweise werde ich nicht daran beteiligt, mit anderen Erwachsenen die Probleme von Erwachsenen zu klären. Wenn ich rational darüber nachdenke, was ich stets versuche, dann sehe ich ein, dass das mir gegenüber eine nachvollziehbare Reaktion ist. Ich muss nur an ein paar Dinge denken, mit denen ich zu kämpfen hatte, aber es frustriert mich trotzdem, angeblich zu meinem eigenen Besten von Dingen ausgeschlossen zu werden. Was nur wenige Menschen außerhalb meiner Freunde und Familie zu begreifen scheinen, ist, dass ich nicht zu dumm bin, die Probleme Erwachsener zu verstehen. Ich bin überhaupt nicht dumm. Ich bin in meiner Entwicklung beeinträchtigt, deshalb verarbeite ich Informationen auf eine Weise, die für sogenannte »neurotypische« Menschen oft keinen Sinn ergeben. (Ich liebe das Wort »neurotypisch«.)

Und es gibt noch etwas, das den Leuten nicht klar ist. Aufgrund meiner langen Zusammenarbeit mit Dr. Buckley habe ich etwas über Wut gelernt und wie man sie kontrollieren oder zumindest entschärfen kann. Als meine Sitzungen bei Dr. Buckley begannen, hat meine Wut mich fast aufgefressen (was nur eine Redewendung ist), auch wenn ich das damals nicht gemerkt habe, und ich wusste nicht, wie ich mich davon befreien oder sie in etwas Konstruktives umlenken konnte. Ich hatte die Order, mich mindestens hundertfünfzig Meter von Garth Brooks entfernt zu halten und ihm keine Beschwerdebriefe mehr zu schicken, obwohl ich immer noch der Meinung bin, dass er die Countrymusik verhunzt hat (ich liebe das Wort »verhunzt«.) Ich hatte meinen Job verloren – und zwar wegen meines damaligen Verhaltens und nicht als unfreiwillige Trennung. Ich hatte Geschäftsverbot in einem der *Albertsons*-Supermärkte in Billings – nicht in meiner Lieblingsfiliale, der an der Grand Avenue, Ecke 13th Street West, sondern in der an der 6th Street West –, weil ich eine alte Dame umgeworfen hatte, auch wenn ich immer noch der Meinung bin, dass dies nicht *mein* Fehler war.

Dr. Buckley half mir, das alles zu überwinden. Sie machte mir begreiflich, dass das Schreiben der Beschwerdebriefe an sich eine positive Handlung sein kann, weil ich meinem Ärger dabei Luft mache. Aber ich könne die Briefe abheften, ohne sie abzuschicken. Das ergab für mich am Anfang keinen Sinn, aber es funktionierte tatsächlich. Jetzt schreibe ich nicht mehr täglich einen Beschwerdebrief, sondern nur dann, wenn ich mich schlecht behandelt fühle. In solchen Fällen schicke ich die Briefe sogar ab, und ich habe schon häufig positive Ergebnisse erzielt (im November bekam ich beispielsweise zehn Pizzen umsonst, weil eine, die mir geliefert wurde, völlig durchgeweicht war, woraufhin ich einen Beschwerdebrief schrieb). Als Dr. Buckley und ich unsere Arbeit begannen, hätte ich es nicht für möglich gehalten, dass ich einen Beschwerdebrief schreiben kann, ohne Ärger dafür zu bekommen.

Zusätzlich zu alledem brachte Dr. Buckley mir Strategien zur Bewältigung von Wut und Frustration bei. Manchmal schließe ich die Augen und lasse die Woge der Wut verebben, bevor ich irgendetwas unternehme. Manchmal schlafe ich erst mal eine Nacht und wache mit einer neuen Sichtweise auf. Und manchmal werde ich sogar wütend und zeige es, wenn auch nicht sehr oft. Der Punkt ist, dass die meisten vernünftigen Reaktionen, selbst Wut, ihren Sinn haben. Man muss nur lernen, eine Situation richtig einzuschätzen und die dem Moment entsprechende schickliche Maßnahme zu ergreifen (ich liebe das Wort »schicklich«). Dabei – und bei vielem anderen – hat Dr. Buckley mir geholfen. Ich sage nicht, dass ich perfekt darin bin. Niemand ist perfekt. Ich sage nur, dass ich besser darin bin als vor meinen Besuchen bei ihr.

Ich weiß, das klingt angeberisch. Das soll es aber nicht. Ich versuche nur zu sagen, dass, falls Kyle meine Hilfe braucht, irgendwelche Bewältigungsstrategien zu entwickeln, ich sie ihm gerne geben werde. Ich habe damit Erfahrung.

* * *

Donna und ich trinken Kaffee an ihrem Küchentisch. Jedenfalls trinkt sie Kaffee. Ich trinke zuckerfreien Kakao, weil ich keinen Kaffee mag und weil Donna keinen Chai Tee hat, den ich mag. Das herauszufinden war das einzig Gute an meinem Negativabenteuer in Bozeman, wobei ich nicht sicher bin, dass es einen Schlag ins Gesicht wert war.

Donna macht ein ernstes Gesicht, was ich gut verstehen kann. Es war nicht leicht für sie heute, und es gab auch keinen Spaß.

»Edward«, sagt sie. »Ich möchte mit dir über etwas reden. Ich möchte es dir jetzt schon sagen, damit du nachher, wenn Victor da ist und wir uns alle zusammensetzen, um die Dinge zu besprechen, nicht überrascht bist.«

»Okay.«

»Ich glaube, du musst wieder nach Hause fahren.«

Ich spüre einen Schmerz im Bauch.

»Okay. Warum?«

Sie sieht mich an, und ihre Augen füllen sich mit Tränen. Ich strecke meine Hand aus und fange eine Träne mit dem Daumen auf, bevor sie ihr über das Gesicht laufen kann. Sie ist überrascht. Das bin ich auch.

»Es fällt mir nicht leicht, das zu sagen«, erklärt sie. »Überhaupt nicht. Aber diese Sache ist so viel größer und grässlicher, als ich gedacht hatte, und ich glaube, wir brauchen alle Zeit und Kraft, die wir aufbringen können, um Kyle vor dem zu retten, was auch immer ihn da gepackt hat.«

Ich stimme Donna in allem zu und versuche, ihr das durch mein Nicken verständlich zu machen.

Sie fährt fort: »Du bist Teil dieser Familie, Edward. Ich möchte, dass du das weißt. Als Kyle nach Hause kam, nachdem man ihn vom Unterricht ausgeschlossen hatte, sagte er, er wolle nach Billings fahren und dich besuchen, und wir haben das sogar wirklich überlegt. Wir würden es immer noch gern machen. Aber nicht, wenn er so ist wie jetzt. Das wäre dir gegenüber nicht fair. Er ist völlig außer Kontrolle. Verstehst du, was ich meine?«

Ich nicke wieder. Ich verstehe. Es tut zwar immer noch weh, aber ich denke, alles, was Donna sagt, ergibt Sinn. Sie ist eine sehr logische Frau.

»Ich werde tun, was immer du denkst, das am besten hilft, Donna«, sage ich.

Donna senkt den Kopf und legt die Stirn auf den Armen ab, die verschränkt auf dem Tisch liegen. Ihre Schultern zucken. Sie weint wieder.

Ich trinke meinen zuckerfreien Kakao und warte darauf, dass sie wieder aufhört.

Ich fahre nach Hause, aber dort wartet nichts auf mich.

Ich treibe ziellos dahin. Ich hasse diesen Ausdruck.

* * *

Ich verlasse das Badezimmer – von den Medikamenten muss ich immer noch ungeheuer oft pinkeln (ich liebe das Wort »ungeheuer«) – und komme an Kyles Zimmertür vorbei. Er öffnet sie einen Spalt breit und spricht mich an.

»Lass nicht zu, dass sie dich wegschicken«, sagt er.

Ich sehe mich um, weil ich Angst habe, dass wir beide Ärger bekommen, aber Donna kann ihn nicht hören. Sie ist in der Küche und schneidet Gemüse für das Abendessen.

»Kyle, du sollst in deinem Zimmer bleiben.«

»Scheiß drauf.«

»*Kyle!*«

»Warum wollen sie, dass du wieder fährst?«

Wenn er so weit gelauscht hat, dass er das mitbekommen hat, dann sollte er die Antwort auf seine Frage ebenfalls kennen. Trotzdem sage ich sie ihm.

»Weil du böse bist und sie nicht wissen, was sie tun sollen. Dabei bin ich im Weg.«

Einen Moment lang sieht Kyle ganz wütend aus, und ich bereite mich innerlich darauf vor, dass er mich noch einmal beschimpfen und meine Gefühle verletzen wird, aber das tut er nicht. Er ist nur trotzig.

»Na, und? Das tun sie nur, weil sie mich bestrafen wollen. Und du fährst weg, weil du mich auch bestrafen willst.«

»Ich will dich nicht bestrafen.«

»Warum gehst du dann weg?«

»Weil deine Mom es für besser hält.«

»Sie liegt falsch.«

»Sie ist sehr logisch, Kyle.«

»Du liegst falsch.«

»Das denke ich nicht. Wir müssen abwarten, was die Tatsachen zeigen werden.«

Aus der Küche ertönt Donnas Stimme. »Edward, kannst du mir eben bei etwas helfen?«

»Schließ die Tür«, sage ich zu Kyle.

»Lass nicht zu, dass sie dich wegschicken.«

»Geh in dein Zimmer!«

Endlich tut Kyle, was ihm gesagt wurde.

Ich gehe in die Küche.

Zu sagen, ich sei irritiert, wäre untertrieben. Warum ich jedoch etwas untertreiben soll, das eigentlich anders ist, weiß ich nicht. Wieder so eine Redewendung, die nicht viel Sinn ergibt.

QUASI DIENSTAG, DER 13. DEZEMBER 2011

Es ist 4:47 Uhr.

Ich habe wieder von meinem Vater geträumt. Das passiert öfter, vor allem seit er tot ist, aber meine letzten Träume mit ihm sind anders als früher, weil sie Szenen aus meiner Kindheit zeigen, als ich noch ein kleiner Junge war. Meistens erscheint mir mein Vater in meinen Träumen so, wie ich ihn kannte, als er gestorben ist, und ich bin normalerweise in dem Alter, in dem ich zu der Zeit war, oder wie ich jetzt bin. Ich benutze Worte wie »meistens« oder »normalerweise« nicht gern, weil sie sehr unpräzise sind, aber Träume sind schwer zu beziffern (ich liebe das Wort »beziffern«) und zu kategorisieren (ich liebe das Wort »kategorisieren«). Die Natur hat dafür gesorgt, dass alle Säugetiere träumen, und ich bin mit Sicherheit ein Säugetier, aber nur weil ich Träume habe, bedeutet das nicht, dass ich mich nach dem Aufwachen an alle erinnere. Manchmal kann ich mich an keinen einzigen Traum erinnern. Manchmal erinnere ich mich nur an Teile von Träumen, und es ist schwer, sie aus der wachen, bewussten Welt heraus zu verstehen. Und manchmal erinnere ich mich an ganze Träume so lebhaft, als wären sie ein Film oder eine Serienfolge, die ich gesehen habe. Wenn mein Vater in einem Traum vorkommt, ob nun gut oder schlecht, erinnere ich mich auf letztere Weise daran.

In meinem Traum von heute Nacht waren wir wieder in Cheyenne Wells, Colorado, auf dieser Reise, die so lange her ist, nur diesmal war es eine Mischung aus der damaligen Zeit und einer sehr viel früheren Zeit, die ich nur aus Büchern kenne. Mein Vater und ich waren draußen auf den Ölfeldern, wo er eine Truppe von Männern beaufsichtigte, die an dem kathodischen Korrosionsschutz der Ölpumpen arbeiteten, damit sie nicht rosten. Dieses Bild beruht auf etwas, das tatsächlich passiert ist. Während wir in meinem Traum auf diesem Feld waren, trafen wir zwei Männer, die mit einer Pferdekutsche reisten, und hier wird der Traum unlogisch. Sie stellten sich als John Charles Fremont und Charles Preuss vor, und obwohl das in meinem Traum vollkommen natürlich erschien, weiß ich jetzt, wo ich mit offenen Augen dasitze, dass das absurd ist. Das waren Männer, die um 1840 gelebt haben. Fremont hat wichtige Expeditionen in den Westen geleitet, und Preuss war sein langjähriger treuer Kartograf, der genau das hasste, was er so hervorragend konnte.

In meinem Traum erzählte mir mein Vater, dass Fremont und Preuss Männer seien, die den Mut hätten, zu Gebieten aufzubrechen, die niemand zuvor gesehen hat. In Wahrheit hat mein Vater so etwas nie gesagt. Falls er irgendetwas über Fremont oder Preuss wusste, so habe ich ihn nie darüber reden gehört. Außerdem bin ich sicher, dass mein Wissen über diese beiden Männer aus Büchern und aus dem Fernsehen stammt. Die Frage, wie mein Gehirn dazu kam, Cheyenne Wells – das viel weiter südlich liegt als die Gebiete, die Fremont und Preuss bereisten – und diese beiden Forschungsreisenden des frühen neunzehnten Jahrhunderts zu vermengen, wird für immer ein Rätsel bleiben. Es gibt keine logische Erklärung dafür, und ich bin ein Mensch, der Logik über alles stellt.

Jetzt liege ich also auf dem Rücken und versuche, einen Sinn in etwas zu sehen, das der natürlichen Ordnung widerspricht, und das ist womöglich das Schwierigste, das irgendjemand von mir erwarten kann. Seit ich diese Reise mache, habe ich zweimal von meinem Vater geträumt, und beide Male waren wir in Cheyenne Wells, Colorado, und ich war ein kleiner Junge. Ich frage mich, was das bedeutet, oder ob es überhaupt etwas bedeutet. Wäre ich ein Oneirologe, also ein Mensch, der Träume erforscht, hätte ich vielleicht eine Grundlage, auf der ich es verstehen kann. Ich bin kein Oneirologe. Und was ist mit Fremont und Preuss? Auch das verstehe ich nicht. Ich kann mich erinnern, dass ich eine Fernsehsendung über ihre Expeditionen gesehen und gedacht habe, dass dieser Preuss ein Mensch war, der mir gefallen hätte, weil er bei allem sehr gewissenhaft war, so wie ich es bin. Diese Eigenschaft machte ihn zu einem guten Kartografen, aber einem schlechten Forschungsreisenden, und in der Sendung sagten sie, dass Preuss nie die Bedeutung der Dinge verstand, die er sah. Zum Beispiel schrieb Preuss einmal fröhlich in sein Tagebuch, dass einige der Männer ihrer Reisegesellschaft erfolgreich mit den Indianern um Salz verhandelt hätten, mit dem ihr Essen besser schmeckte. Er schrieb jedoch nichts darüber, dass die Gruppe etwa zur selben Zeit Lake Tahoe entdeckte. Der Sprecher schien das witzig zu finden, aber um ehrlich zu sein konnte ich Preuss' Sicht der Dinge nachvollziehen. Es ist schwer, von großen Dingen beeindruckt zu sein, wenn die kleinen Dinge nicht funktionieren. Er wollte nur sein Salz, so wie ich wissen will, warum ich mich so haltlos fühle und warum diese Sachen in meinen Träumen vorkommen.

Es gibt eine wissenschaftliche Methode, um eine plausible Erklärung für etwas zu finden: Ockhams Rasiermesser. Sie funktioniert folgendermaßen: Wenn man mehrere mögliche Erklärungen für etwas erwägt, dann ist die Hypothese (ich liebe das Wort »Hypothese«) mit den wenigsten Variablen und Bedingungen die wahrscheinlichste. Mit anderen Worten: Die einfachste Erklärung ist die beste, bis man mehr Informationen hat, die etwas anderes besagen. Ockhams Rasiermesser gefällt mir aus vielen Gründen, aber meine Abneigung gegenüber Mutmaßungen ist dabei der wichtigste.

Ich beschließe, Ockhams Rasiermesser anzusetzen. Ich schalte die Nachttischlampe ein, hole ein Notizbuch aus meiner Reisetasche und beginne zu schreiben.

1. *Ich bin hergekommen, um Kyle zu helfen, aber ich habe keinen Zugang zu ihm.*
2. *Ich bin ebenfalls hergekommen, weil ich mich haltlos umhertreibend fühle.*
3. *Ich fühle mich immer noch haltlos umhertreibend.*
4. *Ich habe zweimal von meinem Vater geträumt, und beide Male war er mit mir in Cheyenne Wells, Colorado.*
5. *Ich habe von John Charles Fremont und Charles Preuss geträumt, und sie waren Forschungsreisende, die für andere Menschen Wege aufzeichneten.*
6. *Ich muss meinen Weg finden, und wie es aussieht, kann den niemand anders für mich aufzeichnen.*
7. *Obwohl ich Boise verlassen soll, muss ich noch nicht wieder nach Hause fahren. Ich habe acht Tage Zeit, einschließlich diesem, bevor ich von Billings nach Texas aufbreche.*
8. *Ich kann woanders hinfahren. Ich denke, ich fahre nach Cheyenne Wells, Colorado. Auch wenn es völlig bedeutungslos ist, dass mein Vater in meinen Träumen dort auftaucht, würde ich die Stadt gern wiedersehen.*
9. *Ich bin jetzt fertig mit der Liste.*
10. *Jetzt.*
11. *Verdammt!*

Ich zwinge mich, mit der Liste aufzuhören, auch wenn das letzte Wort ein Fluch ist und eine blöde Nummer hat. Ich schaffe es tatsächlich – und bin sehr stolz – aber ich muss den Stift kaputtbrechen, um mich davon abzuhalten, die Zahl 12 zu schreiben.

Nach der Entscheidung, was ich als Nächstes tue, fühle ich mich besser, aber dann denke ich wieder an Kyle und fühle mich wieder schlecht.

Als Victor abends nach Hause kam, setzten wir uns zu viert an den Küchentisch und redeten. Victor hat mich beeindruckt. Er war enttäuscht, dass Kyle seine Mutter eine »blöde Kuh« und mich eine »Missgeburt« genannt hatte, aber er hat den Jungen nicht angeschrien. Nur Kyle hat geschrien.

»Ihr habt mich gezwungen, an diesen blöden Ort zu ziehen und auf diese blöde Schule zu gehen! Ich wollte nie weg!«

Darauf sagte Victor ganz ruhig: »Kyle, du bist nicht der erste Junge, der umziehen musste. Als ich ein Kind war, habe ich in vier verschiedenen Städten gelebt.«

»Das ist dein Problem!«

»Nein, es ist dein Problem. Wie lösen wir das jetzt?«

»Als würdet ihr mir überhaupt eine Wahl lassen!«

Donna meldete sich zu Wort. »Ich glaube, wir müssen mit jemandem reden ... zusammen, als Familie.«

»Er auch?« Kyle zeigte auf mich.

»Edward fährt wieder nach Hause.«

»Warum?«

»Weil wir hier mit uns zu tun haben, und weil er nach Texas fliegt, um seine Mom zu besuchen.«

»Aber erst in acht Tagen«, werfe ich ein.

»Kann er bis dahin nicht bleiben?«, fragt Kyle.

»Nein«, sagt Donna.

»Warum nicht?«

»Das habe ich dir gerade gesagt. Weil wir hier genug mit uns selbst zu tun haben.«

»Das ist doch Scheiße.«

Victor zeigte mit dem linken Zeigefinger auf Kyle. »Junger Mann, ich habe dich gewarnt ...«

»Ja, was auch immer.«

Kyle stand auf, schob seinen Stuhl fest gegen den Tisch, rannte den Flur hinunter in sein Zimmer und knallte die Tür zu.

Victor sah Donna an, dann mich. Donna sah auf den Tisch. Ich sah durch die Glasschiebetür in den Garten. Der Himmel war lila und orange, und die kahlen Bäume wirkten davon wie spillerige (ich liebe das Wort »spillerig«) Monster. Ich denke, mir ist noch nie aufgefallen, wie gruselig Bäume aussehen können. Mir fallen viele Dinge auf, die ich noch nie bemerkt habe, und ich stelle fest, dass mir nicht alles gefällt, was ich sehe.

Es ist jetzt 5:34 Uhr. Ich schlage die Bettdecke zurück. Ich muss eine neue Reiseroute planen. Die Zeit drängt.

OFFIZIELL DIENSTAG, DER 13. DEZEMBER 2011

Diarium von Edward Stanton:
Heutige Aufwachzeit: 4:47 Uhr (das 1. Mal in diesem Jahr)
Höchsttemperatur am Montag, 12. Dezember 2011 (346. Tag): -5° (laut der Zeitung in Boise). Elf Grad kälter als am Vortag.
Tiefsttemperatur am Montag, 12. Dezember 2011: -7°. Vier Grad kälter als am Vortag.
Niederschlagsmenge am Montag, 12. Dezember 2011: kaum messbar
Gesamte Niederschlagsmenge für 2011: 492,8 mm

Neue Einträge:
Körperliche Betätigung am Montag, 12. Dezember 2011: Donna, Kyle und ich sind spazieren gegangen, aber nicht lange, weil Kyle ungezogen war.
Gefahrene Meilen am Montag, 12. Dezember 2011: keine
Insgesamt gefahrene Meilen: 688,3

Nachtrag: Viel früher als erwartet werde ich aus Boise wieder abreisen und meinen Besuch bei Donna, Victor und Kyle abbrechen. Gestern schrieb ich, das Schlüsselwort sei »Spaß«, und es tut mir leid zu berichten, dass wir keinen hatten. Ich bin traurig, dass ich nicht mehr Zeit mit meinen Freunden verbringen kann, aber ich verstehe, warum Donna es für besser hält, wenn ich gehe. Da ich vor meinem Flug nach Texas noch eine Woche Zeit habe, werde ich heute Richtung Süden in den südöstlichen Teil von Colorado nach Cheyenne Wells fahren. Obwohl ich bezweifle, dass Träume eine besondere Macht haben, bin ich dennoch fasziniert, dass mein Vater in meinen Träumen aufgetaucht ist und wir dabei in

Cheyenne Wells waren. Falls ich mich bezüglich der Träume irren sollte, denke ich, es wäre besser hinzufahren. Cheyenne Wells liegt 998,9 Meilen entfernt, und ich werde versuchen, es in zwei Tagen zu schaffen, was bedeutet, dass ich jeden Tag länger fahren muss als je zuvor. Wenn ich das schaffe, kann ich zwei Tage in Cheyenne Wells verbringen und immer noch mit einem Tag Reserve wieder in Billings sein.

Mir ist bewusst, dass ich etwas für mich Ungewöhnliches tue, indem ich von meiner ursprünglich geplanten Route abweiche, und das auch noch spontan. Aber ich denke, das Projekt ist es wert. Wenn ich recht habe und Träume keine Antwort darauf bieten, warum ich mich so haltlos fühle, werde ich zumindest etwas von der Landschaft gesehen haben sowie eine Stadt, die ich als kleiner Junge besucht habe. Wenn ich mich irre und meine Träume mich zu einer Lösung führen, werde ich meine strikte Betonung von Tatsachen überdenken und die Möglichkeit in Erwägung ziehen, dass unerklärbare Dinge wie meine Träume tiefe Bedeutung haben können.

Was auch immer der Fall ist – ich denke, Dr. Buckley würde sagen, dass ich mir gestatte, im Moment zu leben, und ich denke, sie würde es begrüßen. Vielleicht würde sogar Dr. Bryan Thomsen so denken. Ich werde es herausfinden, wenn ich mich mit ihm unterhalte.

Ich verlasse das Haus, sobald es hell wird. Victor schüttelt mir die Hand, und Donna zieht mich in ihre Arme und gibt mir einen Kuss auf die Wange, bei dem mir tief im Innern ganz warm wird. Das überrascht mich immer wieder, denn normalerweise lasse ich mich nicht gern berühren. Kyle schlafe noch, sagt sie, und sie wolle ihn nicht wecken, weil es ihm in letzter Zeit schwergefallen sei, zur Ruhe zu kommen. Ich verstehe das und werde ein andermal mit ihm sprechen, wenn er seine derzeitigen Schwierigkeiten überwunden hat.

»Wir wiederholen das, Edward«, sagt Donna, »und dann aber richtig. Gib uns einfach etwas Zeit.«

»Ja«, entgegne ich und hoffe, dieses eine Wort reicht aus zu sagen, dass ich ihr und Victor und Kyle alle Zeit gebe, die sie brauchen. Sie sind meine Freunde, und ich liebe sie. Ich wünschte, ich könnte ihnen das jetzt sagen, aber eine offene Zurschaustellung von Gefühlen (ich liebe das Wort »Zurschaustellung«) ist nicht meine Art.

* * *

Als ich am Steuer meines Cadillac DTS sitze, suche ich zunächst nach einer Tankstelle, damit ich die lange Reise mit einem vollen Tank beginnen kann. Es ist ein klarer, kalter Morgen, und Flecken von Lila – die letzten Reste des Nachthimmels – mischen sich mit dem Gelb des Sonnenaufgangs. Ich fahre Richtung Südosten in die aufgehende Sonne hinein (bildlich gesprochen). Wenn ich meinen Zeitplan einhalten kann, werde ich bis zum Ende des Tages durch Idaho, Utah und Wyoming gefahren sein und die Nacht in Rock Springs, Wyoming, verbringen, bevor ich dann morgen nach Colorado aufbreche. Während ich an einer *Chevron*-Tankstelle an der West State Street neben dem Wagen stehe, denke ich darüber nach, wie sehr mir das Wetter auf dieser Fahrt bisher entgegenkam. In Boise liegt kein Schnee, und seit der Abreise aus Billings habe ich auch keinen Sturm erlebt. Unter Berücksichtigung der Jahreszeit und der massiven Schwankungen des Wetters sowohl an sich als auch in den unterschiedlichen Gebieten, die ich in nächster Zeit durchfahren werde, erwarte ich nicht, dass mir dieses Glück erhalten bleibt. Dennoch sind Erwartungen und Mutmaßungen ein schlechter Ersatz für Tatsachen. Ich werde sehen, was die Zeit für Wetter bringt.

Durch die getönte Glasscheibe spähe ich auf den Rücksitz und sehe die Schlafsäcke und Decken, die ich in Billings wohlweislich eingepackt habe (ich liebe das Wort »wohlweislich«), sowie das Wasser und die Sonnenblumenkerne, die ich nicht mehr esse. Falls ich in schlechtes Wetter geraten sollte, wie es zu dieser Jahreszeit durchaus geschehen könnte, würde ich in meinem Auto als einer Art Notunterkunft überleben können. Ich hoffe, dass ich das nicht beweisen muss, aber Hoffnung ist machtlos gegenüber den Gewalten der Natur. Ich habe mich auf das Schlimmstmögliche vorbereitet. Mehr kann ich nicht tun.

Nach dem Tanken – 44 Liter zu 0,67 $ je Liter, was einen Betrag von 29,48 $ ergibt – bahne ich meinen Weg durch den frühmorgendlichen Verkehr von Boise bis zur Auffahrt zur *Interstate 84* Richtung Osten.

Michael Stipe singt davon, dass er auf jemandes Anruf warte und ihm irgendetwas leidtue. Mir tut auch vieles leid. Es tut mir leid, dass mein Besuch bei Donna, Victor und Kyle nicht funktioniert hat. Es tut mir leid, dass ich nicht weiß, wann ich sie wiedersehen werde. Es tut mir leid, dass ich nicht genau weiß, warum ich nach Cheyenne Wells, Colorado, fahre, da solch ein Akt der Launenhaftigkeit meinem Bedürfnis widerspricht, alles strikt zu planen. Trotzdem will ich dort hinfahren. Als ich heute früh die Route plante, konnte ich feststellen, dass ein Großteil der Strecke heute und morgen an dem Weg entlangführen wird, den John Charles Fremont und Charles Preuss nahmen, als sie den Oregon Trail kartografierten. Alanis Morisette würde das »ironic« nennen, aber tatsächlich ist es nur ein Zufall, wenn auch ein sehr interessanter.

Zumindest denke ich das.

* * *

Nach 114,6 Meilen meiner Reise singt Michael Stipe davon, der König der Vögel zu sein, und kurz vor Jerome, Idaho, höre ich auf dem Rücksitz ein Rascheln. Ich weiß, dass ich mit beiden Händen das Lenkrad halten und immer nach vorn schauen muss, aber die Interstate verläuft im Moment ganz gerade, also lehne ich mich nach hinten und versuche, den Karton mit den Wasserflaschen festzuschnallen, damit er nicht auf den Boden rutscht.

In diesem Moment schlägt Kyle die Decken zurück und sagt »Guten Morgen, du Saftsack!«

Es fällt mir schwer zu beschreiben, was körperlich mit mir passiert, weil ich nicht gern Vergleiche anstelle. Dennoch will ich es versuchen: Es ist, als hätte jemand in meinem Brustkorb eine Bombe gezündet. Der Cadillac driftet stark nach links, und ich versuche, ihn wieder auf die rechte Spur zu bringen. Ich trete auf die Bremse, so fest ich kann, die Reifen quietschen, und ich rieche verbranntes Gummi, während ich den Wagen wieder unter Kontrolle bekomme und an den Straßenrand lenke. Kyle lacht dabei die ganze Zeit, und ich werde extrem wütend.

»Was soll der verfluchte Scheiß, Kyle?«

Er lacht immer noch. »Oh, Mann, du solltest dein Gesicht sehen! Das war voll krass!«

Das war nicht voll krass. Das war grässlich und beängstigend. Ich sitze da und halte das Lenkrad so fest umklammert, dass ich meine Hände nicht mehr spüre. Ich atme kurz und heftig und warte darauf, dass mein Herz in meinem Brustkorb keine Saltos mehr springt.

Kyle kann nicht aufhören zu lachen. Heilige Scheiße! Wie ist er in mein Auto gekommen? Ich werde umkehren und nach Boise zurückfahren müssen. Jetzt werde ich auf keinen Fall mehr rechtzeitig in Cheyenne Wells, Colorado, ankommen.

* * *

Mit meinem scheißgeilen iPhone rufe ich Donna an und informiere sie, dass Kyle bei mir ist. Sie ist fassungslos (ich liebe das Wort »fassungslos«), und ich höre, wie sie durch den Flur zu seinem Zimmer geht und die Tür öffnet, um zu sehen, ob er da ist. Ich bin sicher, dass er es nicht ist, weil er hier bei mir ist. Ich kann mir die Szene gut vorstellen. Donnas Hände zucken, wenn sie wütend ist, und während ich höre, wie sie »O mein Gott, o mein Gott« sagt, weiß ich, dass sie ganz sicher wütend darüber ist, was ihr Sohn getan hat.

»Ich bringe ihn jetzt zurück«, sage ich.

Da rastet Kyle megamäßig aus, wie Scott Shamwell sagen würde.

Er beginnt zu schreien, so laut und schrill, dass ich Donna nicht mehr hören kann, und bettelt in Ein-Wort-Sätzen.

»Bringmichbittenichtzurück, bringmichbittenichtzurück, bittebitte bittebitte!«

Donna hört das und bittet mich, ihr Kyle zu geben. Ich reiche mein Handy an Kyle weiter, und er hört seiner Mutter eine Weile lang zu. Tränen laufen ihm über die Backen.

Auf irgendetwas, das sie sagt – ich kann sie nicht hören –, erwidert er: »Bitte, lass mich ein paar Tage bei Edward bleiben. *Bittebittebittebittebitte.* Wenn ich zurückkomme, tu ich alles, was du willst, aber bitte lass mich bei ihm bleiben.«

Donna sagt noch etwas, und er gibt mir das Handy zurück.

»Edward, könntest du noch ein paar Minuten warten? Ich muss erst mal Victor anrufen und mit ihm sprechen, und dann rufe ich dich zurück.«

Ich sage Donna, das gehe in Ordnung. Kyle sieht mich erwartungsvoll an, und ich zucke mit den Schultern. Ich weiß nicht, was ich ihm sagen soll.

* * *

Während wir auf Donnas Rückruf warten, erzählt Kyle, wie er sich in meinem Auto verstecken konnte. Wie sich herausstellt, ist er ein raffinierter Bursche (ich liebe das Wort »raffiniert«). Als Donna und Victor mit mir im Keller waren, um mir beim Tragen meiner Sachen zu helfen, ist Kyle aus dem Fenster geschlüpft, vors Haus gerannt, in den Cadillac gekrabbelt und hat sich auf dem Boden vor der Rückbank unter meinen Decken versteckt. An der Tankstelle in Boise fand ich die Decken tatsächlich ein wenig verrutscht, aber ich dachte, das sei von der Fliehkraft beim Fahren gekommen. Ich werde meine Beobachtungen strenger hinterfragen müssen. Hätte ich Kyle schon an der Tankstelle in Boise entdeckt, würde ich jetzt nicht so viel Zeit verlieren.

Kyle erzählt, es sei ihm sehr schwergefallen, fast zwei Stunden lang still dazuliegen, vor allem, als ich mit Michael Stipe gesungen hätte.

»Deine Stimme nervt, Mann«, sagt er.

Das verletzt meine Gefühle, weil ich nicht wusste, dass ich Publikum hatte, und sonst vielleicht gar nicht gesungen hätte.

Er erklärt, er habe sichergehen wollen, dass wir schon weit genug gefahren seien, bevor er sich zeigt.

Ich sage ihm, dass es falsch und gefährlich war, sich auf diese Weise zu zeigen, und dass wir von Glück reden können, dass wir keinen Unfall hatten. Ich will ihm außerdem sagen, dass ich ihn für raffiniert halte, aber ich fürchte, das könnte ihn zu mehr schlechtem Verhalten ermutigen, also sage ich es nicht.

Dreizehn Minuten und sieben Sekunden, nachdem Donna und ich unser Gespräch beendet haben, ruft sie zurück.

»Edward, um die Wahrheit zu sagen: Wir wissen nicht, was wir tun sollen. Solch ein Verhalten haben wir bei Kyle noch nicht erlebt, und wir sind ziemlich ratlos. Er sagt, er will noch ein paar Tage bei dir bleiben. Was hältst du davon?«

Ich sehe zu Kyle, und in seinem Blick liegt Hoffnung.

»Ich weiß es nicht«, sage ich.

»Tja, so geht es uns auch. Wir haben das Gefühl, dass es falsch ist, ihm zu geben, was er will, nachdem er sich so schlecht verhalten hat. Aber Victor und ich haben auch überlegt, dass er mit dir vielleicht über Dinge redet, die er uns nicht erzählen mag, und das wäre auch irgendwie gut. Ergibt das für dich einen Sinn?«

Das tut es.

»Ja«, sage ich.

»Wie lange willst du in Colorado bleiben?«

Falls ich, wie geplant, morgen Abend in Cheyenne Wells ankäme, so erzähle ich Donna, würde ich zwei Nächte bleiben und dann wieder nach Hause fahren. Ich sage ihr aber auch, dass ich keine Zeit hätte, auf dem Rückweg nach Billings wieder durch Boise zu fahren. Sie meint, das sei okay und dass sie und Victor mich in Wyoming treffen würden, um Kyle einzusammeln.

»Wirst du das tun, Edward? Ich weiß, es ist viel verlangt. Wir haben ihn nicht mehr im Griff, also ist es vielleicht dumm anzunehmen, dass er sich bei dir besser benimmt. Wir entscheiden das jetzt aus dem Bauch heraus. Er vertraut dir, oder zumindest hat er das mal getan. Vielleicht öffnet er sich bei dir. Es ist einen Versuch wert.«

Ich stimme zu. Es ist einen Versuch wert. Dabei empfinde ich Freude und Furcht. Ich freue mich, dass ich helfen darf, ein Erwachsenenproblem zu lösen – so etwas wird mir nicht oft zugetraut. Ich fürchte, dass Kyle weiterhin gemein zu mir ist und mir meine Reise nach Cheyenne Wells, Colorado, verdirbt oder unsere Sicherheit gefährdet. Während ich Kyles Probleme zum Teil verstehe, habe ich auch meine eigenen, und ich hoffe – trotz all der Einschränkungen des Begriffs Hoffnung –, dass ich ein paar Antworten finden werde. Ich will nicht, dass Kyle mir dabei in die Quere kommt (ich liebe das Wort »Quere«).

»Ich nehme Kyle mit«, sage ich, und Kyle stößt triumphierend die Faust in die Luft.

»Danke«, sagt Donna. »Und, Edward ... du sollst wissen, dass du uns jederzeit anrufen kannst, wenn er dir Schwierigkeiten macht. Dann werden wir ihn abholen, wo immer ihr seid. Du bestimmst die Regeln, du legst fest, wie er sich verhalten soll. Lass dich nicht von ihm manipulieren.«

Ich halte das für einen guten Rat. Ich halte es außerdem für »ironic« – das echte Ironisch und nicht das von Alanis Morissette. Kyle hat uns alle manipuliert. Das muss aufhören. Ich beschließe, keine einzige Meile mehr mit ihm weiterzufahren, bevor ich nicht ein paar Regeln festgelegt habe.

»Gib mir mal mein Notizbuch vom Rücksitz«, weise ich Kyle an, und er gehorcht.

Ich fühle mich gut dabei, dass er schon meiner ersten Anweisung folgt.

* * *

Regeln für Kyle auf der Fahrt nach Cheyenne Wells, Colorado

1. *Kyle darf nichts tun, das die sichere Fahrt des Cadillac DTS gefährdet. Dazu gehört unter anderem, dass er keine lauten, furchterregenden Geräusche von sich gibt; dass er mich nicht dazu bringt – absichtlich oder unabsichtlich –, den Blick von der Straße zu nehmen; dass er nicht ins Lenkrad greift oder auf andere Weise das Vorwärtskommen des Autos behindert; dass er in keiner Weise böse oder unartig ist. »Böse und unartig« unterliegen meiner Definition.*
2. *Kyle darf mich nicht mit Schimpfwörtern belegen.*
3. *Kyle wird all meinen Anweisungen <u>sofort</u> gehorchen. Diese Regel gilt unbedingt, weil ich in keiner Weise vorhersehen kann, was passiert.*

4. *Kyle muss immer an meiner Seite bleiben.*
5. *Kyle darf nicht mehr fluchen. Wann immer er flucht, schreibe ich es auf und zeige es seinen Eltern.*
6. *Das sind die Regeln.*
7. *Hör auf zu schreiben.*
8. *Hör auf!*
9. *Scheiße.*
10. *Okay, das war's.*

Ich streiche Nummer sechs bis zehn aus, gebe das Notizbuch an Kyle weiter und sage ihm, er solle es unterschreiben, um zu zeigen, dass er die Regeln versteht und sich nach ihnen richten wird.

»Was, wenn ich nicht unterschreibe?«, will er wissen.

»Dann rufe ich deine Eltern an, und sie holen dich sofort ab.«

Er unterschreibt.

»Aber was soll das mit dem Fluchen? Du fluchst auch!«

Er hat recht. »Ich bin erwachsen«, entgegne ich.

»Na, und? Wenn ich nicht fluchen darf, solltest du auch nicht fluchen dürfen. Wie wäre es, wenn ich einen Dollar kriege, wenn du fluchst?«

Ich denke darüber nach. Es scheint mir vernünftig. Ich sollte nicht so oft fluchen. Ich nehme ihm das Notizbuch ab, male ein Sternchen hinter die Fluchregel und schreibe darunter: *»Für jedes Mal, das Edward flucht, schuldet er Kyle einen Dollar.«*

»Bitte sehr«, sage ich und zeige es ihm. »Aber ich ändere die Regel dahingehend um, dass, wenn du fluchen solltest, mir wieder einen Dollar zurückgeben musst, sofern du welche angesammelt hast, und dass ich es trotzdem deinen Eltern sage.«

»Das ist nicht fair.«

»Doch, das ist es. Du bist derjenige, der in Schwierigkeiten ist, nicht ich. Du musst nichts weiter tun, als keine Schwierigkeiten mehr zu machen und das Geld zu behalten, falls ich ›Scheiße‹ oder so etwas sage.«

»Du schuldest mir einen Dollar.«

»Wofür?«

»Du hast gerade ...« Kyle spricht das Wort beinahe aus, hält aber inne. »Du hast gerade das S-Wort gesagt.«

Ich ziehe mein Portemonnaie hervor und gebe Kyle einen Dollar. »Du schuldest mir zwei Dollar«, sagt er.

»Wieso das?«

»Guck mal auf den Zettel«, antwortet er. »Ich sehe, dass du ›Scheiße‹ geschrieben hast. Es zu schreiben, ist genauso schlimm, wie es zu sagen.«

»Ich behalte den Dollar«, sage ich.

»Warum?«

»Weil du es gerade gesagt hast.«

»Wann?«

»Gerade eben, als du mir gesagt hast, ich hätte es geschrieben.«

»Scheiße!«

Ich greife hinüber und ziehe ihm den ersten Dollarschein aus der Hand.

»Du hast es schon wieder gesagt«, stelle ich fest.

Kyle wird rot und strampelt auf dem Beifahrersitz herum, während er laut schreit.

Das wird eine interessante Fahrt werden.

* * *

Nach 17,2 Meilen erkundigt sich Kyle, ob wir andere Musik hören können. Michael Stipe singt von einem bitterneongelben Papagei.

»Ich habe nichts anderes auf dem iPhone«, sage ich. Ich bedaure, nicht »scheißgeiles iPhone« sagen zu dürfen, aber ich will kein Geld verlieren. »Ich habe vor meiner Abreise alle Songs von R.E.M. draufgeladen.«

»Die sind langweilig.«

»Die sind nicht langweilig. R.E.M. sind großartig. Sie *waren* großartig. Das ist meine Lieblingsband. Sie würde dir gefallen.«

»Das sagst du mir, seit ich neun bin. Die haben mir nie gefallen.«

Es gibt ein komisches Sprichwort: Über Geschmack lässt sich nicht streiten, was bedeutet, dass er individuell und nicht objektiv messbar ist. Ich halte das für falsch. Ich denke, wenn man die Zeit hätte und Zugang zu jedem Menschen auf der Welt, dann könnte man jeden fragen, was er mag und was nicht, und daraus Geschmack quantifizieren. Wenn ich so darüber nachdenke, klingt es nach etwas, das ich gern tun würde.

»Hast du etwas anderes, das wir hören können?«, frage ich Kyle.

Ich will eigentlich nichts anderes hören, aber Kyle ist jetzt mein Gast, und ich muss versuchen, ihm die Reise – innerhalb vernünftiger Grenzen – angenehm zu machen. Glücklicherweise lässt Donna mich bestimmen, was »vernünftig« ist.

»Meine Mom hat mein Handy.«

Jetzt erinnere ich mich, dass Donna es ihm abgenommen hatte.

»Schade«, sage ich.

»Können wir die Musik dann einfach eine Weile ausschalten?«

Das erscheint mir als eine vernünftige Bitte. Ich stöpsele mein scheißgeiles iPhone aus der Musikanlage des Cadillac aus.

»Danke«, sagt Kyle.

Er ist fast höflich – ich sage »fast«, weil er immer noch deutlich mürrisch ist. Trotzdem ist es eine schöne Abwechslung zu Beschimpfungen wie »blöde Missgeburt«, was ich nicht laut sage, weil ich meine Dollars behalten will.

Wir fahren weiter, und ich summe die Melodie des Songs weiter, den wir gerade gehört haben.

Kyle sieht mich an. »Können wir dich auch eine Weile ausschalten?«

Ich höre auf zu summen. Wir wollen ja nicht, dass seine Höflichkeit überstrapaziert wird, oder?

Ich habe gerade einen Witz gemacht.

Manchmal kann ich ganz schön witzig sein.

* * *

Obwohl es noch früh ist, erst 10:23 Uhr, nehmen wir die Abfahrt 211 und fahren die 3,8 Meilen von der Landstraße nach Burley, Idaho, um zu Mittag zu essen. Da wir durch die südöstlichste Ecke von Idaho fahren, werden wir vor Utah kaum mehr an Städten vorbeikommen, also ist es besser, wenn wir jetzt essen. Außerdem muss ich pinkeln.

Wir finden ein *JB's*, das Frühstück und Mittagessen anbietet, was gut ist, weil Kyle sagt, er wolle Pfannkuchen. Während wir auf das Essen warten, fragt er mich, ob er mein iPhone haben könne, um andere Musik draufzuladen.

»Es wird Geld kosten, aber nicht so viel«, sagt er.

»Wie viel?«

»Zwanzig oder dreißig Dollar.«

Ich finde das komisch – nicht ha-ha-komisch, sondern eigentümlich-komisch –, dass Kyle einen solchen Betrag als »nicht sehr viel« einstuft. Als ich beim *Billings Herald-Gleaner* arbeitete, bevor ich unfreiwillig getrennt wurde, habe ich 15 $ pro Stunde verdient. Ich hätte also zwei Stunden lang Betonstufen reparieren oder die Druckmaschine warten oder den Parkplatz vom Schnee befreien müssen, um das zu verdienen, was er ausgeben möchte, während wir in einem Lokal in Burley, Idaho, sitzen und auf Pfannkuchen warten. (Ich habe beschlossen, ebenfalls ein Frühstück zu nehmen. Ich mag Pfannkuchen, auch wenn sie nicht Teil meiner Diabetes-Diät sind.)

»Nur zu«, sage ich. »Ich bin scheißreich.«

Kyle muss es mir nicht einmal sagen. Ich ziehe mein Portemonnaie hervor und schiebe ihm einen Dollar über den Tisch. Eine streng aussehende Dame am Tisch links von uns sieht mich an und schüttelt den Kopf.

»Er hat es verdient«, erkläre ich ihr.

»Wo du deine Geldbörse schon draußen hast«, sagt Kyle, »kannst mir gleich noch zwei Dollar geben.«

»Warum?«

»Erinnerst du dich, wie ich aus den Decken auf dem Rücksitz aufgetaucht bin?«

Was für eine dumme Frage! Es ist gerade mal vor etwas über einer Stunde passiert. Natürlich erinnere ich mich.

»Ja, ich erinnere mich.«

»Weißt du noch, was du gesagt hast?«

»Eigentlich nicht.«

»Du hast gesagt ...« Kyle hält inne. »Beinahe hätte ich es vergeigt. Du hast gesagt: ›Was für ein verd... Sch..., Kyle!‹ Das sind zwei Schimpfwörter und zwei Dollar für mich.«

Die Frau am Nebentisch schaut wieder zu uns herüber.

»Die zahle ich nicht«, sage ich.

»Warum nicht?«

»Als ich das gesagt habe, bestand unsere Vereinbarung noch nicht, und es gibt kein Amendment darin, das dir erlaubt, etwas für Wörter zu kassieren, die vor deiner Unterzeichnung gesprochen wurden. Übrigens ist ›Amendment‹ ein schönes Wort. Es bedeutet Zusatzartikel, Ergänzung.«

»Du hättest es trotzdem nicht sagen dürfen.«

»Das mag sein, aber du musst mir zugestehen, dass es eine natürliche Reaktion darauf war, dass du mich fast zu Tode erschreckt hast. In jedem Fall ist es durch unsere Vereinbarung nicht abgedeckt.«

»Das ist nicht fair.«

»Es ist vollkommen fair. Findest du, ich sollte aufschreiben, was für ungezogene Dinge du gestern zu mir und deiner Mutter gesagt hast? Oder letzte Woche zu deiner Lehrerin?«

»Nein.«

»Wo liegt da der Unterschied?«

Kyle ist mit seiner Weisheit am Ende. Kyle ist außerdem unglücklich.

»Das ist ein verfl... großer Haufen Sch...«, sagt er. Die Frau am Nebentisch macht ein entsetztes Gesicht.

»Du solltest auch keine Abkürzungen für Flüche benutzen«, erkläre ich Kyle. »Denn das ist auch nicht viel anders, als sie auszusprechen.«

Er stopft sich ein paar Bissen Pfannkuchen in den Mund, die gerade gebracht wurden.

»Ach, ja? Tja, da steht kein Amendi-sonstwas in unserer Vereinbarung zu Abkürzungen. Also schieb dir das in den A...«

Die Frau am Nebentisch nimmt ihren Teller und setzt sich an einen Tisch am hinteren Ende des Lokals. Ich kann es ihr nicht verübeln. Kyle war mal ein netter Junge, aber aus irgendeinem Grund ist er böse und bitter geworden, so wie Victor es mir am ersten Abend erklärt hat. Wäre ich nicht für ihn verantwortlich, würde ich mich auch an einen anderen Tisch setzen.

* * *

Als ich für unser Essen bezahle, frage ich Kyle, was für Songs er auf mein scheißgeiles iPhone geladen hat, wobei ich aufpasse, nicht »scheißgeil« zu sagen, damit ich verdammt noch mal scheißreich bleiben kann.

»Vor allem Countrymusik«, sagt er.

Ich strecke ihm die Zunge heraus, was auf keinen Fall eine erwachsene Reaktion ist. Ich werde mit solchen Sachen auch vorsichtig sein müssen, da es ja um Kyles Erwachsenwerden geht und ich ein Vorbild sein sollte.

»Was stimmt damit nicht?«, will er wissen.

»Ich mag lieber Rock'n'Roll.«

»Tja, schade.«

»Ich mache dir einen Vorschlag«, sage ich. »Wir hören drei von deinen Songs, dann drei von meinen, dann wieder drei von deinen und so weiter.«

»Wir haben aber gerade mindestens zehn von deinen Songs gehört, als wir herfuhren, also finde ich, wir sollten erst zehn von meinen hören, bevor es hin und her geht.«

»Das ist aber nicht die Abmachung, die ich dir anbiete. Ich sage drei von deinen, dann drei von meinen, sofort nach Abfahrt. Auf diese Weise kann ich die Zeit minimieren, in der ich schlechter Musik ausgesetzt bin.«

Ich denke an die Zeit, als meine Zwangsstörung außer Kontrolle war und ich in Schwierigkeiten kam, weil ich Garth Brooks neunundvierzig Briefe geschickt hatte, um mich zu beschweren, dass er die Countrymusik verhunzt. Das »Garth-Brooks-Debakel«, wie mein Vater es immer nannte, führte dazu, dass ich im Jahr 2000 das Haus meiner Eltern verlassen und zu Dr. Buckley in Behandlung gehen musste. Wie sich herausstellte, war das eine gute Sache, denn wenn ich nicht umgezogen wäre, hätte ich Donna und Kyle nicht kennengelernt, und ohne Dr. Buckley wäre es mir nicht so schnell so viel besser gegangen. Das ändert nichts an der Tatsache, dass Garth Brooks die Countrymusik verhunzt hat, deren Trümmer (ich liebe das Wort »Trümmer«) ich jetzt werde anhören müssen, aber es fällt mir schwer, deswegen böse zu sein.

»Das ist keine schlechte Musik«, widerspricht Kyle. »Die ist cool. Ich hab zum Beispiel ›Honky Tonk Badonkadonk‹ von Trace Adkins.«

Ich wische ein Stückchen Pfannkuchen von Kyles Shirt.

»Was ist ein Badonkadonk?«

Kyle kichert. »Das ist ein Mädchenhintern.«

»Die schreiben Songs über Mädchenhintern? Das klingt albern.«

»Mann«, sagt er, »das ist ein cooler Song. Es ist die Country-Antwort auf ›Baby Got Back‹.«

»Dem Song von Mix-A-Lot?« Ich bin beeindruckt, dass Kyle einen Song aus dem Jahr 1992 kennt, und ich kann nicht lügen.

»Ja.«

»Als der rauskam, warst du noch nicht mal auf der Welt.«

»Das ist eins der Lieblingslieder meiner Mom.«

Ich weiß nicht, wo ich anfangen soll, um diesen jungen Mann zu verstehen. Kyle hat sich dem Bann schrecklicher Musik unterworfen, und wie es klingt, hat seine Mutter ihm auch noch dabei geholfen. Ich werde ihn mit starken Dosen R.E.M. beschallen müssen und kann nur hoffen, dass sie eine Art Reinigungseffekt ausüben. Jetzt wünschte ich, ich hätte auch ein paar Songs von Matthew Sweet, meinem anderen Lieblingssänger, in meiner Sammlung. Wenn Kyle in albernen Wörtern wie »badonkadonk« schwelgt (ich liebe das Wort »schwelgen«), mag es sein, dass R.E.M. allein ihn nicht retten kann. Michael Stipe, Mike Mills, Peter Buck und Bill Berry sind gut, aber soweit ich weiß, können sie auch keine Wunder vollbringen. Wunder sind sowieso schwer zu erfassen. Ich bevorzuge Tatsachen.

* * *

Um 19:07 Uhr liege ich in Sporthose und T-Shirt auf einem der Betten in unserem Zimmer im *Holiday Inn* von Rock Springs. Kyle liegt auf dem anderen Bett und sieht eine Show im Fernsehen, die *Jersey Shore* heißt.

Die Show irritiert mich.

Kyle versucht zu erklären, worum es geht. Acht junge Menschen wohnen zusammen in einem Haus und versuchen, miteinander auszukommen, aber wie ich es sehe, kommen sie nicht besonders gut miteinander aus. Ich sehe, wie sie telefonieren, einander anschreien, sich betrinken und Sex haben. Mit anderen Worten: Standard-Qualitätsfernsehen.

Das war schon wieder ein Witz. Manchmal kann ich ganz schön witzig sein.

Kyle erzählt, einer der Typen, der »El Problemo« genannt wird, sei seine Lieblingsfigur.

»Und das da«, er deutet auf eine sehr kleine Frau mit sehr hellem Haar, »ist Snooki.«

»Was bedeutet Snooki?«, erkundige ich mich.

»Das ist nicht ihr richtiger Name«, antwortet er. »Die nennen sie nur so.«

Ich sehe, wie sie zu »El Problemo« geht und ihn anschreit.

»Sieh dir nur mal ihren Badonkadonk an«, sage ich.

Kyle kichert.

Ich wollte vorschlagen, dass wir die nächste Folge von *Adam-12* auf meinem scheißgeilen iPhone gucken, aber Kyle hat so viel Spaß mit *Jersey Shore*, dass ich darauf verzichte. Ich bin mit meinen Folgen von *Adam-12* beklagenswert (ich liebe das Wort »beklagenswert«) im Rückstand, und darüber bin ich sowohl überrascht als auch enttäuscht.

Überrascht bin ich, weil ich anfange, die Serie zu mögen, auch wenn sie nicht annähernd so gut ist wie *Polizeibericht*, und deshalb mehr Episoden sehen und die Officer Pete Malloy und Jim Reed besser kennenlernen will. Enttäuscht bin ich, weil der strenge Zeitplan, nach dem ich meine Serie früher gesehen habe, für meinen Tagesablauf essenziell wichtig war. Als ich Kyle und Donna kennenlernte, sah ich zum Beispiel jeden Abend um Punkt 22:00 Uhr eine Folge *Polizeibericht* und hätte niemals in Erwägung gezogen, dies ausfallen zu lassen. Aber dann kamen Arbeit und Freunde in mein Leben – etwas, das ich vorher nicht hatte –, und als eine meiner Videokassetten mit den *Polizeibericht*-Aufzeichnungen kaputtging, hörte ich ganz mit der Serie auf.

Jetzt fühle ich mich haltlos. Ich habe keine Arbeit mehr. Meine Freunde leben in einer anderen Stadt. Meine Mutter wohnt die meiste Zeit des Jahres über in einem anderen Bundesstaat. Mein Vater ist tot. Ich habe den Verdacht, dass mir ein strengerer Zeitplan guttun würde, und trotzdem bringe ich nicht die Energie auf, dies durchzusetzen.

Da ist noch etwas anderes. Ich habe ein Gefühl der Sehnsucht, nur kann ich nicht identifizieren, wonach ich mich sehne, und das ist für jemanden, der Präzision so sehr liebt wie ich, sehr bedenklich. Ich bin nicht gut darin, abstrakt zu denken, aber ich werde versuchen, es zu beschreiben. Als ich noch meine Arbeit hatte und meine Freunde direkt gegenüber meinem Haus an der Clark Avenue wohnten, war Billings, Montana, genau der Ort, an dem ich sein wollte. Alles war vertraut und gehörte zu mir. Jetzt bin ich in einem Hotelzimmer in Rock Springs, Wyoming, wo ich noch nie gewesen bin, und weil Kyle hier bei mir ist, will ich nicht, dass dieser Augenblick je vergeht.

* * *

Ich überfliege die Liste der Songs, die Kyle auf mein scheißgeiles iPhone geladen hat, und frage ihn: »Wie viele Songs hast du gekauft?«

»Ich weiß nicht. Dreißig oder so.«

Das ist nicht einmal annähernd die richtige Antwort.

»Kyle, du hast einhundertdreiundneunzig Songs gekauft.«

»Ach, hab ich?«

»Ja, hast du. Und bei einem Dollar neunundzwanzig pro Song macht das zweihundertachtundvierzig Dollar und siebenundneunzig Cent.«

»Ach, tatsächlich?«

»Ja, tatsächlich. Und ich denke, das weißt du.«

»Tu ich das?«

Ich sehe zu Kyle, der mühsam ein Grinsen unterdrückt, aber ich sehe es. Ich denke, ich bin berechtigt, mit ihm zu schimpfen, dass er 218,97 $ mehr für die Songs ausgegeben hat, als er gesagt hatte, aber ich will nicht mit ihm schimpfen. Ich würde am liebsten auch grinsen. Das ist sonderbar, weil ich weiß, dass das Problem mit Kyle zum Teil darin besteht, dass man ihm solche Sachen durchgehen lässt. Und trotzdem denke ich, wenn ich ihn dafür ausschimpfe, was er getan hat, wird er nur böse werden und mir die Reise erschweren.

Ich entwerfe also schnell einen anderen Plan.

»Wie viel Geld hast du heute von mir bekommen, weil ich geflucht habe?«, frage ich ihn.

»Drei Dollar.«

Das stimmt. Da war der Dollar in Burley, Idaho, als ich »Scheiße« gesagt habe, und dann musste ich ihm noch einen geben, als ich sagte, der Great Salt Lake sehe »verdammt cool« aus, und schließlich bekam er einen Dollar, als ich beim Abendessen aus Versehen von meinem »scheißgeilen iPhone« sprach. Ich muss besser aufpassen.

»Okay«, sage ich. »Dann schuldest du mir noch zweihundertachtzehn ...«

»Was? Da ist nicht fair! Ich habe keine ...«

»Wart's ab. Ich werde es dich nicht in richtigen Dollars zurückzahlen lassen. Du musst es in Taten zurückzahlen.«

»Was heißt das, ›Taten‹?«

»Jedes Mal, wenn du mit mir spazieren gehst, rechne ich zehn Dollar Plus auf dein Konto. Heute Abend wolltest du nicht spazieren gehen, und das war nicht nett, weil ich mit dir hierbleiben musste, anstatt die Bewegung zu bekommen, die ich wegen meinem Diabetes brauche.«

»Okay.«

»Jedes Mal, wenn du deine Mutter anrufst und ihr sagst, dass du sie lieb hast, rechne ich zehn Dollar Plus auf dein Konto.«

»Das ist einfach.«

»Vielleicht. Aber ... jedes Mal, wenn du mich mit einem Schimpfwort belegst, rechne ich zehn Dollar Minus von deinem Konto. Jedes Mal, wenn du zu jemandem ungezogen bist, wie zu der Frau im *Wingers*, der du gesagt hast, sie müsse dein Getränk öfter nachfüllen, ziehe ich dir ebenfalls zehn Dollar von deinem Konto ab. Wenn du fluchst, kostet dich das auch zehn Dollar.«

Schon wirkt Kyle weniger zuversichtlich (ich liebe das Wort »zuversichtlich«).

»Okay«, sagt er trotzdem.

»Jetzt zeig mir mal die drei Dollar«, bitte ich ihn.

Kyle schiebt eine Hand in seine Hosentasche und zieht drei zerknüllte Geldscheine hervor.

»Lass sie mich festhalten.«

Er reicht mir die Dollarnoten übers Bett.

»Die behalte ich«, sage ich. »Jetzt schuldest du mir nur noch zweihundertfünfzehn.«

Er setzt sich abrupt aufrecht. »Nein!«

»Ja.«

»Das war ein mieser Trick, du Saftsack.«

Ich nehme mein Notizbuch vom Nachttisch und notiere etwas. »Jetzt sind es zweihundertfünfundzwanzig.«

Kyle wirft sich auf den Rücken, zieht das Kopfkissen über den Kopf und stößt einen erstickten Schrei aus.

* * *

Den restlichen Abend spricht er nicht mehr mit mir. Er sieht seine Fernsehsendungen, und als ich versuche, mit ihm zu reden, tut er so, als hörte er mich nicht. Das Schweigen gefällt mir nicht. Mein Vater hat das oft gemacht, vor allem, als ich ein Teenager wurde und wir uns nicht mehr so gut verstanden. Ich halte es für unreif. Dennoch wäre es nicht richtig zu sagen, dass Kyle ungezogen ist. Er schickt mir nur eine klare, stille Botschaft. Jetzt wünschte ich, ich hätte ein Amendment in unsere Vereinbarung aufgenommen, das ihn dafür belohnt, gesellig zu sein.

Um 22:00 Uhr sage ich ihm, dass jetzt Nachtruhe sei, da wir noch einen langen anstrengenden Reisetag vor uns hätten. Er antwortet nicht, aber er zieht die Bettdecke zurück und krabbelt darunter. Ich schalte das Licht aus.

Ich liege auf dem Rücken und starre in die Dunkelheit. Morgen werden wir 517 Meilen nach Cheyenne Wells, Colorado, fahren, auf einer Route durch Wyoming bis in die Nähe von Denver, Colorado, und dann später auf kleineren Straßen in den Südosten von Colorado zu unserem Ziel.

Ich schließe die Augen, und mein Gehirn produziert ein Bild von Cheyenne Wells von 1978, so wie ich mich von meinem letzten Besuch daran erinnere. Viel zu sehen gibt es nicht – Getreidespeicher, Eisenbahnschienen und ein weiter Himmel, in dem immer riesige Wolken zu schweben schienen. Soweit ich mich erinnern kann, hat der Südosten Colorados viel mit dem Osten von Montana gemein, wo ich herkomme.

In keinen von beiden Gegenden gibt es die großen Berge, die andere immer mit diesen Staaten assoziieren (ich liebe das Wort »assoziieren«). Ich überlege, dass es so lange her ist, seit ich Cheyenne Wells gesehen habe, dass es mir vorkommen wird wie das erste Mal. So detailorientiert ich auch bin, weiß ich doch, dass Erinnerungen an Orte und Erlebnisse ungenau sein können. Ich bin sehr gespannt darauf, es wiederzusehen und das, was ich sehe, mit dem zu vergleichen, an das ich mich erinnere. Ich hoffe, ich kann bald einschlafen. Und seltsam ist, dass ich mir wünsche, ich würde wieder von meinem Vater träumen. Ich merke, dass mich das tröstet.

»Edward?«

Kyles Stimme ist ganz leise. Ich bin überrascht.

»Ja?«

»Kann ich dir was sagen?«

»Ja.«

Ich höre, wie es im Nachbarbett raschelt, als er sich unter der Bettdecke herumdreht.

»Ich wollte mich nur bei dir bedanken, dass ich bei dir bleiben durfte.«

»Gern geschehen.«

Ich höre, wie er sich wieder umdreht, und bald höre ich, dass er schläft.

Vielleicht ist Kyle ja immer noch ein lieber Junge. Ich hoffe es. Er sendet widersprüchliche Signale aus – so viel ist sicher. Würde er in *Jersey Shore* spielen, würden sie ihn wahrscheinlich »El Mysterioso« nennen.

MITTWOCH, 14. DEZEMBER 2011

Diarium von Edward Stanton:
Heutige Aufwachzeit: 7:38 Uhr. Eine für mich vertraute Zeit (das 209. Mal in diesem Jahr).
Höchsttemperatur am Dienstag, 13. Dezember 2011 (347. Tag): 0° (laut der Zeitung in Rock Springs). Fünf Grad wärmer als am Vortag.
Tiefsttemperatur am Dienstag, 13. Dezember 2011: -7°. Genau wie am Vortag.
Niederschlagsmenge am Dienstag, 13. Dezember 2011: nicht messbar
Gesamte Niederschlagsmenge für 2011: 492,8 mm

Neue Einträge:

Körperliche Betätigung am Dienstag, 13. Dezember 2011: Da Kyle sich weigerte, mit mir spazieren zu gehen, konnte ich nicht gehen. Ich habe beschlossen, dass wir heute Mittag auf jeden Fall eine Runde gehen werden, selbst wenn es uns auf der 517-Meilen-Fahrt nach Cheyenne Wells Zeit kosten wird.

Gefahrene Meilen am Dienstag, 13. Dezember 2011: 515,5

Insgesamt gefahrene Meilen: 1.203,8

Benzinverbrauch am Dienstag, 13. Dezember 2011: Tankmenge in Boise: 44 Liter zu 0,663 $ je Liter, Gesamtbetrag also 29,17 $. Tankmenge in Brigham City, Utah: 60 Liter zu je 0,714 $ je Liter, Gesamtbetrag also 42,84 $. Ich gebe es auf zu versuchen, meinen Benzinverbrauch und die Kosten vorherzubestimmen – die Variablen bei Preis und Verbrauch sind zu groß. Natürlich werde ich weiterhin die tatsächlichen Mengen aufschreiben, die ich tanke.

Summe, die Kyle mir für die heruntergeladene Musik schuldet: 215 $

Heute Morgen hat er seine Mutter angerufen und ihr gesagt, dass er sie lieb hat, und ich habe seinem Konto 10 $ gutgeschrieben. Nachdem er mir das Handy zurückgegeben hatte, fragte Donna: «Was hast du mit ihm gemacht?« Sie meinte, dass ich etwas Gutes erreicht hätte, und das tat mir gut.

Nachtrag: Ich bin heute aufgeregt. Es wird noch viele Stunden dauern, aber dann werde ich Cheyenne Wells, Colorado, erreichen, und das macht mich glücklich. Allerdings halte ich mein Glück im Zaum (ich liebe den Ausdruck »im Zaum halten«), indem ich mich ermahne, dass es höchst unwahrscheinlich ist, dass die Leute sich in Cheyenne Wells versammeln und sagen: »Edward, wir sind ja so froh, dass du hergekommen bist. Wir haben auf dich gewartet.« So läuft das Leben nicht. Ja, mein Vater war in meinen Träumen in Cheyenne Wells – allerdings nicht letzte Nacht, soweit ich mich erinnern kann –, und ja, ich frage mich allmählich, ob das bedeutet, dass er mich dorthin bestellt, um irgendetwas herauszufinden, aber ich muss mich immer wieder daran erinnern, dass ich jemand bin, der vor allem Tatsachen vertraut, und diese Vorstellung, dass mein Vater mich zu irgendetwas hinführt, ist keine Tatsache. Es ist eine Fantasie. Daran muss ich denken, damit ich nicht enttäuscht werde.

Ich bin froh, dass Kyle auf dieser Reise dabei ist. Ich war nicht sicher, ob ich mich darüber freuen würde, aber abgesehen von ein paar kleineren Problemen lief es gut mit ihm. Ich hoffe, das bleibt so.

Nachdem ich auf der 107 Meilen langen Strecke zwischen Rock Springs und Rawlins, Wyoming, zweimal angehalten habe, um zu pinkeln, fragt Kyle: »Warum musst du so oft pinkeln?«

Im Hinblick auf mein häufiges Urinieren halte ich das für eine vernünftige Frage. Also antworte ich ihm: »Ich nehme Medikamente, von denen ich pinkeln muss. Das kommt, weil mein Körper entwässert wird. Es ist ein Teil meiner Behandlung des Typ-2-Diabetes.«

»Das ist komisch.«

»Man nennt es Diuretikum.«

»Wie oft am Tag gehst du pinkeln?«

Das ist eine erstaunliche Frage, und ich komme mir augenblicklich dumm vor, weil ich keine Antwort darauf habe. Ich sollte das wirklich in meine Datenerfassung aufnehmen.

»Viel«, sage ich. »In den ersten Stunden nach Einnahme der Tabletten muss ich besonders oft. Außerdem – ich hoffe, das findest du jetzt nicht eklig – ist es viel mehr Pipi als je zuvor. Ich kann das nicht empirisch belegen, weil ich vor der Einnahme der Medikamente nicht auf die Idee gekommen bin, meine Pinkelmenge zu messen. Das wäre eklig gewesen. Aber ich merke es ganz deutlich.«

Mir scheint, dass wir das Thema eingehend abgehandelt haben, aber Kyle hält weiter daran fest.

»Ich wette, ich kann mehr pinkeln als du.«

Ich muss lachen. Das ist ha-ha-lustig. »Nein, kannst du nicht.«

»Willst du wetten?«

»Kyle«, sage ich, »das ist albern. Ich bin älter als du. Ich bin größer als du, und ich habe mit Sicherheit eine größere Blase als du. Du kannst auf gar keinen Fall mehr pinkeln als ich, es sei denn, du bist krank, und dann sollten wir dich zum Arzt bringen.«

»Wenn ich mehr pinkle als du, streichst du dann meine Schulden bei dir?«

Diese Frage irritiert mich. Einerseits will ich nicht, dass Kyle seine Schulden auf andere Weise tilgt, als dass er nett zu seiner Mutter und zu mir ist. Andererseits ist die Vorstellung, er könnte mehr pinkeln als ich, in anatomischer Hinsicht einfach lächerlich. Ich antworte mit einer Gegenfrage: »Das ist rein hypothetisch, weil du auf keinen Fall mehr pinkeln wirst als ich, aber wenn doch, wirst du dann trotzdem weiterhin deine Mutter anrufen und mit mir spazieren gehen?«

»Ich schätze, schon.«

»Ich will ein Ja, sonst gibt es keine Abmachung.«

»Ja, okay, das werde ich.«

Ich nehme meine rechte Hand vom Lenkrad und reiche sie Kyle, der sie schüttelt.

Wir sind komisch. Nicht ha-ha-komisch, sondern seltsam-komisch.

* * *

Kyle und ich verabreden, dass wir in leere Wasserflaschen pinkeln, um die Menge vergleichen zu können, und er trinkt den Inhalt zweier Flaschen, um Platz dafür zu schaffen. Er will drei Flaschen austrinken, aber ich sage, das gehe nicht, weil ich nicht wolle, dass er eine Wasservergiftung bekomme, und er lacht mich aus, als würde ich mir das ausdenken.

»Wasser ist doch nicht giftig.«

»Na ja, technisch gesehen nicht«, entgegne ich, »aber wenn du zu viel Wasser trinkst, kann dich das umbringen.«

»Nein, das geht nicht.«

»Doch, Kyle, das geht.«

Ich wünschte, er würde nicht so tun, als wäre ich blöd. Ich denke mir niemals Sachen aus, das würde mir als Tatsachen liebender Mensch gegen die Natur gehen. Ich erzähle ihm also von der Geschichte, die ich im *Billings Herald-Gleaner* gelesen habe, lange bevor ich dort arbeitete. Tatsache ist, dass ein Radiosender in Sacramento, Kalifornien, einen Wettbewerb mit dem Titel »Halt dein Pi für eine Wii« veranstaltete, in dem eine Frau so viel Wasser trinken sollte, wie sie konnte, um dann eine Spielkonsole zu gewinnen. Sie hat nicht gewonnen. Sie starb.

»Du hast Glück«, sage ich Kyle. »Du hast deine Wii vom Weihnachtsmann.« Ich erzähle ihm nicht gerne Märchen, aber ich denke, es ist nicht meine Aufgabe, ihm die Wahrheit über den Weihnachtsmann zu verraten, wenn er sie noch nicht weiß. Das ist Donnas und Victors Aufgabe.

Aber er weiß es schon.

»Ja, genau«, sagt er. »Der Weihnachtsmann ist mein Opa. Du bist dumm, wenn du an den Weihnachtsmann glaubst.«

»Du hast es geschafft«, erwidere ich. »Du schuldest mir wieder zweihundertfünfundzwanzig.«

»Moment …!«

»Du hast mich als dumm bezeichnet.«

»Nein, ich habe gesagt, du *wärst* dumm, *wenn* du an den Weihnachtsmann glauben *würdest*. Glaubst du an den Weihnachtsmann?«

»Nein.«

»Dann bist du nicht dumm.«

Ich sage ein paar Sekunden lang gar nichts. Ich werde nicht gern ausgetrickst.

»Du schuldest mir zweihundertfünfzehn«, sage ich.

Kyle schlägt auf den Ledersitz und macht ein fröhliches Gesicht.

Wir fahren jetzt an Rawlins vorbei auf die Landstraße, und ich tue etwas, das ich nicht tun sollte, und sehe Kyle an, nur einen kurzen Moment.

»Was?«, fragt er.

»Seit wann weißt du, dass es den Weihnachtsmann nicht gibt?«

»Seit zwei Jahren. Ich habe entdeckt, wo Mom die Geschenke versteckt hatte.«

»Hast du es ihr gesagt?«

»Nein.«

»Warum nicht?«

»Ich weiß nicht. Sie mag Weihnachtszeug und so. Aber ich glaube sowieso, dass sie weiß, dass ich es weiß.«

»Warum?«

»Sie macht dieses Jahr kein so großes Theater mehr darum.«

»Weißt du, was du kriegst?«

Er lacht, aber es ist kein ha-ha-lustiges Lachen. »Wahrscheinlich nichts, so wie die Dinge gerade stehen.«

»Sie werden dir sicher was besorgen.«

»Vielleicht.«

»Weißt du, was ich mir zu Weihnachten wünsche, Kyle?«

»Nein.«

Ich merke, dass ich heiße Wangen bekomme, was seltsam ist. Und dann merke ich, dass es mir peinlich ist zu sagen, was ich denke. Ich sage es trotzdem.

»Diese Reise mit dir.«

Kyle sagt nichts. Ich bemühe mich sehr, starr geradeaus zu sehen. Ich habe Angst, dass ihm meine Worte peinlich sein könnten oder sonst irgendwie unangenehm, und ich will es nicht schlimmer machen, indem ich ihn ansehe.

»Edward?«

»Ja?«

»Wann hast du das mit dem Weihnachtsmann entdeckt?«

Ich freue mich, dass er das fragt. Ich kann mich ganz genau erinnern. Es war am 24. Dezember 1975. Ich war sechs Jahre alt. Das erzähle ich ihm – und dann, warum.

»Ich kann mich an all meine Weihnachten anhand des besten Geschenks erinnern, das ich jeweils bekommen habe. 1975 war das zum Beispiel ein Fünf-Gang-Fahrrad und im Jahr davor eine G.I.-Joe-Puppe und im Jahr danach ›Vier gewinnt‹. Deshalb weiß ich genau, in welchem Jahr es passierte. Und herausgefunden habe ich es, weil ich spät in der Nacht meinen Vater ›Schwanzlutscher‹ habe fluchen hören, als er das Fünf-Gang-Fahrrad im Wohnzimmer zusammenbaute, nachdem ich zu Bett geschickt worden war. Ich denke nicht, dass der Weihnachtsmann ein Wort wie ›Schwanzlutscher‹ sagen würde, und selbst wenn, dann würde er dabei nicht klingen wie mein Vater.«

Kyle lacht und lacht über diese Geschichte, und ich lache auch, weil sie lustig ist. Wenn ich jetzt darüber nachdenke, fällt mir auf, dass mein Vater und Scott Shamwell, der Drucker beim *Billings Herald-Gleaner*, einander darin ähnlich sind, dass sie gern laut und kreativ fluchen. Vielleicht ist das der Grund, weshalb ich Scott Shamwell so mag – weil er mich an das Gute in meinem Vater erinnert und überhaupt nicht an das Schlechte an ihm. Theorien sind schön und gut, aber ich bevorzuge Tatsachen. Die Tatsache lautet, dass ich Scott Shamwell mag und meinen Vater vermisse.

Kyle tippt mir auf die Schulter, und ich sehe zu ihm hinüber.

»Das sind zwei Dollar Plus für mein Konto«, sagt er.

»Warum?«

»Du hast gerade ...« Er hält rechtzeitig inne. Er ist besser darin als ich. »Du hast zweimal Sch-lutscher gesagt.«

Tja, Scheiße auch, denke ich (sage es aber nicht). Ich schätze, wir sind runter auf 213 $.

* * *

Am Meilenstein 228 in der Nähe von Sinclair haben wir das erste Mal die Gelegenheit, unseren Pinkelkontest durchzuführen.

»Fahr lieber raus, Edward«, sagt Kyle. »Ich muss.«

Sobald wir geparkt haben, steigt er aus und rennt mit einer leeren Flasche in der Hand in die Herrentoilette. Ich folge mit meiner Flasche, renne aber nicht, weil ich sonst noch heftiger pinkeln müsste.

Am Urinal versuche ich, mit meinem Schniedelwutz in die kleine Flaschenöffnung zu treffen, tue mir aber sehr schwer damit.

»Verdammt«, sage ich, als ein bisschen Pipi auf meine Hände spritzt.

»Noch ein Dollar!«, ruft Kyle vom angrenzenden Abteil aus.

»Ja, ja«, sage ich. »Zweihundertzwölf.«

Endlich bekomme ich die Sache koordiniert und entleere meine Blase in die Flasche. Der Urinstrahl macht ein trommelndes Geräusch gegen das Plastik. Ein dicker Mann links von mir mit einer Baseballkappe aus Netzstoff starrt mich an, und ich starre zurück. Er runzelt die Stirn.

»Das ist ein Wettbewerb«, sage ich.

Er schüttelt seinen Schniedelwutz ab, zieht den Reißverschluss hoch und geht ohne ein weiteres Wort - oder, noch interessanter, ohne Händewaschen. Das ist eklig.

* * *

Wieder im Wagen, halte ich die beiden Flaschen zum Vergleich nebeneinander. Das muss ich Kyle lassen: Der Junge kann ungeheuer viel pinkeln (ich liebe das Wort »ungeheuer«).

»Okay«, sage ich. »Diesmal hast du mich geschlagen. Aber um fair zu sein, muss man berücksichtigen, dass du gerade eine Menge Wasser getrunken hast und ich den ganzen Tag schon viel gepinkelt habe. Lass uns sehen, ob du mich heute Abend auch schlagen kannst.«

»Keine Chance«, entgegnet er. »Das war's. Es ist vorbei. Ich schulde dir keinen Cent mehr. Wir haben nichts davon gesagt, dass wir das Ganze zweimal machen.«

Damit hat Kyle recht. Unsere Vereinbarung zum Pinkelkontest war informell, und ich habe mir nicht die Mühe gemacht, eine detaillierte Abmachung aufzuschreiben. Trotzdem will ich weitermachen. Ich will nicht, dass er besser ist.

»Hast du Angst, du könntest nicht auch weiterhin besser pinkeln als ich?«, frage ich ihn.

»Ich habe vor gar nichts Angst.«

»Du klingst aber ängstlich«, sage ich. »Wie ein Hühnchen.« Ich stelle die Flaschen ab, klemme die Daumen unter die Achseln und flattere mit den Ellbogen. »Bahk-bock-bock-bock.«

»Du bist kindisch«, sagt er.

»Komm schon, Hühnchen«, sage ich und schlage nochmals mit meinen Ellbogen-Flügeln. Schließlich muss Kyle lachen.

»Okay, Mann, du wirst untergehen«, sagt er.

Wir klatschen uns high-five-mäßig ab, und ich fühle mich so glücklich wie schon lange nicht mehr. Es ist, als wäre der Kyle aus Billings wieder bei mir, den ich in Boise nirgends entdecken konnte. Ich hoffe nur, er hat sich die Hände gewaschen.

* * *

Als wir am *McDonald's* abseits der Landstraße bei Denver anhalten, ist es 14:47 Uhr. Ich habe Kyle angefleht, ein anderes Lokal auszusuchen, aber er besteht auf *McDonald's*, und ich will auf keinen Fall etwas tun, dass unsere gute Stimmung verdirbt.

Das Einkaufszentrum, in dem der *McDonald's* liegt, hat viele Geschäfte und auch viele Fußwege drumherum, und ich sage Kyle, dass wir nach dem Essen spazieren gehen müssen. Er scheint nicht begeistert zu sein, aber ich erinnere ihn, dass er seine Schulden auf 202 $ senken kann, wenn er mitgeht.

Im Restaurant bestellt er einen Big Mac, eine große Portion Pommes frites und eine große Cola. Ich bestelle ein

Hühnchen-Sandwich, keine Pommes frites und ungesüßten Eistee. Das ist keine ideale Diabetiker-Mahlzeit, aber es ist besser als Kyles Zusammenstellung.

Ich bin der Erste von uns, der merkt, dass sechs Männer in diesem Lokal Trikots der Denver Broncos mit Tim Tebows Namen auf dem Rücken tragen. Bei so was bin ich normalerweise immer der Erste. Ich weise Kyle darauf hin.

»Das kommt, weil Tim Tebow der Beste ist«, antwortet er.

Das ist so dermaßen absurd, dass ich es nicht fassen kann. »Der Beste was?«

»Er ist der beste Quarterback der *National Football League*.«

»Kyle«, sage ich, »diese Behauptung ist lächerlich. Ich weiß, dass du Fan der Denver Broncos bist, aber das ist nun wirklich albern.«

»Wer ist denn besser?«

Ich lache ein lautes Ha-ha-Lachen. Ich schnaube sogar ein bisschen, was komisch klingt. »Aaron Rodgers ist besser. Tom Brady ist besser. Drew Brees ist besser. Ben Roethlisberger ist besser. Tony Romo ist besser. Und viele andere auch. Das kann ich statistisch beweisen.«

»Tony Romo? *Das* ist lächerlich!«

»Aber das *ist* er.« Ich habe ein komisches Gefühl. Ich weiß, dass ich mich angegriffen fühle, weil Tony Romo der Quarterback der Dallas Cowboys ist und die Dallas Cowboys mein liebstes Team sind. Aber es ist trotzdem korrekt. Meine Stimme ist lauter geworden.

»Tony Romo ist ein Trottel«, sagt Kyle.

»Er ist besser als Tim Tebow.« Jetzt spreche ich richtig laut, und die Leute fangen an, uns anzustarren. Drei der Männer mit Tim-Tebow-Trikots kommen langsam auf unseren Tisch zu. Ich ignoriere sie und rede weiter mit Kyle. »Kennst du Tony Romos Statistik für seine Erfolgsquote bei Pässen? Die liegt bei sechzig Komma null drei Prozent. Kennst du die von

Tim Tebow? Die ist sechsundvierzig Komma fünf Prozent.«

Einer der Trikot-Männer, ungefähr Mitte zwanzig und so fett, dass er vermutlich nicht bei *McDonald's* essen sollte, sagt: »Tim Tebow gewinnt viel häufiger als Tony Romo.«

»Okay«, erwidere ich, »aber Sie müssen die Tatsache anerkennen, dass ein Spieler allein nicht alles entscheiden kann. In Tim Tebows Team ist die Verteidigung besser als Tony Romos. Das macht den Unterschied.«

»Alles, was ich weiß«, sagt ein anderer Mann im Tebow-Trikot, »ist, dass die Broncos vor Tebow bei eins zu vier standen. Seit er dabei ist, stehen sie sieben zu eins.«

Kyle sieht mich mit einem triumphierenden Grinsen an. »Yeah!«, sagt er.

»Ich rede nicht vom Gewinnen oder Verlieren«, sage ich. Ich sehe zwischen den beiden Männern hin und her, die sich unhöflicherweise in mein Gespräch mit Kyle eingemischt haben. »Es geht um die Fähigkeiten von Quarterbacks. Und Tony Romo ist besser als Tim Tebow.«

Alle um uns herum stöhnen, und nun schaltet sich der dritte Mann mit dem Tim-Tebow-Trikot auch noch ein. »Was hat ein Quarterback für eine andere Aufgabe als zu gewinnen?«

»Ich sage doch nur ...«, beginne ich, werde aber unterbrochen, weil der zweite Mann wieder redet.

»Du hast echt Eier, dass du Tim Tebow in Denver schlecht machst, Mann!«

Mehrere »Yeah!« ertönen im Chor. Kyle sitzt mit einem fetten Grinsen im Gesicht da.

Ich versuche zu sprechen, aber alle im Lokal buhen mich aus, und ein paar Leute – einschließlich Kyle – bewerfen mich mit Pommes frites.

Ich fühle mich beschissen.

* * *

Auf unserer siebten Runde um den großen Parkplatz des Einkaufszentrums sagt Kyle, der ein paar Meter hinter mir läuft: »Schenkst du mir ein Trikot von Tim Tebow?«

Ich bleibe stehen, drehe mich um und starre ihn ungläubig an.

»Du machst wohl Witze? Nach allem, was da drin passiert ist? Du hast echt Eier.« Ich mochte die Männer in den Tim-Tebow-Trikots nicht, aber mir gefällt dieser Spruch, den einer von ihnen zu mir sagte.

»Du schuldest mir einen Dollar«, sagt Kyle.

»Eier ist kein Schimpfwort.«

»Dann kann ich so oft ›Eier‹ sagen, wie ich will?«

Ich fühle mich in die Ecke gedrängt. Ich finde nicht, dass ich wegen eines Wortes wie »Eier« einen Dollar verlieren sollte. Andererseits denke ich, dass es Donna nicht gefallen wird, wenn ihr Sohn nach dieser Reise ständig »Eier« sagt. Ich denke, sie wird sogar sehr ärgerlich sein, wenn sie herausfindet, dass ich es ihm erlaubt habe.

»Okay«, sage ich. »Deine Schulden betragen jetzt zweihundertundeins.«

»Und was ist mit dem Tim-Tebow-Trikot?«

Kyle hat *unglaubliche* Eier!

»Nein.«

»Und wenn ich auf dem ganzen Rest der Fahrt lieb bin?«

»Vielleicht.«

»Wenn ich meine Mutter zweimal am Tag anrufe?«

Er hat *phänomenal* unglaubliche Eier!

»Ja.«

* * *

Auf der Weiterfahrt in meinem Cadillac DTS machen wir einen großen Bogen um Denver und fahren am großen neuen Flughafen vorbei auf die *Interstate 40* Richtung Osten.

Eine Zeit lang plaudert Kyle fröhlich an meinem scheißgeilen iPhone mit seiner Mutter, und bevor er auflegt, sagt er ihr, er werde sie in Cheyenne Wells erneut anrufen. Nachdem ich mein Handy wieder eingesteckt habe, erklärt er, er habe gerade einen großen Schritt in Richtung Tim-Tebow-Trikot gemacht. Das ärgert mich.

In der Nähe der Kleinstadt Deer Trail, 119 Meilen von unserem Ziel entfernt, bittet mich Kyle, an einer Raststätte zu halten, weil er pinkeln muss. Das Timing ist gut – ich muss ebenfalls pinkeln, und wir können unseren Wettbewerb wieder aufnehmen.

Wir sind allein in der Toilette, was ich gut finde, weil ich mir ein bisschen dumm vorkomme, auch wenn ich nicht in der Lage bin, damit aufzuhören. Das ist eine der Schwierigkeiten bei meiner Krankheit, vor allem mit dieser Zwangsstörung. Ich frage mich, was Dr. Buckley sagen würde, wenn ich ihr erzählte, dass ein zwölfjähriger Junge und ich unsere Urinmengen vergleichen. Ich kann mir nur schwer vorstellen, ihr so etwas zu erzählen, obwohl ich es sicher tun würde, wenn sie noch immer meine Therapeutin wäre, weil ich Dr. Buckley *alles* erzählt habe. Diesen Grad an Vertrauen habe ich bei Dr. Bryan Thomsen noch nicht erreicht. Ich nehme an, Dr. Buckley würde sagen, dies sei die Art von Zwang, den ich lieber lernen sollte zu unterdrücken.

Da ich beim letzten Mal gelernt habe, wie ich in die Flasche pinkeln muss, kann ich meine jetzt problemlos füllen. Aus der Nebenkabine, in der Kyle ist, höre ich ein gurgelndes Geräusch.

»Was ist das?«, frage ich.

»Nichts.«

Ich gehe vor das Abteil und spähe durch den Spalt zwischen Tür und Boden. Ich kann nicht fassen, was ich sehe.

Kyle kniet vor dem Toilettensitz und taucht die Flasche in das Toilettenwasser, um sie aufzufüllen. Das ist gemogelt. Das ist außerdem richtig, richtig eklig.

»Kyle!«

Er zuckt zusammen und lässt die Flasche in die Toilette fallen.

»Scheiße!«, brüllt er und ich merke mir, dass ich 10 $ zu seinen Schulden hinzurechnen muss.

»Ich kann's nicht fassen«, sage ich. »Du mogelst. Hast du das beim letzten Mal auch gemacht?«

Er lässt die Flasche in der Toilette und stürzt durch die Kabinentür, wobei mir das Ding fast ins Gesicht schlägt, als sie aufschwingt.

»Ach, halt's Maul, Edward!«

»Das sind noch mal zehn Dollar, weil du unhöflich bist. Mit dem S-Wort gerade eben macht das zusammen zweihunderteinundzwanzig.«

Kyle ballt die Hände zu Fäusten. »Denkst du, das interessiert mich? Ich werde das sowieso nie bezahlen, also kannst du dieses Konto genauso gut vergessen. Und dein blödes Spiel kannst du auch vergessen!«

»Es ist *dein* blödes Spiel, Kyle. Du warst derjenige, der es spielen wollte, und das werde ich auch deiner Mutter sagen, wenn ich ihr erzähle, dass du gemogelt hast.«

»›Das werd ich deiner Mutter erzählen‹«, äfft mich Kyle in einer Singsangstimme nach. »Du wirst ihr nichts davon erzählen, du alte Petze. Sei nicht blöde! Was glaubst du, wie sich das anhört? ›Hey, Donna, Kyle und ich haben in Flaschen gepinkelt.‹ Du bist echt ein Idiot!«

Jetzt hat Kyle meine Gefühle tief verletzt. Ich bin kein Idiot. Ich bin entwicklungsgestört, aber nicht dumm. Er hat recht damit, dass ich Donna vielleicht besser nichts davon erzähle. Ich vermute, ihre Reaktion darauf wäre ähnlich der von Dr. Buckley, wenn nicht sogar schlimmer, und obwohl ich Vermutungen nicht traue, bin ich auch nicht erpicht darauf, die diesbezüglichen Tatsachen zu erkunden.

Kyle hat die Toilette bereits verlassen. Ich folge ihm und werfe auf dem Weg meine vollgepinkelte Flasche in den Müll. Ich rufe Kyle hinterher, aber er sieht sich nicht um. Er zeigt mir nur den Stinkefinger, womit er bei 231 $ ist.

Ich verfalle in Laufschritt, um ihn einzuholen. Das Ganze irritiert mich sehr. Wir hatten uns so toll verstanden und eine gute Stimmung, und jetzt das! Kyle sitzt auf dem Beifahrersitz des Cadillac DTS und presst das Gesicht gegen die Scheibe, als hielte ich ihn gefangen.

Ich nehme auf dem Fahrersitz Platz und starte den Motor. Kyle sieht mich nicht an und schweigt.

Es wird dunkel. Wir müssen noch zwei Stunden fahren. Michael Stipe singt, dass einer auf dem ganzen Weg nach Reno summt. Ich sehe nach Westen, wo Reno liegt. Dort sind auch John Charles Fremont und Charles Preuss hingegangen, oder zumindest in die Nähe. Charles Preuss hat es da draußen nicht gefallen. Mir gefällt es hier draußen auch nicht. Ich frage mich, warum ich hergekommen bin, aber ich kann jetzt nicht einfach stehen bleiben.

Ich stelle die Automatik auf »Drive« und fahre zurück auf die Autobahn.

Ich fühle mich allein. Früher hat mir das gefallen. Jetzt ist es das schlimmste Gefühl, das ich je hatte.

QUASI DONNERSTAG, 15. DEZEMBER 2011

Ich bin froh, dass wir nur zwei Nächte hier sein werden. Das Bett ist zu hart. Das ist aber nicht der Grund, warum ich um 4:21 Uhr wach bin. Ich habe wieder von meinem Vater geträumt und bin irritiert, weil wir in meinem Traum nicht in Cheyenne Wells, Colorado, waren, obwohl ich jetzt tatsächlich in Cheyenne Wells bin. Wir waren in unserem alten Haus in Billings, in dem ich mit meinen Eltern gewohnt habe, bevor ich nach dem »Garth-Brooks-Debakel« rausgeworfen wurde.

Nun, da ich wieder in der bewussten Welt bin und nicht mehr in der Traumwelt von gerade eben, fällt es mir schwer mich zu erinnern, aber ich denke, ich war im selben Alter wie in meinen Träumen von Cheyenne Wells. Ich vermute mal, ich war genauso alt, auch wenn Vermutungen gefährlich sind. Aber das würde dann immerhin die Träume miteinander verbinden.

In meinem Traum bin ich neun Jahre alt, mein Vater und ich sind im vorderen Garten, und wir spielen Fangen. Ich renne und lache und versuche, meinem Vater zu entwischen, bis er mich schließlich mit seinen großen Händen am T-Shirt packt und zu sich zieht. Er schlingt seine Arme um mich, wir fallen zu Boden, und ich habe keine Angst. Ich freue mich und lache, und mein Vater rollt mich auf den Rücken, legt sich vorsichtig auf meinen Oberkörper und hält meine Beine mit dem rechten Arm fest, sodass ich mich nicht bewegen kann.

»Eins ... zwei ... drei«, zählt er mich aus, dann steht er auf und macht ein Geräusch, als würde ihm die Menge applaudieren und sagt: »Und der neue Champion ... Ted ›der Bär‹

Stanton!« Er reißt die Arme hoch, tänzelt auf Zehenspitzen vor und zurück wie Muhammad Ali und stößt Triumphschreie aus.

Da stehe ich auf und renne mit voller Wucht in ihn hinein. Er sagt: »Uff«, als ich auf ihn treffe, und stürzt mit übertriebenen Bewegungen zu Boden. Ich lege mich auf ihn, so wie er es gerade bei mir gemacht hat, und versuche, seine Beine festzuhalten, aber er ist zu groß für mich. Er strampelt und hätte mich sicher ganz leicht abwerfen können, aber er tut es nicht. Ich zähle ihn aus: »Eins ... zwei ... drei«, und springe mit erhobenen Armen wieder auf.

Das letzte aus meinem Traum, an das ich mich erinnere, ist, wie mein Vater mich hochhebt, obwohl ich schon neun Jahre alt bin und groß, und mich durch den Garten trägt. »Der Champion«, ruft er. »Seht euch den Champion an: Teddy Stanton!« Ich schlage die Hände über dem Kopf in einer Siegerpose zusammen und nicke der bewundernden Menschenmenge in meiner Fantasie zu.

Jetzt, in Cheyenne Wells, liege ich in einem Bett, das nicht meines ist, und spüre Tränen auf meinen Wangen. Ich schniefe und halte dann die Luft an, bis ich Kyle im Bett neben mir leise schnarchen höre. Ich wische mir über das Gesicht und versuche, nicht mehr zu weinen, aber es hat keinen Zweck. Ich kann es nicht kontrollieren, und diese Hilflosigkeit ist ein schlimmes Gefühl.

Ich weiß nicht, was das alles bedeutet. Ich kann mich nicht einmal erinnern, ob das, was ich im Traum gesehen habe, in meinem wirklichen Leben passiert ist. Ich denke nicht. Ich möchte gern denken, dass ich mich an einen so großartigen Moment erinnern würde. Ich weiß wohl, dass mein Vater mit mir als Neunjährigem viel leichter befreundet sein konnte als später, als ich nicht mehr so klein war und er mehr und mehr an mir und meiner Krankheit verzweifelte. Als er noch lebte, wünschte ich mir oft, wir könnten zu diesen frühen Zeiten zurückkehren, und jetzt wünsche ich es mir ganz besonders, aber das ist unmöglich, außer in der Traumwelt. Wir hatten keine Möglichkeit, unser Verhältnis zu klären, als er noch lebte, und seit er vor drei Jahren, einem Monat und fünfzehn Tagen starb, versuche ich, es mit Hilfe meiner Erinnerungen zu klären. Es wäre schön zu denken, dass seine Anwesenheit in meinen Träumen sein Bemühen zeigt, die Sache mit mir zu klären, aber dazu bedürfte es mehr Wunschdenken, als mein Tatsachen liebendes Gehirn aufbringen kann.

Und trotzdem gestatte ich mir dieses Wunschdenken. Ich frage mich jetzt, ob mein Vater mich nicht zu einem Ort, sondern vielmehr zu einer Erkenntnis geführt hat. Ich werde versuchen, das zu erklären. Als ich ihn kennenlernte, war Kyle neun Jahre alt. In den Träumen mit meinem Vater bin *ich* neun Jahre alt. Als Kyle neun war, habe ich mich gut mit ihm verstanden. Er war ein freundlicher Junge, mit dem ich leicht Spaß haben konnte, und er wollte mein Freund sein, als ich keinen einzigen anderen Freund hatte. Als ich neun war, hat mein Vater sich gut mit mir verstanden. Ich war keine so große Herausforderung für ihn wie in späteren Jahren, als ich nach und nach Dinge erfuhr und Gefühle hatte, die mich von ihm entfernten (wichtig ist anzumerken, dass dies passierte, als meine Krankheit schlimmer wurde und ich noch nicht die Hilfe bekam, die ich brauchte).

Vielleicht sollen mir die Erinnerungen an meinen Vater Folgendes sagen: Ich werde zu Kyle nicht mehr das Verhältnis haben, wie ich es früher hatte. Er wird älter und ficht dabei seine eigenen Kämpfe aus, und es wäre unfair von mir zu erwarten, dass er dasselbe Kind bleibt, das ich einst kannte. Vielleicht muss ich akzeptieren, dass er jetzt so ist, wie er ist, und mich unter diesen neuen Bedingungen neu mit ihm anfreunden – oder, wenn wir beide nicht damit zurechtkommen, die Freundschaft zu ihm aufgeben.

Das sind viele Vielleichts, was bedeutet, dass meine Informationen nicht präzise sind. Ein Mangel an Präzision beunruhigt mich. Nur Theorien zu haben, beunruhigt mich. Nicht zu wissen, wo ich Antworten finden kann, beunruhigt mich.

Ich werde jetzt die Augen schließen und versuchen, noch ein bisschen zu ruhen. Morgen werde ich mit Kyle einen neuen Anfang machen (und ich hoffe, dass er wieder mit mir sprechen wird, da er von Deer Trail an bis hierher geschwiegen hat). Er schuldet mir kein Geld. Er kann seine Mutter anrufen oder nicht. Er kann mit mir spazieren gehen oder nicht. Es liegt ganz bei ihm. Ich kann ihn zu nichts zwingen.

Ich hoffe, wir finden wieder einen Weg, Freunde zu sein. Ich werde versuchen, an ihn zu glauben. Hoffnung und Glaube sind unzulänglich, weil man all seine Erwartungen daran knüpfen kann, nur um später festzustellen, dass man sich geirrt hat.

Ich bevorzuge Tatsachen. Im Moment sind Tatsachen schwer zu erkennen.

OFFIZIELL DONNERSTAG, 15. DEZEMBER 2011

Diarium von Edward Stanton:
Heutige Aufwachzeiten: erst 4:21 Uhr und dann 10:36 Uhr, eine Zeit, zu der ich in diesem Jahr noch nie aufgewacht bin. Ich zog ein T-Shirt und eine Jogginghose an und ging zum Frühstücken in die Lobby, aber die Frau, der das Motel gehört, sagte: »Tut mir leid, Frühstück ist vorbei. Da müssen Sie früher aufstehen. Wenn Sie wollen, können Sie sich etwas bei Kwik Korner *holen.« Tja, Scheibenkleister (Ich versuche, nicht mehr so viel zu fluchen).*

Höchsttemperatur am Mittwoch, 14. Dezember 2011 (348. Tag): 6° in Billings (laut der Zeitung in Denver, von der ich eine zerknitterte Ausgabe in der Lobby des Motels fand). Sechs Grad wärmer als am Vortag.
Tiefsttemperatur am Mittwoch, 14. Dezember 2011: -7°. Dieselbe Tiefsttemperatur wie an den beiden Tagen zuvor.
Niederschlagsmenge am Mittwoch, 14. Dezember 2011: 0,3 mm
Gesamte Niederschlagsmenge für 2011: 493,1 mm

Neue Einträge:

Körperliche Betätigung am Mittwoch, 13. Dezember 2011: Nach dem Debakel mit den Fans der Denver Broncos haben Kyle und ich einen zügigen Spaziergang um das Einkaufszentrum gemacht. Da wir jetzt nicht mehr täglich Hunderte von Meilen fahren müssen, hoffe ich auf mehr Bewegung.

Gefahrene Meilen am Mittwoch, 14. Dezember 2011: 521,1

Insgesamt gefahrene Meilen: 1.724,9

Benzinverbrauch am Mittwoch, 14. Dezember 2011: Tankmenge in Fort Collins, Colorado: 57 Liter zu 0,670 $ je Liter. Gesambetrag also 38,19 $. Damit fuhr ich die restlichen 230,3

Meilen nach Cheyenne Wells, Colorado, was bedeutet, dass ich erneut tanken muss, falls ich hier eine längere Strecke fahren möchte.

Summe, die Kyle mir für die heruntergeladene Musik schuldet: null. Er sagt, er werde nichts bezahlen. Falls ich ihn dazu zwingen müsste, würde er mir 231 $ schulden.

Nachtrag: Bislang hat Kyle heute fünf Wörter zu mir gesprochen: »Das Fernsehen hier ist bescheuert.« Ich bin geneigt, ihm zuzustimmen. Kyle konnte ein paar Lokalsender aus Denver über die Zimmerantenne empfangen, und das war's. Es gibt weder Kabel noch Satellit. Ich denke, ich werde mit der Besitzerin sprechen.

Sie war überrascht, als wir gestern Abend anreisten. Sie kam im Morgenmantel zur Empfangstheke und sagte: »Tut mir leid, wie ich aussehe. Ich hatte nicht mit Gästen gerechnet. Sie sind heute Nacht die einzigen.« Sie wollte auch kein Schwätzchen mehr halten, was mir sehr gefiel. Sie ließ mich eine Karteikarte mit meinen Daten ausfüllen, machte eine Kopie meiner Kreditkarte, teilte uns mit, dass es von 6 bis 9 Uhr Frühstück gebe und wir das Zimmer bis Mittag räumen müssten. Als ich sie informierte, dass wir zwei Nächte blieben, sagte sie: »Dann eben Samstagmittag.«

Meine Pläne für heute:
1. Mich in Cheyenne Wells umsehen, ob ich noch etwas erkenne. Das werde ich zu Fuß unternehmen, um ausreichend Bewegung zu bekommen.
2. Ein bisschen durch die Gegend fahren, um zu sehen, ob ich irgendeine der Ölquellen finde, an denen die Gesellschaft meines Vaters gearbeitet hatte.
3. Kyle dazu bringen, dass er mit mir spricht oder zumindest zuhört, wenn ich ihm sage, dass wir noch mal neu anfangen.

Ich würde die Liste gern noch erweitern, weil ich es hasse, mit einer ungeraden Zahl aufzuhören, aber ich habe Dr. Buckley im Ohr. *Sagen Sie, was es zu sagen gibt, und fertig.* Ich bin fertig. Ich schmeiße den Stift durchs Zimmer und gehe.

* * *

Die Motelbesitzerin nimmt meine Beschwerde über das dürftige Fernsehprogramm unbeeindruckt entgegen.

»Wissen Sie, wie oft im Jahr ich Gäste habe?«, fragt sie zurück. Ich hoffe, das ist eine rhetorische Frage, denn ich habe keine Ahnung, wo ich diese Information herbekommen sollte. »Im letzten Jahr waren es zweitausendzweiundvierzig. Das bedeutet, dass im Durchschnitt weniger als sechs Zimmer von den sechzehn in diesem Motel belegt sind. Außerdem bleiben die meisten meiner Gäste nur eine Nacht und nicht zwei wie Sie. Ich kann mir dieses Motel nur leisten, weil das Gebäude gekauft und bereits voll abbezahlt ist. Lizenzen für Mehrfach-Kabelanschlüsse oder Satellitenempfänger sind teuer. Die Programme über Antenne müssen den Leuten genügen. Man sollte sowieso weniger fernsehen.«

Sie sagt das mit einer solchen Bestimmtheit und Genauigkeit, dass ich sofort Lust habe, das Thema fallen zu lassen und eine neue Frage zu stellen, weil mich ihre Art zu reden fasziniert. Sie hat blaue Augen, die eine große Intensität ausstrahlen. Ich weiß, das ist nur eine optische Täuschung – Augen können nichts ausstrahlen. Augen nehmen das Licht auf, das von Objekten reflektiert wird. Dieses Licht dringt durch die Hornhaut, die die Lichtstrahlen bricht, die dann durch die Pupille gelangen, dem runden schwarzen Sehloch in der Augenmitte. Der farbige Teil um die Pupille heißt Iris, die sich öffnen und zusammenziehen kann, um die Menge des Lichteinfalls zu regulieren. Die Linse bricht die Strahlen dann erneut und schickt sie weiter zur Netzhaut, dem Augenhintergrund des Augapfels. In der Netzhaut befinden sich Fotorezeptoren, genannt Stäbchen und Zapfen, die Farben und Helligkeiten wahrnehmen. Sie wandeln das einfallende Licht in Nervenimpulse um, die dann an das Gehirn geschickt werden und ein Bild hervorrufen. So funktioniert ein Auge. Jeder weiß das.

Was ich sagen will, ist, dass Sheila Renfros Augen sie besonders wach und aufmerksam aussehen lassen, und das gefällt mir. Warum, kann ich nicht erklären.

Außerdem ist ihr aschblondes Haar zu einem Pferdeschwanz gebunden, wie Donna Middleton (jetzt Hays) ihn häufig trägt.

»Wie lange haben Sie das Motel schon?«, frage ich.

»Grundsteinlegung war am 18. April 1967. Das erste Zimmer wurde am 1. Mai 1968 vermietet.«

»Und da waren Sie schon Besitzerin?« Ich bin irritiert und wiederum beeindruckt von ihrer Präzision. Diese Frau kann nicht viel älter sein als ich. »Da müssen Sie ein kleines Mädchen gewesen sein.«

»Tatsächlich war ich noch nicht geboren. Das Motel gehörte meinen Eltern. Sie sind inzwischen unter der Erde, also gehört es jetzt mir.«

Mir gefällt der Euphemismus »unter der Erde«. Vielleicht werde ich ab jetzt meinen Vater so beschreiben. Sie und ich haben gemein, dass unsere Väter tot sind.

Ich will eine weitere Frage stellen, aber sie schneidet mir das Wort ab. »Kann nicht weiterreden. Viel zu tun. Genießen Sie Ihren Aufenthalt.«

Sie geht an mir vorbei, den Flur hinunter in den Hauptteil des Motels und verschwindet durch eine Tür.

Ich schätze, ich werde später wieder mit ihr reden.

* * *

Kyle spricht immer noch nicht mit mir. Es ist seine Entscheidung. Ich spreche mit ihm. Das ist meine Entscheidung.

»Kyle, deine Schuld ist aufgehoben. Du schuldest mir nichts mehr. Ich notiere nicht mehr, ob du artig oder unartig bist. Du tust, was du für richtig hältst, und am Samstag werde ich dich nach Wyoming bringen, wo du deine Eltern triffst und mich los bist.«

Kyle schweigt. Er spielt dieses Vogelspiel auf meinem scheißgeilen iPhone.

»Außerdem«, fahre ich fort, »sagt die Dame, der dieses Motel gehört, dass es kein besseres Fernsehen gibt.«

Kyle hört auf zu spielen und wirft das Handy auf mein Bett. »Was soll das heißen?«

»Na ja, sie sagt, dass es teuer ist, Kabelfernsehen zu beantragen und ...«

»Nein, Saftsa...« Er bricht ab und runzelt die Stirn, als würde ihm etwas wehtun. »Entschuldige. Wirklich, Edward, es tut mir leid. Ich wollte sagen: Warum notierst du nicht mehr, was ich tue?«

Es tut mir weh, was Kyle gerade gesagt hat. Er behauptet, es tue ihm leid, aber er sagt immer wieder Schimpfwörter zu mir. Ich würde gern denken, dass er es nicht mit Absicht gemacht hat und nicht weiß, was er tut, aber das kann ich nicht. Ich erwäge, ihm nicht zu antworten und ihn dadurch spüren zu lassen, wie es ist, wenn man angeschwiegen wird, aber dann fällt mir ein, dass der Sinn dieser Aussprache sein soll, dass wir neu anfangen. Uns gegenseitig abwechselnd anzuschweigen, würde nicht viel bewirken.

»Du musst aufhören, solche Sachen zu mir zu sagen«, sage ich.

»Ich habe mich doch entschuldigt.«

»Und ich habe gesagt, du musst aufhören. Entschuldigen reicht nicht.«

Erneut kommen Dr. Buckleys Worte aus meinem Mund, was mich immer wieder erstaunt. Genau das hat sie zu mir gesagt, als ich das erste Mal in ihre Praxis kam. Meine Krankheit war außer Kontrolle und ich habe eine Menge böse Dinge zu ihr gesagt. Ich denke, das ist der Grund, weshalb ich solchen Sachen gegenüber heute so empfindlich bin. Ich denke, dass Kyle eines Tages auf sein Verhalten zurückblicken wird und ihm die Dinge leidtun, die er zu anderen gesagt hat. Das nennt man Reue, und Reue schmerzt eine lange Zeit.

Er blickt zu Boden. »Okay, ich höre auf.«

»Also gut«, sage ich und setze mich auf mein Bett. Ich halte etwas Abstand, versuche aber trotzdem zu zeigen, dass ich ihm nicht mehr böse bin. »Ich habe beschlossen, dein Verhalten nicht mehr zu beurteilen, weil es mich nichts angeht. Ich denke, du bist ein guter Junge, und ich denke, dass du unabhängig von deinen schwierigen Umständen genau weißt, was richtig und was falsch ist, weil deine Eltern dich gut erzogen haben.«

Kyle nickt. Ich rede weiter. Ich kann nur schwer glauben, dass diese Dinge aus meinem Mund kommen, weil sie nicht nach mir klingen. Ich klinge wie Dr. Buckley. Schon wieder.

»Als du in Billings gewohnt hast, waren wir Freunde, und in meinem Kopf und meinem Herzen werden wir immer Freunde sein. Aber ich weiß nicht, welche Art von Freunden wir in Zukunft sein werden. Das hängt zum großen Teil – eigentlich zum größten – von dir ab. Ich werde es dir nicht mehr schwer machen, indem ich dein Verhalten beurteile. Was mich betrifft, ist dies ein neuer Tag.«

Ich kann wirklich nicht fassen, dass ich das sage, weil es eine so dumme, offensichtliche Phrase ist – jeder Tag ist ein neuer Tag, egal, was passiert, und es ist überflüssig, darauf hinzuweisen.

Kyle sitzt schweigend auf seinem Bettrand. Ich glaube, es ist das erste Mal auf dieser Reise, dass er mir richtig zuhört. Nicht, dass Glaube viel zählt. Die Tatsachen sind es, die zählen.

»Warum sind wir hergefahren?«, will er wissen. »Die Stadt ist klein und langweilig.«

Ich kann nicht widersprechen, selbst, wenn ich es wollte. Als wir gestern Abend nach Cheyenne Wells, Colorado, kamen, habe ich dieses Motel erkannt und die Getreidesilos, und das war alles. Es ist komisch – und nicht ha-ha-komisch –, dass etwas so präzise und real aussieht, wenn man davon träumt, und dann in der richtigen Welt so fremd und unwirklich, wenn die Stäbchen und Zapfen in den Augen elektrische Impulse an das Gehirn senden und dir zeigen, wie die Dinge wirklich aussehen.

Die einfachste Antwort auf Kyles Frage wäre die, zu der uns Occams Rasiermesser führen würde: dass ich keinen guten Grund nennen kann, warum wir hergekommen sind. Aber das sage ich Kyle nicht. Ich wähle eine andere Antwort, die ebenso richtig ist.

»Bevor mein Vater in Billings Politiker wurde, hat er für eine Ölgesellschaft gearbeitet, und er war der Boss einiger Arbeitertrupps, die hier in der Gegend an den Ölpumpen gearbeitet haben. Die haben ein paar ganz spannende Sachen gemacht. Hättest du Lust, die Ölfelder zu sehen?«

»Klar.« Kyle nickt.

Wir stehen auf, nehmen unsere Jacken und gehen zur Tür. Auf dem Flur kommt die Besitzerin an uns vorbei.

»Sturm zieht auf«, sagt sie und sieht mich mit ihren strahlenden blauen Augen direkt an. Dann verschwindet sie in einem Zimmer zwei Türen weiter auf der anderen Seite des Flurs.

Sie irritiert mich.

»Das war seltsam«, sagt Kyle.

Das war es tatsächlich. Ich werde ganz bestimmt später noch einmal mit ihr sprechen.

* * *

Kyle und ich stehen am Rand einer unbefestigten Straße, und ich zeige über ein brachliegendes Feld (ich liebe den Ausdruck »brachliegen«) auf eine Tiefpumpe in einiger Entfernung. Der sogenannte Pferdekopf schwingt langsam hoch und runter, wie bei einem Vogel, der einen Wurm aus der Erde zieht.

»Das ist eine Tiefpumpe«, sage ich.

»Das weiß ich.«

Kyle hält sich für sehr schlau.

»Weißt du, was kathodischer Korrosionsschutz ist?«, frage ich ihn.

»Nein.«

»Soll ich es dir erklären?«

»Ja.«

Ich versuche, es mit einfachen Worten zu erklären, was bedeutet, dass ich die interessantesten Teile auslassen muss, etwa das elektrochemische Potenzial und die kathodische Unterwanderung.

»Diese Tiefpumpen würden mit der Zeit rosten, oder korrodieren, wenn man nichts tut, um das zu verhindern. Das haben die Arbeiter meines Vaters gemacht. Sie vergruben eine Stromquelle im Boden, legten dann Kabel zu der Pumpe und auch zu etwas, das man ›Anode‹ nennt, und diese Anode rostete dann anstelle der Pumpe, und die Pumpe konnte weiter arbeiten. Ergibt das für dich Sinn?«

»Nicht wirklich.«

»Du wirst das in der Schule noch lernen.«

»Was ist so besonders daran?«

»Es ist nichts Besonderes daran. Es ist einfach etwas, das mein Vater gemacht hat. Die Männer, die für ihn arbeiteten, waren harte Kerle. Das musste man sein, wenn man mit Kathodenschutz arbeitete. Manchmal mussten die Männer die Kabel zusammenspleißen, wozu man Epoxidharz brauchte, eine Art Klebstoff. Dazu hatten sie diese zweigeteilten Beutel mit Flüssigkeiten – Epoxidharz besteht aus zwei Komponenten. Sie mussten die Beutel immer wieder drücken, um die Flüssigkeiten zu erhitzen, und dann die Trennung aufheben, um alles zu mischen, dann den Beutel aufschneiden und alles in eine Gussform füllen. Mein Vater sagte, man könne Epoxidharz nicht mehr entfernen, wenn es einmal auf die Haut gelangt. Es ist ätzend. Einmal, als ich ein kleiner Junge war, sagte er: ›Edward, ich bin sechsunddreißig, aber meine Hände sind achtundvierzig.‹ Ich denke aber nicht, dass er das wortwörtlich gemeint hat, weil das unmöglich gewesen wäre.«

Kyle geht in die Hocke und hebt einen kleinen Stein auf. Er wirft ihn seitlich weg, und der Stein knallt gegen einen Zaunpfahl.

»Guter Wurf«, sage ich.

»Können wir da hingehen und uns die Pumpe ansehen?«, fragt er.

»Oh. Nein.«

»Warum nicht?«

»Das wäre unbefugtes Betreten.«

Mein Vater hat mir verboten, jemals unbefugt auf fremdes Gelände zu gehen. Nichts auf der Welt hasste er mehr als mangelnden Respekt gegenüber Eigentumsrechten. Wenn man mit ihm darüber diskutierte – oder über die Schwindeleien der Demokraten –, wurde er immer böse. Wenn man mit ihm über Steuererlasse oder Ronald Reagan diskutierte, war er immer fröhlich. Um ehrlich zu sein, hat mich keines dieser Themen besonders interessiert.

Kyle breitet die Arme aus und sagt: »Hey, Mann, hier ist weit und breit niemand zu sehen. Lass uns hingehen.«

»Kyle, nein.«

Kyle hört nicht auf mich. Er schlängelt (ich liebe das Wort »schlängeln«) sich unter dem Stacheldrahtzahn hindurch und rennt bereits über das Feld, während ich immer noch »Nein, nein, nein, nein, nein!« rufe. Bei jedem seiner Schritte wirbelt Staub auf.

Ich bin zu dick, als dass ich mich unter dem Zaun hindurchschlängeln könnte. Ich halte mich mit der rechten Hand an einem Zaunpfahl fest und stelle meinen linken Fuß auf den untersten Strang des Stacheldrahtzauns, der dabei ganz zu Boden gedrückt wird. Ich halte nach Kyle Ausschau, aber der ist nur noch ein Punkt am Horizont, Hunderte Meter von mir entfernt.

Langsam hebe ich mein rechtes Bein über den Zaun, sodass ich rittlings darüberstehe. Es ist eine prekäre Position (ich liebe das Wort »prekär«). Meine Eier hängen direkt über dem Stacheldraht. Als ich mit dem rechten Fuß auf den Boden komme, hebe ich den linken Fuß an, und da passiert es. Ich lasse den obersten Strang des Stacheldrahts zu früh los, und er schnellt hoch und erwischt mich am linken hinteren Oberschenkel. Meine Hose wird zerrissen, das Ding bohrt sich kurz in mein Bein, und ich falle auf der anderen Seite zu Boden.

Ich stehe auf und klopfe mir den Staub ab, und als ich zur Ölförderpumpe humpele, sehe ich, dass Kyle hinaufgeklettert ist.

»Kyle, geh da runter!«, brülle ich. Er kann mich nicht hören – oder er will es nicht. Es bläst starker Wind, und mir scheint, meine Worte würden woanders hingetragen, als ich sie haben will.

»Kyle, komm da sofort runter!«, brülle ich erneut, und diesmal weiß ich, dass er mich hört, weil ich nahe genug bin, um sein Gesicht zu sehen.

Er winkt mir zu. »Ich bin ein Cowboy, Edward. Ich reite auf dem allergrößten Pferd!«

»Komm runter!«

»Hol mich doch!«

Ich bin irritiert. Ich werde nicht auf die Pumpe klettern, um ihn herunterzuholen – das würde nur zu Schwierigkeiten und vielleicht sogar Unglück führen. Ich kann seine Mutter nicht anrufen, weil ich das scheißgeile iPhone im Auto gelassen habe. Ich kann niemanden um Hilfe bitten, weil niemand anders hier ist.

Ich fühle mich hilflos. Ich laufe noch ein paar Schritte auf die Pumpe zu, bleibe dann aber stehen, weil ich nicht weiß, was ich tun soll, wenn ich angekommen bin.

»Geh runter!«, rufe ich wieder.

»Nein.«

Ich gehe hin und her, raufe mir die Haare und bin immer mehr frustriert. Ich möchte schreien.

»Kyle Middleton, du arschfrecher kleiner Scheißer, komm sofort da runter! Du bist total schräg drauf und abgedreht! Ich scheiß auf dich und dein verdammtes blödes Pferd!«

Heilige Scheiße!

Kyle wird ganz blass. Er klettert von der Ölpumpe herunter und kommt zu mir. Er sagt kein Wort. Ich atme schwer. Ich versuche zu sprechen.

»Ich …«

»Wow, Edward!«

»Ich …«

»Arschfrecher kleiner Scheißer?«

»Ich …«

»Wow.«

»Ich … ich weiß nicht, wo das herkam. Es tut mir leid«, sage ich.

»Das braucht dir nicht leidzutun. Das war cool.«

»Nein, war es nicht. Man sollte nicht ›arschfrech‹ und ›Scheißer‹ sagen. Ich weiß, ich habe das gerade getan, wieder einmal, aber es ist nicht nett, solche Dinge zu sagen.«

»Ich weiß.«

»Entschuldige bitte, Kyle.«

»Ich entschuldige mich auch. Was ist mit deiner Hose passiert?« Er zeigt auf das Loch hinten an meinem Oberschenkel.«

»Der blöde Zaun«, sage ich.

»Der hat deine Hose ganz schön zerrissen.«

»Ich weiß, Kyle. Es tut auch weh. Ich hatte Glück, dass ich nicht mit meinen Eiern hängen geblieben bin.«

Wir kommen nur langsam zu meinem Cadillac DTS, weil ich humple. Ich sehe zum Himmel und erkenne, wovor die Hotelbesitzerin – warum weiß ich ihren Namen nicht? – uns gewarnt hat. Es ist nicht mehr der strahlend blaue Himmel vom Vormittag, stattdessen zeigt er die unheilschwangere (ich liebe das Wort »unheilschwanger«) graue Farbe, die einen Sturm ankündigt. Ich denke an R.E.M. und das Lied, das gerade lief, als wir aus Cheyenne Wells hinausfuhren, in dem Michael Stipe von einem Himmel sang, der wie ein Gemälde von Man Ray aussieht.

Ich denke auch an die schrecklichen Dinge, die ich zu Kyle gesagt habe und woher sie wohl kamen. Tatsächlich weiß ich genau, woher sie kamen. Der »arschfreche kleine Scheißer« kam von Scott Shamwell, dem Drucker. Das hat er immer zu Elliott Overbay gesagt, dem Redaktionschef, aber nie, wenn der ihn hören konnte. Bei »du bist ja total schräg drauf und abgedreht« habe ich Sergeant Joe Friday zitiert, und zwar aus der ersten Folge von *Polizeibericht*, die zum ersten Mal am 12. Januar 1967 ausgestrahlt wurde. Sie ist eine meiner Lieblingsfolgen.

Das letzte, was ich zu Kyle gesagt habe, »ich scheiß auf dich und dein verdammtes blödes Pferd«, stammt von meinem Vater. Es sind seine Worte. Ich bin konsterniert (ich liebe das Wort »konsterniert«), dass sie in meinen Mund gewandert sind. Natürlich nicht wortwörtlich. Das ist eine Redewendung.

Zwei Dinge sind klar: Erstens finde ich beim Anbrüllen von Leuten keine eigenen Worte. Zweitens habe ich kein Recht, Kyle zu sagen, was er sagen darf und was nicht. Ich kann mich selbst nicht kontrollieren.

Kyle schlängelt sich wieder unter dem Zaun hindurch, dann tritt er auf den mittleren Strang und hebt den oberen hoch, sodass ich dort durchschlüpfen kann.

Wir steigen ins Auto, und ich lasse den Motor an. Michael Stipe singt über die Blumen von Guatemala, die alles bedecken. Ich drehe um und fahre zu der zweispurigen Landstraße zurück, die uns wieder in die Stadt führen wird, und in diesem Moment fällt die erste fette Schneeflocke auf die Windschutzscheibe.

* * *

Als wir das Motel erreichen, herrscht ein regelrechter Schneesturm (ich liebe das Wort »Schneesturm«). Die Flocken sind dick und nass und kleben sich ebenso schnell an die Windschutzscheibe, wie meine Scheibenwischer sie wegwischen. Auf den Straßen von Cheyenne Wells liegt bald eine Schneeschicht, und der Cadillac DTS schlingert, als ich auf den Parkplatz einbiege.

Im Motel erwartet uns die Besitzerin.

»Ich habe nach Ihnen Ausschau gehalten«, sagt sie. »Ich habe doch gesagt, dass ein Sturm aufzieht.«

Ich fahre mir mit der Hand über den Kopf und spüre, wie der Schnee in meinem Haar schmilzt. Kyle stampft auf die

Fußmatte hinter der Eingangstür, um den Schnee von den Schuhen zu schütteln.

»Das kam ohne jede Vorwarnung«, sage ich.

»Nein«, erwidert sie. »Ich habe Sie gewarnt. Ich habe gesagt: ›Ein Sturm zieht auf.‹ Noch klarer hätte ich mich nicht ausdrücken können.«

Wiederum spielen ihre Augen dieses Spiel mit mir. Jedes Mal, wenn sie spricht, funkeln sie – zumindest sieht es so aus, denn ich weiß, dass es eine Täuschung durch das Licht ist. Und ihr Mund zieht so kleine Falten, als würde sie etwas verschweigen – es irritiert mich, dass ich nicht erkennen kann, ob es ein freundliches Lächeln ist oder ein verächtliches Grinsen, weil ich so dumm war, mich von einem Sturm erwischen zu lassen.

»Ich glaube, ich habe mir Ihren Namen nicht gemerkt«, sage ich zu ihr. Kyle zieht an meiner Jacke und bittet um den Zimmerschlüssel, weil es »langweilig« sei. Ich gebe ihm den Schlüssel und er hüpft den Flur hinunter.

»Ich glaube, den habe ich auch nicht gesagt«, erwidert sie. »Ich heiße Sheila Renfro.«

Sie streckt ihre rechte Hand vor, die ich mit meiner rechten fasse. Ihre Finger fühlen sich rau und trocken an. Sie schüttelt kräftig meine Hand, dreimal hoch und runter, dann lässt sie los.

»Ich glaube, ich war als kleiner Junge schon mal in diesem Motel, mit meinem Vater.«

»Es ist das einzige Motel der Stadt. Wenn Sie in Cheyenne Wells waren, waren Sie hier.«

»Das war 1978. Ich war neun Jahre alt.«

»Wann 1978?«

»Im Juni.«

»Welcher Tag im Juni?«

»Das weiß ich nicht mehr.«

»Dann war ich entweder zwei oder drei Jahre alt. Ich bin am 15. Juni 1975 geboren, also hängt es davon ab, wann Sie hier waren.«

»Als ich hier war, wurde das Motel von einem großen, fetten Mann mit weißem Haar geführt.«

»Das war mein Vater. Er war nicht fett. Er war gemütlich rundlich. Er ist jetzt unter der Erde.«

»Er und seine Frau hatten ein kleines Mädchen.«

»Das war ich.«

»Das waren Sie?«

Sie kneift ihre blauen Augen ein Stück zusammen. »Das habe ich doch gerade gesagt.«

»Dann sind wir uns also schon begegnet.«

»Ich schätze, ja.«

»Erinnern Sie sich an mich?«

»Nein, was denken Sie denn? Ich war ja noch ein kleines Mädchen. Außerdem muss man sich nur an wenige Leute erinnern. Denken Sie, ich kann mich an jeden erinnern, der je in dieses Motel gekommen ist? Gut, ich könnte alle Eintragungen durchsehen und überprüfen, wer da gewesen ist, aber das bedeutet nicht, dass ich mich an die Leute erinnere.«

Ich möchte am liebsten im Boden versinken (natürlich nicht wortwörtlich, das ist eine Redewendung). Ständig sage ich hier dumme Dinge, und Sheila Renfro weist mich ständig darauf hin, dass sie dumm sind. Und trotzdem möchte ich nicht aufhören, mich mit ihr zu unterhalten. Diese Frau fasziniert mich.

Ich beschließe, das Thema zu wechseln.

»Warum fühlen sich Ihre Hände so seltsam an?«

Sie reibt zweimal mit den Handflächen über die Jeans an ihren Hüften. »Die sind nicht seltsam, die sind rau vom Arbeiten. Ich ziehe eine Wandverkleidung in Zimmer Nummer acht ein.«

»Gipskarton oder Fiberglas?«

»Gipskarton.«

»Bad oder Wohnraum?«

»Wohnraum.«

»Ich bin ziemlich geschickt mit Wandverkleidungen. Brauchen Sie Hilfe?«

»Umsonst, oder wollen Sie Geld?«

»Ich brauche kein Geld. Ich bin scheißreich.«

»Bitte keine Kraftausdrücke. Ja, ich nehme Ihre Hilfe gerne an.«

Ich entschuldige mich, damit ich Kyle sagen kann, wo ich bin, und erkläre Sheila Renfro, dass ich sie in ein paar Minuten in Raum Nummer acht treffen werde. Sie will erneut meine Hand schütteln. Ich gehe gern darauf ein, und diesmal fühlt sich ihre Hand überhaupt nicht seltsam an.

Als ich durch den Flur zu dem Zimmer gehe, das ich mit Kyle bewohne, Zimmer Nummer vier, fühle ich mich etwas schwindelig im Kopf und komisch im Bauch, als würden Vögel darin herumflattern, was natürlich unmöglich ist.

QUASI FREITAG, DER 16. DEZEMBER 2011

Ich kann nicht aufhören, an Sheila Renfro zu denken. Um 21:47 Uhr haben Kyle und ich ihr privates Häuschen verlassen, das an das Motel angebaut ist, und sind in unser Zimmer zurückgekehrt. Wir haben die 22:00-Uhr-Nachrichten aus Denver gesehen, wobei ich gestehen muss, dass ich nicht wirklich bei der Sache war, weil ich an Sheila Renfro denken musste. Um 22:32 Uhr habe ich das Licht ausgeschaltet und gehört, wie Kyle einschlief. Das war vor drei Stunden und neun Minuten – jetzt ist es 1:41 Uhr –, und seither habe ich nicht ein Mal die Augen zugemacht, außer zum Blinzeln. Kyle schnarcht im Bett neben mir. Er hat es gut.

Ich liege hier und denke an Sheila Renfro. Was für eine interessante Frau! Und noch dazu sehr vernünftig.

Die Arbeit mit der Verkleidung ging gut von der Hand. Wie ich Sheila Renfro sagte, bin ich mit so etwas sehr geschickt. Sie brauchte Hilfe, um eine 2,15 mal 2,75 m^2 große Verkleidung an der südlichen Wand in Zimmer Nummer acht auszutauschen. Als ich dazukam, hatte sie die alte Verkleidung schon herausgerissen, sodass ich den Schaden nicht begutachten konnte. Sheila Renfro sagte, es sei ziemlich schlimm gewesen und dass das Zimmer durch die Jahre »deutlich verwohnt« worden ist. Die letzte Beschädigung fand vor einer Woche statt, als ein junger Mann und seine Freundin dort übernachteten und in einen heftigen Streit gerieten.

»Ich hatte schon ein komisches Gefühl, als sie eincheckten, aber es war spät und kalt, also ignorierte ich das Gefühl. Eine Stunde später gab es einen gewaltigen Krach. Schreie und Schläge und das Scheppern von herumfliegenden Sachen. Ich rief die Polizei. Es war zu spät. Ich hätte auf mein Gefühl hören und ihnen das Zimmer nicht vermieten sollen.«

Sheila Renfro empfand offenbar Reue für das, was geschehen war, also versuchte ich, ihr zu helfen, während ich ein Stück Verkleidung festnagelte.

»Ja«, sagte ich, »aber Gefühle sind schwer zu bestimmen. Was, wenn sie doch ein nettes Paar gewesen wären, und Sie hätten ihnen das Zimmer nur wegen eines Gefühls verwehrt? Das wäre nicht fair gewesen.«

»Sie waren kein nettes Paar. Sie haben mein Zimmer zerstört.«

»Ich weiß. Ich sage ja nur, wenn ... Man kann einem Gefühl nicht trauen.«

»Ich vertraue *meinen* Gefühlen. Ich weiß, was sie bedeuten.«

Sheila Renfro schien sich ein wenig über mich zu ärgern, also sagte ich nichts mehr. Dies ist auch etwas, das ich von Dr. Buckley gelernt habe: dass es nicht wichtig ist, bei jeder Streitfrage zu gewinnen. Das erste Mal, als sie mir das sagte, dachte ich, sie macht Witze, aber sie meinte es ernst. Ich habe lange gebraucht, um die Weisheit ihrer Worte zu erkennen, aber wie gewöhnlich hatte sie recht. Ihr grundlegendes Prinzip ist, für die Dinge zu kämpfen, die es wert sind, etwa für seine Familie oder seine unveräußerlichen Rechte (ich liebe das Wort »unveräußerlich«). Bei bloßen Meinungsverschiedenheiten dagegen sollte man seine Freundschaft nicht gefährden, indem man immer weiter argumentiert, obwohl es keine Lösung geben kann. Ich sage nicht, dass ich das immer schaffe. Zum Beispiel war es nicht richtig, so lange mit Kyle über Tim Tebow zu diskutieren. Trotzdem habe ich Dr. Buckleys Worte immer im Hinterkopf (natürlich nicht wortwörtlich, das ist nur eine Redewendung), und in diesem Fall, mit Sheila Renfro, hörte ich auf zu diskutieren, bevor ich irgendeinen Schaden anrichten konnte. (Allerdings ist mir immer noch nicht klar, wie jemand seinen Gefühlen eher vertrauen kann als Tatsachen.)

»Wie alt ist ihr Sohn?«, erkundigte sich Sheila Renfro.

Ich fand das witzig – interessant-witzig, nicht ha-ha-witzig –, dass sie Kyle für meinen Sohn hielt, obwohl ich vermutlich alt genug bin, um sein Vater zu sein.

»Er ist mein Neffe«, antwortete ich, was eine Lüge war, mit der ich mich nicht sehr wohl fühlte. Andererseits konnte ich ahnen, dass die Wahrheit zu mehr Fragen und Verdächtigungen führen könnte, und das konnte ich nicht gebrauchen. »Wir sind auf Abenteuerreise.«

»In Cheyenne Wells?«

»Na ja, wie ich Ihnen sagte: Ich bin schon mal hier gewesen.«

»Muss er nicht zur Schule gehen?«

»Er wird zu Hause unterrichtet.« Das Lügen wird schon einfacher.

»Haben Sie Kinder?«, frage ich sie.

»Haben Sie welche gesehen?«

»Nein.«

»Tja, also. Keine Kinder, zumindest noch nicht. Ich könnte aber noch welche bekommen – vom Alter her …«

»Ja.« Es scheint richtig, ihr hierbei zuzustimmen, obwohl bei ihr mit sechsunddreißig bestimmt schon die biologische Uhr tickt. Auch das ist eine Redewendung. Wir haben keine Uhr in uns. Das ist absurd.

»Aber Sie sind schon zu alt«, sagt sie zu mir. »Nicht biologisch, aber praktisch.«

»Nein, bin ich nicht.«

»Sie sind doch mindestens fünfundfünfzig, oder?«

Ich bin entsetzt. »Ich bin zweiundvierzig.«

Sheila Renfro lächelt mich an. Ein echtes Lächeln. »Erwischt«, sagt sie.

Sheila Renfro kann ganz schön witzig sein.

* * *

Nachdem die Wandverkleidung angebracht war, musste nur noch gestrichen werden. Ich bot Sheila Renfro an, ihr morgen dabei zu helfen – also, eigentlich heute – und dass Kyle und ich die alte Verkleidung und den anderen Müll in die Garage schaffen würden. Das erwies sich als schwieriger als gedacht. Es schneite immer noch in großen nassen Flocken, und am Motel hatten sich die ersten Schneewehen aufgetürmt. Wir mussten uns fünfmal durch starken Wind und Schneegestöber und die Schneewehen kämpfen, aber wir haben alles geschafft. Kyle war eine große Hilfe.

Als wir wieder ins Motel kamen und den Schnee von unseren Jacken und Schuhen schüttelten, lud Sheila Renfro uns zum Abendessen ein.

* * *

Sheila Renfro und ich sind uns sehr ähnlich.

Sie hat ihr ganzes Leben in Cheyenne Wells, Colorado, verbracht, wo sie geboren wurde. Ich habe mein ganzes Leben in Billings, Montana, verbracht, wo ich geboren wurde. Sie mag Routine und Verlässlichkeit. Ich ebenfalls. Sie ist sehr klug – an nur einem Abend konnte ich erkennen, dass sie fast genauso viel über Profi-Football weiß wie ich, einschließlich Offense-Formationen und Defense-Aufstellungen. Ich testete sie sogar, indem ich sie fragte, was ein »dime package« sei.

»Seien Sie nicht albern«, meinte sie darauf. »Das sind sechs Spieler in der Defense.«

Sie hatte recht.

Sie ist sogar Dallas-Cowboys-Fan, genau wie ich. Ich erkundigte mich, warum sie Dallas lieber mag als Denver, wo Denver doch viel näher an Cheyenne Wells liege, und sie sagte: »Die Cowboys sind ›America's Team‹.«

Diese Art von Logik ist beeindruckend. Anders hätte ich es auch nicht gesagt.

Sie hatte gute Noten in der Schule und ich auch. Sie sagte, sie habe sich immer als Außenseiterin gefühlt, und ich weiß genau, wie das ist. Ich habe auch nie zu meinen Klassenkameraden auf der *Billings Highschool* gepasst. Trotz unserer guten Noten hielt sich keiner von uns für das College geeignet, also gingen wir nicht. Ich fragte, ob sie es bereue – und wir waren uns einig, dass Reue keinen Spaß macht.

Sie sagte: »Du meine Güte, nein! Ich musste ja auch hier bleiben und für meinen Daddy arbeiten.«

An diesem Punkt wird Sheila Renfros Geschichte traurig. Als sie zweiundzwanzig war, am 7. August 1997, kamen ihre Eltern bei einem Autounfall nur sieben Meilen vor der Stadt ums Leben. Ab dann war Sheila Renfro ganz allein.

»Sie sind jetzt unter der Erde«, sagte sie wieder. Sie führte mich durch ihr Wohnzimmer und zeigte mir Fotos ihrer Eltern. Aus meiner Zeit in Cheyenne Wells konnte ich mich vage an sie erinnern, aber das ist lange her, und Erinnerungen können trügen. Auf den Fotos, die gegen Ende ihres Lebens aufgenommen worden waren und auf denen sie demnach viel älter waren als zu der Zeit, als ich sie gesehen hatte, wirkten sie zufrieden. Zufriedenheit ist schwer zu messen – eigentlich gar nicht –, aber ihr Gesichtsausdruck auf den Bildern sagt dennoch viel aus. Ihr Lächeln ist echt und voller Liebe. Ich denke nicht, dass man so etwas vortäuschen kann.

»Vermissen Sie sie?«, fragte ich Sheila Renfro. Ich weiß, das ist eine dumme Frage. Natürlich vermisst sie sie. Aber mir fiel nichts anderes ein.

»Ja«, antwortete sie, »aber ich kann nichts ausrichten. Sie sind jetzt unter der Erde.«

Sheila Renfro sagte, nach dem Tod ihrer Eltern habe sie sich selbst versprochen, in Cheyenne Wells zu bleiben und dafür zu sorgen, dass das Motel, das die beiden zusammen aufgebaut hatten, weiterläuft. Sie erzählte, es sei manchmal schwer gewesen und dass ihr Geschäft stark von der Geschäftslage der Ölindustrie und der Landwirtschaft in Süd-Colorado abhinge. Ich weiß, was sie meinte. Die Laune meines Vaters korrelierte (ich liebe das Wort »korrelieren«) häufig mit dem Ölpreis, selbst als er schon lange aus dem Ölgeschäft raus war und in der Politik arbeitete. Die meisten Menschen beklagen sich, wenn die Ölpreise steigen, weil sie wissen, dass es dann teurer wird, Benzin zu tanken. Für meinen Vater war das kein Problem. Für Sheila Renfro auch nicht.

»Das ist ein schönes Motel«, sagte ich. »Sie führen es gut.«

»Ich bin froh, dass ich heute Hilfe hatte«, erwiderte sie. »Die könnte ich immer gebrauchen.«

Ich sagte, dass es vielleicht bald wieder besser laufe und sie jemanden einstellen könne. Darauf lächelte sie irgendwie in sich hinein. Dann sagte sie, es sei Zeit zu essen.

Sie servierte Taco-Suppe, die ich noch nie gegessen habe, und Erdbeer-Wackelpudding. Es war ein gutes Essen. Kyle hat es auch geschmeckt.

* * *

Jetzt ist es 2:59 Uhr, und ich kann immer noch nicht schlafen.

Ich schlage die Bettdecke zurück und humple ins Bad, um einen Becher Wasser zu trinken. Mein Mund ist trocken.

Die Hinterseite meines Oberschenkels, wo mich der Stacheldraht erwischt hat, tut noch immer weh. Sheila Renfro war so lieb, nach dem Essen meine Hose zu flicken. Sie sagte, ich könne dabei im Wohnzimmer bleiben, aber es war mir peinlich, nur in Hemd und Unterhose dazusitzen, also ging ich ins Bad und schloss die Tür. Kyle blieb im Wohnzimmer und unterhielt sich weiter mit ihr.

Als sie mit der Hose fertig war, kam sie zur Badezimmertür und sagte: »Machen Sie auf, ich will mir Ihre Wunde ansehen.«

»Nein«, antwortete ich. »Ich habe nur meine Unterhose an.«

»Ich habe schon Männer in Unterhosen gesehen«, erwiderte sie.

Bei dieser Aussage fielen mir ein paar Fragen ein, die ich gern gestellt hätte – die Art von Fragen, zu denen Dr. Buckley gesagt hatte, sie seien unangemessen. Also fragte ich nichts, auch wenn das schwer für mich war.

Ich öffnete die Tür, und sie kam herein und kniete sich vor mich hin.

»Drehen Sie sich um«, befahl sie.

Ich gehorchte. Jetzt hatte sie meinen Hintern in Unterhose vor dem Gesicht. Es war mir sehr peinlich.

»Sie haben eine kleine Schnittwunde«, sagte sie. »Sind Sie gegen Tetanus geimpft?«

26. November 2008, von Dr. Rex Helton«, informiere ich sie.

»Okay, gut. Ich werde die Wunde mit Peroxid desinfizieren. Bleiben Sie so.«

Sie erhob sich und durchsuchte die Schubladen in ihrem Badezimmer, was ich nicht sehen, aber hören konnte. Schließlich sagte sie: »Ah.« Schon spürte ich etwas Kaltes, Stechendes an der Stelle hinten an meinem Bein. Als Nächstes drückte sie fest auf die Wunde, als sie ein Pflaster darauf klebte.

»So gut wie neu«, sagte sie und ging. Ich zog meine Hose an. Ich hatte einen Steifen, deshalb war es etwas schwierig.

* * *

Als ich zum Bett zurückkomme, wacht Kyle auf.

»Wie spät ist es?«, fragt er. Ich habe aus Versehen das Licht im Badezimmer angelassen, und es wirft einen gelben Streifen auf sein Gesicht.

»Es ist 3:03 Uhr.«

»Wow.«

»Ja. Wieso bist du wach?«

»Ich habe geträumt.«

»Wovon?«

»Das will ich nicht sagen.«

Ich setze mich auf Kyles Bettrand, und er richtet sich halb auf und schlingt die Arme um seine Beine.

»War es ein schlimmer Traum?«, frage ich.

»Ja.«

»Du kannst ihn mir erzählen, wenn du willst.«

Kyle legt die Stirn auf die Knie. Er spricht, ohne mich anzusehen.

»Ich habe Angst.«

»Wovor?«

»Weißt du noch, wie du und diese Frau über eure toten Eltern gesprochen habt?«

»Ja.«

»Ich habe geträumt, dass meine Mom stirbt. Sie hat die Hände nach mir ausgestreckt und ich nach ihr, aber ich konnte sie nicht erreichen, und dann war sie weg.«

Jetzt sieht Kyle mich an. Er weint. Das verstehe ich. Mir ist auch nach Weinen zumute, wenn ich an so einen Traum denke. Donna ist meine gute Freundin.

Ich erzähle Kyle etwas, das ich ihm noch nie erzählt habe.

»Weißt du noch, wie wir uns kennengelernt haben?«

»Ja. Du hast deine Garage gestrichen, und ich habe dir geholfen.«

»Wusstest du, dass ich ein paar Tage danach von dir geträumt habe?«

»Ach ja?«

»Ja. Ich habe geträumt, dass du an den Felsen von Rimrock über einem Abgrund hängst und dass ich dich festhalte, aber dann habe ich dich losgelassen und du bist runtergefallen.«

Kyle sieht mich an. Er wischt sich mit dem Handrücken die Nase ab.

»Ich bin aufgewacht und zu dem Krankenhaus gefahren, in dem deine Mutter arbeitete, und habe sie gebeten, deine Großmutter in Laurel anzurufen, um sicherzustellen, dass es dir gut geht. Ich hatte schreckliche Angst, und ich habe deiner Mutter schreckliche Angst gemacht, und eine Weile hat sie nicht mehr mit mir gesprochen.«

»Wow.«

»So große Angst hatte ich noch nie zuvor gehabt, Kyle. Ich führe darüber keine Statistik, aber ich bin sicher, dass es stimmt. Doch jetzt kommt das Wichtige: Was ich geträumt hatte, war nicht real. Du bist nicht vom Felsen gestürzt. Deshalb weiß ich, dass es deiner Mom gut geht.«

»Ich will nach Hause.«

Das überrascht mich. Vor zwei Tagen konnte Kyle es nicht erwarten, von Boise wegzukommen. Jetzt will er zurück. Ich bin irritiert.

»Am Samstag treffen wir deine Mutter und Victor in Wyoming. Das ist schon morgen.«

»Können wir früher fahren?«

Ich denke an die Pläne, die ich für später habe. Ich will Sheila Renfro helfen, die neue Wandverkleidung in Zimmer

Nummer acht zu streichen. Ich will durch Cheyenne Wells laufen, falls es zu schneien aufgehört hat. Ich will mehr über Sheila Renfro erfahren. Ich will sehen, ob ich sie wieder zum Lächeln bringen kann.

»Gefällt es dir hier nicht?«, frage ich.

Kyle lehnt sich vor und legt die Hände auf meinen Kopf, was mich ein wenig erschreckt, und dann verwuschelt er mein Haar.

»Natürlich gefällt es mir, du Saftsack.« Das ist das erste Mal, dass er ein Schimpfwort für mich benutzt, es aber nicht böse meint.

Ich greife in sein Haar und verwuschele es auch. »Du bist der Saftsack.«

»Nein, du.«

»Nein, du.«

»Nein, du bist es«, sagt er wieder.

Ich lasse mich auf Kyle fallen, als wäre ich ein Ringer, und schubse ihn dadurch auf den Rücken. Ich lege mich vorsichtig auf ihn und versuche, mit meinem freien Arm seine Beine festzuhalten. Ich will ihn auszählen.

Kyle versucht, mich abzuwerfen. »Was machst du da?« Er schreit mit hoher Stimme. Ich lege mich fester auf ihn, damit ich ihn auszählen kann.

»GEH RUNTER!«, schreit er. »GEH VERDAMMT NOCH MAL RUNTER!«

Ich lasse ihn los, rutsche vom Bett und gehe schnell auf die andere Seite des Zimmers. Kyle schreit und weint und ... oh Gott ... vielleicht habe ich ihn verletzt? Ich schlage die Hände über die Ohren und sage: »Es tut mir leid, es tut mir leid, es tut mir leid«, und Kyle rollt sich auf dem Bett zu einer Kugel zusammen und weint.

Ich habe ihm wehgetan. Ich habe ihm furchtbar wehgetan.

* * *

Dreiundzwanzig Minuten vergehen. Dreiundzwanzig Minuten, in denen Kyle weint, erst heftig, dann immer weniger, und dreiundzwanzig Minuten, in denen ich mich immer wieder entschuldige.

Als Kyle mir schließlich erzählt, was passiert ist, nachdem er mich hat schwören lassen, es niemandem zu verraten, ist mir ganz schlecht.

Ich habe Kyle nicht wehgetan. Ein paar große Kinder in der Schule haben das getan. Sie haben ihn in der Umkleide abgepasst, zu dritt, ihn dann auf dem Boden festgehalten und ihm schlimme Dinge angetan.

Ich muss ihn nach Hause bringen. Ich habe versprochen, es niemandem zu erzählen, aber es liegen 267,5 Meilen zwischen hier und Cheyenne, der Hauptstadt von Wyoming, und in dieser Zeit kann ich mit ihm reden und ihn überzeugen, dass er seiner Mutter alles erzählen muss. Wir können sofort nach Cheyenne fahren, und ich werde Donna Middleton (jetzt Hays) anrufen, damit wir uns irgendwo treffen können und sie ihren Jungen zurückbekommt und überlegen kann, was zu tun ist.

Es ist 3:47 Uhr, als ich die handgeschriebene Notiz für Sheila Renfro auf die Empfangstheke lege.

Sheila Renfro:

Es ist etwas passiert, und wir müssen früher fahren. Falls noch weitere Kosten entstanden sind, schreiben Sie sie bitte auf meine Rechnung. Es tut mir leid, dass ich Ihnen nicht mehr beim Streichen helfen kann.

Danke für das Hose-Flicken und die Taco-Suppe und den Erdbeer-Wackelpudding. Wir haben unseren Aufenthalt sehr genossen.

Mit besten Grüßen
Edward Stanton

Ich lege den Zimmerschlüssel auf die Notiz und gehe dann nach draußen zum Wagen, in dem Kyle schon auf mich wartet.

Es ist dunkel und kalt, und es ist niemand in Cheyenne Wells unterwegs außer uns. Als wir auf den *Highway 40* Richtung Westen fahren, schlittert der Cadillac DTS durch den tiefen Schnee.

»Es tut mir leid, Edward«, sagt Kyle.

»Du musst dich nie bei mir entschuldigen, Kyle«, sage ich. »Du bist mein bester Freund.«

OFFIZIELL FREITAG, 16. DEZEMBER 2011

Diarium von Edward Stanton, notiert von Kyle Middleton:

Edwards Aufwachzeit heute: keine Ahnung. Er war wach, als ich diesen Albtraum hatte. Er sagte, es ist 3:03 Uhr. Also schätze ich 3:02 Uhr.
Höchsttemperatur am Donnerstag, 15. Dezember 2011 (349. Tag): keine Ahnung. Irgendwie blöd, dass er die Temperaturen von Billings aufschreibt, wo er doch gar nicht da ist.
Tiefsttemperatur am Donnerstag, 15. Dezember 2011: keine Ahnung
Niederschlagsmenge am Donnerstag, 15. Dezember 2011: keine Ahnung
Gesamtniederschlagsmenge für 2011: keine Ahnung

Neue Einträge:

Körperliche Aktivität am Donnerstag, 15. Dezember 2011: keine Ahnung. Wir waren bei dieser Ölpumpe und so. Er hat der Frau im Motel beim Renovieren geholfen, schätze ich.

Gefahrene Meilen am Donnerstag, 15. Dezember 2011: keine Ahnung. Wir sind zu der Ölpumpe gefahren. Das waren vielleicht 20 Meilen oder so. Wir wollten nach Wyoming fahren, sind aber in diesen Schneepflug geknallt, und Edward wurde verletzt. Das war nach 50 Meilen oder so. Also 70. Wen interessiert's.

Insgesamt gefahrene Meilen: Wen interessiert's.

Benzinverbrauch am Donnerstag, 15. Dezember 2011: Wen interessiert's.

Nachtrag: Ich weiß nicht, was passiert wäre, wenn die Frau aus dem Motel nicht aufgekreuzt wäre. Ich hab Edward gesagt, er würde zu schnell fahren, bei dem Schnee, aber er hatte es eilig, und wir sind in den Schneepflug geknallt, und er wurde richtig schwer verletzt. Er konnte nicht sprechen und bekam keine Luft. Der Typ aus dem Schneepflug hat einen Krankenwagen gerufen, und während wir warteten, versuchte Edward zu sprechen, aber er konnte nicht atmen, und ich hatte richtig Angst, und die Frau vom Motel tauchte genau in dem Moment auf, als der Krankenwagen kam.

Edward wurde mit dem Hubschrauber nach Denver geflogen. Ich wollte auch mit, aber die Frau hat mich in ihrem Wagen mitgenommen. Er ist immer noch im OP. Sie wartet hier mit mir. Sie sagt nicht viel, aber ohne sie wäre ich ganz allein, und das wäre blöd.

Mom und Victor kommen mit dem Flugzeug her.

Die Ärzte, die Edward im Hubschrauber mitgenommen haben, sagten, er hätte Glück gehabt.

Ich wünschte, sie würden rauskommen und etwas sagen.

Ich hoffe, er wird wieder gesund. Ich habe richtig Angst. Die Frau auch.

Ich hatte einen sehr seltsamen Traum.

In meiner Vorstellung war ich ein Gebäude. Aber kein fest stehendes Gebäude, das nur an einem Platz steht, wie Gebäude das so machen. Ich änderte immer wieder meine Form. Ich wurde breiter und breiter und nahm ganze Hausblöcke ein, dann schoss ich weit in die Höhe und wechselte die Farbe, und dann drehte ich wieder um und war wie vorher, nur auf der anderen Seite des Blocks. Es war ein bisschen wie bei dem alten Spielautomaten-Spiel »Centipede«, wie dieser Tausendfüßler wächst und wächst und immer mehr Fläche auf dem Bildschirm einnimmt. Der einzige Unterschied war nur, dass niemand auf mich schoss und versuchte, mich in mehrere Teile zu teilen.

Ich bin schrecklich durstig.

Ich öffne die Augen, und neben mir sitzt Sheila Renfro. Sie sieht mich mit ihren blauen Augen an. Ich muss noch träumen.

»Sheila Renfro.«

»Hallo, Edward.«

»Was tun Sie hier?«

»Sie hatten einen Unfall.«

»Wo ist Kyle?«

»Auf der Toilette. Er kommt glcich zurück.«

Ich sehe mich um. Das Zimmer ist ganz weiß.

»Sie haben mich wegen Kyle angelogen«, sagt sie.

»Was?«

»Sie haben mich angelogen. Er ist nicht Ihr Neffe. Er ist Ihr Freund, und seine Mom und sein Dad sind unterwegs.«

Ich versuche, mich mit den Ellbogen abzustützen, um mich aufzurichten, aber der Schmerz ist so groß, dass ich das Gefühl habe, gleich ohnmächtig zu werden. Ich führe keine Statistik darüber, aber es ist der schlimmste körperliche Schmerz, den ich je empfunden habe.

»Bleiben Sie liegen, Edward«, sagt Sheila Renfro. »Sie haben sich ein paar Rippen gebrochen.«

Ich höre auf, mich zu bewegen, und der Schmerz lässt nach.

»Kann ich etwas Wasser haben?«

Sheila Renfro kommt zum Bett. Ich folge ihr mit meinem Blick. Ich habe Angst, mich wieder zu bewegen. Sie schiebt einen Plastikbecher mit einem überdimensional großen Strohhalm unter mein Kinn.

»Trinken Sie«, sagt sie, und das tue ich.

Jedes Mal, wenn ich schlucke, tut es weh.

Als ich ausgetrunken habe, frage ich: »Wie habe ich mir die Rippen gebrochen?«

»Sie sind auf einen Schneepflug aufgefahren.«

»Ist Kyle in Ordnung?«

»Es geht ihm gut. Ein paar Schürfwunden, aber ansonsten ist er unverletzt.«

»Wo sind wir?«

»Im *St. Joseph Hospital* in Denver.«

»Ist Kyle in Ordnung?«

»Ja. Das habe ich schon gesagt.«

»Wie sind Sie hergekommen?«

»Ich bin gefahren. Sie hatten Ihr Handy und Ihre Medikamente vergessen, und ich bin Ihnen nachgefahren.«

»Haben Sie uns hergebracht?«

»Ich habe Kyle hergebracht. Sie sind mit dem Hubschrauber geflogen.«

»Wo ist Kyle?«

»Er ist auf der Toilette. Das habe ich Ihnen schon gesagt.«

»Was ist passiert?«

»Das habe ich Ihnen gesagt.«

»Es tut mir leid, dass ich gelogen habe.«

»Tun sie das nie wieder.«

»Es tut mir leid.«

»Machen Sie die Augen zu, Edward.«

Ich schließe die Augen, wie Sheila Renfro mir gesagt hat, und ein neues Bild kommt in meinen Kopf. Ich sehe meinen Vater in dem Cadillac DTS, der früher ihm gehörte und jetzt mir gehört. Es ist Mittag, und die Sonne scheint, und mein Vater trägt eine Sonnenbrille.

»Wohin sollen wir fahren, Teddy?«, fragt mein Vater.

»Du fährst doch, Vater«, höre ich mich selbst sagen.

»Verdammt richtig«, sagt er, und es geht los.

Der Traum verschwindet aus meinem Kopf, als würde ein Fernseher abgeschaltet. Ich öffne die Augen.

Sheila Renfro streichelt mir über die Stirn, schiebt mir dabei langsam und gleichmäßig das Haar zurück und sieht mich an. Sie lächelt.

* * *

Als ich wieder aufwache, höre ich in meinem Krankenzimmer mehrere Stimmen.

Ich öffne die Augen und warte, dass sie sich an die Helligkeit gewöhnen und dass die Netzhaut und die Iris und die Zapfen und Stäbchen ihre Arbeit tun.

Donna und Victor und Kyle und Sheila Renfro und ein junger Mann mit weißem Hemd und schwarzer Krawatte sind im Raum.

»Hallo«, sage ich. Meine Rippen tun dabei weh.

Meine Freunde zucken allesamt zusammen, als wären sie überrascht, meine Stimme zu hören. Donna kommt zu mir, beugt sich über mich, gibt mir einen Kuss auf die Wange, und ich spüre, wie mir warm wird. Sheila Renfro steht hinter ihr und beobachtet alles ganz genau. Victor drückt mir vorsichtig die Hand. Ich denke, er hat gesehen, wie ich zusammengezuckt bin, als ich mit der rechten Hand über meinen Körper greife, und will mir das übliche starke Händeschütteln ersparen. Kyle geht auf die andere Seite des Bettes, gegenüber von den Erwachsenen, und sagt: »Hi, Edward.«

»Hi, Kyle.«

Der junge Mann mit dem weißen Hemd tritt vor.

»Hallo, Mr Stanton. Ich bin Dr. Ira Banning. Erinnern Sie sich an mich?«

Trotz des Trubels im Zimmer fange ich langsam an, mich an ein paar Sachen zu erinnern. Ich erinnere mich, dass wir nach unserer überstürzten Abreise aus Sheila Renfros Motel in Kit Carson, Colorado, tankten, nachdem ich auf den Benzinstand gesehen und gemerkt hatte, dass der Tank fast leer war. Ich erinnere mich, dass nach Kit Carson ein Sturm aufkam, bevor wir in Limon auf die *Interstate 70* Richtung Denver abbogen. Ich erinnere mich, dass der Schnee von der Seite über die Windschutzscheibe wehte und ich nichts mehr sehen konnte. Ich erinnere mich, dass ich ungeduldig wurde, weil wir so langsam fuhren, und beschloss, durch die wirbelnden Flocken hindurchzufahren, um irgendwie davor zu gelangen. Ich erinnere mich, dass ich auf die Überholspur wechselte.

»Ich erinnere mich an Sie, Dr. Banning«, sage ich.

Ich erinnere mich an ihn, weil ich noch weiß, dass ich nicht atmen konnte. Ich erinnere mich, dass Kyle in mein Gesicht sah und mich fragte, was los sei. Ich erinnere mich an einen anderen Mann – ich weiß nicht, wo der herkam –, der die Tür meines Cadillac DTS öffnete und »Oh, Scheiße« sagte und wegrannte. Ich erinnere mich, dass ich nach Luft schnappte und nicht sprechen konnte. Ich erinnere mich, dass der Mann wiederkam und sagte: »Sie sind unterwegs, guter Mann, halten Sie durch.« Er packte meine Hand und hielt sie fest, und Kyle weinte, und ich konnte keinem von beiden sagen, dass ich keine Luft mehr bekam.

Ich erinnere mich, dass ich beim nächsten Aufwachen rücklings auf einem Brett lag und in gelbes Licht starrte. Ich erinnere mich, dass Dr. Banning – nicht in weißem Hemd, sondern in einem blauen Kittel, wie Donna ihn trägt, wenn sie zur Arbeit geht – mir sagt, sie müssten ein paar CTs machen, um zu sehen, wie schwer meine inneren Verletzungen seien. Ich erinnere mich, dass ich endlich sprechen konnte und sagte, dass ich Durst hätte.

»Bald«, erwiderte der Arzt. »Lassen Sie uns erst sehen, was los ist.«

Ich erinnere mich, dass ich aufgewacht bin. Ich erinnere mich, dass Sheila Renfro mit mir gesprochen hat und mir sagte, ich solle die Augen schließen, und mein Haar streichelte.

Sonst erinnere ich mich an nichts.

»Was ist passiert?«, frage ich.

»Sie sind in einen Schneepflug gefahren«, sagt Sheila Renfro. »Wissen Sie noch, dass ich Ihnen das erzählt habe? Sie haben sich die Rippen gebrochen.«

»Drei gebrochene Rippen auf der linken Seite, Mr Stanton«, sagt Dr. Banning. »Vermutlich vom Sicherheitsgurt beim Aufprall. Ihre Lunge wurde verletzt. Das haben wir operiert. Die Rippenbrüche werden noch ein paar Wochen brauchen, vielleicht auch länger, aber sie werden heilen. Sie haben eine Gehirnerschütterung. Wissen Sie, was das bedeutet?«

»Mein Gehirn wurde verletzt.«

»Ja, genau. Alles in allem hatten Sie aber viel Glück.«

Ich sehe zu meinem Freund. »Kyle, bist du …?«

»Mir geht's gut«, sagt er.

Er geht neben dem Bett in die Hocke und legt seinen Kopf auf meine rechte Schulter. Donna greift über mich hinüber, um ihn abzuhalten, aber ich schüttele den Kopf, um ihr zu zeigen, dass es in Ordnung ist. Dabei tun mir die Rippen weh. Sie zieht ihre Hand zurück. Ich tätschele Kyle den Kopf.

»Was ist mit meinem Cadillac DTS?«, will ich wissen.

Sheila Renfro hält eine Hand waagerecht vor ihren Hals, verdreht die Augen und streckt die Zunge raus. Es sieht sehr lustig aus, und ich lache, was richtig wehtut, sodass ich aufschreie. Donna wirft Sheila einen bösen Blick zu.

Als der Schmerz nachlässt, kann ich wieder durchatmen. »Wie soll ich wieder nach Billings kommen, um nach Texas zu fliegen?«, frage ich.

»Ich möchte, dass Sie für eine Weile nicht fliegen«, sagt Dr. Banning. »So ein Flug ist für den Körper sehr anstrengend, der Druckausgleich in der Höhe … Sie sind verletzt.«

»Aber ich muss am 20. Dezember nach Texas fliegen. Ich werde meine Mutter besuchen.«

»Sie müssen erst mal ein paar Tage hierbleiben«, sagt der Arzt.

»Edward«, sagt Donna, »meinst du nicht, du solltest dich zunächst darauf konzentrieren, gesund zu werden?«

Ich muss einräumen, dass Donna eine sehr logische Frau

ist und hiermit vermutlich recht hat. Trotzdem bin ich enttäuscht, weil ich mich darauf gefreut hatte, nach Texas zu reisen und die Dallas Cowboys in ihrem neuen Stadion spielen zu sehen.

»Weiß meine Mutter, dass ich im Krankenhaus bin?«

Sheila Renfro hält mir mein scheißgeiles iPhone hin. »Sie wartet auf Ihren Anruf.«

* * *

Ich rufe meine Mutter vor Publikum an. Kyle hält mir mein Handy ans Ohr, damit ich meine Arme nicht heben und meine gebrochenen Rippen bewegen muss. Das Telefonat macht keinen Spaß. Die meisten Telefongespräche machen keinen Spaß, ich spreche nicht gern am Telefon. Dieses Gespräch ist besonders schwierig. Ich freue mich, die Stimme meiner Mutter zu hören, aber sie fängt sofort an zu weinen und sagt, es wäre das Ende der Welt für sie, wenn mir etwas passieren würde, und dass ich besser aufpassen solle.

»Hör auf zu weinen«, sage ich, und daraufhin muss sie noch mehr weinen. Hilflos sehe ich zu Donna, die ebenfalls weint. Ich sehe zu Sheila Renfro, die nicht weint. Sie beobachtet mich nur. Ihr Blick ist intensiv, so als würde etwas Schlimmes passieren, wenn sie mich aus den Augen ließe. Ich schätze, das ist vernünftig, auch wenn es nicht praktikabel ist. Sobald ich aus ihrem Blickfeld und ihrem Motel verschwunden war, ist mir tatsächlich etwas Schlimmes passiert.

Ich versichere meiner Mutter, dass ich besser aufpassen werde, und entschuldige mich, dass ich Weihnachten nicht nach Texas kommen und die Dallas Cowboys sehen kann.

»Mach dir darum keine Sorgen«, sagt sie. »Du kannst kommen, wenn es dir wieder gut geht. Oder ich komme dich besuchen.«

»Mein Auto ist kaputt, Mutter. Wie soll ich nach Billings zurückfahren?«

»Ich werde Jay anrufen. Er wird sich darum kümmern, dass du ein Auto hast, wenn du es brauchst.«

»Danke, Mutter. Ich hoffe, ich sehe dich bald.« Hoffnung ist alles, was ich im Moment habe. Es ist nicht viel.

»Ich liebe dich, Sohn.«

Ich sehe mich um. Alle beobachten mich. Nur der Arzt hat das Zimmer verlassen. Ich sage nicht gerne Dinge wie »Ich liebe dich« vor Publikum. Oder überhaupt.

»Ja, Mutter, ich weiß.«

»Bis bald«, sagt sie.

»Bis bald.«

Sie legt auf. Ich bin froh, dass es vorbei ist.

* * *

Alle bleiben in meinem Zimmer. Ich bitte Sheila Renfro, meine Uhr zu suchen, die auf die Sekunde genau geht, denn die analoge Uhr an der Wand ist ein Inbegriff der Unzuverlässigkeit, und das irritiert mich. Wir sehen eine Folge von *Alle lieben Raymond*, die sich als ganz lustig erweist, trotz des lächerlich übertriebenen Titels. Ich bezweifle, dass es auf der ganzen Welt auch nur einen einzigen Menschen gibt, den alle lieben. Ich denke, sogar die unanfechtbar (ich liebe das Wort »unanfechtbar«) guten Menschen auf der Welt haben vermutlich jemanden, der sie nicht mag. Mein Vater, zum Beispiel, machte häufig Witze über Mutter Teresa. (An einen erinnere ich mich: »Warum hat Mutter Teresa aufgehört, Taco-Chips zu essen? Weil sie die Tacos immer in die Rücken der Leprakranken tunkte, anstatt in die Käsesauce.« Ehrlich gesagt, weiß ich gar nicht, was das bedeuten soll.) Ich bin weit davon entfernt, perfekt zu sein – ich kann vulgär und egoistisch sein, und Dr. Buckley wird das gern bestätigen –, aber was ich auf jeden Fall vermeide, ist, mich über andere lustig zu machen. Als ich ein kleiner Junge war, und sogar jetzt noch, haben sich andere oft über mich lustig gemacht, und das tut sehr weh. Ich habe gelernt, meinem Vater vieles zu vergeben, was er getan hat, und es ist nicht meine Aufgabe, mich für Mutter Teresa einzusetzen. Trotzdem denke ich, es war falsch, solche Sachen über sie zu sagen. Ich weiß nicht, ob ich an Gott glaube. Etwas nur glauben zu können, fällt mir schwer. Aber trotzdem würde ich mich nie über Mutter Teresa lustig machen, denn wenn es einen Gott gibt – vor allem den jüdisch-christlichen Gott – dann steht Mutter Teresa sicher besser da als mein Vater.

Auch ohne Berücksichtigung von Gott denke ich, wenn schon jemand verspottet wird, der sein Leben der Hilfe von Armen und Kranken widmet, welche Chance haben wir anderen dann?

Um 18:31 Uhr, nach Ende der Serie, sagen Donna und Victor, dass sie nun gehen und am nächsten Morgen mit Kyle nach Boise zurückfliegen würden. Donna gibt mir noch einen Kuss, und diesmal guckt Sheila Renfro dabei ganz böse, was mich irritiert. Victor schüttelt mir wieder vorsichtig die Hand, was ich in meinem schmerzhaften Zustand wohl zu schätzen weiß.

Die drei machen sich auf den Weg Richtung Tür, da sage ich: »Könnten bitte alle mal draußen im Flur warten, während ich mit Kyle rede?«

* * *

Kyle weiß, was ich von ihm will. Ich will, dass er seiner Mutter und seinem Vater erzählt, was er mir erzählt hat.

»Aber was, wenn sie mich dann nicht mehr lieb hat?«, sagt er.

Ich bin hin und her gerissen zwischen dem Gedanken, wie dumm eine solche Angst ist, und dem Verständnis, das Dr. Buckley ihm vermutlich entgegenbringen würde. Sie sagte mir einmal, dass manche Menschen sich furchtbar für Dinge schämen, die gar nicht ihre Schuld seien, schreckliche Dinge, die stärkere oder mächtigere Menschen ihnen angetan hätten. Scham ist etwas, das ich in meinem Leben nicht kenne. Frustration, Ärger, der Wunsch, tot zu sein ... das alles kenne ich. Aber Scham kann ich nur schwer verstehen. Dr. Buckley sagt, es sei eine furchtbar zerstörerische Kraft, vielleicht die zerstörerischste Kraft, von der sie je erfahren hat.

Ich will nicht, dass Kyle sie erlebt.

»Donna wird dich immer lieb haben«, sage ich. »Sie wird genau wissen, was zu tun ist. Deine Mutter ist klug, und sie liebt dich, und sie kann dir helfen.«

Er will nicht weinen, aber eine Träne läuft über seine Wange. Er wischt sie weg.

»Ich will nur nicht wieder zu der Schule zurück. Ich hasse sie. Ich will da alles vergessen.«

Auf eine Weise, die ich wahrscheinlich nicht erklären kann – und selbst wenn ich es könnte, hätte ich nicht die Zeit, weil Donna und Victor draußen warten –, sind Kyle und ich uns ähnlicher als je zuvor. Die Kinder, die mich auf der Schule hänselten, machten mir das Leben oft sehr schwer. Ich habe nicht gezählt, wie viele Male ich die Schule gehasst habe, aber ich kann sicher sagen, dass schöne Tage dort überraschend und selten waren. Das Lernen hat mir gefallen. Wenn ich allein in der Schule hätte sein können, nur ich und die Lehrer, hätte ich vielleicht richtig Spaß gehabt. Ich will nicht, dass es Kyle so ergeht. Ich will nicht, dass er mit diesem Gefühl zur Schule geht.

»Sag das deiner Mutter«, sage ich.

»Edward, kann ich dich was fragen?«

»Ja.«

Er sieht mich nicht an. »Hatten wir eine gute Zeit?«

»Kyle, du bist mein erster und bester Freund. Wir haben immer eine gute Zeit.«

»Wenn es dir wieder gut geht, kommst du mich dann wieder besuchen?«

»Das verspreche ich.«

Er kommt und umarmt mich, und es tut schrecklich weh, so weh, dass ich denke, ich werde ohnmächtig. Aber ich werde nicht ohnmächtig und umarme ihn auch, obwohl das auch wehtut, aber es ist mir egal.

Schließlich lässt er mich los.

»Tschüs, Edward«, sagt er und öffnet die Tür.

»Tschüs, Kyle«, sage ich. »Und sag es deiner Mutter.«

Er ist weg, aber ich höre, wie Donna fragt: »Was sagen?«

Manchmal bin ich ganz schön clever.

Sheila Renfro kommt ins Zimmer und schließt hinter sich die Tür.

»Machen Sie es sich nur nicht zu gemütlich«, sagt sie. »Sie müssen aufstehen und laufen. Befehl vom Doktor.«

* * *

Ich finde es erstaunlich, dass wir fast 2012 haben und die einzige Heilmethode für gebrochene Rippen die Zeit ist.

Ich finde diesen Heilungsansatz gar nicht schön, wenn ich aufstehen und herumlaufen soll. Es gibt keine andere Möglichkeit, es auszudrücken: Es tut scheißweh. Das ist keine präzise Aussage. Natürlich könnte man das anders ausdrücken, aber warum sollte ich? Meine Art ist unverblümt (ich liebe das Wort »unverblümt«) und verständlich.

Ich schwinge meine Beine über die linke Bettkante, was auf jeden Fall wehtut, egal, wie vorsichtig ich es versuche.

Wenn mein Oberkörper sich verdreht, versuche ich, den Rücken so lange wie möglich auf dem Bett zu behalten, damit meine Rippen nicht belastet werden. Das bekomme ich einigermaßen hin, aber dann sind meine Füße auf dem Boden, ich liege auf dem Rücken, und mein Hintern rutscht langsam von der Bettkante. Das ist nicht gut.

Sheila Renfro und eine Krankenschwester namens Sally greifen nach mir.

»Geben Sie uns Ihre Hände«, sagt Sally.

Ich hebe die Arme, und meine Rippen schreien. Natürlich nicht wortwörtlich. Rippen haben keine Münder oder Stimmbänder.

Die beiden Frauen fassen meine Hände und gehen in die Hocke, als wären ihre Hintern Anker.

»Auf drei«, sagt Sally und zählt es ab. »Eins ... zwei ... drei!«

Sheila Renfro und Sally ziehen an meinen Armen, und ich versuche, mich mit den Füßen in den Boden zu stemmen. Der Schmerz ist so schrecklich wie nie zuvor, und ich schreie.

Sally hat bestimmt schon eine Menge Leute schreien sehen. Sie wirkt ungerührt. Sheila Renfro legt eine Hand an meine Wange und sagt: »Gut gemacht, Edward.«

* * *

Sheila und ich gehen zwei Runden durch die Krankenhausgänge. Ich sage ihr, dass ich pinkeln muss, und sie sagt: »Machen Sie ruhig. Die haben Ihnen einen Katheter gelegt. Was denken Sie wohl, was das ist?« Sie tippt gegen einen Beutel, der von dem Infusionsgestell hängt, das ich schiebe. Es ist gelbe Flüssigkeit darin.

»Mein Pipi?«

»Tja«, sagt sie, »meins ist es nicht.« Und dann lacht sie.

Sheila Renfro kann manchmal ganz schön witzig sein.

»Was wollen Sie machen, wenn Sie hier rauskommen?«, will sie wissen.

»Ich weiß nicht. Nach Billings zurückfahren, schätze ich.«

»Das ist eine lange Strecke, wenn es einem nicht gut geht. Es ist immer eine lange Strecke.«

»Ja. Die Entfernung ist unabhängig von meiner körperlichen Verfassung.«

»Das meinte ich ja.«

»Dr. Banning hat gesagt, ich dürfe erst einmal nicht fliegen.«

»Sie könnten noch eine Weile in meinem Motel wohnen.«

»Das ginge?«

»Natürlich. Sie zahlen doch, oder?«

»Ja.«

Sheila Renfro lacht. »Das war nur ein Scherz. Sie müssen nichts bezahlen. Ich lade Sie ein.«

Sheila Renfro kann ganz schön witzig sein.

»Ich könnte aber bezahlen«, erwidere ich. »Ich bin scheißreich.«

Sie legt eine Hand unten an meinen Rücken. Ich spüre die Wärme, und einen Moment lang vergesse ich den Schmerz.

»Das weiß ich, Edward«, sagt sie. »Aber ich will keine Kraftausdrücke hören.«

* * *

Sheila Renfro sagt, sie werde bei mir im Krankenhaus bleiben. Sie formuliert es nicht als Frage. Es ist eine Feststellung.

Ich sage, ich wisse nicht, ob man es ihr erlauben werde. Krankenhäuser hätten schließlich Regeln und alles. Als Sally ins Zimmer kommt, um mir mein Schmerzmittel zu geben, frage ich sie, ob Sheila Renfro bei mir im Zimmer bleiben kann.

»Aber natürlich, wir könnten einen extra Sessel ins Zimmer stellen, wenn Sie das möchten.«

Sheila Renfro sagt: »Das möchte er«, und sie hat recht, obwohl ich nicht denke, dass Sally *sie* um eine Antwort gebeten hat.

Ich esse ein bisschen Wackelpudding mit Orangengeschmack zum Abendbrot, aber um ehrlich zu sein, habe ich nicht viel Hunger. Als Sally wieder vorbeikommt, um meinen Pinkelbeutel zu wechseln, frage ich sie, ob es echter Wackelpudding von *Jell-O* sei, aber sie meint, das wisse sie nicht, weil solche Details die Küche beträfen. Ich schätze, es ist auch egal.

Im Fernsehen gibt es nicht viel zu sehen, was mich überrascht. Im Gegensatz zu Sheilas Motel hat das *St. Joseph Hospital* ein breites Angebot an Fernsehsendern über Kabel. Vielleicht hat Sheila Renfro recht, und die Leute sollten wirklich nicht so viel fernsehen, wenn die heutige Auswahl repräsentativ (ich liebe das Wort »repräsentativ«) für die Qualität von Kabelfernsehsendungen ist. Aber selbst wenn sie recht hat – was soll ich anderes tun? Ich habe gebrochene Rippen. Meine Optionen sind beschränkt.

»Möchten Sie *Adam-12* mit mir sehen? Auf meinem scheißgeilen iPhone?«, frage ich Sheila Renfro.

»Gern«, antwortet sie. »Aber Sie sollen keine Kraftausdrücke gebrauchen. Das habe ich Ihnen schon mal gesagt.«

Ich lade die dreiundzwanzigste Folge der ersten Staffel hoch: »Protokoll 12: Er wollte mich töten.« Diese Folge wurde zum ersten Mal am 15. März 1969 ausgestrahlt. Als das Video erscheint, denke ich daran, wie viel sich für mich innerhalb von nur ein paar Jahren geändert hat. Als ich früher immer meine Lieblingsserie *Polizeibericht* sah, hätte ich zwischen den einzelnen Folgen nie so viele Tage verstreichen lassen, aber da bin ich nun und sehe *Adam-12* zum ersten Mal seit meiner Abreise aus Billings. Ich frage mich, ob ich diese Reise auch dann unternommen hätte, wenn ich vorher gewusst hätte, was mir alles passiert – was natürlich unmöglich ist. Ich weiß es nicht. In letzter Zeit stelle ich mir häufig Fragen, die ich nicht beantworten kann, und das ist ganz neu für mich. Vielleicht ändere ich mich gerade, oder vielleicht bin ich nur anders, weil ich verletzt und verwirrt bin. Falls ich mich tatsächlich ändere – und das so grundlegend –, werde ich mich sehr umstellen müssen. Ich frage mich, ob ich die Zeichen erkennen werde, wenn ich irgendwann wieder ganz der Alte bin.

Ich sehe Officer Pete Malloy und Officer Jim Reed, aber ich bin nicht bei der Sache. Ich sehe irgendwie durch sie hindurch und auch durch das scheißgeile iPhone in meinen Händen. Ich sehe durch den Raum hindurch und sogar durch diesen Tag. Ich versuche zu sehen, was kommt, aber das ist ein dummer Gedanke. Wir können es nicht wissen. Jedenfalls kann ich es nicht. Alles kommt überraschend, und ich muss lernen, mit Überraschungen zu leben, auch wenn ich Gewissheit bevorzuge. Gewissheit erlaubt einem, sein Leben zu planen, und es gibt wenige Dinge, die ich lieber mag als Planen. Bei Überraschungen muss man spontan reagieren, und darin bin ich nicht sehr gut.

Sheila Renfro hat ihren Sessel neben mein Bett geschoben und ihren Kopf auf mein Kissen gelegt, dicht neben meinen Kopf. Ich kann sie riechen, und das gefällt mir.

Ich bin froh, dass sie geblieben ist.

SAMSTAG, 17. DEZEMBER 2011

Diarium von Edward Stanton, notiert von Sheila Renfro:

Edwards heutige Aufwachzeit: mehrmals. Und es scheint, als würde er bei jedem Aufwachen immer wieder neu feststellen, wie sehr ihm seine Verletzungen wehtun, und das ist herzerweichend mit anzusehen. Ich wünschte, ich könnte mehr für ihn tun, aber die ärztliche Order lautet Ruhe und Bewegung.
Höchsttemperatur am Freitag, 16. Dezember 2011 (350. Tag): 7° in Billings. Edward möchte außerdem darauf hinweisen, dass er Kyles gestrigen Versuch der Aufzeichnungen zwar sehr schätzt, dass es aber dennoch wichtig sei, die Temperaturen korrekt zu notieren. Im Essbereich konnte ich noch eine Zeitung von gestern auftreiben, und darin stand, dass die Höchsttemperatur in Billings am Donnerstag, dem 15. Dezember, 1° betrug. Edward war sehr erleichtert, als ich es ihm sagte. Er ist schon recht speziell, aber das gefällt mir an ihm.
Tiefsttemperatur am Freitag, 16. Dezember 2011: -5°. Und am Donnerstag -8°.
Niederschlagsmenge am Freitag, 16. Dezember 2011: 0,0 mm. Genau wie am Donnerstag.
Gesamte Niederschlagsmenge für 2011: 493,1 mm

Neue Einträge:

Körperliche Betätigung am Freitag, 16. Dezember 2011: Wir sind drei Mal zwei Runden durch die Krankenhausgänge gelaufen. Edward meint, es sei schwer, so etwas empirisch zu messen, aber er schien es mit jedem Mal etwas besser zu bewältigen. Das einzig Schlimme ist, dass es ihm furchtbar wehtut, wenn wir ihn aus dem Bett ziehen müssen. Das ist herzerweichend.

Gefahrene Meilen am Freitag, 16. Dezember 2011: für Edward keine. Aber ich konnte einige Nachforschungen anstellen und nachrechnen, wie viel er ungefähr am Donnerstag vor dem Unfall gefahren ist. Es sind 86,8 Meilen von Cheyenne Wells zu Limon, wo er auf die Interstate 70 *auffuhr. Ungefähr sieben Meilen später kam ich an die Unfallstelle. Das ist keine genaue Angabe, aber immerhin. Was den Benzinverbrauch betrifft, habe ich keine Ahnung. Das ist auch egal.*

Insgesamt gefahrene Meilen: Uns fehlt ein Stück, weil ich nicht weiß, wie weit er und Kyle am Donnerstag gefahren sind, um die Tiefpumpen zu besichtigen, aber sagen wir mal grob geschätzt 1.838,7. Darin sind dann die 93,8 vom Donnerstag und weitere 20 Meilen. Immerhin.

Benzinverbrauch am Freitag, 16. Dezember 2011: keiner. Ich bin mit Kyle hier. Wen interessiert's?

Nachtrag: Ich schätze, ich entscheide, was hier stehen soll.

Ach, es ist schwer, Edward so leiden zu sehen. Ich kenne ihn nicht sehr gut, aber ich habe ihn lieb gewonnen, und ich hasse es, dass ich ihm nicht mehr helfen kann.

Den ganzen letzten Tag über habe ich über schlimme Dinge nachgedacht und warum sie passieren. Als ich in dieser schrecklichen Nacht hinter Edward herfuhr, kam ich an der Stelle vorbei, an der meine Mommy und mein Daddy gestorben sind, und ich habe nicht einmal daran gedacht. Das war das erste Mal. Ich war in Gedanken bei jemand anderem. Und auch das ist das erste Mal.

Sehr seltsam.

Edward ist ein freundlicher und guter Mann, und ja, er ist sehr eigen, aber das bin ich auch. Ich glaube, darum verstehen wir uns auch so gut.

Gestern war ein schwerer Tag. Heute wird es auch schwer sein. Ich schätze, wir können nur hoffen, dass der heutige Tag ein bisschen weniger schwer sein wird.

Oft ist Hoffnung das Einzige, was man hat.

Leider investiert Edward nicht gerne Kraft in Hoffnung. Aber jetzt wird er es müssen.

Heute geht es mir besser als gestern, obwohl es immer noch scheiß wehtut, wenn Sally und Sheila Renfro mich für den ersten Rundgang auf die Füße ziehen. Sally sagt, dass die drei Runden gestern ein gutes Ergebnis waren, dass sie heute aber mindestens fünf Runden sehen will. Ich sage ihr, ich werde mein Bestes tun. Sie sagt auch, dass der Katheter heute entfernt wird und ich dann zum Pinkeln immer aufstehen muss. In Gedenken an die letzten Tage, seit ich meine Diabetik-Medikamente einnehme, bedeutet das, dass ich sehr häufig aus meinem Bett aufstehen muss – und das bedeutet natürlich, dass Sheila Renfro und eine Schwester mich jedes Mal auf die Füße ziehen müssen.

Das ist Scheiße.

Als Sheila Renfro und ich nach der ersten Dreierrunde zurückkommen, wartet Dr. Ira Banning auf uns.

»Gute Nachrichten, Edward«, sagt er. »Ich denke, Sie können morgen nach Hause gehen.«

»Wirklich?«

»Ja, ich denke schon. Die CTs sehen gut aus. Sie müssen eine Weile aufpassen – mit den Rippen auf jeden Fall, aber ganz besonders mit Ihrem Kopf. Keine Boxkämpfe oder Football-Spiele, okay? Das müssen Sie mir versprechen.«

Ich denke, Dr. Banning macht hier Scherze mit mir.

»Ich verspreche es. Kann ich trotzdem die Dallas Cowboys sehen, wenn ich verspreche, nicht selbst zu spielen?« Jetzt mache ich einen Scherz mit Dr. Banning.

»Hey, Edward, davon kann ich Sie nicht abhalten. Aber würden Sie nicht lieber Tim Tebow sehen?«

Alle in dieser Stadt sind besessen von Tim Tebow. Ich lache, und Lachen tut weh. Also höre ich auf zu lachen und lasse mich in den Sessel fallen, in dem Sheila Renfro geschlafen hat. Sally hat mir heute gesagt, sie will, dass ich viel Zeit außerhalb des Bettes verbringe, da das die einzige Möglichkeit für meine Rippen ist zu heilen. Sie sollen das tun, wozu sie gemacht sind.

Ich warte, bis ich wieder ruhig atmen kann. »Der war gut, Dr. Banning.«

Er sieht mich komisch an. »Tim Tebow ist hier sehr beliebt.«

»Davon habe ich gehört.«

Manchmal kann ich ganz schön witzig sein.

* * *

»Wissen Sie noch, was ich gestern gesagt habe ... dass Sie noch bei mir im Motel bleiben können?«, fragt Sheila Renfro.

Ich tunke panierte Hühnchenteile in fettarmes Ranch-Dressing. Ich habe meinen Appetit wiedergefunden. Dr. Banning sagt, ich werde mich wundern, wie schnell es mir von nun an besser geht, und zum ersten Mal bin ich geneigt, ihm zu glauben. Trotzdem ist es erst kurz nach Mittag, und ich musste schon vier Mal zum Pinkeln aufstehen, was jedes Mal mit großen Schmerzen verbunden ist, wenn Sheila Renfro und die Schwestern mich an den Armen auf die Beine ziehen. Trotz der offensichtlichen Verbesserung zu gestern und Dr. Bannings Proklamation (ich liebe das Wort »Proklamation«) bevorstehender Genesung mag ich noch nicht sagen, dass es von nun an ein Spaziergang wird, um eine bekannte Redewendung zu gebrauchen.

»Ja, das weiß ich noch«, antworte ich.

»Haben Sie darüber nachgedacht?«

»Seit Sie es gestern angeboten haben?«

»Ja.«

»Nein, habe ich nicht.«

»Oh.«

»Was gibt es da nachzudenken. Ich komme.«

»Oh!«

Sie lächelt mich an, und das nehme ich nicht als selbstverständlich. Ich erinnere mich an unsere erste Begegnung, als ich Sheila Renfro lächeln sehen wollte und sie es nicht getan hat. Jetzt hält sie ihr Lächeln nicht mehr zurück, und ich freue mich darüber. Es ist ein freundliches Lächeln. Sie trägt ihr blondes Haar zu einem Pferdeschwanz gebunden, womit ihr Gesicht schmal und hübsch aussieht. Ich kann kein Make-up erkennen, aber ich bin nicht sicher, dass irgendjemand sagen könnte, ob sie welches trägt oder nicht. Sie hat das, was in der Fernsehwerbung als »frischer Look« bezeichnet wird.

»Darf ich Sie etwas fragen?«, sage ich.

»Ja.«

»Werden Sie sich um mich kümmern?«

»Ja.«

»Werden Sie mir Wackelpudding von *Jell-O* machen?«

»Markenwackelpudding ist ziemlich teuer, aber wenn Sie das wollen, werde ich Ihnen den machen.«

»Ich könnte die Lebensmittel einkaufen«, sage ich. »Ich bin scheißreich.«

»Das weiß ich. Aber bitte benutzen Sie vor mir keine Kraftausdrücke.«

»Darf ich Sie noch etwas fragen?«, sage ich.

»Ja.«

»Werden Sie mit mir spazieren gehen?«

»Jeden Tag.«

»Werden Sie *Adam-12* mit mir sehen?«

»So oft Sie wollen, es sei denn, ein Gast braucht meine Hilfe.«

»Werden Sie Kabelfernsehen installieren lassen?«

»Ja ... ich meine, nein, ich meine ... Edward, soll das jetzt was Ernstes werden?«

Ich muss grinsen. »Ja.«

Sie mustert mich eingehend, und ihre Augen ziehen sich dabei ein wenig zusammen. »Bist du sicher?«

Ich kann nicht anders. Mein Grinsen kollabiert in ein Kichern, wobei mir sofort die Rippen wehtun, und ich fasse mir an die Seite und sage »Uiuiuiuiui«. Das muss ein komischer Anblick sein, denn jetzt beginnt Sheila Renfro zu lachen. Es ist das erste richtige Lachen, das ich von ihr höre, und es klingt so hoch und hell, dass ich wieder lachen muss, und zwar richtig schlimm, weil ich es nicht kontrollieren kann. Ich lache, dann sage ich »Uiuiuiuiui«, dann fasse ich mir an die Rippen, dann lacht Sheila Renfro wieder, wovon ich auch wieder lachen muss. Es ist das, was man einen Teufelskreis nennt, wobei ich denke, dass ich es als irrsinnig witzigen Teufelskreis bezeichnen würde.

»Geh raus«, keuche ich zwischen meinem Nach-Luft-Schnappen, und zwar so nachdrücklich (ich liebe das Wort »nachdrücklich«), dass meine Rippen wieder heftig schmerzen, und ich sage: »Auauauauau«, und Sheila Renfro fällt von ihrem Sessel auf den Boden, bleibt auf allen Vieren stehen und lacht.

»Geh raus«, sage ich wieder, diesmal ganz leise und vorsichtig.

Sheila Renfro krabbelt auf Händen und Knien zur Tür, aber nicht in einer fließenden Bewegung, sondern in kurzen Etappen, die immer wieder von Lachanfällen unterbrochen werden, die sie einfach nicht unterdrücken kann. Sie krabbelt und prustet abwechselnd, und als sie schließlich die Tür erreicht, stößt sie einen Lacher aus, der klingt, als würde jemand Wasser ausspucken, und gleichzeitig muss sie pupsen.

Jetzt muss ich ganz fürchterlich lachen und es tut fürchterlich weh, und ich kann Sheila Renfro im Gang draußen hören, wie sie lacht und lacht. Ich höre auch schnelle Schritte und dann Sally, die Sheila ausschimpft und sagt, sie dürfe in den Gängen des *St. Joseph Hospital* nicht einfach lauthals loslachen.

Meine Rippen pochen vor Schmerz. Ich will mein Schmerzmittel, und zwar sofort, aber Sally will es mir noch nicht bringen.

Ich kann Sheila Renfro im Krankenhausflur hören, wie sie versucht, ihr Kichern zu unterdrücken, und ich bin in meinem Zimmer und lache immer noch trotz meiner großen Schmerzen.

Heilige Scheiße!

* * *

Um 15:03 Uhr ruft meine Mutter an. Ich weiß, dass sie es ist, weil Sheila Renfro mein scheißgeiles iPhone hochnimmt, auf das Display guckt und es mir mit den Worten »deine Mutter« herüberreicht.

»Hallo, Mutter.«

»Hallo! Du klingst heute schon viel besser.«

»Das ist verständlich. Dr. Banning sagt, ich kann morgen gehen.«

»Tja, dann ist es ja gut, dass ich anrufe. Hör zu, mein Sohn, dein Wagen ist abholbereit. Ich hoffe, es ist in Ordnung, dass Jay dir einen neuen Cadillac besorgt hat. Ich dachte, du hättest es gerne so, wie es dir vertraut ist. Er hat sogar dieselbe Farbe.«

»Das ist schön.«

»Wunderbar! Sag mal, kann da jemand etwas für dich aufschreiben?«

Ich sehe Sheila Renfro an, die aufmerksam lauscht. »Holst du mal mein Notizbuch und den Stift?« Sie nimmt die Sachen vom Tischchen neben dem Bett.

»Okay, Mutter, schieß los.«

»Du gehst zu 777 Broadway in Denver. Frag nach Glenn.«

»777 Broadway. Glenn. Ist notiert.« Sheila Renfro schreibt es auf. »Wäre es in Ordnung, Mutter, wenn ich den Wagen erst in ein paar Tagen abhole?«

»Aber ich dachte, du …«

»Ich will noch ein bisschen in Cheyenne Wells bleiben und mich erholen, bevor ich nach Hause fahre.«

»In Cheyenne Wells? Wozu das denn, um alles in der Welt?«

»Meine Freundin hat mich eingeladen, während meiner Genesung in ihrem Motel zu wohnen.«

»In ihrem …? Wer?«

»Sheila Renfro.« Jetzt zieht Sheila Renfro die Augenbrauen hoch, und ihre Stirn kräuselt sich.

»Wer ist Sheila Renfro?«

»Du hast mit ihr gesprochen.«

»Ach, ja?«

»Sie ist die Frau, die dich angerufen hat, als ich einen Unfall hatte.«

»Ich dachte, das war eine Krankenschwester.«

»Nein, das war Sheila Renfro aus Cheyenne Wells, Colorado.«

»Ist sie jetzt bei dir?«

»Ja.«

»Ich will mit ihr sprechen.«

Ich reiche das Handy an Sheila Renfro weiter, die den Kopf schüttelt. Ich schürze meine Lippen und schiebe ihr das Handy mit Nachdruck entgegen. Schließlich nimmt sie es, und ich bedaure sehr, dass ich nur ihre Seite der kurzen Unterhaltung hören kann. Es muss frustrierend für Sheila Renfro gewesen sein, als ich am Telefon gesprochen habe.

Ihre Hälfte des Gesprächs lautet folgendermaßen:

»Hallo, Mrs. Stanton.«

(Pause.)

»Ich bin sechsunddreißig.«

(Pause.)

»Das Motel gehörte meinen Eltern. Jetzt gehört es mir. Sie sind unter der Erde.

(Pause.)

»Bei allem Respekt, aber ich denke nicht, dass Sie das etwas angeht.«

(Pause.)

»Er will es so.«

(Pause.)

»Aber …«

(Pause.)

»Sagen Sie das ihm, nicht mir.«

(Pause.)

Sie gibt mir das Handy zurück.

»Ja, Mutter?«

»Das gefällt mir nicht, Edward. Ich finde, du solltest nach Hause fahren, bevor du in noch mehr Schwierigkeiten gerätst.«

»Schwierigkeiten? Ich bin nicht in Schwierigkeiten. Hat Jay L. Lamb etwas gesagt?«

»Nein, nein, das meinte ich nicht. Du hast keine schlimmen Schwierigkeiten. Es ist nur so, dass du viel mitgemacht hast. Es ist Zeit, wieder nach Hause zu fahren. Mehr sage ich ja gar nicht.«

»Warum?«

»Ich glaube, man will dich ausnutzen.«

»Wer ist ›man‹?«

»Diese Frau, zum Beispiel.«

»Aber sie ist meine Freundin.«

»Ich weiß, dass du sie dafür hältst, und vielleicht ist sie das auch, aber in Anbetracht dessen, was du durchgemacht hast, halte ich es für besser, wenn du einfach wieder dorthin zurückkehrst, wo du lebst, und sie dahin geht, wo sie lebt. Ich traue ihr nicht.«

»Aber ich tue das.«

»Ich finde, du solltest nach Hause fahren.«

Meine Mutter irritiert mich. So habe ich sie noch nie erlebt.

»Ich fahre nach Cheyenne Wells, Mutter. Es ist nur für ein paar Tage. Dann bringt Sheila Renfro mich nach Denver, ich hole den Wagen und fahre nach Hause.«

Meine Mutter seufzt ins Telefon. Sie ist nicht glücklich.

»Ich denke, du machst einen Fehler.«

»Ich denke, wir sollten die Tatsachen abwarten.«

»Schön. Aber du rufst mich jeden Tag an, okay?«

»Ja.«

»Auf Wiederhören, Sohn. Pass auf dich auf.«

»Auf Wiederhören, Mutter. Das werde ich.«

Ich lege auf und sehe Sheila Renfro an, die sich auf die Unterlippe beißt.

»Du musst nicht mitkommen«, sagt sie.

»Ich will aber.«

»Du wirst Ärger mit deiner Mutter bekommen.«

»Ich bin zweiundvierzig Jahre alt. Ich kann tun, was ich will.«

Sheila Renfro lächelt ein kleines bisschen, so wie sie es am Anfang im Motel in Cheyenne Wells gemacht hat.

»Sie kommandiert ganz schön herum«, sagt sie.

* * *

Den Nachmittag über gehe ich noch viermal pinkeln. Zweimal sitze ich vorher in Sheila Renfros Sessel, während sie auf meinem Bett sitzt. Von dort aus kann ich leichter aufstehen, aber ich brauche noch Hilfe dabei. Ich habe gelernt, den Schmerz meiner gebrochenen Rippen zu antizipieren (ich liebe das Wort »antizipieren«) und atme in dem Moment, in dem ich hochgezogen werde, heftig aus, was ein bisschen zu helfen scheint. Natürlich geht der Schmerz davon nicht weg – das wird erst passieren, wenn die Rippen vollständig geheilt sind. Dr. Banning, der mich vor dem Abendessen noch einmal aufsucht, versichert mir, das werde innerhalb der nächsten Wochen geschehen.

Nach dem Abendessen – gebratene Hühnerbrust, Reis und Blumenkohl, den ich nicht mag und daher nicht esse – sehen Sheila und ich eine weitere Folge *Adam-12* auf meinem scheißgeilen iPhone. Sie heißt: »Protokoll 172: Was tut man nicht alles für seinen Job!« Es ist die vierundzwanzigste Folge der ersten Staffel, die zum ersten Mal am 22. März 1969 ausgestrahlt wurde.

Sheila Renfro lehnt ihren Kopf gegen meinen, während wir auf den kleinen Bildschirm schauen. In dieser Folge halten Officer Pete Malloy und Officer Jim Reed eine blonde Autofahrerin an, die auffallend gefährlich in einem ausländischen Sportwagen fährt. Officer Pete Malloy teilt ihr mit, dass sie nicht nur erheblich gegen die Verkehrsregeln verstoßen habe, sondern zudem auch ihr Führerschein abgelaufen sei. Diese Form ungeheuerlicher Missachtung des Gesetzes irritiert mich, selbst in einer Fernsehserie. Während Officer Pete Malloy den Strafzettel ausstellt, setzt die Blondine ihre weiblichen Reize ein (ich liebe das Wort »Reize«) und schlägt vor, sie könnten sich stattdessen doch verabreden. Officer Malloy, der ein guter aufrechter Polizist ist, lehnt das Angebot ab.

Sheila Renfro richtet sich auf, sieht mich an und sagt: »Ich wette, deine Mom denkt, dass alle Frauen so sind.«

Ich will etwas sagen, aber Sheila Renfro winkt ab. »Tut mir leid«, sagt sie. »Hör mal, ich hab eigentlich keine Lust mehr, diese Folge zu sehen. Ich gehe schlafen, okay?«

Ich nicke und sage nichts weiter, was mir schwerfällt.

«Gute Nacht, Edward." Sheila Renfro deckt sich mit der Krankenhausdecke zu.

»Gute Nacht, Sheila Renfro.«

QUASI SONNTAG, 18. DEZEMBER 2011

Ich wache um 1:33 Uhr auf, als hätte mich jemand wach gerüttelt. Normalerweise sind es Träume, die solch ein abruptes Aufwachen verursachen, doch diesmal kann ich mich an keinen Traum erinnern. Falls ich geträumt haben sollte, haben die Visionen meinen Kopf bereits verlassen.

Diesmal brauche ich aber keinen Traum, der meine Gedanken beschäftigt. Ich mache mir Sorgen über das Gespräch meiner Mutter mit Sheila Renfro. Ich wollte mit Sheila Renfro vor dem Einschlafen noch darüber reden, aber sie wollte nichts dazu sagen.

»Vergiss es, Edward. Es ist nicht wichtig. Komm jetzt zur Ruhe, okay? Morgen ist ein großer Tag.«

Das ist er tatsächlich, und quasi ist er auch schon da. Erstens werde ich das Krankenhaus verlassen. Zweitens werde ich nach Cheyenne Wells fahren und während meiner Regeneration (ich liebe das Wort »Regeneration«) für ein paar Tage in Sheila Renfros Motel wohnen. Sheila Renfro sagt, sie werde mir gutes Essen kochen und dafür sorgen, dass ich mich ausreichend bewege, und mich sogar bei kleinen Reparaturarbeiten im Motel helfen lassen oder sie zumindest bei einigen Reparaturarbeiten anzuleiten, falls ich diese aufgrund meiner Verletzungen nicht selbst ausführen kann.

Ich will ehrlich sein: Mit der Vorstellung, dass mich jemand für kleinere Arbeit gebrauchen kann, freue ich mich sehr auf Cheyenne Wells. Nachdem sich der *Billings Herald-Gleaner* unfreiwillig von mir trennte, habe ich am meisten vermisst, eine Aufgabe zu haben. Nicht das Geld. Nicht einmal Scott Shamwell und seine oft kreativen Kraftausdrücke, die ich jetzt unterbinden muss, weil Sheila Renfro sie nicht mag. Sobald ich wieder nur für mein Haus verantwortlich war, musste ich feststellen, dass ich mich kaum noch für die Haushaltsdinge und Reparaturen interessierte, die ich vor meinem Job beim *Billings Herald-Gleaner* verrichtet hatte. Für einen Mann, der mit Aufgaben wie dem Aufmalen von Parkplatzmarkierungen und dem Reparieren von Frankiermaschinen und dem Austauschen von Farbkartuschen an der Druckmaschine betraut gewesen war, erschienen sie mir nicht mehr wichtig. Ich schätze, das klingt überheblich, aber so habe ich mich gefühlt.

Wo ich schon mal dabei bin, ehrlich zu sein, kann ich gleich weitermachen: Ich bin auch aufgeregt bei der Vorstellung, mehr Zeit mit Sheila Renfro zu verbringen. Es fällt mir nicht leicht, Freunde zu finden, und die, die ich habe, sind in diesem Scheißjahr von mir weggezogen. Dass ich mich so leicht mit jemand Neuem anfreunden konnte wie mit Sheila Renfro – noch dazu unter so schwierigen Umständen –, macht mich glücklich. Mir ist auch aufgefallen, dass sie mir in manchem ähnlich ist: Sie ist praktisch veranlagt und verbringt nicht viel Zeit damit, um Dinge herumzureden. Wenn etwas getan werden muss, tut sie es und redet nicht nur davon, es zu tun. Das gefällt mir sehr.

Ein negativer Aspekt ist, dass sie mehr Energie in Mutmaßungen und Verallgemeinerungen legt, als mir lieb ist. Nehmen wir zum Beispiel, was sie über meine Mutter gesagt hat. Anhand dessen, was ich von ihrem Gespräch mitbekommen habe, bin ich mir einigermaßen sicher, dass meine Mutter sie mit irgendeiner Äußerung verärgert hat. Das gefällt mir nicht, aber ich kann nicht kontrollieren, was meine Mutter sagt. Doch was auch immer sie gesagt haben mag, ist keine Entschuldigung für Sheila Renfro, daraus ein verallgemeinertes Urteil abzuleiten. Als wir diese Penny Lang in *Adam-12* sahen, sagte Sheila Renfro: »Ich wette, deine Mutter denkt, dass alle Frauen so sind.« Ich weiß nicht, ob Sheila

Renfro ernsthaft eine Wette im Sinn hatte, aber wenn, dann setzt sie auf reine Vermutung, und das halte ich für sehr riskant (ich liebe das Wort »riskant«).

Ich finde es außerdem irritierend, dass Frauen plötzlich wegen mir in Aufruhr geraten. So etwas ist vorher noch nie passiert. Als meine Mutter vor ein paar Jahren etwas von Donna Middleton (jetzt Hays) erfuhr, hatten wir bereits schwierige Situationen hinter uns – etwa die Sache mit ihrem gewalttätigen Exfreund Mike und welche Verabredungen wir treffen müssen, um Freunde sein zu können –, und meine Mutter war einfach froh, dass ich jemanden gefunden hatte, der mich mochte. Jetzt habe ich eine neue Freundin, und meine Mutter scheint nicht froh darüber zu sein. Das ist kein konsistentes Verhalten (ich liebe das Wort »konsistent«), und ich denke, meine Mutter schuldet mir eine Erklärung. Vielleicht schuldet sie Sheila Renfro sogar eine Entschuldigung, obwohl es falsch wäre, das zu diesem Zeitpunkt zu vermuten.

Ich habe entschieden, wie ich vorgehen werde. Morgen im Auto werde ich versuchen, Sheila Renfro dazu zu bringen, mir zu erzählen, was zwischen ihr und meiner Mutter vorgefallen ist. Später dann, in Cheyenne Wells, werde ich meine Mutter, wie versprochen, von meinem scheißgeilen iPhone aus anrufen, um ihre Sicht der Dinge zu erfahren.

Vielleicht werde ich als Vermittler zwischen meiner Mutter und Sheila Renfro agieren müssen, und ich fühle mich ein wenig hinterhältig, wenn ich spüre, dass ich genau das sogar hoffe. Es ist die Art von Erwachsenen-Problem, in deren Lösung ich nicht oft einbezogen werde.

Das könnte ein Durchbruch für mich werden.

Und jetzt merke ich ganz plötzlich, dass ich ganz, ganz dringend pinkeln muss. Ich taste nach dem Schwesternknopf und drücke ihn viermal. Aber es ist zu spät. Heilige Scheiße!

OFFIZIELL SONNTAG, 18. DEZEMBER 2011

Diarium von Edward Stanton, notiert von Sheila Renfro:

Edwards Aufwachzeit heute: Die Sache ist ihm immer noch schrecklich peinlich, also versuche ich, es mir irgendwie zusammenzureimen. Er sagt, er ist um 1:33 Uhr aufgewacht und hat nachgedacht, was er ganz leise gemacht haben muss, denn ich bin nicht wach geworden, und das, obwohl dieser Sessel für meinen Rücken den Tod bedeutet. (Edward möchte, dass ich darauf hinweise, dass »Tod« nicht wortwörtlich gemeint ist. Ich laufe nicht Gefahr zu sterben.) Sein Nachdenken dauerte etwa zehn Minuten, bis er dann merkte, dass er dringend pinkeln muss. Er hat es nicht geschafft.

Höchsttemperatur am Samstag, 17. Dezember 2011 (351. Tag): 7° in Billings, dieselbe Temperatur wie am Tag zuvor. (Edward möchte, dass ich darauf hinweise, dass dies ein bemerkenswert angemessener Dezember ist und er genauere Vergleiche anstellen wird, sobald er wieder in Billings ist und Zugang zu seinem gesamten Temperaturdossier hat (Edward liebt das Wort »Dossier«).
Tiefsttemperatur am Samstag, 17. Dezember 2011: -2°, also 3 Grad wärmer als am Vortag.
Niederschlagsmenge am Samstag, 17. Dezember 2011: 0,0 mm (wie am Freitag).
Gesamte Niederschlagsmenge für 2011: 493,1 mm

Neue Einträge:

Körperliche Bewegung am Samstag, 17. Dezember 2011: Wie von Sally empfohlen, sind wir fünfmal drei Runden durch die Gänge gelaufen, und Edward hat auch dreimal je eine Stunde lang aufrecht in meinem Sessel gesessen.

Er möchte, dass ich darauf hinweise, dass es weiterhin schwierig ist, den Grad seiner körperlichen Genesung zu bestimmen, aber er sagt, er fühlt sich definitiv besser als am Tag zuvor. Er sagt außerdem, dass er es gar nicht erwarten kann, ohne den Infusionsständer herumzulaufen, den er immer schieben muss, und dass er gern wieder normale Kleidung tragen würde.

Gefahrene Meilen am Samstag, 17. Dezember 2011: nicht eine. (Edward möchte, dass ich darauf hinweise, dass »nicht eine« eine seltsame Art ist, »keine« zu sagen, weil ein Wort mehr benutzt wird als notwendig. Ich weise ihn darauf hin, dass mein Daddy das immer so gesagt hat und es mir egal ist, wie viele Worte es sind.)

Insgesamt gefahrene Meilen: Edward möchte, dass ich darauf hinweise, dass er die letzten Einträge kontrolliert hat und wir bei der Summe der Meilen nicht richtigliegen, was ich nun korrigieren soll. Er sagt, er und Kyle sind bei der Besichtigung der Tiefpumpe 27,4 Meilen gefahren, sodass sich die Gesamtzahl der Meilen auf 1.846,1 beläuft und nicht 1.838,7. Edward möchte außerdem, dass ich darauf hinweise, dass wir nicht genau wissen, wie weit er vor dem Unfall auf der Interstate 70 *gefahren ist, also ist auch diese Zahl nicht korrekt. Er sagt, er will auf dem Nachhauseweg die Unfallstelle suchen. Ich verstehe nicht, warum das so wichtig ist, aber er sagt, das werden wir tun. Also gut.*

Benzinverbrauch am Samstag, 17. Dezember 2011: null.

Nachtrag: Edward versucht, sich herüberzulehnen und zu sehen, was ich schreibe, aber jedes Mal tun ihm dabei die Rippen weh. Deshalb sitze ich auf seiner linken Seite. Ich bin ja nicht blöd.

Er muss darüber hinwegkommen, dass er ins Bett gepinkelt hat. Okay, unter normalen Umständen sollte ein 42-jähriger nicht ins Bett machen, aber er sollte mittlerweile wissen, dass dies keine normalen Umstände sind.

Ich würde allmählich schon gerne wieder ins Motel zurückfahren. Ich verdiene dort zwar nicht viel Geld, aber trotzdem werden die drei ausgefallenen Tage meinen Gewinn schmälern.

Gestern Abend hat Edward noch einmal darauf hingewiesen, dass er »scheißreich« ist, und ich wünschte mir wirklich, er würde das nicht immer betonen. Er sagt, er will mich für meinen Verdienstausfall entschädigen. Das hat mich richtig wütend gemacht. Manchmal kapiert er es einfach nicht.

EDWARD, ICH WEISS, DASS DU DAS HIER IRGENDWANN LESEN WIRST, ALSO HÖR AUF, DICH DAUERND RÜBERZULEHNEN UND DIR WEHZUTUN!!!!

Dr. Banning meinte, Edward wird wohl nicht vor Mittag entlassen werden. Dann kann ich gleich noch eine Weile wegfahren und alles vorbereiten.

Ich bin ziemlich nervös. EDWARD, WARTE EINFACH!!!!!!

Okay, ich fahre jetzt los.

Ich kann nicht fassen, dass ich der Nachtschwester auf die Schuhe gepinkelt habe.

Ich weiß, dass sie deswegen ebenfalls sauer war. Sie versuchte jedoch, es mich nicht merken zu lassen. Sie sagte: »Ist schon okay, Edward. Das ist nicht mal annähernd so schlimm wie das Schlimmste, was hier je passiert ist.« Aber als sie weg war, um sich neue Schuhe und Strümpfe anzuziehen und einen neuen Schwesternkittel, die man hier »scrubs« nennt, hörte ich, wie sie der Oberschwester erzählte, was passiert war, und sie klang dabei ziemlich angewidert (ich liebe das Wort »angewidert«).

Sheila Renfro sagt, ich müsse mir selbst vergeben. Es wäre anders, sagt sie, wenn ich es mit Absicht getan hätte, aber das hätte ich ja wohl nicht. (»Du hast es doch nicht mit Absicht getan, oder?«, fragte sie mich, nachdem ich ihr bereits versichert hatte, das hätte ich nicht, so als würde sie nochmals eine Bestätigung wollen. Das hat mich irritiert.) Sie sagt, Unfälle passieren eben, vor allem auf dem Gebiet der Gesundheitsfürsorge. Das sagte sie wortwörtlich: »Vor allem auf dem Gebiet der Gesundheitsfürsorge.« Ich denke, ich habe allmählich ein bisschen Einfluss auf Sheila Renfros Ausdrucksweise.

Wahrscheinlich hat sie recht. Es ist allerdings peinlich, und mit peinlichen Situationen kann ich schlecht umgehen. Ich bin nicht sicher, ob ich jemanden kennen möchte, der gut mit peinlichen Situationen umgeht. Es würde sich dann wohl um einen Menschen handeln, der sich häufig ausgesprochen unangemessen verhält. Ich denke, solche Menschen sollte man besser meiden.

Noch etwas anderes ist mir peinlich – gestern Abend haben die *Dallas Cowboys* gespielt, und ich habe es vollkommen vergessen. Hätte mir jemand vor dieser Reise gesagt, ich würde mal ein Spiel der *Dallas Cowboys* vergessen, hätte ich höflich, aber bestimmt widersprochen. Aber jetzt haben wir den Beweis. Das Gute daran ist wohl, dass die *Dallas Cowboys* gegen die *Tampa Bay Buccaneers* gewonnen haben, aber das ist kaum überraschend. Die *Tampa Bay Buccaneers* sind schlecht.

* * *

Sheila Renfro benimmt sich seltsam. Es scheint sie zu nerven, dass ich kontrollieren wollte, ob alle Daten ordentlich in mein Diarium geschrieben werden. Sie sagt immer wieder. »Ich weiß, wie man das macht«, was nicht der entscheidende Punkt ist. Ich weiß, dass sie weiß, wie man das macht. Entscheidend ist, dass ich das schon länger mache als sie und es demnach besser kann.

Und jetzt ist Sheila Renfro gegangen. Sie hat nicht gesagt, wohin sie geht, sondern nur, dass sie rechtzeitig zurück sein wird, um mich in ihren Wagen zu laden, wenn ich aus dem Krankenhaus entlassen werde. Aber sie hat meine Aufzeichnungen mitgenommen, was ein verdammt mieser Trick ist.

* * *

Als ich um 10:37 Uhr aus meinem Nickerchen aufwache, steht ein uniformierter Polizist neben meinem Bett. Das beunruhigt mich. Ich bin kein Gesetzesbrecher, also habe ich keinen Grund, Polizisten zu fürchten, aber meine vergangenen Interaktionen mit Polizisten waren eher unerfreulich. Dr. Buckley würde es also eine konditionierte Reaktion nennen.

»Sind Sie Edward Stanton?«, will er wissen. Das ist eine dumme Frage. Mein Name steht auf der Tafel über meinem Bett. Trotzdem bin ich so geistesgegenwärtig, dem Officer nicht zu sagen, dass er dumm ist. Das will niemand gerne hören, und Polizisten nehmen es besonders persönlich.

»Ja«, sage ich.

»Das hier ist für Sie.«

Er gibt mir ein Stück Papier, das ich mit der rechten Hand entgegennehme – ich habe gelernt, den Gebrauch der linken Hand zu vermeiden, weil das meinen gebrochenen Rippen wehtut – und halte es so nah vor mein Gesicht, dass ich es lesen kann.

Ich bekomme einen Strafzettel für meinen Unfall auf der Autobahn. Darauf steht, ich sei gemäß den Wetterbedingungen zu schnell und zu rücksichtslos gefahren, als ich auf den Schneepflug auffuhr. Auf dem Strafzettel steht außerdem, ich schulde dem Staat Colorado 562 Dollar. Vor dieser Reise habe ich noch nie einen Strafzettel bekommen und deshalb keine Vergleichsmöglichkeit, aber es scheint mir eine Menge Geld zu sein. Ich bin scheißreich, also kann ich es mir leisten, aber das heißt nicht, dass ich mich einfach so fröhlich von 562 Dollar trenne.

»Das ist viel Geld«, sage ich dem Polizisten, der sich als Officer Jonathon Hunter von der Colorado Highway Patrol vorstellt.

»Das stimmt«, bestätigt er. »Wir möchten zu schnelles und rücksichtsloses Fahren zu einem unbeliebten Vergehen machen.«

Ich muss kichern, und Officer Jonathon Hunter sieht mich fragend an, also höre ich auf. Ich will nicht noch mehr Ärger. Polizisten mögen es nicht, wenn man sie auslacht. Das weiß ich aus Erfahrung.

Es ist nur so, dass mich Officer Jonathon Hunters Bemerkung an etwas erinnert, dass Sergeant Joe Friday in einer Episode von *Polizeibericht* gesagt hat. Die Folge ist die vierte der zweiten Staffel, heißt »Bankraub« und wurde das erste Mal am 5. Oktober 1967 ausgestrahlt. Darin ermitteln Sergeant Joe Friday und Officer Bill Gannon in einer Reihe von Banküberfällen, bei denen ein Mann sich von zufällig ausgewählten Frauen helfen lässt. Nachdem Sergeant Joe Friday und Officer Bill Gannon eine Frau für unschuldig erklärt haben, stellt sie eine Frage. Sie hat rote Haare, und ihr Auftritt in der Folge wird jedes Mal von schwüler Musik unterlegt (ich liebe das Wort »schwül«), aber der vernünftige Sergeant Joe Friday scheint das nicht zu bemerken. Als sie fragt, welche Strafe auf Bankraub steht, antwortet er, das seien fünfundzwanzig Jahre pro Vergehen. Sie erwidert darauf, die paar hundert Dollar seien eine so hohe Strafe doch gar nicht wert.

»Genau das ist es ja: Sie wollen es zu einem unbeliebten Vergehen machen«, erwiderte Sergeant Joe Friday. Sergeant Joe Friday ist ein sehr logischer Mann.

Jetzt verstehen Sie, warum ich kichern musste.

Officer Jonathon Hunter setzt seine Sonnenbrille auf und sagt: »Sie können das Geld bei der Kraftfahrzeug-Zulassungsstelle bezahlen oder es per Postanweisung schicken, oder Sie können zum Gerichtstermin erscheinen und die Strafe anfechten.«

Officer Jonathon Hunter ist sehr geschäftsmäßig. Das schätze ich. Vielleicht hat er etwas von Sergeant Joe Friday gelernt, als er die Serie gesehen hat, so wie ich.

»Danke, Officer Jonathon Hunter«, sage ich, und er sieht mich wieder so komisch an. Dann geht er.

Ich hätte ihn gern noch gefragt, was er von Sergeant Joe Friday hält, aber letztlich bin ich froh, dass er wieder weg ist.

* * *

Als Sheila Renfro zurückkommt, trägt sie saubere Kleidung und sieht aus, als hätte sie eine Dusche genommen. Ich schätze, ich habe gar nicht bemerkt, dass sie die ganze Zeit dieselben Kleider anhatte und ihr Haar immer wieder zum Pferdeschwanz gebunden war, während ich hier im Krankenhaus lag. Ich muss es wohl zugeben: Ich war zu sehr mit mir selbst und meinen Problemen beschäftigt und habe meiner Freundin nicht so viel Aufmerksamkeit zukommen lassen, wie ich sollte. Das war falsch. Ich beschließe, es wiedergutzumachen.

»Du siehst hübsch aus, Sheila Renfro«, sage ich, und sie lächelt. Ich werde immer besser darin, Sheila Renfro zum Lächeln zu bringen. Ich bin stolz auf mich und glücklich für sie. Nach allem, was ich auf dieser Reise durchgemacht habe, fange ich an, den Wert des Glücks zu schätzen.

»Bist du bereit zu gehen, Edward?«, erkundigt sie sich. »Ich habe das Auto hinten gut ausgepolstert, damit du es bequem hast, außerdem habe ich mir saubere Kleidung geholt und an einer Lastwagentankstelle getankt und geduscht.«

»Du riechst nach Irischem Frühling«, sage ich.

»Ich mag Irischen Frühling«, entgegnet sie.

»Ich auch.«

Und wieder lächelt Sheila Renfro.

Manchmal kann ich ganz schön clever sein.

* * *

Sally schiebt mich in einem Rollstuhl bis zur Ausfahrt, was blöd ist. Schließlich habe ich mir nicht die Beine gebrochen. Ich kann laufen, und das sage ich ihr.

»Tut mir leid, Edward, so sind die Bestimmungen.«

Das ändert natürlich alles. Eine Gesellschaft kann nur funktionieren, wenn ihre Mitglieder die Regeln beachten. Oft kommt es mir so vor, als dächten die Menschen in unserem Land, dass Regeln nur für andere gelten. Und das sage ich nicht nur so dahin, das habe ich gut beobachtet. Wider besseres Wissen versuche ich weiterhin, die Politik in den USA zu verstehen, da ich hier lebe und seit über vierundzwanzig Jahren das Wahlrecht besitze. Ich weise darauf hin, dass das Wort »versuche« betont gehört. Allmählich denke ich nämlich, dass in Amerika niemand die Politik versteht – außer den Politikern. Mein Gehirn liebt Tatsachen. Ich denke, das ist mittlerweile gut nachvollziehbar. Aber mir scheint, dass Politik eher die Abwesenheit von Tatsachen feiert als ihre Existenz. Das verstehe ich nicht. In etwas weniger als einem Jahr sind wieder Präsidentschaftswahlen, und ich denke, dass bis dahin alle Tatsachen so sehr vernachlässigt wurden, dass wir unser Land in die Vereinigten Staaten kläglicher Kinderkacke umbenennen müssten (ich liebe das Wort »kläglich«).

Ich könnte noch mehr dazu sagen, aber ich lasse es. Ich wollte nicht politisch werden. Ich wollte nur sagen, dass ich Sally wegen des Rollstuhls nicht mehr kritisiere. Ich befolge die Regeln.

* * *

Sheila Renfro hat mir auf dem Rücksitz ihres alten Chevrolet Suburban ein kleines Paradies zurechtgemacht. Da sind eine Unterlage aus Schaumstoff und ein großes flexibles Sitzkissen in der Ecke an der Tür, sodass ich mich bequem anlehnen und die Belastung der Rippen minimieren kann. Da sind auch viele Decken. Es ist perfekt.

Von meinem Platz aus kann ich Sheila Renfros Hinterkopf sehen und mich gut mit ihr unterhalten, sodass ich mich hier hinten nicht ausgeschlossen fühle. Der Suburban ist richtig alt – »Den hat mein Daddy 1972 gekauft«, erzählt sie mir – und hat dementsprechend nicht mal einen CD-Player, geschweige denn einen Adapter, über den ich Songs von meinem scheißgeilen iPhone abspielen kann. Während wir aus Denver hinausfahren, singt Sheila Renfro zu einem Lied von Merle Haggard, das auf einem Country-Sender gespielt wird. Sheila Renfro hat, was Country-Musik betrifft, offenbar einen guten Geschmack. Sie bevorzugt die Ära vor der Zeit, als Garth Brooks die Country-Musik verhunzt hat.

»Warum fährst du ein so altes Auto?«, will ich wissen. »Wenn du einen Adapter hättest, könnten wir jetzt R.E.M. hören.«

»Es gehörte meinem Daddy. Ihn habe ich nicht mehr, weil er mit meiner Mutter unter der Erde ist. Aber ich habe sein Auto. Außerdem mag ich diese Musik.«

Das scheint mir eine plausible Antwort, also will ich keine Frage mehr dazu stellen. Sheila Renfro sieht über den Rückspiegel nach hinten und sucht Augenkontakt.

»Mein Daddy hat den Wagen gekauft, bevor er und Mom sich konkret Gedanken über Kinder machten«, erzählt sie weiter. »Daddy wollte immer eine große Familie mit vielen Kindern. Deshalb haben sie das Motel gebaut. Es sollte ein Ort sein, an dem man Kinder großziehen und in ein Familienunternehmen einbeziehen kann.«

Sie bricht ab. Mir fallen ein paar Fragen ein, aber ich habe den Eindruck, dass sie noch nicht fertig ist, also warte ich.

»Aber dann stellte Mom fest, dass sie keine Kinder kriegen kann ...«

»Aber …«

»Zumindest haben die Ärzte ihr das gesagt. Als sie dann mit mir schwanger wurde, waren alle überrascht. Bei meiner Geburt ist sie aber fast verblutet, und die Ärzte sagten: ›Okay, Sie haben Ihr Wunderbaby bekommen, aber jetzt geht nichts mehr.‹«

»Du bist ein Wunderbaby!«, sage ich. Das macht mich unbeschreiblich glücklich.

»Kann sein. Daddy konnte sich nur nicht von dem Suburban trennen, obwohl unsere kleine Familie ein so großes Auto niemals wirklich brauchen würde. Für ihn war es wohl wie die Erinnerung an einen Traum, den er nicht haben konnte.«

»Hat er das gesagt?«

»Na ja, nein … Aber so, wie er über Dinge redete, wusste ich das irgendwie. Weißt du, Edward, ich war in der Schule nicht sehr beliebt. Ich hatte nicht viele Freunde, manchmal sogar überhaupt keine. Das ist schwer für ein Kind. Mein Daddy war mein bester Freund.«

Sheila Renfros Geschichte macht mich ebenso traurig wie glücklich. Zunächst einmal *ist* es eine traurige Geschichte. Obwohl sie ein Wunderbaby war, hätten ihre Eltern gern noch mehr Kinder gehabt. Auch für mich persönlich ist die Geschichte traurig: Sheila Renfro hatte zu Lebzeiten ihres Vaters eine Beziehung zu ihm, wie ich sie jetzt nach dem Tod meines Vaters zu finden suche. Ich weiß ganz sicher, dass meine Eltern, nachdem sie festgestellt hatten, dass ich irgendwie anders war – ich meine hier meine Entwicklungsstörung und die Neigung zu Zwangsstörungen –, beschlossen, keine weiteren Kinder mehr zu bekommen. Das ist keine Mutmaßung. Mein Vater hat es mir auf dem Höhepunkt des »Garth-Brooks-Debakels«, als wir uns nur noch stritten, wortwörtlich gesagt. Er war betrunken, weil er schon den ganzen Tag getrunken hatte. Nach einer unserer Auseinandersetzungen kam er in mein Zimmer und sagte: »Du bist ein verdammter Idiot, Junge. Ich wünschte, du wärst nie geboren worden, dann würdest du nicht alles versauen.«

Das war schrecklich für mich. Zunächst einmal bin ich kein verdammter Idiot. Ich habe eine Entwicklungsstörung, aber ich bin nicht blöd. Zweitens hat es meine Mutter furchtbar verletzt. Es war das erste und einzige Mal, dass ich erlebt habe, wie sie sich vor meinem Vater für mich einsetzte. Sie sagte ihm, er sei ein grausamer, schrecklicher Mensch und dass er sich bei mir entschuldigen solle. Das hat er nie getan, zumindest nicht, solange er lebte. Vier Tage später kaufte er das Haus, in dem ich jetzt wohne, und ich musste bei meinen Eltern ausziehen und regelmäßig zu Dr. Buckley gehen. Ich war einunddreißig Jahre alt, also war es vermutlich sowieso Zeit. Ich denke, meine Eltern wollten mich in der Nähe haben, um mich zu beschützen – das meinte jedenfalls Dr. Buckley, als sie mich diagnostizierte. Doch als mein Zustand sich verschlechterte, entwickelte mein Vater eine Abneigung gegen mich (und ich gegen ihn). An der Clark Avenue war ich mit Sicherheit glücklicher als im Haus meiner Eltern, aber es war schwer, die Worte meines Vaters zu vergessen. Tatsache ist, dass ich sie nie vergessen habe. Hin und wieder versuchte meine Mutter, mir das Verhalten meines Vaters zu erklären, wenn er gemein zu mir war. Sie sagte, er habe Probleme bei seiner Arbeit als Landrat und stehe unter großem Druck. Ich denke, sie war zu nachsichtig mit ihm, und fairerweise will ich sagen, dass meine Mutter dem sicher zustimmen würde. Nachdem mein Vater gestorben war und sie feststellte, wie er mich durch seinen Anwalt Jay L. Lamb kontrolliert hatte, sah sie ihn in einem anderen Licht. Sie redet kaum noch über ihn.

Ich erinnere mich nicht gern an diese Geschichte mit meinem Vater, und ich erzähle sie auch nicht gern. Tatsächlich habe ich sie außer Dr. Buckley auch noch niemandem erzählt, nicht einmal Donna Middleton (jetzt Hays). Ich denke aber, ich würde sie Sheila Renfro gern erzählen, und das überrascht mich.

Ich werde noch eine Weile darüber nachdenken, bevor ich sie ihr tatsächlich erzähle. Stattdessen sage ich jetzt etwas anderes, weil mir bewusst wird, dass Sheila Renfro mit ihren Eltern Menschen beschreibt, die ich nie richtig kennenlernen konnte, obwohl ich sie im Sommer 1978 gesehen habe. Das ist seltsam. Es ist, als wären sie mehr eine Legende als eine echte Erinnerung.

»Ich wünschte, ich hätte deine Eltern kennengelernt«, sage ich. »Es tut mir leid, dass sie unter der Erde sind.«

»Du hättest sie gemocht«, erwidert Sheila Renfro. »Und sie dich.«

Ich versuche noch, meine nächste Frage richtig zu formulieren, als ich plötzlich merke, dass die Worte schon aus meinem Mund kommen. »Wie hast du erfahren, dass deine Eltern gestorben sind?« Ich kann nicht glauben, dass ich das gerade einfach so gefragt habe. Es war sehr geradeheraus, aber Sheila Renfro scheint es nicht so zu stören.

»Es passierte mitten an einem heißen Sommertag, sieben Meilen von zu Hause entfernt«, erzählt sie. »Der Sheriff und ein Hilfssheriff waren schnell vor Ort, und einer von beiden kam zum Motel, um mich zu holen. Ich machte gerade das Abendessen für uns. Brathähnchen. Es war zu heiß, um drinnen zu kochen, deshalb war ich auf der Veranda. Der Mann sagte: ›Sheila, du musst den Grill ausstellen und schnell mitkommen.‹ Als wir ankamen, war es schon vorbei. Daddy und Mom lagen in Plastikbeuteln am Straßenrand. Der Mann, der sie angefahren hatte, war auch tot. Ich glaube, er hatte einen Herzinfarkt gehabt und die Kontrolle über seinen Pickup verloren. Er war mit siebzig Meilen die Stunde in den Wagen meiner Eltern gerast, in die Fahrerseite. Der Sheriff sage, es hätte keine Bremsspuren gegeben.«

Sheila erzählt das ganz sachlich. Ich bin wie gebannt.

»Wie hast du das mit deinem Daddy erfahren?«, fragt sie mich.

»Meine Mutter rief an und weckte mich und sagte, ich solle sofort ins *St. Vincent Hospital* kommen. Er starb, nachdem ich ankam.«

»Was war passiert?«

»Er hatte einen Herzinfarkt auf dem Parkplatz seines Lieblings-Golfklubs gehabt.«

»Das tut mir leid.«

Schon lange habe ich nicht mehr konkret an den Tag gedacht, an dem mein Vater gestorben ist. Es ist drei Jahre, einen Monat und achtzehn Tage her, und einen Großteil der Kraft, die ich in meinen Vater investiere, verwende ich darauf, mit allen anderen Tagen seines Lebens Frieden zu schließen.

»Nachdem der Arzt uns sagte, dass er tot ist, gingen wir in das Krankenzimmer und sahen ihn uns an. Es war eigenartig. Ich sah ganz deutlich sein Gesicht, aber sein Haar war zerzaust, und genau die Eigenschaften, die ihn zu dem machten, was er war – etwa seine laute Stimme und seine überschwängliche Art –, waren verschwunden. Was ich richtig seltsam fand, war, wie friedlich er aussah – viel friedlicher als das letzte Mal, das ich ihn lebend gesehen hatte.

»Sie haben mich meinen Daddy nicht mehr sehen lassen«, sagt Sheila Renfro. »Sie sagten, es hätte ihn schlimm erwischt und dass ich das auf keinen Fall sehen wollen würde. Meine Mom dagegen hatte keinen Kratzer abbekommen – sie starb an den inneren Verletzungen durch den Unfall. Sie durfte ich sehen. Es sah aus, als würde sie schlafen.«

»Wie war deine Mutter?«

»Sie war ein guter Mensch. Mein Daddy war mein bester Freund – er hatte ein kindliches Gemüt, deswegen habe ich mich wohl so gut mit ihm verstanden. Meine Mom hatte nicht so viel Spaß. Sie war zu beschäftigt damit, unser Leben zu organisieren. Ich denke, ich bin jetzt mehr wie sie.«

Es ist interessant, dass Sheila Renfro sich das alles überlegt hat. Ich habe nie darüber nachgedacht, ob ich mehr wie mein Vater oder wie meine Mutter bin. Ich denke, ich bin keinem sehr ähnlich. Genau das war das Problem.

* * *

Als wir in Limon die Interstate verlassen, frage ich Sheila Renfro, ob wir noch einmal umdrehen und zur Unfallstelle mit dem Schneepflug zurückfahren können. Ich würde sie gern einmal bei Tageslicht und ohne Schnee sehen. Außerdem könnte ich dann den Fehler in der Meilenangabe beheben.

»Der Meilenzähler steht auf 268.443,4«, sagt sie, als wir auf die *Interstate 70*, diesmal Richtung Westen, auffahren.

Ich versuche das, was ich jetzt sehe, mit dem zu vergleichen, was ich vor zwei Tagen gesehen habe, als ich mitten in der Nacht mit Kyle durch den wirbelnden Schneesturm gefahren bin. Es ist unmöglich.

»Hier ist es«, sagt Sheila Renfro und verlangsamt, damit sie auf den Randstreifen der Interstate fahren und anhalten kann.

Überreste meines zerbrochenen Blinkers liegen auf dem Asphalt. Vermutlich wusste Sheila Renfro deswegen, wo sie anhalten musste. Man darf hier eigentlich nicht halten, aber das scheint sie nicht zu stören. Es ist ihre Sache, ob sie einen Strafzettel riskieren will oder nicht.

»Was sagt der Meilenzähler?«, frage ich.

»Moment ... da steht 268.449,2.«

»Dann sind es von Limon aus 5,8 Meilen.«

»So sieht's aus.«

Ich rechne es im Kopf nach. »Das bedeutet, dass ich 1.844,9 Meilen auf dieser Reise gefahren bin und nicht 1.846,1.«

»Wenn du das sagst.«

»Das habe ich ausgerechnet.«

»Welchen Unterschied macht das?«

Die Frage irritiert mich. »Ich weiß nicht. Ich notiere gerne Daten.«

»Wirst du die Meilen von heute auch dazurechnen?«

»Das ist eine dumme Frage, Sheila Renfro«, antworte ich. »Natürlich werde ich das.«

»Weißt du denn, wie weit wir heute gefahren sind?«

»Nein, aber ich kann die Entfernung vom *St. Joseph Hospital* nach Cheyenne Wells herausfinden und den Umweg eben einberechnen.«

»Kannst du auch den Umweg einberechnen, den ich in Denver gefahren bin?«

Es gefällt mir nicht, wohin diese Unterhaltung führt.

»Du bist einen Umweg gefahren?«

»Ja. Da war eine Baustelle mit Stau, also bin ich eine andere Route gefahren.«

»Wo entlang?« Diese Situation ist zwar nicht ideal, aber auch nicht unlösbar (ich liebe das Wort »unlösbar«). Über das Internet kann ich immer noch die korrekte Meilenzahl errechnen.

»Das weiß ich nicht mehr.«

Die Situation ist unlösbar geworden.

»Scheiße«, sage ich.

»Das ist doch nicht schlimm, Edward. Und hör auf zu fluchen.«

* * *

Ich versuche, sauer auf Sheila Renfro zu sein, aber das kann ich nicht. Dafür mag ich sie zu gern. Ich denke daran, wie viel sie für mich getan hat und immer noch tut ... dass sie sich im Krankenhaus um mich gekümmert hat und mich jetzt zur Genesung nach Cheyenne Wells bringt.

»Sheila Renfro«, frage ich, »was hat …?«

»Warum sagst du das?«

»Was?«

»›Sheila Renfro‹. Jedes Mal, wenn du mit mir sprichst, sagst du meinen Vor- und meinen Nachnamen.«

»Ich weiß nicht.«

»Das ist komisch.«

»Nein, ist es nicht.«

»Schon ein bisschen.«

»Wie soll ich dich denn nennen?«

»Einfach nur Sheila. Oder du könntest ›Schnütchen‹ sagen, wie mein Daddy mich immer genannt hat.«

»Ich denke nicht, dass ich dich so nennen könnte.«

»Ich weiß, Dummerchen. Das war nur ein Witz.«

Sheila Renfro kann ganz schön witzig sein.

»Shei…minima?«, sage ich.

»Was ist das? Ein Spitzname?«

»Ich dachte, ich versuch's mal.«

»Nein. Spitznamen sollten ganz natürlich kommen. Der klingt, als hättest du dich angestrengt.«

Ich bin irritiert und frustriert.

»Okay, kann ich einfach die Frage stellen, die ich stellen wollte?«

»Aber sicher, Ed-Nut.«

»Ed-Nut?«

»Ja, das ist dein Spitzname.«

»Das klingt, als wärst du jetzt diejenige, die sich anstrengt.«

»Ich habe mich überhaupt nicht angestrengt. Das kam ganz natürlich.«

»Der gefällt mir aber nicht.«

»Okay, wie wäre es mit Eddie Schmusebär?«

»Ed-Nut ist okay, denke ich.«

Sheila Renfro lacht und wackelt mit dem Kopf.

Sie hat richtig Spaß.

Und ich verrate Ihnen ein Geheimnis: Ich habe ebenfalls Spaß.

* * *

Wir fahren durch den Ort Kit Carson, und Sheila Renfro sagt: »Jetzt ist es nicht mehr weit. Noch fünfundzwanzig Meilen.«

Die Landschaft hier gefällt mir. Sie ist karg und nicht so üppig und bergig, wie man es immer mit Colorado assoziiert (ich liebe das Wort »assoziieren«). Daher erinnert sie mich an den Teil von Montana, in dem ich lebe.

Ich erinnere mich daran, dass ich als Teenager mit meinem Vater im Osten von Montana war, in einer Stadt namens Terry. Er zeigte in Richtung der entfernt liegenden hohen weißen Sandsteinfelsen, der *Chalk Buttes*, und sagte »Bauernland«. Laut meinem Vater besteht dieser ganze Teil von Montana aus kleinen Gehöften, und viele Leute könnten davon nicht leben, meinte er, weil das Wetter und der Boden so hart seien. Er sagte, wir sollten die Menschen bewundern, die immer noch dort lebten, weil sie den schweren Bedingungen trotzten und in die karge Landschaft ein Leben hineinarbeiteten. Mein Vater war groß darin, etwas zu verteidigen, seien es politische Ansichten oder Systeme oder Landschaften. Alles war für ihn ein Wettstreit.

Ich habe die Geschichte der Gehöfte für diesen Teil von Colorado nicht nachgelesen, aber ich wette, dass die Leute, die dieses Gebiet als Heimat wählten, für ihre Zähigkeit (ich liebe das Wort »Zähigkeit«) ebenfalls die Bewunderung meines Vaters auf sich gezogen hätten. Vielleicht hat er deswegen so gern hier gearbeitet. Vielleicht hat er mich deswegen in meinen Träumen gedrängt, hierherzukommen.

Ich muss aufpassen. Das sind eine Menge Vielleichts und Mutmaßungen, und wie ich nur allzu gut weiß, sind diese unzuverlässig.

* * *

Sheila Renfro verlangsamt und lenkt den Suburban an den Straßenrand. Wir befinden uns auf einem geraden Stück der Landstraße mit brachliegenden Äckern auf beiden Seiten.

»Wie geht's dir, Ed-Nut?«, erkundigt sie sich. »Kannst du aussteigen und ein bisschen gehen?«

»Hier?«

»Ich will dir etwas zeigen.«

»Okay, Sheilila.«

»Wieder ein Kosename?«

»Ja.«

»Der gefällt mir.«

Ich stütze mich mit den Händen auf der Sitzbank ab und schiebe mich in Sitzposition hoch, während Sheila Renfro aussteigt und auf meine Seite kommt, um mir die Tür zu öffnen. Meine Rippen schmerzen, aber es ist nicht mehr der schreiende Schmerz, den ich erwartet hatte. Ich schiebe mich auf dem Sitz vor, bis meine Füße aus der Tür ragen.

»Brauchst du Hilfe?«, fragt Sheila Renfro.

»Nein, ich denke, ich schaffe es.«

Langsam schiebe ich meine Füße Richtung Straße hinunter, bis ich Kontakt habe. Ich halte mich an der offenen Tür fest und stelle mich hin. Wiederum ist der Schmerz gut erträglich.

»Das hast du toll gemacht, Ed-Nut«, lobt Sheila Renfro.

»Danke, Sheilila.«

Sheila Renfro lacht, und ich lache ebenfalls.

»Komm mit«, sagt sie.

Sie führt mich hinter den Suburban, dann blickt sie auf der zweispurigen Landstraße in beide Richtungen, ob das Überqueren sicher ist. Es sind keine Autos in Sicht.

Wir gehen über die Straße zu der Wiese auf der anderen Seite. Sheila Renfro deutet auf eine Stelle etwa drei Meter von der Straße entfernt.

»Genau da sind mein Daddy und meine Mom gestorben.« Erneut sagt sie dies ganz sachlich, als würde sie eine nüchterne Information weitergeben und nicht etwas sehr Persönliches und Schmerzhaftes. Dr. Buckley nennt das »Verdrängung«. Dr. Buckley hat mir oft erklärt, dass Menschen Strategien entwickeln, um nicht verletzt zu werden. Schmerz zu verdrängen, hilft dabei. Verdrängung ist ein schwieriges Konzept für mich. Ich bin nicht gut darin, Strategien zur Schmerzvermeidung zu entwickeln. Wenn etwas mich verletzt, tut es weh und ich kann es nicht gut verbergen. Ich hoffe, Sheila Renfro weiß, dass ich sie nicht verletzen will.

»Ich fahre ständig hier vorbei«, sagt sie. »Wenn ich nicht gerade nach Kansas will, ist dies der einzige Weg, der in alle anderen Richtungen führt. Jedes Mal, wenn ich daran vorbeifahre, denke ich: ›Bamm! Sie sind tot.‹ Die Leute sagen immer, das Leben sei kurz. Die haben keine Ahnung.«

Endlich verstehe ich, wie groß Sheila Renfros Verlust ist. Wenn ich jetzt darüber nachdenke, fällt mir ein, dass ich in den drei Jahren einem Monat und achtzehn Tagen, die mein Vater tot ist, kein einziges Mal an dem Golfplatz vorbeigefahren bin, auf dem er seinen Herzinfarkt hatte. Ich denke, ich habe nicht bewusst entschieden: »Da kann ich nicht vorbeifahren«, aber ich habe den Ort trotzdem gemieden. Vor dieser Reise, als ich von der *Rimrock Mall* nach Hause fuhr (nachdem ich mein scheißgeiles iPhone gekauft hatte) und einen umständlichen Weg genommen habe, um das Linksabbiegen zu vermeiden, bin ich ganz bis zur Shiloh Road gefahren, anstatt den Zimmerman Trail zu nehmen, weil der Zimmerman Trail direkt an dem Parkplatz vorbeiführt, auf dem mein Vater zusammenbrach.

In einer großen Stadt wie Billings kann ich meinen Schmerz verdrängen. Hier, wo Sheila Renfro lebt, hat sie ihn die ganze Zeit vor Augen. Ich bin traurig für meine Freundin. Sie starrt immerzu auf die Stelle, die Hände tief in die Taschen vergraben, und schweigt.

»Sheila Renfro?«, frage ich.

»Ja.«

»Ich würde dich gern in den Arm nehmen.«

Ich habe mich schon von Menschen in den Arm nehmen lassen und sogar gelernt, das bei manchen Menschen zu genießen, wie zum Beispiel bei Donna Middleton (jetzt Hays). Ich kann mich nicht erinnern, jemals jemandem eine Umarmung angeboten zu haben. Ich folge hier einem Bauchgefühl, wie Dr. Buckley sagen würde.

Sheila Renfro nimmt die Hände aus den Taschen und kommt auf mich zu, bis sie direkt vor mir steht. Sie lehnt sich vorsichtig an mich und achtet dabei auf meine Rippen. Ich lege die Arme um ihren Rücken. Ich rieche Irischen Frühling. Ich vermisse meinen Vater. Ich vermisse Sicherheit. Ich frage mich, ob ich sie je gehabt habe. Wenn nicht, dann vermisse ich die Illusion von Sicherheit.

Ich könnte ewig so mit ihr stehen. Das ist eine absichtliche Übertreibung. Natürlich können wir nicht ewig so stehen. Irgendwann müssen wir etwas essen. Unsere Muskeln werden ermüden. Das Wetter wird irgendwann schlechter.

Ein Pick-up fährt Richtung Kit Carson vorbei, und der nachwirbelnde Wind beißt. Ich drücke Sheila Renfro noch einmal an mich. Es wird nicht ewig dauern, aber ich bleibe hier stehen, solange ich kann.

QUASI MONTAG, 19. DEZEMBER 2011

Mein Vater ist zurückgekehrt.

Es ist 2:11 Uhr, und ich atme wieder schwer. Der Traum, der mich aus dem Schlaf gerissen hat, war sehr seltsam. Ich habe die Leiche meines Vaters im Krankenhaus gesehen, aber nicht in dem antiseptischen Raum im *St. Vincent Hospital*. Es sah eher wie eine Kirche aus, mit Holzbänken und dunklem Teppich. Ein Teppich wäre in einem Krankenhaus natürlich extrem unpraktisch.

Die Szene war auch in anderer Hinsicht ganz anders als das, was tatsächlich passiert ist. Meine Mutter war da und hat geweint – das war gleich. Aber Jay L. Lamb war im Gegensatz zu damals nicht da. Dafür war Sheila Renfro da. Sie sagte: »Er kommt jetzt unter die Erde, Edward.«

Da bin ich aufgewacht.

Ich lehne mich nach links und schalte das Licht ein. Ich bin wieder in Zimmer Nummer vier. Sheila Renfro hat angeboten, dass ich in ihrem kleinen Anbau wohnen könne, aber ich habe abgelehnt. Ich sagte, wenn ich dort bliebe, hätte sie keinen Platz zum Schlafen mehr. Sie sagte, wir könnten uns ihr Bett teilen – nicht, dass wir da etwas machen müssten, sagte sie, nur, dass wir beide darin schlafen könnten. Damit habe ich mich nicht wohlgefühlt. Ich sagte ihr auch, ich würde ihr gern die Zeit bezahlen, die ich hier wohne, aber darüber wurde sie böse, was mich irritierte. Sie sagte, ich sei eingeladen. Ich sagte, sie habe bereits viel Geld verloren, während ich im Krankenhaus war und sie das Motel geschlossen hatte. Sie sagte, sie werde darüber nachdenken. So steht es also jetzt. Sie ist in ihrem Häuschen, ich bin in Zimmer Nummer vier, und sie denkt darüber nach.

Sheila Renfro hat mir ihre private Telefonnummer auf ein Stück Papier geschrieben. Falls ich irgendwelche Probleme hätte, solle ich das Zimmertelefon nehmen, die Neun wählen und dann ihre Nummer. Bislang gab es keine Probleme, nur einen seltsamen Traum.

Langsam bewege ich die Beine zur Bettkante und setze mich auf. Der Schmerz ist beträchtlich, viel schlimmer als vor ein paar Stunden. Der Uhrzeit nach darf ich wieder eine Schmerztablette nehmen, und ich halte es für ratsam, diese Möglichkeit zu nutzen.

Als ich aufstehe, wird der Schmerz schlimmer. Blinzelnd tapse ich zum Badezimmer, hole eine Tablette, fülle ein Glas mit Wasser und schlucke sie hinunter. Dann gehe ich wieder ins Bett und stelle den Fernseher an. Aufgrund der beschränkten Auswahl gibt es nicht viel zu sehen, nur einen Spätfilm auf einem der lokalen Kanäle von Denver. Jim Carrey, der früher immer lustig war, spielt mit. Ich entscheide, dass mich der Film nicht interessiert, und schalte wieder aus.

Als Sheila Renfro mich von Denver hierherfuhr, wollte ich versuchen herauszufinden, was meine Mutter am Telefon zu ihr gesagt hat, aber über die Geschichte mit den Kosenamen habe ich es dann vergessen. Beim Abendessen fiel es mir wieder ein.

»Was hat meine Mutter zu dir gesagt?«, erkundigte ich mich.

»Sie hat mich gefragt, welche Absichten ich hätte.«

»Absichten wobei?«

»Bei dir, schätze ich.«

»Hast du Absichten?«

»Ja. Ich beabsichtige, dich das Essen essen zu lassen, das ich dir gekocht habe. Es wird sonst kalt.«

Ich habe gelacht, aber Sheila Renfro nicht. Sie blieb ernst.

»Was hast du gesagt?«

»Du weißt, was ich gesagt habe. Du warst da. Ich habe gesagt, dass sie das nichts angeht.«

»Was hat sie gesagt?«

»Sie bat mich, dich wieder ans Telefon zu holen. Hör zu, Edward ...«

»Nenn mich Ed-Nut.«

Sheila Renfro lächelte nicht.

»Hör zu, ich hab's verstanden. Sie sorgt sich um dich und kennt mich nicht. Aber ich bin eine erwachsene Frau. Ich möchte nicht, dass man so mit mir spricht.«

»Sie hatte keine Gelegenheit, dich kennenzulernen."

»Das meine ich nicht.«

»Was meinst du denn?«

»Ich meine, wenn sie mich auch nur ein bisschen kennen würde, dann würde sie wissen, dass du und ich uns viel ähnlicher sind, als dass wir uns unterscheiden.«

»Wie meinst du das?«

Sheila Renfro stand auf und nahm unsere Teller. »Ich wünschte, du würdest mehr essen«, sagte sie und trug die Teller in die Küche.

»Wie meinst du das?«, wiederholte ich meine Frage.

»Ich bin heute zu müde, Edward. Lass uns morgen darüber sprechen.«

Nach dem Abendessen ging ich nach draußen, um allein mit meiner Mutter zu telefonieren, weil meine Fragen an sie denen an Sheila Renfro ähnlich waren. Ich bekam keine besseren Antworten.

»Ich bin nur froh, wenn du wieder zu Hause bist, wo du hingehörst«, sagte meine Mutter. Danach gab es nicht mehr viel, worüber wir reden konnten, also verabschiedeten wir uns, und ich ging wieder ins Haus.

Ich blieb dann aber auch nicht mehr lange bei Sheila Renfro. Sie schlug vor, dass wir beide früh schlafen gehen, um uns von den anstrengenden letzten Tagen zu erholen, und das erschien mir logisch.

Sie brachte mich zu Zimmer Nummer vier und wiederholte, dass ich sie anrufen könne, falls ich irgendwelche Probleme hätte.

»Das werde ich, Sheila Renfro.«

Als Nächstes passierte etwas Außergewöhnliches. Sie kam einen Schritt auf mich zu, stellte sich auf die Zehenspitzen und küsste mich auf den Mund. Es ging schnell – ein Kuss wie ein Vogelpicken –, aber es war ein echter Kuss auf den Mund und damit mein erster. Auf der Highschool hatte mir ein Mädchen mal erlaubt, dass ich es küsse, aber das war nur, damit sie mich vor ihren Freunden lächerlich machen konnte.

Das hier war echt.

Ich fühlte mich warm und glücklich und irritiert, irritiert, irritiert.

OFFIZIELL MONTAG, 19. DEZEMBER 2011

Diarium von Edward Stanton, jetzt wieder notiert von Edward Stanton:

Heutige Aufwachzeit: 2:11 Uhr und dann wieder 7:13 Uhr. Sheila Renfro und ich frühstückten zusammen, da keine anderen Gäste im Motel sind. Sie sagte, sie sei seit 4:37 Uhr wach. Sie sagte, sie stelle ihren Wecker immer auf 4:37 Uhr, damit sie Frühstück vorbereiten und sich um das Motel kümmern kann. Das gefällt mir.

Höchsttemperatur am Sonntag, 18. Dezember 2011 (352. Tag): 10° in Billings. (Heilige Scheiße!) Das sind drei Grad wärmer als am Vortag.

Tiefsttemperatur am Sonntag, 18. Dezember 2011: 2°. Das sind sogar vier Grad wärmer als am Tag zuvor.

Niederschlagsmenge am Sonntag, 18. Dezember 2011: 0,0 mm, genau wie an den vorigen drei Tagen.

Gesamte Niederschlagsmenge für 2011: 493,1 mm

Neue Einträge:

Körperliche Betätigung am Sonntag, 18. Dezember 2011: kaum, da wir viel Auto gefahren sind. Allerdings kann ich schon sehr viel besser aufstehen und mich hinsetzen, außer, wenn ich keine Schmerztablette genommen habe und es wehtut. Sheila Renfro sagt, wir machen heute einen langen Spaziergang. Darauf freue ich mich.

Gefahrene Meilen am Sonntag, 18. Dezember 2011: Sheila Renfro hat meine Daten beeinträchtigt, indem sie mit einem Umweg aus Denver hinausgefahren ist (worüber sie sich auch noch zu freuen schien, was ich verdammt mies finde). Also habe ich entschieden, dass die einzigen Meilen, die auf dieser Reise zählen, diejenigen sind, die ich selbst fahre. Sheila Renfro denkt, sie hätte mich überlistet, aber das hat sie nicht.

Insgesamt gefahrene Meilen: Entsprechend meiner Entscheidung bleibt es bei 1.844,9 Meilen, da ich die Strecke hinter Limon, bis ich auf den Schneepflug auffuhr, korrigieren konnte.

Benzinverbrauch am Sonntag, 18. Dezember 2011: bei mir keiner

Nachtrag: Ich habe gerade gelesen, was Sheila Renfro gestern an dieser Stelle eingetragen hat. Ich denke, es war ganz schön lustig, wie sie mich angefahren hat, als ich sehen wollte, was sie schreibt. Ich schätze, sie versteht nicht, dass dies mein Diarium und meine Daten sind, also bin ich diesbezüglich natürlich besitzergreifend.

Ich möchte noch etwas anderes anmerken. Sie schrieb, ich solle darüber hinwegkommen, dass ich ins Bett gepinkelt habe. Darüber könnte ich hinwegkommen. Aber ich habe auch auf die Schuhe der Nachtschwester gepinkelt, was viel schlimmer war als von Sheila Renfro beschrieben. Aber ich versuche, auch darüber hinwegzukommen. Prinzipiell hat Sheila Renfro gute Argumente. Sie bringt sie nur nicht mit der Präzision an, die ich bevorzugen würde.

Um 10:24 Uhr, nachdem Sheila Renfro das Frühstück weggeräumt, die Post geholt und kurz durch die Zimmer geputzt hat, sagt sie, sie würde gern einen Spaziergang mit mir durch Cheyenne Wells machen. Es liegt immer noch Schnee, aber die Sonne scheint, und es geht kaum Wind.

»Wie weit, meinst du, kannst du gehen?«, fragt sie mich. »Ein paar Straßenecken weit?«

»Ich denke schon«, sage ich.

Das Gehen selbst macht keine Probleme, aber ich bin schnell außer Atem. Bei dem Unfall ist einer meiner Lungenflügel kollabiert, und obwohl die Ärzte das reparieren konnten, muss ich an meiner Atmung arbeiten.

Sheila Renfro hängt einen Zettel an die Tür, um eventuellen Gästen mitzuteilen, dass sie in einer Stunde wieder zurück ist. Wir gehen über die Landstraße in Richtung Ortsmitte. An der South First Street biegen wir links ab, und Sheila deutet auf ein großes rotbraunes Backsteingebäude vor uns.

»Das ist das Bezirksgericht«, sagt sie. »Lass uns rübergehen.«

Cheyenne Wells scheint ein freundlicher Ort zu sein und Sheila Renfro eine angesehene Bürgerin. Am Holzlager und vor einer Bar wird sie namentlich begrüßt, drei Autos hupen, als sie vorbeifahren, und sie winkt allen zu.

»Du kennst wohl jeden«, sage ich.

»Kein Wunder. Ich wohne schon mein ganzes Leben hier. Der Ort hat nur wenig mehr als tausend Einwohner, da ist es nicht schwer, jeden zu kennen.«

»In Billings leben mehr als hunderttausend Einwohner«, entgegne ich.

»Zu viele.«

»Ich kenne nicht alle.«

»Das glaube ich gern.«

»Aber mein Vater vielleicht. Er war sehr bekannt.«

»Tatsächlich? Was du von ihm erzählt hast, klang nicht so nett.«

»Manchmal war er das nicht.« Ich möchte meinen Vater verteidigen, auch wenn Sheila Renfro nur auf das reagiert, was ich ihr erzählt habe. »Er war ein komplizierter Mensch. Aber die Leute mochten ihn.«

»Lass uns hinsetzen, Edward«, sagt Sheila Renfro. Sie führt uns zu einer Bank vor dem Gerichtsgebäude. »Ich möchte mit dir reden.«

Vorsichtig nehme ich auf der Holzbank Platz, die eine stabile Rückenlehne hat, was gut ist, weil es meine Rippen entlastet.

»Magst du mich?«, will Sheila Renfro wissen.

»Natürlich tue ich das.«

»Warum magst du mich?«

Diese Frage irritiert mich. Wo soll ich anfangen? »Du bist nett, und du warst mir gegenüber sehr freundlich.«

»Das stimmt.«

»Du warst sehr hilfsbereit nach meinem Unfall.«

»Das stimmt ebenfalls. Magst du noch etwas anderes?«

»Du bist hübsch.« Meine Wangen werden rot vor Hitze, und es ist mir peinlich.

»Danke. Noch etwas?«

»Du riechst gut.«

»Nochmals danke.«

»Das ist es so ungefähr.« Das ist es noch nicht einmal annähernd. Ich lüge nicht gern, aber es ist mir zu peinlich, mehr zu sagen.

Sheila Renfro nimmt meine linke Hand in ihre rechte. Sie trägt Handschuhe. Ich nicht.

»Ich will dir etwas sagen«, beginnt sie.

»Okay.«

»Weißt du noch gestern Abend, als ich sagte, dass du und ich mehr gemeinsam hätten, als deine Mutter weiß?«

»Ja.«

»Ich will dir erklären, was ich damit meinte.«

»Okay.«

»Als ich zur Schule ging, mochten mich viele der anderen Kinder nicht. Sie belegten mich mit Schimpfwörtern wie ›behindert‹. Weißt du, was sie meinten?«

»Dass du geistig behindert bist?«

»Ja.«

»Du bist nicht geistig behindert, Sheila Renfro.«

»Nein, bin ich nicht. Und du auch nicht.«

»Mich hat noch niemand ›behindert‹ genannt. Aber ›Spasti‹ haben viele gesagt.«

»Tja«, meint sie, »ein Spastiker bist du auch nicht. Was ich sagen will, ist, dass ich keine Freunde hatte, und das war schwer für mich als Kind. Mein Daddy hat mir die ganze Zeit gesagt, ich sei etwas ganz Besonderes und dass ein besonderer Mensch kommen müsste, um das zu erkennen.«

Ich mag Sheila Renfros Daddy, auch wenn er unter der Erde ist. »Das war nett«, sage ich.

»Ja. Aber ich habe lange gewartet und diesen Menschen nicht gefunden. Ich möchte nicht denken, dass mein Daddy sich geirrt hat, aber bisher hat er das.«

»Ich verstehe.« Ich sehe immer noch auf meine Hand in Sheila Renfros Handschuh. Sie bemerkt das.

»Beunruhigt dich das?«

»Ja.«

»Soll ich aufhören?«

Meine Antwort irritiert uns beide. »Nein.«

Was ich sage, ergibt keinen Sinn mehr.

»Es tut mir leid, dass ich mit deiner Mutter gestritten habe«, sagt Sheila Renfro und hält meine Hand fester. »Ich weiß, dass sie dich liebt, so wie mein Daddy mich geliebt hat. Ich weiß, dass sie sich Sorgen über meine Absichten macht. Ich mag dich gern, Edward. Ich will mehr über dich erfahren. Ich möchte sehen, wohin das mit uns führt.«

In meinem Kopf wirbelt alles durcheinander. Ich lege meine andere Hand auf ihre und drücke leicht, und als sie mich ansieht, lächle ich und sehe weg.

»Warum magst du mich?«, frage ich.

»Weil du einen guten Geschmack bei Football-Teams hast.« Sie lacht, aber als ich nicht lache, hört sie auf.

»Du bist gut«, sagt sie. »Du bist großzügig. Du warst gut zu Kyle, und er vergöttert dich. Ich finde, man kann viel über einen Menschen sagen, wenn man sieht, wie er mit Kindern umgeht. Du bist etwas Besonderes, Edward. Deshalb mag ich dich.«

Ich mag sie auch, und mir wird ganz warm im Innern, als sie all diese Dinge sagt. Aber ich bin irritiert von der Vorstellung, dass dies irgendwo hinführen könnte. In ein paar Tagen werde ich wieder nach Billings fahren müssen, wo mein Leben ist. Das führt nirgendwohin. Ich *fahre* irgendwohin.

Aber dazu bin ich noch nicht bereit.

* * *

Sheila Renfro bittet mich, auf dem Rückweg weiterhin ihre Hand zu halten. Ich komme ihrer Bitte nach.

»Hast du jemals eine Freundin gehabt?«, will sie wissen.

»Nein.«

»Nie?«

»Nein.«

»Warum nicht?«

Diese Frage ist nicht zu beantworten. Ich erzähle ihr von meinem katastrophalen Versuch mit der Online-Partnersuche, als Joy Annette sich echauffierte (ich liebe das Wort »echauffieren«), nachdem ich erwähnte, wir könnten bei der ersten Verabredung keinen Sex haben. Darauf schrieb sie mir eine Reihe immer verdrehter werdender E-Mails, bis ich mein Konto bei der Partnervermittlung löschte. Seitdem habe ich Angst, eine neue Verabredung zu treffen.

»Hast du jemals Sex gehabt?«, fragt Sheila Renfro. Ich bin empört.

»Nein.«

»Wirklich nicht?«

»Wie kann ich Sex gehabt haben ohne feste Freundin?«

Sheila Renfro lacht. »Es gibt Menschen auf der Welt, die es nicht für nötig halten, für Sex einen festen Freund oder eine Freundin zu haben.«

Das erschreckt mich, aber dann erinnere ich mich an Kyle und *Jersey Shore*. Die Leute darin hatten ohne jedes Zögern bei jeder sich bietenden Gelegenheit Sex.

Heilige Scheiße!

* * *

Zu Mittag essen wir Spaghetti – mein Lieblingsessen – in Sheila Renfros Häuschen.

Nach ihrer Befragung vorhin fühle ich mich mutig genug, selbst ein paar Fragen zu stellen.

»Hast du schon einen Freund gehabt?«

»Ja.«

»Ach, ja?«

»Warum bist du so überrascht?«

»Ich glaube, das bin ich gar nicht. War er hier aus der Gegend?«

»Ja, und das ist er immer noch. Er heißt Bradley Sutherland. Ihm gehört eine der Bars am Ort.«

»Hattest du Sex mit ihm?«

»Ja.«

Ich vermeide meinen vorherigen Fehler, überrascht zu klingen. Ich nehme einfach eine Untertasse vom Tisch und lasse sie fallen. Sie zerbricht. Sheila Renfro, die mit dem Rücken zu mir am Kühlschrank steht, dreht sich um.

»Was ist passiert?«

»Ich habe versehentlich etwas fallen lassen.« Das ist gelogen.

»Oh, tu dir nicht weh.« Sie kommt mit dem Mülleimer zum Tisch und fegt die Scherben hinein.

»Warum ist er nicht mehr dein Freund?«, frage ich.

»Ich habe doch gesagt, dass mein Daddy meinte, es müsste ein besonderer Mensch kommen, der erkennt, wie besonders ich bin.«

»Daran erinnere ich mich.«

»Bradley Sutherland ist nicht besonders genug.«

* * *

Bevor Sheila Renfro zum Einkaufen fährt, um die Bestände aufzufüllen, zeigt sie mir, wie das Gästebuch und das Kreditkartenlesegerät funktionieren. Sie sagt, sie werde etwa eine Stunde weg sein und wolle das Motel nicht schließen. Sie bittet, dass ich mich kümmere, falls es etwas geben sollte, worum ich mich kümmern müsse.

Ich freue mich, ihr helfen zu können. Und prompt kommen vier Minuten, nachdem sie weg ist, ein Mann und eine Frau, beide in den Zwanzigern, durch die Tür.

»Ist noch was frei?«, will der Mann wissen.

»Ja, sechzehn Zimmer«, sage ich. »Nein, fünfzehn.«

»Wir brauchen nur eins.«

Ich sehe auf die Liste von Fragen, die Sheila Renfro mir aufgeschrieben hat.

»Für wie viele Nächte?«, frage ich.

»Wir sind noch nicht sicher.«

»Geschäftlich oder privat?«

Der Mann sieht die Frau an – beinahe hätte ich seine Ehefrau gesagt, aber das wäre eine unbesonnene (ich liebe das Wort »unbesonnen«) Mutmaßung – und zuckt mit den Schultern.

»Geschäftlich, denke ich«, sagt sie.

»Ein Doppelbett oder zwei Einzelbetten?«

»Zwei wären in Ordnung«, sagt er, was ich interessant finde.

»Wir können Ihnen Zimmer Nummer sechzehn geben, im ersten Stock.«

»Haben Sie auch was im Erdgeschoss?«

Ich begutachte den Grundriss des Motels. Ich bin in Zimmer vier, das zwei Betten hat. Zimmer Nummer acht hat ebenfalls zwei Betten, wird aber renoviert. Alle anderen Zimmer haben Doppelbetten.

»Nein, tut mir leid.«

»Okay, dann geht auch ein Doppelbett.«

Ich sehe wieder nach. »Sie können Zimmer Nummer sechs haben.«

»Schön.«

»Sie müssen nur das hier ausfüllen«, ich schiebe ihm einen Registrierungsbogen über die Theke, »und ich brauche Ihre Kreditkarte.«

»Ich zahle bar.«

Ich konsultiere (ich liebe das Wort »konsultieren«) erneut Sheila Renfros Frageliste.

»Ich muss wissen, wie viele Nächte Sie bleiben. Und ich brauche dreihundert Dollar als Kaution für Beschädigungen, die Ihnen hinterher wieder zurückgezahlt werden, wenn ...«

»Wir werden Ihr Zimmer nicht beschädigen, Mann.«

»Ich sage nur, wie die Regeln lauten.«

»Oh, ja ... die Regeln. Wir müssen die Regeln befolgen.«

Ich stimme dieser Aussage zu, er selbst aber wohl nicht. Er sagt es irgendwie verächtlich.

»Okay, Freundchen, sagen wir drei Nächte, und wenn es mehr werden, sage ich Bescheid. Was macht das, einschließlich dieser Kaution?«

Ich tippe die Zahlen in den Taschenrechner: den Grundmietpreis plus die Mehrwertsteuer des Bundesstaats plus die örtliche Übernachtungssteuer.

»Das macht 491,21 $, Sir.«

Der Mann greift in die hintere Hosentasche und zieht ein dickes Bündel Banknoten heraus. Er blättert eine nach der anderen ab und legt sie in meine Hand.

»Einhundert … zweihundert … dreihundert …« Während er spricht, höre ich die Stimme des Leadsängers von U2 in meinem Kopf, Bono. »Vierhundert … fünfhundert.«

»Ich hole Ihr Wechselgeld.«

»Behalten Sie's«, sagt er. Er wischt den Schlüssel von der Theke, und er und die Frau drehen sich um und gehen den Flur hinunter. Ich habe nicht einmal mehr die Gelegenheit, ihnen die Frühstückszeit anzukündigen.

Trotzdem hat es Spaß gemacht. Ich habe mich verantwortlich gefühlt. Außerdem habe ich Sheila Renfro 8,79 $ extra eingebracht. Tscha-tsching! So sagt man doch, oder? Tscha-tsching! Ich fühle mich geradezu ein bisschen aufgedreht.

* * *

Als Sheila Renfro zurückkommt, ist sie nicht so glücklich über die zusätzlichen 8,79 $, wie ich gedacht hatte. Wieder einmal wird mir die Gefahr von Mutmaßungen bewusst.

»Lass mich mal den Registrierungsbogen sehen«, bittet sie. »Steve und Sandi Smith«, liest sie dann. »Aber sicher.« Sie nimmt den Bogen mit nach draußen und kommt etwa fünfzehn Sekunden später wieder zurück.

»Das Kennzeichen stimmt. Wahrscheinlich wussten sie, dass wir das überprüfen.«

»Was ist los?«, will ich wissen.

»Ich habe kein gutes Gefühl«, sagt Sheila Renfro. »Leute, die bar bezahlen, mag ich nicht.«

Sheila Renfro ist eher bereit, ihren Bauchgefühlen zu trauen, als ich. Ich bevorzuge es, die Tatsachen abzuwarten.

»Bleib an der Empfangstheke, Edward. Ich komme gleich zurück.«

* * *

In Sheila Renfros Motel ist heute eine Menge los. Während sie weg ist, kommt ein weiterer Gast. Diesmal ist es nur ein Mann, und er sagt, er bleibe eine Nacht.

»Ich muss morgen früh in Denver sein«, sagt er.

Ich gebe ihm Zimmer Nummer sieben, gegenüber von den anderen Gästen. Er zahlt mit Kreditkarte. Der Name, den er aufschreibt, »Ed Piewicz«, stimmt mit der Karte überein. Ich sage ihm, wann es Frühstück gibt, und er sagt, das wisse er. Ich kann mir nicht vorstellen, dass Sheila Renfro ein Problem mit ihm haben wird. Sie sollte sich freuen. Sie braucht das Geld.

* * *

Sheila Renfro kehrt zurück, und ich erzähle ihr von dem neuen Gast. Sie kennt ihn.

»Ah, ja, Ed«, sagt sie. »Er fährt die Tour zwischen Salina und Denver. Muss in Oakley eine Auslieferung gehabt haben. Er kommt ein paarmal im Jahr.«

»Wo warst du?«

»Beim Sheriff.«

»Warum?«

»Ich habe ihm von den geheimnisvollen Gästen erzählt.«

»Denkst du, Steve und Sandi Smith sind Kriminelle?«

»Nein, Edward, das denke ich nicht. Zumindest hoffe ich das nicht. Aber ich habe hier schon mal Ärger gehabt, und ich weiß, wie Ärger aussieht. Man kann nicht vorsichtig genug sein. Wenn sie Ärger machen, wird das Gesetz wissen, was zu tun ist.«

»Was hat der Sheriff gesagt?«

»Er hat sich für die Information bedankt und gesagt, ich solle ganz normal weitermachen. Das werde ich also tun.

Willst du mir helfen, die Handseifen in den Zimmern auszutauschen?«

Das ist eine dumme Frage. Natürlich will ich das.

* * *

Vielleicht hätte ich Sheila Renfro nicht so eifrig meine Hilfe bei ihren Arbeiten im Motel anbieten sollen. Als wir im oberen Stockwerk ankommen, um dort die Seifen auszutauschen, bin ich so außer Atem, dass ich mich in Zimmer Nummer fünfzehn aufs Bett setzen und warten muss, bis mein Herzschlag sich beruhigt hat. Dr. Ira Banning hat mich gewarnt, dass meine frisch wiederhergestellte Lunge einige Zeit brauchen werde, um wieder voll funktionsfähig zu sein. Der beste Weg dahin, sagte er, sei viel Bewegung, und die habe ich gerade gehabt.

»Du kannst unten auf mich warten«, sagt Sheila Renfro.

»Alles in Ordnung.«

»Wenn ich hier fertig bin, können wir eine Pause machen. Ich werde uns Tee kochen.«

»Das klingt gut.«

»Ich bin froh, dass du hier bist, Edward.«

»Ich auch.«

* * *

Sheila Renfro fragt mich etwas, bei dem ich meinen Tee wieder in die Tasse spucken muss.

»Edward, hast du schon mal ein Mädchen geküsst?«

Ich wische mir mit dem Handrücken den Mund ab. »Ja.«

»Wann?«

»Gestern Abend.«

»Was ...?«

»Weißt du nicht mehr, dass ich dich geküsst habe, bevor wir schlafen gegangen sind? Du warst dabei.«

Sheila Renfro lächelt und umfasst ihre Teetasse mit beiden Händen. »Da habe aber eher ich dich geküsst als du mich. Hast du außer mir schon mal ein Mädchen geküsst?«

»Nicht mit dem Mund. Donna Middleton – die jetzt Donna Hays heißt – hat mich auf die Wange geküsst, aber ich habe sie nie zurückgeküsst. Dieses Mädchen auf der Highschool hat mich sie küssen lassen, aber das war nur, damit sie mich vor ihren Freunden bloßstellen konnte.«

»Ich hasse sie.«

»Sie war wirklich gemein.«

»Erzähl mir von Donna Middleton.«

»Donna Hays.«

»Ja. Erzähl mir von ihr.«

Das ist eines meiner Lieblingsthemen. Ich erzähle Sheila Renfro, dass Donna mir am Anfang nicht vertraut hat, weil andere Männer gemein zu ihr gewesen waren, aber dass Kyle und ich uns angefreundet haben und dann auch Donna und ich. Ich erzähle ihr von unserer Schneeballschlacht und dem Pizza-Essen und dass schlimme Dinge passierten, wir aber Freunde blieben. Ich erzähle ihr, dass Donna Victor heiratete und wegzog. Ich erzähle ihr auch, was mit Kyle passiert ist.

»Das klingt, als wäre sie eine wunderbare Freundin«, sagt Sheila Renfro, und damit hat sie recht. »Ich wünschte, ich hätte hier auch so eine Freundin.«

»Donna Middleton ist immer gut zu mir. Ich meine, Donna Hays. Ich vergesse immer, ihren neuen Namen zu sagen.«

»Ich glaube, sie mochte mich nicht.«

Im Krankenhaus tat mir alles weh, deshalb erinnere ich mich nicht so genau, was zwischen Sheila Renfro und Donna passiert ist.

»Die Situation war sehr angespannt«, sage ich, und Sheila Renfro nickt.

»Wolltest du Donna jemals küssen?«, will sie wissen.

Ich denke einen Augenblick darüber nach. Es stimmt, dass ich starke Gefühle für Donna entwickelt habe, als wir Freunde wurden, aber ich denke nicht, dass es romantische Gefühle waren. Zu der Zeit interessierte ich mich mehr für Joy Annette, mein Blind Date, das sich dann als Desaster entpuppte (ich liebe das Wort »entpuppen«).

»Nein«, sage ich. »Sie ist nur meine gute Freundin.«

»Willst du mich küssen?«, fragt Sheila Renfro.

Ich sehe in meine Tasse. Ich habe nicht gern Augenkontakt mit Menschen, wenn ich mich unwohl fühle ... eigentlich überhaupt nicht.

»Ich weiß nicht«, sage ich.

»So spricht man aber nicht selbstbewusst mit einem Mädchen.«

»Ich fürchte, ich werde nicht gut darin sein. Außerdem sind fremde Münder eklig.«

»Ich könnte es dir beibringen. Und wir könnten uns vorher die Zähne putzen.«

»Können wir auch Zahnseide und Mundwasser benutzen?«

Sheila Renfro lacht. »Ja.«

* * *

Sheila Renfro gibt mir eine eigene neue Zahnbürste und eine kleine Tube Zahncreme sowie ein Fläschchen Mundwasser und ein Probepäckchen Zahnseide. Sie sagt, sie habe das immer parat für Gäste, die ihre eigenen Sachen vergessen hätten.

Wir stehen zusammen vor dem Spiegel in Sheila Renfros Badezimmer, nehmen Zahnseide, putzen die Zähne und spülen mit Mundwasser. Im Spiegelbild sieht es aus, als hätten wir es extra choreografiert. Ich muss Sheila Renfro loben. Sie führt ihre Zahnpflege sehr gründlich durch und putzt mit mindestens einhundert Bürstenstrichen, so wie ich. Manche Leute erledigen solche Dinge wie Zähneputzen viel zu schnell, was nicht gut ist. Es ist wichtig, sich für die wichtigsten Dinge Zeit zu nehmen und sie ordentlich zu machen.

* * *

Wir sitzen nebeneinander auf Sheila Renfros Sofa und sehen uns an.

»Ich bin nervös«, sage ich.

Sie legt ihre Hände auf meine Oberschenkel und lehnt sich vor.

»Alles wird gut. Aber hör auf, dich von mir wegzulehnen, sonst geht es nicht.«

Ich setze mich wieder aufrecht. Sheila Renfro lehnt sich vor. Ihr Atem riecht gut.

Ihre Augen sind geschlossen, als ihre Lippen meine berühren. Ich halte die Augen offen, daher weiß ich, dass ihre geschlossen sind. Sie bewegt ihren Kopf in kleinen Kreisen, und ich versuche, das ebenfalls zu tun. Ihre Lippen liegen warm auf meinen.

Es ist nicht so, dass mir nicht gefällt, was wir machen. Das tut es. Es ist nur so, dass ich nicht weiß, wie ich mich verhalten soll. Ich versuche nachzumachen, was ich in Filmen gesehen habe, aber es fühlt sich eigenartig an.

Sheila Renfro rückt ein kleines Stück zurück und gibt Anweisungen.

»Leg deine Hände auf meine Hüften«, sagt sie.

Ich tue es, und sie selbst schiebt ihre Hände ein Stück weiter meine Oberschenkel hinauf, während sie sich wieder vorlehnt. Diesmal lehne ich mich zu ihr hin, obwohl meine Rippen dabei ein bisschen wehtun, und wir küssen uns wieder.

Ich spüre, dass sie versucht, ihre Zunge zwischen meine Lippen zu schieben. Ich weiche zurück und sehe sie an.

»Mach den Mund auf«, sagt sie. »Und nimm die Hände weiter nach oben.«

Beides scheint mir nicht ratsam – andere Münder, selbst frisch geputzte Münder, sind eklig –, aber ich tue, was sie sagt.

Sheila Renfro schiebt ihre Zunge in meinen Mund, und es ist ein sehr seltsames Gefühl, weil ich erwarte, dass ich mich davor ekle, aber das tue ich nicht. Es gefällt mir. Sie berührt meine Zunge mit ihrer, dann lehnt sie sich wieder zurück.

»Beweg deine Zunge, Edward.«

Ich tue wieder, was sie sagt, und meine und ihre Zunge umkreisen einander in unseren Mündern. Ich fahre mit den Händen von ihren Hüften zu ihrem Brustkorb hinauf. Durch ihre karierte Flanellbluse hindurch spüre ich ihre Rippen. Während ich das tue, bewegt sie ihre Hände weiter meine Oberschenkel hinauf, fast bis zu dem Punkt, wo meine Beine mit meinem Schniedelwutz zusammentreffen.

Dann berührt sie durch die Hose hindurch meinen harten Schniedelwutz. Heilige Scheiße!

»Willst du ins Schlafzimmer gehen?«, fragt sie.

»Ich will weiter küssen«, sage ich.

Sie lächelt mich an, mit dem breitesten Lächeln, das ich je bei ihr gesehen habe, und ich merke, dass ich ebenfalls breit grinse. Sie lehnt sich wieder vor und ich empfange sie mit geöffnetem Mund.

Küssen ist toll!

* * *

Als wir mit dem Küssen fertig sind, rutscht Sheila Renfro dicht an mich heran und legt ihre linke Hand auf mein Knie.

»Wenn ich meine Hand auf dein Knie lege«, sagt sie, »solltest du deinen Arm um mich legen, sodass ich mich geborgen fühle.«

Ich lehne mich nach links und spüre den dumpfen Schmerz in meinen Rippen. Ich hebe den rechten Arm und erwische Sheila Renfro am Kinn.

»Autsch.«

»Oh, entschuldige, Sheila Renfro.«

»Wann wirst du mich einfach nur Sheila nennen?«

Sie hält sich das Kinn mit Daumen und zwei Fingern und schiebt es hin und her.

»Was ist mit Sheilila? Das hat dir doch gefallen.«

»Das war nur Spaß. Das gefällt mir nicht mehr, und es ist nicht romantisch und nicht sexy, immer meinen vollen Namen zu hören.«

»Tut mir leid, Sheila Renfro.«

»Edward, leg den Arm um mich.«

Ich lege meinen Arm um ihren Nacken.

»So?«

»Ja, aber nicht so steif. Knick den Arm ein bisschen ab und zieh mich zu dir.«

Ich tue, was sie sagt. Es fühlt sich seltsam an.

»So?«

Sie schmiegt ihren Kopf an meine Schulter. »Perfekt.«

Ihr Haar riecht nach Erdbeeren.

»Was weißt du über Sex, Edward?«

Diese Frage habe ich nicht erwartet. Bei Erwartungen ist man sowieso nur enttäuscht über das, was man bekommt.

»Nur, was ich gelesen habe«, antworte ich.

»Hast du schon mal masturbiert?«

»Ja.«

»Du bist sehr ehrlich.«

»Ich lese jeden Tag die Kolumne der Briefkastentante im *Billings Herald-Gleaner*. Diese Frau sagt, die Hälfte der Männer tut es, und die andere Hälfte lügt, wenn sie behauptet, sie tue es nicht. Warum soll ich also lügen, wenn es nun mal so ist?«

»Willst du Sex mit mir?«

Diese Frage *habe* ich erwartet, so, wie die Dinge sich entwickelten. »Ich weiß nicht.«

»Das sagst du immer. Warum?«

»Es macht mich nervös.«

»Wovor hast du Angst?«

»Ich habe nicht gesagt, dass ich Angst habe, sondern dass ich nervös bin. Aber ja, Angst habe ich auch.«

»Warum?«

»Was, wenn ich nicht gut darin bin? Was, wenn ich es nicht kann? Was, wenn ich Sex mit dir habe und es toll finde und dann wieder nach Hause fahren muss? Was, wenn ich es vermisse, wenn ich weg bin?«

Ich hasse Was-Wenn-Fragen, weil es fast nie Antworten darauf gibt.

Sheila Renfro setzt sich gerade und nimmt den Kopf von meiner Schulter. Sie dreht sich im Sitzen zu mir herum und sieht mich an.

»Du musst nicht nach Hause fahren. Mein Vater hat einen ganzen Schuppen mit Werkzeug hinterlassen, als er starb. Du könntest es haben. Du könntest hierbleiben. Du könntest mir helfen, das Motel zu führen.«

»Ich lebe in Billings, Montana«, sage ich. »Nicht hier.«

»Tja, ich lebe hier«, sagt sie.

»Das tut mir leid«, sage ich.

»Magst du mich nicht?«

»Doch.«

»Hat es dir nicht gefallen, mich zu küssen?«

»Doch.«

»Mir hat es auch gefallen, dich zu küssen. Wenn du immer hier wärst, könnten wir uns jeden Tag küssen. Wir könnten zusammen essen und im Motel arbeiten und in die Kneipe gehen und mal ein Bier trinken ...«

»Mit meinem Typ-2-Diabetes sollte ich lieber keinen Alkohol trinken.«

»Der Alkohol tut nichts zur Sache, Edward. Wir könnten zusammen sein, das meinte ich. Willst du das nicht?«

»Ich lebe in Billings, Montana«, wiederhole ich.

Daraufhin steht Sheila Renfro auf und geht weg. Ich rufe ihr nach, aber sie dreht sich nicht um. Sie geht in ihr Schlafzimmer und schließt die Tür.

* * *

Den restlichen Nachmittag über halte ich mich von Sheila Renfro fern und bleibe in meinem Zimmer. Nachdem sie ihre Schlafzimmertür geschlossen hatte, blieb ich noch achtundsechzig Minuten auf ihrem Sofa sitzen, aber sie kam nicht mehr wieder heraus. Also bin ich gegangen.

Ich wünschte, ich könnte mich Sheila Renfro erklären. Sie bittet mich, einfach so ins Ungewisse zu leben, und ich habe mein Leben lang Erfahrungen gemacht, die mir gezeigt haben, dass es ratsamer ist, sich an Tatsachen zu halten. Mein Haus steht in Billings, Montana. Ich hatte dort Arbeit, und obwohl Jay L. Lamb zu glauben scheint, dass ich den Rest meiner Tage ohne Arbeit verbringen kann, weiß ich, dass ich mir etwas anderes suchen muss. Zum *Billings Herald-Gleaner* zurückzukehren, ist keine Option, aber Billings ist eine große Stadt, und ich werde etwas finden.

Ich weiß, wo überall in Billings ich rechts abbiegen kann. Meine Erinnerungen sind dort. Meine Gewohnheiten sind dort und warten darauf, dass ich sie wieder aufnehme.

Als ich diese Reise begann, dachte ich, dass mir die Straße vielleicht ein paar Antworten liefert, aber das tut sie nicht.

Die Straße ist nur ein Streifen Asphalt, der eine Stadt mit der nächsten verbindet. Siebenhundertzwanzig Meilen davon liegen zwischen mir und meinem Zuhause. Morgen, so denke ich, wird es Zeit, wieder dorthin aufzubrechen. Ich hoffe, ich kann mich vorher noch mit Sheila Renfro versöhnen.

QUASI DIENSTAG, 20. DEZEMBER 2011

Es ist 3:18 Uhr und ich bin wach. Schon wieder. Das passiert jetzt andauernd. Es gab eine Zeit, die lange her scheint, als mein Tagesablauf streng geregelt war und ich jeden Abend um dieselbe Uhrzeit zu Bett ging, bis zum Morgen durchschlief und dann fast immer um dieselbe Zeit aufwachte. Diese Tage liegen in der Vergangenheit, und wenn meine gegenwärtigen Umstände irgendein Zeichen sind, dann werden diese Tage nicht wieder zurückkommen. Dies ist jedoch eine Mutmaßung, und ich mag keine Mutmaßungen. Ich bevorzuge Tatsachen.

Ich denke, dass auch dieses Bett etwas damit zu tun hat. Als Sheila Renfro und ich aus Denver zurückkehrten, sagte ich ihr, das Bett in Zimmer Nummer vier, in dem ich wohne, sei zu hart. Daraufhin tauschte sie die Matratze gegen die aus Zimmer Nummer eins, von der sie sagte, sie sei älter und weicher. Sie hatte recht. Aber sie ist *zu* weich. Ich hätte lieber die erste Matratze zurück.

Wenn ich gezwungen wäre zu bestimmen, warum ich in diesen frühen Morgenstunden so unruhig bin, würde ich sagen, dass es an Sheila Renfro liegt, die neben mir in diesem Bett schläft und ihren rechten Arm über meinen Schoß gelegt hat.

Wie dies zustande kam, ist eine seltsame Geschichte.

Angesichts unseres anhaltenden Schweigens hatte ich mich darauf eingestellt, das Abendessen in Sheila Renfros Häuschen gegebenenfalls ausfallen zu lassen und stattdessen in Cheyenne Wells nach einem Restaurant zu suchen. Es schien mir weise, auf solch einen Umstand vorbereitet zu sein. Was ich zuletzt von Sheila Renfro gesehen hatte, war, dass sie wegging und auf meine Bitte, zurückzukommen und zu reden, nicht reagierte.

Aber dann fing sie mich in der Lobby ab, als ich gerade gehen wollte, und sagte: »Edward, komm doch mit und iss überbackenen Toast bei mir. Ich möchte mit dir reden.«

Ich will gestehen, dass ich etwas zurückhaltend war, mit Sheila Renfro zu reden, aber ich liebe überbackenen Toast und dachte, dass ein gutes Essen das Risiko wert war, ausgeschimpft zu werden.

Sheila Renfro hatte jedoch nicht die Absicht, mich auszuschimpfen. Sie sprach ganz ruhig – nicht so aufgeregt wie davor, als wir auf ihrem Sofa saßen und uns geküsst und berührt hatten. Sie fragte mich, wann ich nach Denver wolle, um mein neues Auto abzuholen, und ich sagte morgen – nein, heute –, falls es ihr nichts ausmachen würde. Sie sagte, das wäre in Ordnung, dass sie ohnehin einige große Vorratsmengen in Denver einkaufen müsse.

Ich beschloss zu versuchen, ihr meine Gefühle zu erklären.

»Es ist nicht so, dass ich dich nicht mag«, begann ich, aber sie unterbrach mich.

»Ich weiß, Edward. Du musst nichts weiter sagen. Ich dachte, du wärst der besondere Mann, der meine Besonderheit versteht. Aber du bist es nicht. Das ist nicht deine Schuld.«

Diese Worte verletzten mich mehr, als ich beschreiben kann, weil ich nicht gut darin bin, irgendetwas zu beschreiben. Ich denke, ich verstehe ihre Besonderheit sehr wohl. Es ist nur so, dass ich nicht sehe, wie ich hierhin passe. Das wollte ich ihr sagen, aber ich tat es nicht. Ich hörte wieder Dr. Buckleys Stimme in meinem Kopf, wie sie mir Folgendes erklärte: Wenn zwei Menschen dieselben Tatsachen sehen, sie aber jeweils anders interpretieren, dann ist es so gut wie sinnlos zu versuchen, jemanden von seiner oder ihrer Sichtweise abzubringen. *Manche Tatsachen lassen keinen Raum für Inter-*

pretationen, sagte sie einmal. *Der Gefrierpunkt von Wasser. Die Summe aus zwei Zahlen. Aber wenn es um das menschliche Herz geht, existieren immer Variablen.* Ich denke, Dr. Buckley wollte mir sagen, dass ein Tatsachen liebendes Gehirn mich nur bis zu einem bestimmten Punkt bringen kann und dass das Einfühlungsvermögen den Rest schaffen muss.

Ich widersprach Sheila Renfro nicht. Ich aß meinen überbackenen Toast. Sheila Renfro aß ihren.

Dann rief meine Mutter auf meinem scheißgeilen iPhone an. Ich fragte Sheila Renfro, ob ich das Gespräch hier in ihrer Küche annehmen könne, und sie sagte ja.

»Hallo, Mutter. Ich wollte dich in einer Stunde anrufen.«

»Ich gehe gleich in ein Konzert, mein Schatz. Ich wollte deinen Anruf nicht verpassen. Wie geht es dir in Cheyenne Wells?«

»Super.«

»Wirklich?«

Meine Mutter klang skeptisch (ich liebe das Wort »skeptisch«), und ihr Gefühl trog sie nicht. Im Moment war die Lage nicht so toll, aber ich dachte, es würde nur noch mehr Spannung mit meiner Mutter erzeugen, wenn ich ihr sagte, wie schwierig die Situation mit Sheila Renfro geworden war. Stattdessen konzentrierte ich mich auf etwas Positives.

»Ja, wirklich. Sheila Renfro und ich haben heute Küssen geübt.«

»Ihr habt *was* geübt?«, fragte meine Mutter laut nach.

Sheila Renfro schoss von ihrem Stuhl hoch, als hätte sie eine Rakete in ihrem Badonkadonk, was natürlich absurd ist. Sie schnappte sich mein scheißgeiles iPhone und riss es von meinem Ohr weg.

»Hey!«, rief ich.

»Was machst du da?«, fuhr Sheila Renfro mich an. »Das ist eine Sache zwischen uns beiden. Das geht niemanden was an!«

»Du hast mir am Ohr wehgetan! Scheiße noch mal, Sheila Renfro!«

Sheila Renfro begann zu weinen. »Fluch nicht in meiner Gegenwart, Edward! Verzieh dich einfach. Geh weg! Ich will dich vor morgen früh nicht mehr sehen.«

Sheila Renfro zog sich in ihr Schlafzimmer zurück. Schon wieder. Und ich zog mich in mein Zimmer Nummer vier zurück. Schon wieder. Und mein Ohr tut immer noch weh.

* * *

Um 20:57 Uhr hörte ich ein lautes Krachen und dann ganz viele Stimmen – alle männlich und laut – auf dem Flur.

Ich schob mich aus dem Bett, ging zur Tür und öffnete sie.

Nebenan, vor Zimmer Nummer sechs, stand ein uniformierter Mann mit einem Cowboyhut. Er trug ein Gewehr, und er hörte, wie ich die Tür öffnete.

Er ging auf mich zu.

»Bitte gehen Sie wieder in Ihr Zimmer zurück, Sir.«

»Was ist los?«

»Zurück in Ihr Zimmer, Sir.«

Schnell schloss ich die Tür.

Die lauten Stimmen gellten noch eine Zeit lang durch den Flur, aber ich war so verängstigt, dass ich vergaß, auf die Uhr zu sehen. Danach hörte ich mehrmals laute Schritte von Stiefeln vor meiner Tür in beide Richtungen. Ich zog die Vorhänge zurück und sah draußen den Streifenwagen des Sheriffs. Um 21:46 Uhr führten zwei uniformierte Polizisten den jungen Mann und die junge Frau nach draußen, die heute in das Motel eingecheckt hatten. Die Polizisten verfrachteten sie in zwei verschiedene Autos und fuhren weg. Dann strömten andere Leute, nicht in Uniform, mit großen Pappkartons und Gewehren aus dem Motel auf den Parkplatz und fuhren in drei weiteren Wagen davon.

Jemand klopfte an meine Tür.

Ich zog den Vorhang wieder zu, ging zur Tür und öffnete. Sheila Renfro stand im Nachthemd vor mir.

»Ich wusste doch, mit den beiden stimmt was nicht«, sagte sie.

»Was ist passiert?«

Sie ging an mir vorbei ins Zimmer. Ich schloss die Tür.

Sheila Renfro setzte sich auf die Bettkante und bedeutete mir, mich neben sie zu setzen. »Sie haben Yaba verkauft.«

»Was?«

»Crystal Meth.«

»Crystal Meth ist schlecht. Und illegal.«

»Sehr, sehr schlecht. Und absolut illegal.«

»Absolut illegal« ist redundant – etwas ist illegal oder nicht, meist nach Lust und Laune der örtlichen Behörden. Crystal Meth ist überall illegal.

Sheila Renfro legte eine Hand auf ihren Brustkorb und flatterte damit auf und ab. »Das war eine Aufregung!«, sagte sie.

Ich war irritiert. Ich hatte nur Angst gespürt, vor allem, als der Hilfssheriff mit dem Gewehr auf mich zukam.

»Edward, es tut mir leid, aber ich kann dich am Morgen nicht nach Denver fahren. Ich meine, ich weiß, dass du abreisen willst, aber die Polizei wird morgen wiederkommen und Beweismaterial aufnehmen, und ich muss hierbleiben.«

»Das ist in Ordnung.«

»Ich kann im Ort herumfragen, ob jemand anderes morgen nach Denver fährt. Vielleicht finden wir eine Mitfahrgelegenheit für dich.«

»Nein, ich will mit dir fahren. Ich kann warten.«

Sheila Renfro nahm meine Hand, und ich ließ sie.

»Das hatte ich gehofft«, sagte sie. »Ich weiß, dass du irgendwann nach Hause musst. Aber es wäre nett, wenn wir noch ein bisschen mehr Zeit zusammen hätten.«

»Ja.«

Sheila Renfro blickte zu Boden. Ihr linker Fuß tippte auf und ab.

»Kann ich dich um einen Gefallen bitten?«, fragte sie.

»Ja.«

»Kann ich heute Nacht hierbleiben?«

»Ich ...«

»Kein Küssen, keine komischen Sachen«, sagte sie. »Ich will nur nicht allein sein.«

Unsicher blinzelnd und mit fahrigem Blick sah sich Sheila Renfro im ganzen Zimmer um. Sie wirkte verängstigt, nicht aufgeregt, und das erschien mir logisch.

»In Ordnung, Sheila Renfro.«

* * *

Sie hatte keine Probleme einzuschlafen. Wir sahen die Spätnachrichten, dann teilten wir die Decken auf, sodass wir jeweils eine eigene hatten. Um 23:27 Uhr schnarchte sie leise – etwas, das ich im *St. Joseph Hospital* nicht bemerkt hatte, als sie neben mir schlief. Ich vermute, ich war dort mit meinen eigenen Problemen beschäftigt gewesen.

Um 0:14 Uhr rollte sie sich zu mir herum und legte den Arm über meinen Schoß, der deshalb in ihrer Reichweite war, weil ich weiterhin in Sitzposition schlafe oder es zumindest versuche. Damit hat sie zwar unsere Vereinbarung zu getrennten Bettseiten gebrochen, aber ich werde keine Strafe einfordern. Ich werde sie schlafen lassen. Einer von uns sollte schlafen.

Ich betrachte ihren Kopf auf dem Kissen. In Gedanken verbinde ich die kleinen Sommersprossen auf ihrer Nase zu

Mustern. Ich denke an den Song von R.E.M., in dem Michael Stipe davon singt, heimlich die Wimpern seiner Geliebten zu zählen, und frage mich, wo er dabei gesessen hat. Ich kann Sheila Renfros Wimpern von hier aus nicht zählen.

Sie bewegt sich ein bisschen. Ich halte die Luft an. Dann fällt sie wieder in Tiefschlaf und fasst mich fester um die Hüfte.

Sie wirkt friedlich.

Sie ist schön.

OFFIZIELL DIENSTAG, 20. DEZEMBER 2011

Diarium von Edward Stanton:
Heutige Aufwachzeit: 3:18 Uhr und 8:37 Uhr. Sheila Renfro war bereits aufgestanden und verschwunden, was mich nicht überraschte. Sie muss früh aufstehen und sich um alles in diesem Motel kümmern. Ich zog meine Sachen von gestern an und eilte in die Lobby zum Frühstück. Der Hilfssheriff, der gestern Nacht mit dem Gewehr auf mich zukam, war da und aß einen Muffin.
»Wie geht's?«, fragte er mich.
»Gut. Es tut mir leid, dass ich aus dem Zimmer gekommen bin.«
»Ist ja alles gut gegangen.«
Höchsttemperatur am Montag, 19. Dezember 2011 (353. Tag): 2° in Billings, also ein Temperaturabfall von 8° zum Vortag. Werden wir jetzt endlich ein Wetter gemäß der Jahreszeit erleben? Wir werden sehen, was die Tatsachen bringen.
Tiefsttemperatur am Montag, 19. Dezember 2011: -8°, also ein Temperaturabfall von 10° gegenüber dem Vortag.
Niederschlagsmenge am Montag, 19. Dezember 2011: 1,8 mm
Gesamte Niederschlagsmenge für 2011: 494,9 mm

Neue Einträge:

Körperliche Betätigung am Montag, 19. Dezember 2011: Ich habe einen langen Spaziergang mit Sheila Renfro unternommen, bei dem sie mir erzählte, dass sie in ihrer Jugend ähnliche Probleme hatte wie ich. Sie beschrieb keine Einzelheiten, und ich fragte nicht danach, weil ich es auch nicht mag, wenn Menschen mich fragen, was bei mir falsch läuft. Bei mir läuft nichts falsch, und bei Sheila Renfro auch nicht.

Gefahrene Meilen am Montag, 19. Dezember 2011: keine
Insgesamt gefahrene Meilen: immer noch 1.844,9
Benzinverbrauch am Montag, 19. Dezember 2011: null

Nachtrag:
Es ist seltsam, wie nur ein paar Stunden die Dinge so grundlegend verändern können. Als ich mich gestern Abend auf mein Zimmer zurückzog, war ich überzeugt, dass ich heute nach Denver fahren, meinen neuen Cadillac DTS abholen und Richtung Billings, Montana, zurückkehren würde. Jetzt werde ich aufgrund der Crystal-Meth-Razzia in Sheila Renfros Motel noch mindestens einen Tag länger bleiben. Sheila Renfro denkt, wir können morgen fahren. Um ehrlich zu sein, macht mich das glücklich und traurig zugleich. Ich bin jetzt seit zehn Tagen nicht mehr in Billings, Montana, gewesen, und das ist die längste Zeit, die ich als Erwachsener jemals von dort weggewesen bin. Ich möchte aber auch die noch verbleibende Zeit mit Sheila Renfro genießen.

Nach dem Duschen und Anziehen sehe ich Sheila Renfro heute zum ersten Mal. Sie wäscht die Bettwäsche. Ed Piewicz ist abgereist, sagt sie, und natürlich hat die Polizei den Aufenthalt der beiden anderen Gäste beendet. Sie sagt, für heute gebe es keine Reservierungen.

»Möchtest du spazieren gehen?«, fragt sie.

»Ja.«

»Lass mich eben noch die Wäsche in die Maschine laden, dann können wir los.«

* * *

Ehe wir starten, geht Sheila Renfro noch zum Sheriff in Zimmer Nummer sechs, um sicherzustellen, dass sie nicht gebraucht wird. Er bittet sie, ihm einen Becher mit »diesem guten Kaffee vom *Kwik Korner*« mitzubringen und »nicht diese Instant-Brühe«, die sie hier serviert.

Da wird Sheila Renfro mächtig sauer, und das mit Recht, finde ich.

»Hör mal zu, Pete. Du kannst von Glück reden, dass ich dem Staat nicht euren ganzen Kaffee und das Essen in Rechnung stelle, was du und deine Leute hier trinken und essen. Ihr seid weitaus zahlungskräftiger als ich, so viel ist mal sicher. Wenn du einen anderen Kaffee willst, kannst du ihn dir selbst besorgen.«

Der Sheriff hebt beschwichtigend die Hände. »Schon gut, schon gut. Herrgott noch mal!«

»Und keine Flüche in meiner Gegenwart.«

Sie dreht sich um und geht mit kleinen, betont festen Schritten zur Tür. Mir fällt auf, dass sie genauso geht wie Donna, wenn sie wütend ist. Das gefällt mir.

»Jetzt hast du ihm aber richtig Bescheid gegeben«, sage ich.

»Dieser Sohn einer Seepocke!«

Die letzte Silbe entweicht Sheila Renfros Mund als kleines Krächzen, und ich fange an zu lachen, schlage mir aber sofort die Hände vor den Mund. Ich will nicht auch noch Sheila Renfros schlechte Laune zu spüren bekommen.

»Komm mit«, sagt sie. »Gehen wir spazieren.«

Wir gehen fast denselben Weg wie am Tag zuvor, am Holzlager vorbei und über den Vorplatz vor dem rotbraunen Gerichtsgebäude, auf dem Reste von Schnee liegen, die in den letzten Tagen nicht geschmolzen sind.

»Wie kommst du zurecht?«, erkundigt sich Sheila Renfro.

»Gut.«

»Sollen wir weitergehen?«

»Ja.«

Wie verlassen das Geschäftsviertel und gehen ins Wohnviertel, und ich sehe Cheyenne Wells, wie ich es vorher noch nie gesehen habe, nicht einmal als kleiner Junge 1978. Die meisten Häuser liegen auf großen Grundstücken, als hätten die früheren Erbauer gedacht, dass sie gern Teil dieser Stadt wären, ohne zu dicht an den Nachbarn zu wohnen. Diese Einstellung weiß ich wohl zu schätzen.

Die Häuser sind nicht viel anders als die in meiner Straße zu Hause. Die meisten sind aus Holz und im Bungalow-Stil gebaut, und die Gärten sind ein Patchwork aus gut gepflegten Rasen und Blumenbeeten. Das überwältigende Merkmal von Cheyenne Wells, in meiner Erinnerung und auch jetzt, ist der Himmel. Nichts ragt in ihn hinein. Diese Gegend erstreckt sich flach in alle Richtungen.

Sheila Renfro deutet auf ein kleines, hübsches, braun verputztes Haus an der Fourth Street. »Da haben meine Eltern gelebt, als das Motel gebaut wurde.«

»Das ist hübsch.«

»Ja. Ich gehe gern daran vorbei und überlege, wie wohl ihr Leben in der Zeit war, bevor ich kam. Sie haben nie viel darüber geredet, also bleibt es meiner Fantasie überlassen.«

Vorn an der Ecke zeigt sie auf die Highschool von Cheyenne Wells, ihre Ausbildungsstätte. Sie sagt, sie empfinde nicht viel Begeisterung für die Schule, und das verstehe ich sehr gut. Ich war auf der *Billings West High School*, und abgesehen von Mr Withers, der dort mein Werklehrer war, bevor er viele Jahre später bei der Zeitung mein Boss wurde, hatte ich keine Freunde.

»Vor ein paar Jahren fand unser fünfzehnjähriges Abschlusstreffen statt. Ein paar Ehemalige, die weggezogen waren, reisten an und übernachteten in meinem Motel und feierten Partys. Ich habe eine Woche gebraucht, um alles wieder sauber zu bekommen«, erzählt sie.

»Die Leute können wirklich sehr unhöflich sein«, sage ich.

»Das kannst du laut sagen. Na, komm, Edward. Lass uns wieder umkehren.«

Sie hält mir ihre Hand hin, damit ich sie nehme.

»Nur als Freunde«, sagt sie.

Ich nehme ihre Hand in meine, und wir gehen den Weg zurück, den wir gekommen sind.

* * *

Ich sehe gerade fern – irgendeine Gerichtssendung im Reality-Style –, als mich das Klingeln meines Zimmertelefons aufschreckt.

Ich hebe ab, und noch ehe ich Hallo sagen kann, höre ich Sheila Renfros Stimme, die dringend klingt.

»Du solltest besser herkommen«, sagt sie.

Ich stelle den Fernseher aus und schiebe mich mit nur noch leichtem Ziehen aus dem Sessel.

Als ich in den Flur trete, sehe ich, dass jemand an der Rezeption steht, aber sie – dem Umriss nach ist es eine Sie – beugt sich über die Theke, und ich kann ihr Gesicht nicht erkennen.

Dann höre ich die Stimme und weiß Bescheid.

»Mutter?«

Meine Mutter blickt auf. Sie sieht wie immer makellos aus – und deutlich unglücklich darüber, hier zu sein. Dieses Signal geht unverkennbar von ihrem Gesicht und ihrer Stimme aus.

»Pack deine Sachen, ich bringe dich nach Hause.«

»Aber …«

»Deine Sachen, Edward. Ich habe deinen Wagen. Wir fahren jetzt nach Billings, du und ich.«

»Aber …«

»Jetzt.«

Ihre Stimme klingt endgültig. So habe ich sie früher schon gehört. Es ist die Stimme, mit der sie Jay L. Lamb befahl, mich nie wieder ohne ihre Einwilligung zu kontaktieren.

Ich gehe durch den Flur zurück zu Zimmer Nummer vier. Hinter mir höre ich Sheila Renfro sagen: »Ich wollte ihn morgen nach Denver bringen. Sie hätten nicht ...«

»Ich will nichts davon hören«, sagt meine Mutter.

Ich öffne die Tür und schlüpfe schnell ins Zimmer, damit ich nichts mehr hören muss.

* * *

Ich muss zweimal gehen, um alle Sachen ins Auto zu bringen. Ich habe immer noch sechs Flaschen Wasser aus dem Karton von der Herfahrt.

»Willst du die wieder mitnehmen?«, fragt Sheila Renfro.

»Ja, schon.«

Sie geht mit mir zum Wagen. Meine Mutter steht an der Fahrertür, einen Fuß im Wagen, einen auf dem Asphalt.

»Ich schätze, ich fahre jetzt«, sage ich zu Sheila Renfro.

»Schätze, ja.«

»Es tut mir leid, dass wir heute nur einen Teil des Tages zusammen verbringen konnten.«

Sheila Renfro bekommt Tränen in die Augen. Ich hasse das.

»Mir auch«, sagt sie.

»Edward«, drängt meine Mutter.

Sheila Renfro legt die Hände um meinen Nacken und schmiegt sich an mich. Meine Mutter will etwas sagen, aber ich hebe meine linke Hand, und sie hält inne.

Sheila Renfro lässt mich wieder los. Ich setze mich auf den Beifahrersitz meines neuen Cadillac, und meine Mutter steigt ebenfalls ein. Ich sehe aus dem Fenster auf Sheila, die rot geränderte, glasige Augen hat (ich liebe das Wort »glasig«, aber im Moment hasse ich es), und lege meine Hand an die Fensterscheibe.

Meine Mutter setzt aus der Parklücke und wendet in Richtung Highway. Ich sehe in den Seitenspiegel, und Sheila Renfro folgt uns einige Schritte, bis wir auf der Straße sind und meine Mutter Gas gibt.

Nach 6,8 Sekunden kann ich Sheila Renfro nicht mehr sehen.

* * *

Wir sind schon fast in Limon, als meine Mutter etwas sagt. Die Meilen davor haben wir uns nur angesehen, hin und wieder den Mund geöffnet, aber es kamen keine Worte heraus. Als das Schweigen endet, ist es, als würde jemand wieder Sauerstoff ins Auto pumpen.

»Ich habe mir Sorgen um dich gemacht«, sagt sie.

»Es ging mir gut.«

»Es ist nur ... Weißt du, diese ganze Reise schien mir unter keinem guten Stern zu stehen. Es lief alles so gut bei dir. Ich wollte nicht, dass du Ärger bekommst.«

Ich bin irritiert über ihre Feststellung, dass bei mir alles gut gelaufen sei. Es war ein mieser Stinkstiefel von einem Jahr für mich. Schon seit Wochen lief es bei mir nicht mehr gut. Seit Monaten. Aber bei Sheila Renfro ging es mir gut.

»Ich hatte keinen Ärger.«

»Diese Frau bedeutet Ärger.«

»Nein, Mutter, das stimmt nicht.«

Dazu sagt sie nichts mehr, und ich will es nicht weiter erläutern. Ich denke an etwas, das Dr. Buckley sagte: dass Menschen sich eine Meinung zu etwas bilden, indem sie Informationen durch ihre Vorurteile und Erfahrungen filtern. Ich werde die Aussagen meiner Mutter über Sheila Renfro nicht gedankenlos hinnehmen, aber ich kann sie auch nicht zwingen, die Dinge so zu sehen wie ich.

»Du wolltest sowieso nach Hause fahren«, sagt sie.

»Ja.«

»Also ist es doch egal, wenn es jetzt einen Tag früher passiert.«

»Wenn du dich mit dem Gedanken besser fühlst.«

Meine Mutter verzieht das Gesicht.

»Du siehst aus, als hättest du abgenommen.«

»Ich hatte einen schweren Autounfall, Mutter.«

Sie hält das Lenkrad mit beiden Händen am oberen Rand fest umschlossen.

»Ich versuche, mit dir zu reden, Sohn.«

»Ich weiß«, erwidere ich. »Mir ist nicht nach Reden zumute.«

Ich stöpsele mein scheißgeiles iPhone in den Adapter und schalte die Musikanlage ein. Ich stelle auf Zufallsauswahl der Songs. Michael Stipe singt davon, wie er einen Weg gefunden hat, jemanden zum Lächeln zu bringen.

Ich drehe mich nach rechts weg. Meine Rippen kreischen. Ich blicke in Richtung Fenster. Ich will nicht, dass meine Mutter mich so sieht.

* * *

Wir essen im Restaurant *Hathaway's* im *Little America Hotel* in Cheyenne, Wyoming. Die meiste Zeit bis dorthin habe ich geschlafen – ein unruhiger Halbschlaf, aus dem ich immer wieder hochschreckte und die vorbeiziehende Landschaft in mich aufnahm, bevor ich wieder wegdämmerte. Jetzt stochere ich an meinem Hähnchenschnitzel herum und versuche, die Benommenheit abzuschütteln.

»Du bist doch nicht böse auf mich, oder?«, will meine Mutter wissen.

Von Dr. Buckley habe ich gelernt, dass dies eine passiv-aggressive Frage ist. Meine Mutter weiß, dass ich böse auf sie bin und auch guten Grund dazu habe. Sie ist zu weit gegangen. Jetzt bittet sie mich, ihr zu sagen, dass es in Ordnung war.

»Du hättest das nicht tun sollen«, entgegne ich.

»Du hast meine Hilfe gebraucht.«

Jetzt will sie ihre Schuld abschwächen.

»Nein, habe ich nicht. Ich hatte die Situation unter Kontrolle.«

»Ich finde immer noch, dass es eigentlich egal war, weil du sowieso nach Hause fahren wolltest, und jetzt können wir noch etwas Zeit zusammen verbringen.«

Meine Mutter leugnet noch immer ihre Schuld.

Ich schweige.

»Was ist los? Da scheint etwas zu sein, das du mir nicht sagen willst«, meint sie.

Ich reibe mir mit den Handballen über die Augen.

»Ich habe keine Arbeit mehr. Meine besten Freunde sind weggezogen. Ich habe Typ-2-Diabetes ...«

»Du hast Diabetes?«

»Ja, das hatte ich dir erzählt.«

»Nein, hast du nicht.«

»Nicht?«

»Nein. Seit wann weißt du das?«

»Dr. Rex Helton hat es mir am achten Dezember mitgeteilt.«

»Was unternimmst du dagegen?«

»Ich esse Hühnerfleisch und Gemüse«, sage ich und deute auf meinen Teller.

»Wie soll ich wissen, was in deinem Leben vorgeht, wenn du es mir nicht erzählst, Edward?«

»Wie kannst du so tun, als wüsstest du es, wenn du nicht fragst?«

Das ist vermutlich die bissigste (ich liebe das Wort »bissig«) Antwort, die ich meiner Mutter je gegeben habe, und ich wünsche mir sofort, ich hätte es nicht getan.

Sie zieht einen Mund, der aussieht wie ein Hühnerarschloch. »Lass uns einfach essen«, sagt sie.

* * *

Meine Mutter bittet mich, eine Weile lang zu fahren. Sie sagt, es sei ein langer Tag gewesen mit ihrem frühen Flug von Dallas/Fort Worth, der Fahrt nach Cheyenne Wells von Denver und nun der Fahrt durch Colorado nach Wyoming. Und durch Wyoming müssen wir noch ganz hindurchfahren, wenn wir nach Billings gelangen wollen. Sie sagt das, als hätte sie keine Wahl gehabt, was mir zeigt, dass sie immer noch denkt, sie habe richtig gehandelt. Das irritiert mich. Es sieht ihr gar nicht ähnlich, so begriffsstutzig zu sein (ich liebe das Wort »begriffsstutzig«).

Es ist jetzt vollkommen dunkel geworden, und nur Michael Stipes Stimme kämpft gegen die Stille, als er über die Imitation des Lebens singt. Ich habe die Lautstärke so weit heruntergedreht, dass nur jemand, der das Lied gut kennt, die Worte heraushören kann.

»Deine Arbeit zu verlieren, hat dich ganz schön aus der Bahn geworfen, was?«, meint meine Mutter.

»Ja.«

»Ich bin sicher, das war nichts Persönliches. Mr Withers hat dich immer gern gemocht.«

»Es war nicht so sehr die Enttäuschung über die Entlassung. Es war das Timing.«

»Edward«, sagt sie, »du kannst dich glücklich schätzen. Du musst nicht arbeiten, wenn du nicht willst.«

Ich lache. Es ist kein Ha-Ha-Lustig-Lachen. Es ist bitter und hart. »Das hat Jay L. Lamb auch gesagt.«

Meine Mutter setzt sich gerade. »Ich werde Jay gleich am Morgen anrufen. Ich wette, er kann dir helfen, eine neue Arbeit zu finden. Wäre das in Ordnung?«

Ich denke darüber nach. Wenn es um ein Gespräch mit Jay L. Lamb geht, bin ich immer froh, wenn jemand anderes es führt. Und ich brauche eine Arbeit. Irgendwie muss ich mein Leben in Billings, Montana, neu einrichten, was sich komisch anhört, wo es doch das einzige Leben ist, das ich kenne. Dieses Neu-Einrichtungs-Projekt kann ich sehr wohl mit einer neuen Arbeit anfangen.

Von hier an kann es nur besser werden.

* * *

Ich halte zum Tanken in Casper, Wyoming, und fülle 70,2 Liter unverbleites Benzin zu 0,67 $ pro Liter nach, insgesamt also für 47,03 $. Meine Mutter erkundigt sich, ob ich müde werde. Es ist jetzt 20:31 Uhr, und ich könnte vermutlich eine Fahrpause gebrauchen.

Als wir wieder auf die Straße abbiegen, sagt meine Mutter: »Ich möchte dir etwas zeigen.«

Anstatt wieder zur Autobahn zu fahren, lenkt sie in die andere Richtung, durch Casper hindurch, und bald weiß ich nicht mehr, wo wir sind. Wir passieren ein Gebäude mit der Aufschrift TOWN OF MILLS und fahren immer weiter. Nach etwa einer Meile biegt meine Mutter in eine Wohnsiedlung mit Häusern aus den Fünfzigerjahren im Ranchhouse-Stil.

»Wo sind wir?«, frage ich.

»Das sage ich dir, wenn wir da sind.«

Sie biegt links ab (schlecht), dann rechts (gut), dann wieder links (schlecht). Vor einem kleinen kastenförmigen Haus bringt sie den Cadillac zum Stehen.

»In diesem Haus haben dein Vater und ich früher einmal gewohnt.«

Davon habe ich noch nie etwas gehört.

»Wann?«

»Gleich, nachdem wir die Schule verließen. Er fing bei der Ölgesellschaft an, und sie gaben ihm Arbeit hier in Casper. Gott, ich habe es gehasst! Ich bin in Texas aufgewachsen ... dein Vater natürlich auch, aber er hatte hier wenigstens etwas zu tun. Die ganze Zeit blies der Wind. Im Winter wurden wir unter Schneewehen begraben, viel schlimmer als alles, was wir später in Billings erlebten. Jedenfalls war dies unser erstes gemeinsames Haus.«

Ich starre es an. Es sieht viel zu klein aus, selbst für nur zwei Personen. Allerdings muss ich einräumen, dass, wer auch immer jetzt hier wohnt, stolz darauf zu sein scheint. Der Garten ist sauber und gut gepflegt. Der Maschendrahtzaun ist straff gespannt. Es ist klein, aber hübsch.

»War es damals auch so rot?«, will ich wissen.

»Nein, es war weiß. Aber das Rot sieht besser aus. Es hatte auch eine Garage, aber wie es aussieht, haben sie daraus noch ein Zimmer gemacht. Eine gute Idee! Es war winzig klein. Dein Vater und ich mussten uns jeder mit dem Rücken an die Wand drücken, wenn wir im Flur aneinander vorbeigingen.«

»Wie lange habt ihr hier gewohnt?«

»Vierzehn Monate. Ich habe jeden einzelnen Tag gezählt.« Meine Mutter lacht. »Nach Billings zu ziehen, kam mir dann wie das Paradies vor. Wir haben uns dort ein schönes Leben aufgebaut. Und du bist gekommen.«

»Es ist komisch sich vorzustellen, dass du und Vater mal an einem anderen Ort als Billings zu Hause wart.«

Meine Mutter fährt wieder an und lässt ihre Vergangenheit hinter sich. Ich bin immer noch etwas schockiert darüber, dass ich so spät in meinem Leben noch etwas Neues über meine Eltern erfahre.

»Ich sage dir was, Edward: Es ist allmählich seltsam für mich, an Billings als mein Zuhause zu denken. Ich bin ein bisschen nervös, wieder dorthin zu fahren.«

»Warum?«

»Ach, ich weiß nicht. Ich fühle mich in Texas sehr wohl. Es kommt mir vor, als hätte ich wiederentdeckt, wo mein Zuhause wirklich ist. Jetzt, wo dein Vater schon eine Weile nicht mehr da ist, gibt es nicht mehr viel in Billings, das mich dort hält.

QUASI MITTWOCH, 21. DEZEMBER 2011

Wir erreichen Billings um 0:07 Uhr. Meine Mutter fährt durch die stille Dunkelheit bis zu ihrer Wohnung in der Innenstadt und überlässt den Wagen dann mir. Sie sagt, sie werde Jay L. Lamb am Morgen gleich als Erstes anrufen und mir danach mitteilen, was er gesagt hat. Sie küsst mich auf die Wange und verabschiedet sich. Vier Minuten und achtundzwanzig Sekunden später bin ich zu Hause an der Clark Avenue Nummer 639.

Das Haus ist genau so, wie ich es vor elf Tagen verlassen habe. Trotzdem fühlt es sich fremd an. Das ergibt keinen Sinn, aber vieles von dem, was ich in letzter Zeit fühle, ergibt keinen Sinn. Ich werde ausharren, bis die Dinge sich klären.

Später am Tag werde ich zum Postamt gehen und meine Post abholen müssen. Ich werde auch beim *Billings Herald-Gleaner* anrufen, um die Zeitung wieder zustellen zu lassen. Die ganze Fahrt von Cheyenne Wells aus habe ich darüber nachgedacht, und wenn ich mein Leben hier neu organisieren will – Scott Shamwell hat es immer »das Scheißhaus neu einrichten« genannt –, werde ich diszipliniert vorgehen müssen. Während dieses Stinkstiefels von einem Jahr habe ich meine Routinen vernachlässigt. Routine, so beschließe ich, ist mein Weg zurück zum Glück, wenn Glück überhaupt etwas ist, das ich anstreben kann. Im Moment würde ich mich auch mit Normalität zufriedengeben, was auch immer das sein mag.

Meine Rippen schmerzen. Die andauernde leichte Bewegung bei der Fahrt und das Ein- und Aussteigen haben mich körperlich erschöpft.

Ich muss eine Liste anlegen, was ich alles erledigen muss, wenn ich aufwache, damit ich mein Leben wieder in den

Griff bekomme. Eine Liste steht für Disziplin, und Disziplin ist es, was ich brauche.

Edwards Erledigungsliste

1. Zum Postamt gehen, meine Post holen und die Zustellung wieder in Kraft setzen
2. Beim Billings Herald-Gleaner *anrufen und die Zustellung wieder in Kraft setzen*
3. Einkaufen fahren. An mageres Fleisch, Vollkornprodukte, Obst und Gemüse denken
4. Zur Rimrock Mall *fahren und ein Weihnachtsgeschenk für Mutter besorgen*
5. Vorher lieber im Internet nachsehen, ob ich dort etwas finde, das vor Weihnachten noch geliefert wird. Rimrock Mall *vier Tage vor Weihnachten? Wie konnte ich nur in Erwägung ziehen, mir das anzutun?*
6. Termine bei Dr. Rex Helton und Dr. Bryan Thomsen vereinbaren. Ein gutes Leben bedeutet gute Gesundheit. Ich muss das in den Griff kriegen.
7. Aufhören, diese Liste zu schreiben
8. Aufhören ... JETZT
9. Verdammt!
10. Geh schlafen!
11. Scheiße!
12. HÖR AUF!!!

Ich zerbreche wieder einen Bleistift, um nicht noch einen Punkt auf die Liste zu setzen. Es ist 0:49 Uhr. Ich bin müde.

Seit wir aus Casper wegfuhren, habe ich über meine Mutter und meinen Vater und ihr gemeinsames Leben nachgedacht – wie es war, bevor ich kam, und wie es danach war. Ich war überrascht zu hören, dass sie kurz nach ihrer Hochzeit in Wyoming gelebt hatten, und dann war ich froh, dass ich es erfahren habe. Meine Mutter spricht nicht mehr viel über meinen Vater, und das macht mir zu schaffen, weil ich häufiger an ihn denke als früher und gern mit ihr darüber reden würde. Ich notiere natürlich nicht solche Dinge wie die Zeit, die ich damit verbringe, an meinen Vater zu denken, und darum geht es mir auch gar nicht. Es geht mir darum, dass ich oft an meinen Vater denke.

Als wir nach Montana fuhren, erinnerte ich meine Mutter an die Geschichte mit dem Reh, das mein Vater angefahren hatte, und sie schnaubte.

»Das war oben bei Little Bighorn«, sagte sie. »Er war betrunken.«

»Nein«, sagte ich. »Davon weiß ich nichts.«

»Doch, er war betrunken. Das Ganze hat mich zu Tode erschreckt. Dieses Reh prallte vom Kühler ab und auf die Windschutzscheibe, und ich schwöre, ich dachte, es würde durchbrechen und bis auf den Rücksitz fliegen. Dein Vater hat die ganze Zeit gequatscht und nicht aufgepasst. Wir konnten von Glück reden, dass wir dabei nicht umgekommen sind. Damals habe ich ihm gesagt: ›Ted, nie wieder! Ich werde nie wieder mit dir Auto fahren, wenn du getrunken hast.‹«

An ihrem Gesicht konnte ich ablesen, dass sie nicht sicher war, ob sie noch etwas dazu sagen sollte oder nicht.

»Ich vermisse ihn«, sagte ich.

»Er war eine ganz eigene Nummer, das ist mal sicher.«

»Vermisst du ihn denn?«

Meine Mutter trommelte mit den Fingern aufs Lenkrad. Danach fuhr sie ein paarmal mit der Zunge über die Lippen.

»Nein. Es tut mir leid, Edward, aber nein, ich vermisse ihn nicht.«

Ich wusste in keiner Weise, was ich davon halten sollte.

OFFIZIELL MITTWOCH, 21. DEZEMBER 2011

Diarium von Edward Stanton:
Heutige Aufwachzeit: 8:48 Uhr. Mein Gesicht lag in einer Speichelpfütze.
Höchsttemperatur am Dienstag, 20. Dezember 2011 (354. Tag): 6° laut der Webseite des Billings Herald-Gleaner. *Eine Zeitung habe ich noch nicht. Das sind vier Grad mehr als am Tag zuvor und damit eine sehr ungewöhnliche Temperatur für Dezember.*
Tiefsttemperatur am Dienstag, 20. Dezember 2011: -2°, also sechs Grad wärmer. Bemerkenswert.
Niederschlagsmenge am Dienstag, 20. Dezember 2011: 0,0 mm
Gesamte Niederschlagsmenge für 2011: 494,9 mm

Neue Einträge:

Körperliche Betätigung am Dienstag, 20. Dezember 2011: Ich unternahm einen längeren Spaziergang mit Sheila Renfro, bevor meine Mutter auftauchte und meinen Aufenthalt in Cheyenne Wells beendete.

Gestern sagte ich meiner Mutter, ich sei nicht böse auf sie. Das war gelogen. Ich bin stinksauer.

Außerdem frage ich mich, ob Sheila Renfro ohne mich spazieren gehen wird. Ich hoffe es. Ich werde versuchen, hier spazieren zu gehen, ohne Sheila Renfro.

Gefahrene Meilen am Dienstag, 20. Dezember 2011: Ich weigere mich, irgendwelche Meilen anzuerkennen, die meine Mutter oder ich gestern gefahren sind. Ich hätte gar nicht in dem Auto sitzen sollen.

Insgesamt gefahrene Meilen: immer noch 1.844,9 wegen des soeben beschriebenen Umstands.

Benzinverbrauch am Dienstag, 20.Dezember 2011: Ich weigere mich ebenfalls, irgendwelches Benzin anzuerkennen, das ich in meinen neuen Cadillac DTS getankt habe, auch wenn ich meine Bank sicher nicht überzeugen kann, das Geld zu ignorieren, das ich dafür ausgegeben habe. Mist!

Nachtrag:

Okay, ich will immer noch mit dem neuen Programm starten, um mein Leben in den Griff zu bekommen. Das entspricht einfach dem gesunden Menschenverstand. Aber ich bin stinksauer, dass ich jetzt hier bin, und ich bin stinksauer auf meine Mutter, dass sie sich in meine Angelegenheiten eingemischt hat. Souveränität. Das ist das richtige Wort. Ich liebe dieses Wort. Es bedeutet Selbstbestimmung – dass ich das Recht habe, die Entscheidungen für mein Leben selbst zu treffen. Meine Mutter hat durch ihre Tat meine Souveränität untergraben. Und überdies sieht sie nicht einmal ein, dass sie etwas falsch gemacht hat. Sie hält es für unerheblich. Das macht die Sache nur noch schlimmer.

Was mich außerdem stinksauer macht, ist die Art und Weise, wie meine Mutter über meinen Vater spricht … dass sie sagt, sie vermisse ihn nicht. Wie kann das sein? Er war ihr Ehemann. Das ist schwierig für mich, weil ich glaube, dass ein Mensch das Recht hat, so zu empfinden, wie er will, aber meine Mutter verhält sich in vielfältiger Hinsicht irrational.

Ich bin gerade fürchterlich sauer auf meine Mutter. Ich würde sie am liebsten anrufen und mit ihr schimpfen, und vielleicht werde ich das auch, aber noch während ich mich ärgere, höre ich Dr. Buckleys Stimme in meinem Kopf. Sie sagte einmal, dass es niemals schlecht wäre zu warten, bis der Ärger verflogen ist, bevor man einen Menschen konfrontiert. Sie sagte, das bedeute nicht, dass man ein Fehlverhalten übergehe, sondern dass man sich die Zeit gebe, in guter Verfassung zu sein, um bei einer notwendigen Konfrontation die bestmögliche Lösung zu erreichen. Würde ich meine Mutter jetzt anrufen, würde ich sie anschreien und sie vermutlich zum Weinen bringen (das habe ich schon einmal getan). Damit würde es mir vielleicht eine Weile lang gut gehen, aber es würde das Problem zwischen uns nicht lösen. Ich werde warten, bis mein Ärger nachgelassen hat. Tatsächlich denke ich, dass ich Dr. Bryan Thomsen anrufen und fragen werde, ob er mich heute in seinen Terminplan aufnehmen kann. Es ist nicht ideal, weil heute Mittwoch ist und nicht Dienstag, aber mein Bedürfnis nach Hilfe ist stärker als mein Bedürfnis, mich an meinen Zeitplan zu halten.

Wird Dr. Bryan Thomsen mir helfen können? Ich habe meine Zweifel. Aber Zweifel gehören in den Bereich der Mutmaßungen. Ich brauche Tatsachen. Ich brauche sie dringender als je zuvor.

Außerdem denke ich nicht, dass ich hier weiter über Sheila Renfro schreiben sollte. Es ist nicht ideal gelaufen, aber ich bin von ihr weggefahren. Es ist vorbei. Es ist zu schmerzhaft, an sie zu denken.

(Wem will ich etwas vormachen? Ich kann nicht NICHT an sie denken. Aber ich kann versuchen, nicht über sie zu schreiben, was das Denken an sie noch intensiver und schmerzvoller machen würde.)

Mein Morgen ist gefüllt mit Telefongesprächen. So verbringe ich meinen Morgen nicht gern, aber das Leben läuft nicht immer so, wie wir es gerne hätten. Wie sich hiermit zeigt.

Es fängt gut an: Dr. Bryan Thomsen kann mich heute um 13:00 Uhr empfangen, was in drei Stunden und einundzwanzig Minuten sein wird. Er sagt, er sei gespannt darauf, von meiner Reise zu hören, und wie sich herausstellt, habe ich ihm viel zu erzählen.

Ich habe heute keine Lust auf Zeitverschwendung, also frage ich Dr. Bryan Thomsen: »Werden Sie mich auch um Punkt ein Uhr empfangen?«

»Ja, natürlich. Ein Uhr, das habe ich mir gerade aufgeschrieben.«

»Ich weiß, dass Sie es aufgeschrieben haben. Sie schreiben es immer auf. Aber ich möchte wissen, ob Sie auch pünktlich zu dieser Zeit bereit sein werden.«

»Ja.«

»Weil Sie das früher versäumt haben.«

»Habe ich das? Daran kann ich mich nicht erinnern.«

»Sieben Mal«, sage ich. »Ich sollte Sie eigentlich immer um zehn Uhr sehen, und trotzdem begannen wir unsere Sitzung bei diesen sieben Malen zweimal um 10:01 Uhr, einmal um 10:03 Uhr, dreimal um 10:04 Uhr und, was das Ungeheuerlichste war, einmal sogar erst um 10:11 Uhr.« (Ich liebe das Wort »ungeheuerlich«.)

»Nun, das tut mir furchtbar leid, Edward. Sie sind ja heute sehr energisch.«

»Ich versuche nur, das Scheißhaus aufzuräumen, Dr. Bryan Thomsen.«

»Ich werde um ein Uhr bereit sein. Darauf gebe ich Ihnen mein Wort. Ich freue mich schon darauf, über dieses Thema mit Ihnen zu spre…«

»Nächstes Mal vielleicht. Heute bestimme ich die Themen. Bis um ein Uhr dann.«

Ich lege auf.

* * *

Ich streiche gerade Dr. Bryan Thomsen von meiner Liste, als das Telefon klingelt.

Ich hebe ab. »Ja?«

»Ist das eine Art, sich am Telefon zu melden?«

Es ist meine Mutter. Ich frage mich, ob sie anruft, um wiederum meine Souveränität zu untergraben.

»Es ist die Art, die ich heute wähle, Mutter. Was willst du?«

»Sei lieb.«

»Ich habe zu tun, Mutter. Was willst du?«

»Ich habe gerade mit Jay gesprochen, und er denkt, er hat einen Job für dich. Kannst du heute Nachmittag in seinem Büro vorbeischauen?«

»Nein.«

»Es dauert nur ein paar Minuten.«

»Nein, ich bin beschäftigt. Sag ihm, ich komme morgen vorbei.«

»Er legt sich wirklich für dich ins Zeug.«

»Sag ihm, dass ich das schätze. Sag ihm, ich komme morgen.«

»Warum bist du so griesgrämig?«

»Das habe ich dir gesagt. Ich bin beschäftigt. Gibt es sonst noch etwas?«

»Tja, dann bist du vielleicht auch zu beschäftigt, um zum Mittagessen vorbeizukommen.«

»Ja, das bin ich.«

»Na, dann auf Wiederhören.«

»Auf Wiederhören, Mutter.«

Ich widme mich wieder meiner Liste. Die Zeit rinnt davon.

* * *

Um 11:28 Uhr steht nur noch eine Sache auf meiner Liste: zum Postamt gehen und die Post holen. Das kann ich nach meinem Termin mit Dr. Bryan Thomsen erledigen.

Die Geschenke für meine Mutter und für Kyle werden in zwei Tagen hier sein. Kyles Geschenk war einfach – das Trikot von Tim Tebow, das ich ihm versprochen hatte. Das Geschenk für meine Mutter scheint recht prosaisch (ich liebe das Wort »prosaisch«), aber ich habe einige Geschenke-Ratgeber im Internet gelesen, und dieses Ding ist offenbar der heißeste Tipp in diesem Jahr: eine Kaffeemaschine namens Keurig für jeweils eine Tasse Kaffee. Es scheint eine geniale Erfindung zu sein. Man legt eine Art Kapsel – in der sich jede erdenkliche Geschmacksrichtung von Kaffee oder Tee befinden kann – in dieses Fach, schließt es und drückt an der Maschine einen Knopf. Dann durchbohren spitze Nadeln die Kapsel, heißes Wasser fließt hindurch und landet als fertiges Getränk in der Tasse.

Ich hoffe, es gefällt meiner Mutter. Ich werde auf jeden Fall die Quittung aufbewahren und ihr sagen, sie kann es zurückschicken, wenn es ihr nicht gefällt. Manche Leute nehmen das Schenken sehr persönlich und sind enttäuscht, wenn ihr Geschenk nicht anerkannt wird. So war ich noch nie. Es ist doch nur ein albernes lebloses Ding. Warum sollte ich wegen so etwas enttäuscht sein, wo es so viele andere Dinge gibt, die mich zu Recht enttäuschen?

Dr. Rex Helton werde ich morgen um 10:00 Uhr aufsuchen. Auch dort hatte ich Glück – die Sprechstundenhilfe sagte, ein anderer Patient habe abgesagt – was um die Feiertage herum oft geschehe, wie sie erklärte – und ich konnte den frei gewordenen Termin nutzen. Andernfalls hätte ich ein paar Wochen warten müssen, meinte die Dame am Telefon.

Ich kann mir nicht vorstellen, dass ich viel Gewicht verloren habe, so unregelmäßig, wie ich mich bewegt habe, aber ich will meine Verletzungen durch den Unfall zu Protokoll geben, und Dr. Rex Helton ist mein Hausarzt. Ich will ihm außerdem sagen, dass er die deutliche Nebenwirkung des gesteigerten Harndrangs bei den Diabetes-Medikamenten nicht herunterspielen sollte. Dr. Rex Helton hat mir zwar gesagt, ich würde viel pinkeln müssen, aber er sollte wissen, dass »viel« eine ungenaue Angabe ist, die zu großen Spielraum für individuelle Interpretation belässt. Er muss den Leuten Tatsachen präsentieren.

Jetzt komme ich gerade mit einem Vorrat für mehrere Tage vom Supermarkt zurück. Ich habe zwei Packungen Hühnerbrust zum Braten in der Pfanne gekauft, eine Schweinelende für die Zubereitung im Ofen, einen Beutel Karotten, zwei Köpfe Eisbergsalat, vier Dosen grüne Bohnen und eine große Packung Haferflocken für meine reguläre Frühstücksportion.

Innerhalb weniger Stunden seit dem Aufwachen habe ich positive Schritte in Richtung eines gesunden Geists und eines gesunden Körpers unternommen. Bislang läuft der Plan, mein Leben in den Griff zu bekommen, genau nach meinen Vorstellungen. Um das zu feiern, gönne ich mir eine Fertig-Lasagne von *Lean Cuisine*.

* * *

Ich muss Dr. Bryan Thomsen loben.

Um 12:59 Uhr und 45 Sekunden öffnet er seine Tür und bittet mich in sein Büro. Ich gehe den Flur hinunter, bleibe stehen, um ihm die Hand zu schütteln, und setze mich dann in meinen üblichen Sessel. Ich sehe auf meine Armbanduhr, und es ist 13:00 Uhr.

Der Tag wird immer besser.

Als Erstes gebe ich Dr. Bryan Thomsen einen Kurzbericht von meiner Reise. Ich weiß, wir haben nur eineinhalb Stunden Zeit – er war so nett, ein wenig extra Zeit für mich zu reservieren –, also versuche ich, meine Geschichte möglichst unverblümt (ich liebe das Wort »unverblümt«) und ohne Ausschweifungen zu erzählen. Das ist schwerer, als man meinen könnte, aber ich bemühe mich, die wichtigsten Fakten unterzubringen: Kyles Unverschämtheit, unser Abenteuer im Auto, meine Begegnung mit Sheila Renfro, Kyles Enthüllung, dass er von bösen Jungen in seiner Schule verletzt wurde, der Autounfall, die Rückkehr nach Cheyenne Wells, das Küssen mit

Sheila Renfro (ich lasse den Teil aus, wo sie meinen harten Schniedelwutz berührt hat, denn das geht Dr. Ryan Thomsen überhaupt nichts an), der Entschluss, Sheila Renfro zu verlassen, das unerwartete Auftauchen meiner Mutter.

Diesen letzten Punkt möchte ich eingehender mit Dr. Bryan Thomsen besprechen. »Hat meine Mutter meine Souveränität untergraben?«

Dr. Bryan Thomsen denkt eine Weile nach.

»Sie wollen meine Meinung hören?«

»Ja, bitte.«

»Ich würde definitiv ja dazu sagen. Ja, Ihre Mutter ist zu weit gegangen. Aber sie hat es getan, um Sie zu schützen. Ich denke, das sollten Sie in Ihre Entscheidung, wie Sie sie damit konfrontieren, einbeziehen.«

»Aber Sie finden, ich sollte sie damit konfrontieren?«

»Ja, Edward. Es ist offensichtlich, wie sehr Sie das beunruhigt. Das muss sie wissen. Die Frage für Sie ist nur, wie Ihre Botschaft lauten soll. Wollen Sie, dass sie bestraft wird oder informiert?«

»Informiert.«

Ich bin meiner Mutter böse – so böse, wie ich es noch niemals war –, aber ich will nicht, dass sie verletzt wird.

»Lassen Sie sich von dieser Antwort leiten. Das ist mein Rat.«

Dr. Bryan Thomsen erscheint mir sehr logisch.

»Ich möchte Sie etwas fragen, Edward.«

»Ja.«

»Ich hätte gern, dass Sie mir über Ihre Gedankengänge berichten, als auf Ihrer Reise schlimme Dinge passiert sind. Sie haben innerhalb kürzester Zeit eine ganze Bandbreite an menschlichen Verhaltensweisen und Gefühlen erlebt, das ist bemerkenswert.«

»Was meinen Sie?«

»Ich meine, Sie mussten sich mit der Aufsässigkeit eines Kindes auseinandersetzen, mit Gewalt, mit Geheimnissen, einer Romanze. Wie sind Sie mit alledem klargekommen? Sie hätten mich anrufen können, aber das haben Sie nicht getan. Wie haben Sie es geschafft, das zu bewältigen?«

Ich sehe zu Boden und lasse meine Fußknöchel kreisen.

»Die Antwort wird Ihnen vielleicht nicht gefallen.«

»Lassen Sie es darauf ankommen.«

Ich setze mich gerade. Meine Rippen tun immer noch weh.

»Manchmal habe ich mich gefragt, was Dr. Buckley sagen würde, wenn sie dabei gewesen wäre«, antworte ich. »Manchmal musste ich mich das gar nicht fragen. Es war, als wäre Dr. Buckleys Stimme ganz von selbst in mir und würde mir helfen, meinen Weg aus dem Dilemma zu finden. Dr. Buckley hat gern über Wege gesprochen, die aus bestimmten Situationen hinausführen.«

»Warum dachten Sie, dass mir die Antwort nicht gefallen könnte?«

»Weil ich Dr. Buckley vermisse. Ich wünschte, sie wäre immer noch meine Therapeutin. Ich finde Sie nett, Dr. Bryan Thomsen, aber Sie haben nicht so viel mit mir gearbeitet wie sie. Sie kennen mich nicht so wie sie. Es ist schwer für mich, mit Ihnen zurechtzukommen, seit sie weg ist, und ich wünschte, ich müsste es nicht.«

Dr. Bryan Thomsen lehnt sich auf seinem Sessel nach vorn, legt die Hände zusammen, und ich bekomme Angst, dass er mich gleich anschreit.

»Ich werde Ihnen etwas verraten, Edward. Das stört mich überhaupt nicht.«

»Nein?«

»Nein. Wollen Sie wissen, warum?«

»Ja.«

»Weil es bedeutet, dass Dr. Buckley und Sie erfolgreich zusammengearbeitet haben. Es wird Sie vielleicht überraschen, Edward, aber ich habe Ihre Aufzeichnungen gelesen, seit Ihrem ersten Besuch bei Dr. Buckley im Jahr 2000. Jedes einzelne Wort habe ich gelesen. Und die ganze Zeit über hat Dr. Buckley Ihnen Lebensstrategien vermittelt. Sie hat Ihnen geholfen, aus sich selbst heraus einen Weg zu finden, sicher in einer Welt zu leben, die nicht immer so funktioniert, wie Sie funktionieren. Was Sie da draußen auf Ihrer Reise getan haben, beweist nur, dass ihre Strategie funktioniert hat. Sie hat nicht versucht, Sie zu ändern. Stattdessen hat sie Ihnen geholfen, den für Sie besten Weg zu finden, sodass Ihr Leben funktioniert.«

Ich höre Dr. Bryan Thomsen zu und bedaure, dass ich jemals etwas Schlechtes über ihn gesagt habe. Die ganze Zeit dachte ich, dass er mich nicht kennt oder gar nicht kennenlernen will, und dabei ist genau das Gegenteil der Fall.

»Ich schlage also Folgendes vor«, sagt Dr. Bryan Thomsen. »Ich schlage vor, dass Sie von nun an nicht mehr erwarten, dass ich Dr. Buckley bin, weil ich es nun mal nicht bin und auch nie sein werde, und ich werde von nun an respektieren, was Sie brauchen. Wenn Sie weiterhin jede Woche kommen wollen – schön! Dann werde ich Sie empfangen. Wenn Sie ein paarmal im Jahr kommen wollen – auch gut! Und wenn Sie nach Spanien ziehen und ihre Therapiestunde per Skype abhalten wollen, können wir das auch organisieren.«

»Ich ziehe nicht nach Spanien«, entgegne ich.

»Wohin auch immer«, erwidert er. »Der Punkt ist, dass es Ihr Leben ist und Sie die Fähigkeit haben, es so zu leben, wie Sie es wünschen. Wenn Sie mit Ihrer Mutter sprechen, schlage ich vor, dass Sie ihr genau das sagen.«

* * *

Manchmal bin ich ganz schön schlau.

Weil alle meine Rechnungen von meinem Anwalt bezahlt werden und weil ich nirgends unterschreibe, wodurch ich auf irgendwelchen Mailing-Listen landen könnte, sind es nur zwei Poststücke, die auf dem Postamt auf mich warten.

Der erste Brief, abgestempelt am 14. Dezember, kommt von der Personalabteilung des *Billings Herald-Gleaner*. Ich bin irritiert und aufgeregt. Obwohl Mr Withers mich persönlich angerufen und mir gesagt hat, ich könne meinen Job nicht wiederhaben, hält dieser Brief zumindest die Möglichkeit bereit, dass jemand beim *Herald-Gleaner* meine Anfrage in Erwägung gezogen hat. Es gibt nur einen Weg, das herauszufinden, wie man so schön sagt, und der besteht darin, den Brief zu öffnen. (Und eigentlich stimmt das nicht, denn ich könnte beispielsweise beim *Herald-Gleaner* anrufen und jemanden in der Personalabteilung fragen, wie es um meine Stellenanfrage steht. Das ist natürlich kein besonders effizienter Weg, es herauszufinden, da ich den Brief ja direkt in der Hand halte, aber es wäre theoretisch eine Möglichkeit. Das bedeutet, dass es mehr als einen Weg gibt, um es herauszufinden.)

Ich reiße eine Ecke des Umschlags ab, stecke meinen Zeigefinger hinein und reiße ihn ganz auf.

14. Dezember 2011

Sehr geehrter Mr Stanton,

vielen Dank für Ihr Interesse am Herald-Gleaner. *Im Moment haben wie keine freien Stellen, die Ihr Interessengebiet abdecken, aber wir werden Ihre Anfrage archivieren und Sie kontaktieren, falls Sie für eine zukünftig frei werdende Position infrage kommen.*

Wir wünschen Ihnen für Ihre Zukunft alles Gute.

Mit freundlichen Grüßen
Billings Herald-Gleaner

Wenn es so etwas gibt, wie zehnfach irritiert zu sein, dann bin ich es jetzt. Am 9. Dezember teilte mir Mr Withers mit, dass ich meine Stelle nicht zurückhaben könne. Das sagte er in aller Deutlichkeit. Ich habe diese Tatsache akzeptiert, auch wenn ich sehr verletzt war, meine Stellung für immer verloren zu haben.

Worin liegt also der Sinn dieses Briefes? Mir fünf Tage nach Mr Withers telefonischer Absage auch noch eine schriftliche Absage zu erteilen, erscheint mir überflüssig und grausam.

Ich habe akzeptiert, dass ich unfreiwillig von meinem Job getrennt wurde. Muss ich mich auch noch unfreiwillig verhöhnen lassen?

Dieser Brief hat echtes Potenzial, einen Tag zu verderben, der bislang hervorragend verlief.

Ich öffne den zweiten Brief.

18. Dezember 2011

Lieber Edward,

es tut mir leid, dass wir uns nicht schon früher bei Dir gemeldet haben. Wie Du Dir vorstellen kannst, war es hier zu Hause seit unserer Rückkehr mit Kyle etwas schwierig.

Ich möchte Dir dafür danken, was auch immer Du getan hast, um ihn zum Reden zu bringen. Ich hätte mir in einer Million Jahren nicht gewünscht, das hören zu müssen, was er uns erzählt hat, aber ich möchte mir auch unter keinen Umständen vorstellen, wie schrecklich sein Leben geworden wäre, wenn wir die Wahrheit nie erfahren hätten. Er wird alle Hilfe bekommen, die er braucht, um damit klarzukommen, und auch als Familie werden wir alle Hilfe bekommen, die wir brauchen. Und Du, als ein Teil dieser Familie, hast uns geholfen, zu diesem Punkt zu kommen. Wir lieben Dich. Du wirst immer zu uns gehören.

Ich kann Dir berichten, dass es Kyle gut geht. Wir haben gerade mit einer Therapie begonnen – wir als Familie und auch Kyle allein – und fangen an, das zu heilen, was kaputtgemacht wurde. Ich habe mit der Schulleitung gesprochen und bin froh, dass sie die Sache sehr ernst nehmen. Würden sie das nicht, hätte ich mit Sicherheit gewichtige rechtliche Schritte unternommen.

Wir möchten sehr, sehr bald wieder mit Dir sprechen und wünschen uns, dass Du zu Besuch kommst und den Urlaub bei uns verbringst, den wir Dir beim letzten Mal nicht bieten konnten (was mir wirklich sehr leidtut!). Einer der Schlüssel, das alles hinter uns zu lassen, liegt darin, wieder ganz normal zu leben. Und darauf freuen wir uns.

Mit ganz herzlichen Grüßen
Donna

Ich hatte unrecht mit dem Brief vom *Herald-Gleaner*. Er kann mir den Tag nicht verderben. Kyle bekommt die Hilfe, die er braucht. Jetzt kann mir nichts mehr den Tag verderben.

* * *

Ich komme gerade von einem Spaziergang nach dem Essen durch meine Nachbarschaft zurück, als mein Telefon klingelt.

»Hallo?«

»Hallo, Edward.«

Meine Mutter.

Es ist komisch – nicht ha-ha-komisch, einfach nur so komisch –, wie ein paar Stunden und ein paar gute Neuigkeiten die Dinge verändern können. Ich bin immer noch böse, dass meine Mutter meine Souveränität untergraben hat und schlecht von meinem Vater spricht, aber ich bin nicht mehr böse auf *sie*. Eine kleine Präposition wurde verändert, und alles ist anders. Ich habe immer noch vor, ihr zu sagen, dass sie so etwas nicht wieder machen kann. Aber ich will auf keinen Fall gemein deswegen sein, und vorhin hatte ich noch gemeine Gefühle.

»Hallo, Mutter.«

»Ich weiß, du bist böse auf mich, aber ich hoffe, dass du morgen zum Abendessen kommen kannst. Ich hatte nicht damit gerechnet, die Feiertage über in Billings zu sein, aber wo ich nun schon mal hier bin, können wir doch versuchen, das Beste draus zu machen, oder?«

»Ja, das verstehe ich.«

»Ich möchte, dass es zwischen uns so wird wie früher. Ich will keinen Streit.«

»Das will ich auch nicht, Mutter. Wir können darüber reden, wenn wir uns morgen sehen.«

»Das klingt schön. Gute Nacht.«

* * *

Ich habe eine weitere wichtige Entscheidung getroffen. Meine Bemühungen, die Routinen in meinem Leben neu zu etablieren (ich liebe das Wort »etablieren«), laufen so gut, dass mir jetzt erst auffällt, dass ich die wichtigste Routine schon viel zu lange vermisse. Es wird Zeit, dass ich wieder jeden Abend *Polizeibericht* sehe. *Adam-12* war okay, eine wirklich gute Serie, aber bei Weitem nicht perfekt. Wenn sie es wäre, hätte ich nicht damit ausgesetzt. Das ist mir jetzt klar.

Da heute der 355. Tag des Jahres ist und es achtundneunzig Folgen von *Polizeibericht* in Farbe gibt, würde ich gemäß meiner alten Routine, bei der ich am ersten Tag des Jahres mit der ersten Folge beginne und jeden Tag eine weitere sehe, ehe ich von vorn beginne, heute die einundsechzigste Folge sehen: »Spürhund Ginger«. Das ist die sechzehnte Episode der dritten Staffel, und sie wurde das erste Mal am 30. Januar 1969 ausgestrahlt. Es ist eine meiner Lieblingsfolgen.

Ich lade diese Folge auf mein scheißgeiles iPhone und mache es mir auf der Couch bequem, um sie anzusehen.

In dieser Folge sind Sergeant Joe Friday und Officer Bill Gannon irritiert, weil Drogenkartelle große Mengen an Ware durch den Flughafen schmuggeln und die Polizei Schwierigkeiten hat, das zu unterbinden, weil sie nichts in der Hand haben. Erst eine nebenbei geäußerte Bemerkung von Officer Bill Gannon, dass er ja kein Hund sei, der Drogen erschnüffeln könne, bringt Sergeant Joe Friday auf eine Idee – das Polizeidezernat sollte einen Hund trainieren, damit er Päckchen mit Marihuana erkennt.

Das Ganze kommt einem zunächst etwas hirnrissig vor (ich liebe das Wort »hirnrissig«), und ich weiß noch, dass ich mich beim ersten Ansehen fragte, warum Sergeant Joe Friday und Officer Bill Gannon so blöd waren, nicht früher daran zu denken, aber wie sich herausstellt, ist es nicht einfach, einen Hund darauf zu trainieren, dass er Drogen erschnüffelt. Tatsächlich bin ich auch jetzt wieder extrem nervös, als ich die Folge sehe, aus Angst, dass der Hund Ginger seine Aufgabe nicht bewältigt. Das ist natürlich dumm, denn ich weiß ja, wie die Folge ausgeht. Ginger wird in das Dezernat aufgenommen und ist so gut beim Aufspüren von Drogen, dass die Drogenkartelle ein Kopfgeld auf sie aussetzen. Drogenkartelle sind der letzte Dreck, und es ist Jack Webbs Filmkunst anzurechnen, dass ich jedes Mal wieder völlig fertig bin, wenn ich diese Folge sehe.

Doch unabhängig von meiner Aufregung hat dieser Tag eindeutig gezeigt: Ich bin auf dem richtigen Weg. Auf dem richtigen Weg. Auf dem richtigen Weg.

QUASI DONNERSTAG, 22. DEZEMBER 2011

Es ist 3:06 Uhr.

Ich bin nicht auf dem richtigen Weg.

Ich habe Sheila Renfro nicht erlaubt, in meinen Träumen aufzutauchen. Aber ich schätze, sie braucht keine Erlaubnis, denn sie war da, in dem Nachthemd, das sie in der Nacht trug, die sie in meinem Bett verbrachte. Sie folgte mir bei Nacht durch einen Wald und ließ es zu, dass ich sie sah, doch sie selbst sah mich nicht an und antwortete auch nicht, als ich sie ansprach. Stundenlang marschierten wir durch diesen Wald, der mir fremd war. Es kann nicht in Cheyenne Wells, Colorado, gewesen sein, denn dort gibt es keine Wälder. Und zu meinem Leben hier in Montana hat Sheila Renfro keinerlei Bezug. Es war ein verwirrender Traum, und als ich schließlich entschied, zu ihr hinzulaufen – im Traum –, ist sie verschwunden.

Davon wachte ich dann ganz verängstigt auf und rief: »Sheila!«, nicht »Sheila Renfro«, was sie immer amüsiert hat, sondern nur »Sheila«. Was hat das zu bedeuten?

Das ist natürlich eine rhetorische Frage. Seit ich deutliche Träume habe, lese ich über Traumwissenschaft, so viel ich kann, und ich fürchte, die Oneirologen sind keine große Hilfe, wenn es um die klare Deutung dessen geht, was wir in unseren Träumen erleben. Manche glauben, unsere Träume hätten einen tieferen Sinn und eine Deutung könne uns zu einem besseren Verständnis unseres bewussten Selbst verhelfen. Andere meinen, dass Träume nicht mehr seien als Bilder, die wir während unseres bewussten Lebens abspeichern und die unser Gehirn im Schlaf dann auf unsinnige und psychodelische Weise neu verknüpft.

Bei meinen Nachforschungen bin ich auf die Begriffe »authentisches Träumen« und »illusorisches Träumen« gestoßen. Ich habe beides erlebt. Der Traum, in dem ich mit meinem Vater in Cheyenne Wells, Colorado, auf einem Barhocker sitze, war ein authentischer Traum. Das ist wirklich passiert. Der Traum heute Nacht mit Sheila Renfro in ihrem Nachthemd, die mir durch den Wald nachläuft, war ein illusorischer Traum. Das Nachthemd stammte aus der Realität, alles andere nicht.

Diese Mischung aus Bekanntem und Unbekanntem war sehr verstörend, und für mein Tatsachen liebendes Gehirn ist dies eine Last, also muss ich praktisch vorgehen.

Es wird sehr schwer werden, eine angemessene Menge Schlaf zu bekommen, falls ich nun regelmäßig von Sheila Renfro träumen sollte.

Es ist praktisch unmöglich, nicht an Sheila Renfro zu denken, wenn ich wach bin. Als ich gestern mit Dr. Bryan Thomsen sprach, war der schönste Teil der, als ich über Sheila Renfro sprechen konnte.

Ich muss mit den Dingen zurechtkommen, wie sie sind. Ich bin hier, und sie ist da, also muss ich in meinem Leben das Beste daraus machen. Dieser Stinkstiefel von einem Jahr hat mir so viel abverlangt, und auch Sheila Renfro hat er mir weggenommen. Ich muss das akzeptieren. Ich bin nicht der besondere Mann, der ihre Besonderheit erkannt hat. Das hat sie selbst gesagt, und sie sollte es wissen.

Ich hasse es, dass sie das gesagt hat, aber sie hat es getan, und ich muss mein Leben hier weiterleben.

OFFIZIELL DONNERSTAG, 22. DEZEMBER 2011

Diarium von Edward Stanton:
Heutige Aufwachzeit: 3:06 Uhr wegen meines schrecklichen Traums. Nachdem ich mich beruhigt hatte, stellte ich den Wecker auf 8:45 Uhr, damit ich meine Daten vervollständigen und meinen Termin bei Dr. Rex Helton wahrnehmen kann.
Höchsttemperatur am Mittwoch, 21. Dezember 2011 (355. Tag): 2°, vier Grad weniger als am Tag zuvor. Das ist eine relativ normale Temperatur für Ende Dezember.
Tiefsttemperatur am Mittwoch, 21. Dezember 2011: -2°, dieselbe wie am Tag zuvor.
Niederschlagsmenge am Mittwoch, 21. Dezember 2011: kaum messbar
Gesamte Niederschlagsmenge für 2011: 494,9 mm

Neue Einträge:

Körperliche Betätigung am Mittwoch, 21. Dezember 2011: Ich bin eine Dreiviertelstunde durch die Nachbarschaft gelaufen, mein längster Spaziergang seit dem Unfall. Ich bin auf den Gehwegen der Lewis, Clark und Yellowstone Avenues entlanggegangen und habe die Runde und den Ausblick sehr genossen. Ich denke, diese Runde werde ich heute wieder laufen.

Gefahrene Meilen am Mittwoch, 21. Dezember 2011: Es wird eine Weile dauern, bis ich wieder eine lange Reise antrete. Daher ist dieser Punkt ab jetzt gestrichen.

Insgesamt gefahrene Meilen: Auch dieser Punkt ist gestrichen.

Benzinverbrauch am Mittwoch, 21. Dezember 2011: Auch dieser Punkt ist gestrichen.

Nachtrag:

Wegen einiger Angelegenheiten bin ich heute sehr nervös. Ich bin nervös, weil ich Dr. Rex Helton aufsuchen werde. Ich bin nervös, weil ich Jay L. Lamb wegen einer neuen Arbeit aufsuchen werde. Ich mag Jay L. Lamb nicht besonders, was unfair sein mag, wo er mich doch jetzt gut behandelt, aber ich kann nicht anders. Die Vorstellung, dass er mir eine Arbeit vermittelt, gefällt mir nicht, aber ich muss einräumen, dass ich eine Beschäftigung brauche, wenn dieses neue Lebensprogramm funktionieren soll. Ich werde meine Bedenken unterdrücken und abwarten, was Jay L. Lamb zu sagen hat.

Heute Morgen rief meine Mutter an und sagte, ich solle um 17:00 Uhr zu ihrer Wohnung kommen, wo wir dann reden und essen würden. Ich bin jetzt bereit für dieses Gespräch. Mein destruktiver Ärger ist verflogen. Ich wünsche immer noch, dass sie einsieht, was sie Schlimmes getan hat, aber ich kann das auf konstruktive Weise tun – dank Dr. Bryan Thomsen.

Ich kann kaum glauben, dass ich diese letzten vier Wörter geschrieben habe, aber dort stehen sie, genau über diesem Absatz. Kein anderer kann sie geschrieben haben.

Erstaunlicherweise – Adverbien gehören nicht unbedingt zu meinen Lieblingswörtern, aber »erstaunlicherweise« gefällt mir gut – findet Dr. Rex Helton, ich sei auf dem richtigen Weg.

»Der Blutdruck ist gesunken. Sie wiegen hundertachtundzwanzig Komma acht Kilogramm, also haben Sie etwas abgenommen, aber nicht zu schnell. Sicher hatte der Unfall etwas damit zu tun. Was den Diabetes betrifft, ist es für eine volle Blutuntersuchung noch zu früh, aber wir wollen sehen, was ein Kurztest besagt.«

Er zieht Gummihandschuhe an und holt ein Glukosemessgerät hervor. Ich lege meine Hand mit der Handfläche nach oben auf den Tisch, und er sagt: »Kleiner Piks«, was sich vermutlich auf die Nadel bezieht und nicht auf mich.

Ich habe einen Witz gemacht. Manchmal kann ich ganz schön lustig sein.

»Sie sind bei hundertdreiundzwanzig. Nicht schlecht, Edward. Gar nicht schlecht. Machen Sie weiter so.«

* * *

Das Gefühl des Wohlbefindens in Dr. Rex Heltons Praxis weicht dem der Verunsicherung im Büro von Jay L. Lamb. Zum ersten Mal seit dem Tod meines Vaters muss ich wieder auf diesen unbequemen Möbeln sitzen, die Jay L. Lamb so gerne kauft. Ich sitze vor dem Schreibtisch seiner unglaublich hübschen Sekretärin, die gerade zum vierten Mal sagt: »Er wird sich gleich um Sie kümmern.«

Jay L. Lamb hat ebenfalls ein Problem mit seinen Zeitschriften. In Dr. Buckleys Praxis, die jetzt Dr. Bryan Thomsens Praxis ist, gibt es Frauenzeitschriften, Sportmagazine, Autozeitschriften, Outdoor-Magazine ... mit anderen Worten: so ziemlich jede Art von Zeitschrift, die man sich vorstellen kann, außer Pornohefte. Es spricht für Dr. Buckleys und Dr. Byan Thomsens Bereitschaft, eine ganze Bandbreite von Patienten sich willkommen und wohlfühlen zu lassen.

Jay L. Lamb hat nur Finanzzeitschriften. Ich bin sein Klient, und dennoch fühle ich mich weder willkommen noch wohl. Entschuldigen Sie, dass ich das so offen sage, aber ich finde das ziemlich beschissen von Jay L. Lamb.

»Er wird sich gleich um Sie kümmern«, wiederholt die unglaublich hübsche Sekretärin.

Ich sehe auf die Uhr. Es ist 13:17 Uhr, siebzehn Minuten nach unserer verabredeten Zeit. »Gleich« ist schon lange vorbei.

* * *

Um 13:21 Uhr darf ich endlich in Jay L. Lambs Büro. Er deutet auf einen Sessel vor seinem Schreibtisch, in den ich mich setzen soll und der nur wenig bequemer ist als der Sessel, aus dem ich mich gerade erhoben habe.

»Edward, wie geht es dir?«

»Nun, Mr Lamb, ich hatte einen Autounfall und wurde gegen meinen Willen von Colorado nach Hause gebracht. Es ging mir schon mal besser.«

Jay L. Lamb lächelt säuerlich, was die einzige Art von Lächeln ist, die ich von ihm kenne.

»Ja ... nun ... deine Mutter hat mich informiert, weshalb wir heute auch hier sitzen. Ich habe eine Arbeit für dich gefunden, wenn du sie willst.«

»Was für eine?«

»Es ist ein Kurierdienst.«

»Sie meinen, ich arbeite als Lieferant?«

»Nein, nicht ganz. Es geht tatsächlich um eine Position, die höchstes Vertrauen voraussetzt. Diese Kanzlei – wir sind drei Partner und sechs weitere Anwälte – produziert viel Schriftverkehr, und dieser Schriftverkehr muss seinen Weg an die diversen Zielorte finden, sei es das Gericht oder das Ordnungsamt oder ein Klient oder eine andere Kanzlei. Wir brauchen jemanden, der gut organisiert ist, der diese Stadt und die Umgebung gut kennt, der zuverlässig ist. Tatsächlich ist diese Stelle perfekt für dich, weil alles auf dich zutrifft, und ich frage mich, warum mir das nicht schon viel früher eingefallen ist.«

»Wären Sie mein direkter Vorgesetzter?«

Die Anstellung klingt recht gut, aber alles hängt von seiner Antwort auf meine Frage ab.

»Normalerweise ja. Ich und die zwei anderen Partner. Seit Clea vor zwei Jahren gestorben ist, habe ich ununterbrochen gearbeitet. Es wird Zeit für mich, zu entspannen und die Zeit zu genießen, die mir noch bleibt. Ich habe also mit Mr

Slaughter und Mr Lambert darüber gesprochen, und einer dieser Männer wird dein direkter Vorgesetzter sein. Du und ich sind dann Kollegen, zumindest ein paar Wochen lang. Wenn wir als Partner über deine Anstellung sprechen, werde ich mich aus diesen Gesprächen ausklammern. Klingt das fair?«

Es klingt mehr als fair. Ich denke gerade, dass ich Jay L. Lamb vielleicht unterschätzt habe.

»Ja«, sage ich. »Aber ich habe noch zwei weitere Fragen.«

»Das dachte ich mir.«

»Wer wird dann unser Anwalt?«

Jay L. Lamb lacht, steht auf und setzt sich auf die Kante seines Glastisches. »Ich werde ein sogenannter ›emeritierter Anwalt‹. Das bedeutet, dass ich immer noch in manche Geschäfte verwickelt bin. Ich werde ein Büro behalten. Und ich nehme zwei Klienten mit in den Ruhestand – deine Mutter und dich. In dieser Beziehung wird sich also nichts ändern. Und deine zweite Frage?«

»Wie hoch ist die Bezahlung für diese Arbeit?«

»Zunächst einmal gibt es dreizehn Dollar pro Stunde. Ich weiß, das ist weniger, als du beim *Herald-Gleaner* verdient hast, aber dafür werden alle Krankenversicherungsleistungen übernommen, und du bekommst drei Wochen bezahlten Urlaub, was besser ist als das, was du bei der Zeitung bekommen hast, und wir zahlen auch in den Rentenplan ein. Es ist ein gutes Paket, und ich denke, wir wissen beide, dass dieses Gehalt bei deinen finanziellen Verhältnissen nicht viel Unterschied machen wird.«

Ich denke, Jay L. Lamb hat gerade nett umschrieben, dass ich scheißreich bin.

»Ich nehme die Stelle an«, sage ich. »Wann geht es los?«

»Sagen wir am zweiten Januar, am Montag nach Neujahr. Bis dahin wird das hier sowieso eine Geisterstadt sein.

Sei um acht Uhr da, dann fangen wir an. Willkommen an Bord, Edward.«

Wir geben uns darauf die Hand. Ich staune.

* * *

Um 14:42 Uhr bin ich zu Hause. Während ich das Hühnerschnitzel zum Mittagessen brate, sehe ich auf meinem scheißgeilen iPhone die nächste Folge von *Polizeibericht*, weil ich heute nach dem Essen bei meiner Mutter vielleicht spät nach Hause komme. Ich will nicht jetzt, wo ich gerade erst wieder damit angefangen habe, schon eine Folge verpassen.

»Sergeant Drucker spielt falsch« ist die siebzehnte der *Polizeibericht*-Folgen der dritten Staffel in Farbe, die zwischen 1967 und 1970 ausgestrahlt wurde. Diese Episode wurde zuerst am 6. Februar 1969 gezeigt und gehört zu meinen Lieblingsfolgen.

Etwas, das ich an *Polizeibericht* sehr schätze, ist die Authentizität. Anders als bei heutigen Fernsehsendungen, in denen jede Menge falsch ist, zeigt *Polizeibericht*, wie echte Polizeiarbeit wirklich läuft. Außerdem gibt Sergeant Joe Friday (gespielt von Jack Webb) am Anfang oft noch ein bisschen Geschichtsunterricht. Ich werde bestimmt nicht voller Spannung darauf warten, dass so etwas bei *Jersey Shore* passiert.

* * *

Die Wohnung meiner Mutter liegt in einem Hochhaus namens *Stapleton Building* in der Innenstadt. Als es 1904 gebaut wurde, war es das höchste und schönste Gebäude in Billings, Montana. Früher waren darin das beste Kaufhaus, *Hart-Albin*, viele Büroräume und sogar ein Nachtklub mit Übernachtungsmöglichkeit für Männer untergebracht. Die meiste Zeit meines Lebens stand es jedoch leer und sah verwahrlost aus (ich liebe das Wort »verwahrlost«), bis ein paar örtliche Baugesellschaften es umbauten, mit Eigentumswohnungen, Restaurants und Geschäften. Meine Mutter zog dorthin um, nachdem mein Vater gestorben war, und jetzt verbringt sie ihre Zeit jeweils zur Hälfte hier und in Texas – wobei die Zeit in Texas allmählich immer länger wird.

Meine Mutter lässt mich per Türöffner in die Lobby, und ich fahre mit dem Fahrstuhl in den dritten Stock zu ihrer Wohnung, von der aus sie auf die Straßen der Innenstadt sehen kann. Es ist eine schöne Wohnung, obwohl ich meinen Bungalow an der Clark Avenue schöner finde.

Meine Mutter öffnet die Tür und lässt mich ein.

Im Wohnzimmer steht Jay L. Lamb.

»Hallo, Edward«, sagt er.

»Hallo, Mr Lamb.«

Meine Mutter schließt die Tür, kommt hinter mich und legt mir einen Arm um die Taille.

»Jay hat mir gerade von deiner neuen Arbeit erzählt. Ich bin ja so froh, dass das geklappt hat.«

Ich winde mich aus ihrem Arm.

»Meine Rippen tun noch weh«, sage ich, und sie entschuldigt sich schnell.

»Warum unterhaltet ihr euch nicht ein bisschen?«, meint sie. »Ich mache die Soße fertig.«

Jay setzt sich hin und bedeutet mir, ihm gegenüber auf dem Sofa Platz zu nehmen. Ich folge meiner Mutter in die Küche.

»Willst du etwas trinken?«, fragt sie.

»Nein, Mutter. Wieso ist Jay L. Lamb hier?«

»Ich habe ihn eingeladen.«

»Warum?«

»Er ist unser Freund, und er hat gerade etwas sehr Nettes für dich getan.«

»Und das weiß ich auch zu schätzen. Aber ich dachte, du und ich wollen reden.«

»Das können wir doch.«

»Während Jay L. Lamb dabei ist? Ich möchte privat mit dir sprechen.«

»Dann schieß los.«

Meine Mutter versteht mich nicht. Ich gehe wieder ins Wohnzimmer, wo Jay L. Lamb sein Glas schwenkt. Ich gehe zum Fenster und blicke auf den Broadway hinunter, um mit dem Rücken zu Jay L. Lamb und meiner Mutter zu stehen, damit sie nicht sehen, wie irritiert ich bin.

»Was gibt's Neues, Edward?«, fragt Jay L. Lamb.

»Seit wir uns vor vier Stunden gesehen haben? Nicht viel.«

Meine Mutter kommt mit einem Tablett voll Cracker ins Zimmer. Ich kann ihr Spiegelbild in der Fensterscheibe sehen.

»Edward, möchtest du jetzt reden? Wir haben noch etwas Zeit, bevor ich den Braten aus dem Ofen hole.«

»Nein.«

»Könntest du wohl bitte herkommen und dich hinsetzen? Wir würden gern etwas mit dir besprechen.«

Ich drehe mich um und gehe zum Sofa gegenüber von Jay L. Lamb und meiner Mutter, die nebeneinandersitzen. Ich setze mich ganz ans andere Ende, so weit von ihnen weg wie nur möglich. Ich habe keinen Hunger. Ich dachte, ich hätte welchen, aber das habe ich nicht.

»Edward«, sagt Jay L. Lamb, »weißt du noch, dass ich gesagt habe, ich würde in den Ruhestand gehen?«

»Ja.«

»Deine Mutter hat mich gebeten mit ihr nach Texas zu ziehen, und das werde ich auch tun – wenn das für dich in Ordnung ist.«

Ich sehe meine Mutter an. Sie nickt und lächelt mir zu.

»Warum?«

»Weil wir uns sehr gern haben.«

Er greift zu ihr hinüber und nimmt ihre Hand.

Heilige Scheiße!

»Sie meinen, Sie sind ihr fester Freund?«, frage ich nach.

»So in etwa.«

»Genau so«, sagt meine Mutter.

Ich sehe sie an, wie sie dasitzen und Händchen halten. Sie sehen so glücklich aus, und das macht mich wütend. Vor zwei Tagen habe ich auch mit jemandem Händchen gehalten. Und was ist dann passiert?

»Wieso hast du mir nichts gesagt?«

»Bis vor Kurzem gab es da noch nicht viel zu sagen«, erwidert Jay L. Lamb. »Ich weiß, das kommt überraschend, Edward. Für uns auch.«

Ich will, dass er still ist und nie mehr ein Wort zu mir sagt. Ich sehe ihn nicht an. Ich sehe nur auf meine Mutter.

»Die Wohnung verkaufen wir«, sagt meine Mutter. »Wir werden dann immer in Texas wohnen.«

Ich kann nicht glauben, was ich da höre.

»Jay L. Lamb hat gerade gesagt: ›Wenn es für dich in Ordnung ist‹. Bedeutet das, ich habe da irgendein Mitspracherecht?«

Meine Mutter drückt Jay L. Lamb die Hand.

»Das nicht unbedingt. Aber Jay hätte gern deinen Segen. Es ist ihm wichtig und mir auch. Ich finde, er zeigt eine Menge Respekt, indem er dich fragt.«

Ich bin Dimensionen von Irritierung entfernt.

»Du hast gesagt, du würdest mit keinem müffelnden alten Mann mehr zusammenleben wollen!«

Jay L. Lamb hustet Teile seines Getränks in sein Glas zurück, dann sieht er meine Mutter ungläubig an.

»Als ich das damals sagte, habe ich das auch so gemeint. Und übrigens, Jay, du müffelst überhaupt nicht. Aber die Dinge ändern sich, mein Sohn.«

»Wie lange haben sich die Dinge schon geändert?«

Ich klinge schrill und böse und merke, dass ich schrill und böse *bin* und mir jetzt selbst Dr. Bryan Thomsens bester Rat nichts helfen wird.

»Das kam nach und nach«, sagt Jay L. Lamb. »Unmerklich. Wir haben in den letzten Jahren einige Zeit zusammen verbracht, sind zu denselben Wohltätigkeitsveranstaltungen gegangen, haben uns unser Herz ausgeschüttet. Es ist einfach passiert.«

»Du solltest dich freuen«, sagt meine Mutter. »Du solltest dich für mich freuen.«

Ich stehe auf und stelle mich wieder ans Fenster.

»Ich freue mich nicht, Mutter. Nicht hierüber und auch nicht über eine Menge anderer Dinge.«

»Lass uns darüber sprechen.«

»Nein.«

»Ich sollte gehen«, sagt Jay L. Lamb. »Ihr zwei solltet erst einmal allein reden.«

»Nein«, sagt meine Mutter.

»Ja«, sage ich.

Jay L. Lamb sieht aus wie ein Tier in der Falle, was mir auf böse Weise Vergnügen bereitet.

»Jay, bitte setz dich wieder«, sagt meine Mutter, und er gehorcht.

Ich drehe mich um und sehe die beiden an.

»Ich gehe. Ich fahre nach Hause. Ich kann nicht fassen, dass du einfach von hier wegziehst. Noch dazu mit Jay L. Lamb! Was würde Vater davon halten? Kein Wunder, dass du sagst, du würdest ihn nicht vermissen.«

Meine Mutter wird bleich.

»Ich glaube, er würde sich für mich freuen. Anders als du. Aber das ist egal. Er ist weg, und ich bin hier. Ich habe jemanden gefunden, mit dem ich zusammen sein will. Du bist egoistisch, wenn du dagegen bist.«

»Nein, du bist egoistisch!«

Ich verlasse die Wohnung, und als ich draußen im Hausflur bin, laufe ich zum Fahrstuhl. Meine Rippen schreien Protest, aber das ist mir egal.

Auf der Straße gehe ich zu meinem neuen Cadillac DTS – den Jay L. Lamb für mich gekauft hat. Den meine Mutter gefahren hat, um mich aus Cheyenne Wells wegzubringen. Der neben Jay L. Lambs Volvo parkt.

Ich gehe zur Fahrerseite des Volvo, hole mit dem rechten Fuß aus und trete fest gegen die Fahrertür, was einen Abdruck der Schuhgröße sechsundvierzig hinterlässt.

Ich kehre zu meinem Wagen zurück, öffne die Fahrertür und steige ein. Ich bin müde. Ich bin verletzt. Ich bin irritiert. Ich frage mich, wie viele Stinkstiefel ich in diesem Jahr noch verpasst kriege.

FREITAG, 23. DEZEMBER 2011

Diarium von Edward Stanton
Heutige Aufwachzeit: Was hat das schon für eine Bedeutung?
Höchsttemperatur am Donnerstag, 22. Dezember 2011: Wen kümmert das?
Tiefsttemperatur am Donnerstag, 22. Dezember 2011: Welche Rolle spielt das?
Niederschlagsmenge am Donnerstag, 22. Dezember 2011: Ist doch egal.
Gesamte Niederschlagsmenge für 2011: Auch das ist egal.

Neue Einträge:
Scheiß auf neue Einträge!

Heute kam die Kaffeemaschine für meine Mutter per UPS-Lieferung.

Ich bin damit durchs Haus gegangen, zur Hintertür hinaus, durch den Garten auf den kleinen Weg und habe sie in den Mülleimer geworfen.

Frohe Weihnachten, Mutter!

SAMSTAG, 24. DEZEMBER 2011

Diarium von Edward Stanton
Heutige Aufwachzeit:
Höchsttemperatur am Freitag, 23. Dezember 2011 (357. Tag):
Tiefsttemperatur am Freitag, 23. Dezember 2011:
Niederschlagsmenge am Freitag, 23. Dezember 2011:
Gesamte Niederschlagsmenge für 2011:

Neue Einträge:
Scheiß auf neue Einträge! (Das gilt noch immer.)

Um 7:38 Uhr beginnt das Telefon zu klingeln. Bis 8:56 Uhr bekomme ich vierzehn Anrufe. Ich ziehe das Kabel aus der Telefonbuchse.

Um 9:04 Uhr klingelt mein scheißgeiles Handy. Kyle hat meinen Klingelton in »Honky Tonk Badonkadonk« umgeändert, und selbst in meiner grimmigen Stimmung muss ich zugeben, dass es lustig ist. Der Anruf kommt von meiner Mutter. Ich stelle das Klingeln auf stumm. Bis 14:00 Uhr ruft sie sechsunddreißig weitere Male an. Jedes Mal leuchtet die Anzeige auf, und ich höre »Honky Tonk Badonkadonk« in meinem Kopf. Mittlerweile ist es nicht mehr lustig. Ich schalte das Handy komplett aus.

Gleich sehe ich das Spiel der Dallas Cowboys gegen die Philadelphia Eagles. Die New York Giants haben die New York Jets bereits geschlagen, also wird es unabhängig vom heutigen Ergebnis auf ein Endspiel am 1. Januar in New York gegen die Giants hinauslaufen.

Es ist eigenartig, hier in meinem Wohnzimmer in Billings, Montana, zu sitzen und ein Spiel zu sehen, das ich eigentlich live vor Ort hätte sehen sollen. Das bringt mich zum Nachdenken darüber, wie kleine Dinge manchmal große Dinge verändern können. Wenn Kyle sich nicht in meinem Auto versteckt hätte, als ich aus Boise losfuhr, wäre ich vermutlich nach Cheyenne Wells gefahren, ein paar Tage dort geblieben, wieder nach Hause gefahren, wie geplant in mein Flugzeug gestiegen und nach Texas geflogen. Wenn ich Kyle aus der Gleichung herausnehme, fehlt aber auch der schreckliche Moment, in dem er mir erzählte, was mit ihm passiert ist, es fehlt die panische Fahrt durch die Dunkelheit, um ihn zu seiner Familie zurückzubringen, und damit auch der Aufprall auf den Schneepflug. Wenn ich all diese Dinge herausnehme, dann fehlt auch, dass Sheila Renfro meine Tabletten und mein Handy findet und mir hinterherfährt. Dann wäre das Küssen auf der Couch nie passiert und dass sie nach der Drogenrazzia in ihrem Motel in meinen Armen geschlafen hat. Und meine Mutter wäre nicht anderntags gekommen und hätte mich hierher zurückgebracht. Okay, Letzteres würde ich tatsächlich gern eliminieren, aber das geht nicht, ohne dass alles andere sich auch verändern würde.

Wenn ich all diese Dinge wegnehme, wäre ich jetzt in Texas. Ich wäre im Haus meiner Mutter in North Richland Hills, das sie weihnachtlich geschmückt hätte, so wie sie es mit ihren Häusern immer gemacht hat. Ich würde mit meiner Mutter und Tante Corinne Eierpunsch trinken und all die Damen aus Texas kennenlernen, von denen sie mir immer erzählt.

Wir würden in ihrem Auto zum Stadion der Cowboys fahren, nur wir zwei, und uns dieses Spiel ansehen. Vielleicht würde meine Mutter mich Jerry Jones vorstellen, dem Besitzer der Cowboys, weil sie ihn kennt. Ich müsste sehr an mich halten, ihm nicht zu sagen, was ich von seiner Geschäftsführung tatsächlich halte.

Jetzt denke ich, dass es vielleicht ganz gut ist, dass ich nicht im Stadion der Cowboys gelandet bin. Die Philadelphia Eagles haben gerade Quarterback Tony Romo umgenietet, und er ist an der Hand verletzt. Die Kommentatoren im Fernsehen sagen, sie rechnen nicht mit seiner Rückkehr aufs Spielfeld, da die Cowboys ohnehin nichts mehr zu gewinnen hätten.

Auf der anderen Seite (nicht der Seite der Philadelphia Eagles natürlich; das ist ein Witz, weil ich manchmal ganz schön witzig bin) würde ich vielleicht gern alles ändern. Das kann ich natürlich nicht. Ich meine das nur hypothetisch. Ich denke an den Schmetterlingseffekt, der besagt, dass ein winzig kleines Ereignis in einem nicht linearen System spätere Situationen auf massive Weise verändern kann. Mit anderen Worten: Selbst wenn ich etwas in meiner Vergangenheit ändern könnte – und um das noch mal klar zu sagen; ich kann es nicht –, würde diese eine Veränderung viele andere Dinge verändern, und das vielleicht auf eine Weise, die mir nicht gefallen würde.

Ich komme nicht umhin mich zu fragen, worin der Unterschied läge. Mir scheint, dass sich ohnehin alles ändert und dass Gott oder das Universum oder wer auch immer die Verantwortung trägt, sich einen Scheiß darum schert, was ich davon halte.

* * *

Um 6:11 Uhr klopft meine Mutter an die Tür. Ich weiß, dass sie es ist, weil sie es sagt.

»Edward, ich weiß, dass du da bist. Lass mich rein, damit wir reden können.«

Ich gehe zur Tür und lege meine Wange an das Holz.

»Bitte lass mich in Ruhe, Mutter.«

»Es ist Heiligabend. Lass uns darüber reden.«

»Dein Geschenk ist hinten am Weg in der Mülltonne. Du kannst es dir rausholen, wenn du willst. Davon abgesehen will ich nicht mit dir reden, Mutter.«

»Edward!«

»Bitte geh weg.«

»Wirst du je wieder mit mir sprechen?«

»Wenn ich bereit bin. Es liegt in meiner Souveränität zu entscheiden, wann das ist.«

»Ich liebe dich, Edward.«

Meine Mutter weint. Ich kann es hören.

»Das weiß ich. Ich liebe dich auch. Bitte geh weg.«

Ich höre, wie sie die Stufen der Veranda hinuntersteigt. Ich gehe zum Fenster und öffne den Vorhang gerade so weit, dass ich in den Vorgarten sehen kann. Meine Mutter geht über die Straße und steigt in Jay L. Lambs Volvo, in dessen Fahrertür noch mein Fußabdruck steckt. Er bringt sie von mir weg, so wie er es in Zukunft immer tun wird.

SONNTAG, 25. DEZEMBER 2011

Diarium von Edward Stanton:
Heutige Aufwachzeit: 7:28 Uhr, das 211. Mal im Jahr, das ich zu dieser Zeit aufgewacht bin, wenn man gestern mitzählt, weil da mein Telefon klingelte.
Höchsttemperatur für Samstag, 24. Dezember 2011 (358. Tag): 11°. Heilige Scheiße!
Tiefsttemperatur für Samstag, 24. Dezember 2011: -5°. Ich habe keine Ahnung, wie die Höchst- und Tiefsttemperatur am 23. Dezember war. Ich habe die Zeitung weggeworfen, ohne sie zu lesen.
Niederschlagsmenge für Samstag, 24. Dezember 2011: 0,0 mm
Gesamte Niederschlagsmenge für 2011: 495,0 mm, was bedeutet, dass wir am Freitag einen zehntel Millimeter dazubekommen haben.

Vor zwei Tagen habe ich zu meinen regelmäßigen Aufzeichnungen im Diarium »Wen kümmert das?« geschrieben. Mich kümmert es.

Frohe Weihnachten.

* * *

Um 9:03 Uhr klopft jemand an meine Haustür. Ich gehe hin und drücke mein Gesicht dagegen.

»Mutter?«

»Edward, hier ist Bryan Thomsen. Würden Sie mich bitte reinlassen?«

Heilige Scheiße!

Ich öffne die Tür.

* * *

Dr. Bryan Thomsen setzt sich auf mein kleines Zweiersofa und verschränkt die Hände auf dem Schoß.

»Eine Menge Leute machen sich Sorgen um Sie, Edward.«

»Meine Mutter.«

»Ja, Ihre Mutter. Und Ihre Freundin Donna, die letzte Nacht versucht hat, Sie anzurufen, nachdem Ihre Mutter sie angerufen hat. Der Freund Ihrer Mutter, Jay ...«

»Der ist ein Arschloch.«

»Hören Sie, Edward, ich bin nicht hier, um irgendjemandes Partei zu ergreifen. Ich bin Ihr Therapeut. Menschen, denen Sie etwas bedeuten, haben mich gebeten, herzukommen und sicherzustellen, dass es Ihnen gut geht, und weil Sie auch mir etwas bedeuten, bin ich hier und lasse meine Frau und meine Kinder am Weihnachtsmorgen allein. Also, wie wäre es, wenn wir jetzt mal vergessen, wer ein Arschloch ist und wer nicht und über alles reden, okay?

»Ja. Okay.«

»Gut. Möchten Sie mir erzählen, was passiert ist?«

Ich erzähle es ihm, angefangen mit meinem Besuch bei ihm vor zwei Tagen und wie gut ich mich danach fühlte. Ich kam nach Hause und fasste den Entschluss, mein Leben in vollen Zügen und voller Verantwortung zu leben.

»Dann fuhr ich zu meiner Mutter, und fand heraus, dass sie Jay L. Lamb liebt, und alles brach in sich zusammen.«

»Haben Sie immer noch ein Problem mit diesem Mann, aufgrund dessen Sie meinen, dass er kein guter Partner für Ihre Mutter wäre?«

Darüber muss ich nachdenken. Es gab eine Zeit in meinem Leben, in der ich nichts mehr gehasst habe, als Nachrichten von Jay L. Lamb zu bekommen – von meinem Vater einmal abgesehen. Mit meinem Vater gab es jedoch eine liebevolle Vorgeschichte, was den Ärger zwischen uns auf seltsame Weise viel eindringlicher und persönlicher machte.

Das sage ich Dr. Bryan Thomsen, und er nickt, als wüsste er ganz genau, wovon ich spreche. Aber seine Frage lautete, ob ich heute noch ein Problem mit Jay L. Lamb hätte, das meine Mutter meiner Meinung nach in Gefahr bringen könnte, wenn sie sich näher auf ihn einlässt.

Ich muss ehrlich sein: Das habe ich nicht. Seit über drei Jahren behandelt mich Jay L. Lamb sehr respektvoll. Meine Mutter mag ihn offensichtlich sehr gern, auch wenn ich mir nicht vorstellen kann, warum.

»Ich hätte gern gewusst, dass er meiner Mutter den Hof macht«, sage ich Dr. Bryan Thomsen. »Aber abgesehen davon habe ich kein Problem mit ihm, nein.«

»Liegt das Problem bei Ihrer Mutter?«, will er wissen. »Haben Sie je mit ihr darüber gesprochen, was wir gerade besprechen?«

»Nein, dazu hatte ich keine Gelegenheit.«

»Ich möchte sichergehen, dass ich den Ablauf richtig verstanden habe«, sagt Dr. Bryan Thomsen. »Sie sind zu ihrer Wohnung gefahren, um mit ihr zu reden. Aber da war auf einmal Jay und sie wollten es nicht in seiner Gegenwart tun. Dann haben Ihre Mutter und Jay Ihnen die Neuigkeiten eröffnet, dass sie zusammen sind und ganz nach Texas übersiedeln wollen. Ist es so gelaufen?«

»Ja.«

»Darf ich Ihnen sagen, was ich denke?«

»Ja.«

»Zunächst einmal denke ich, dass Sie weiterhin guten Grund haben, sich mit Ihrer Mutter auszusprechen. Sie muss wissen, welche Auswirkungen ihre Handlungen auf Sie haben. Wenn Sie sich vorher schon dazu in der Lage gefühlt hätten, wäre es vielleicht nicht so weit gekommen wie jetzt.«

»Wie meinen Sie das?«

Dr. Bryan Thomsen lehnt sich vor und sieht mir in die Augen, wobei ich mich unwohl fühle.

»Wie lautete das Wort, das Sie benutzt haben, als Ihre Mutter gegen Ihren Willen gehandelt hat?«

»Souveränität. Sie hat meine Souveränität untergraben, indem sie mich zwang, Colorado zu verlassen, ehe ich dazu bereit war.«

»Sie traf eine Entscheidung, die Ihre hätte sein sollen«, sagt Dr. Bryan Thomsen.

»Das ist korrekt.«

»Okay, gut. Nun möchte ich Sie etwas fragen. Wenn Sie böse auf Ihre Mutter sind, weil sie Montana für immer verlässt und eine Beziehung mit Jay Lamb eingeht, und Sie sie dafür mit Ihrem Schweigen bestrafen – was versuchen Sie damit zu erreichen?«

Dr. Bryan Thomsen muss die Situation nicht weiter beschreiben. Ich verstehe sie.

»Ich bin dumm«, sage ich.

»Nein, Sie sind emotional. Sie sind menschlich. Und Ihre Mutter ebenso. Jeder von Ihnen denkt, er oder sie weiß, was das Beste für den anderen ist, und Sie haben sich beide schlecht benommen, um sich durchzusetzen. Wenn Ihre Mutter mit Jay Lamb nach Texas ziehen will, müssen Sie sie das tun lassen. Sie können ihre Entscheidung nicht ändern. Sie können nur entscheiden, wie Sie damit umgehen. Denken Sie, Sie schaffen das?«

»Ja. Aber ich will ehrlich sein. Es stört mich, wenn ich mir vorstelle, dass sie nach meinem Vater einen anderen Mann liebt. Ich finde das irrational.«

»So sind Gefühle nun einmal«, sagt Dr. Bryan Thomsen.

»Es ist nur so, dass meine Mutter gesagt hat, sie vermisse meinen Vater nicht, und das irritiert mich. Ich vermisse ihn andauernd. In gewisser Hinsicht vermisse ich ihn jetzt mehr als früher.«

»Warum, denken Sie, ist das so?«

»Ich weiß es nicht.«

»Denken Sie nach.«

Das ist so ein Moment, in dem Dr. Bryan Thomsen mich nervt. Ich denke seit Tagen, Monaten und Jahren darüber nach. Ich weiß es nicht.

»Ich weiß es nicht«, wiederhole ich.

»Für mich klingt es, als hätte Ihre Mutter ihren Frieden mit ihm geschlossen«, sagt Dr. Bryan Thomsen. »Vielleicht sollten Sie sich fragen, ob Sie das auch getan haben. Dann verstehen Sie Ihre Mutter vielleicht besser. Wenn das nicht gelingt, ist es vielleicht an der Zeit, sich zu fragen warum. Sie haben eine Menge, worüber Sie reden müssen, finden Sie nicht?«

»Ja.«

»Und werden Sie das tun?«

»Ja.«

»Gut. Frohe Weihnachten, Edward.«

MONTAG, 26. DEZEMBER 2011

Diarium von Edward Stanton:
Heutige Aufwachzeit: 7:38 Uhr (zum 212. Mal in diesem Jahr – ein Zeichen von Normalität, schätze ich).
Höchsttemperatur am Sonntag, 25. Dezember 2011 (359. Tag): 8°, drei Grad weniger als am Vortag, aber immer noch sehr warm für diese Jahreszeit.
Tiefsttemperatur am Sonntag, 25. Dezember 2011: -2°, drei Grad wärmer als am Vortag.
Niederschlagsmenge am Sonntag, 25. Dezember 2011: 0,0 mm
Gesamte Niederschlagsmenge für 2011: 495,0 mm

Ich habe darüber nachgedacht, was Dr. Bryan Thomsen über meine Mutter und ihre Souveränität sagte, und ich denke, es ergibt einen Sinn. Ich nehme an, ich werde irgendwann mit ihr reden müssen, und ich fühle mich schlecht, dass das über Weihnachten nicht geschehen konnte, aber ich bin einfach noch nicht bereit dazu. Wir müssen viele Themen besprechen, mehr als je zuvor. Wenn ich bereit bin, werde ich mit ihr reden.

Heute Morgen bin ich zur Garage gegangen und habe die alten Beschwerdebriefe hervorgeholt, die ich am 5. November 2008 aus dem Haus geräumt hatte. Drei Jahre, einen Monat und zweiundzwanzig Tage lang habe ich dem Drang widerstanden, meinen täglichen Beschwerdebrief zu schreiben, und ich bin ziemlich sicher, dass es mir auch weiterhin gelingen wird. Natürlich ist »ziemlich sicher« weit von einer belegten Tatsache entfernt, aber mehr kann ich nicht bieten.

Bevor mein Vater starb, waren diese Beschwerdebriefe mein Weg, mit der Ungewissheit und Frustration in meiner Welt fertig zu werden. Wenn mich jemand ärgerte (oft war es mein Vater, aber nicht immer) oder ich über eine Situation sehr irritiert war, verfasste ich einen Beschwerdebrief und heftete ihn ab. Dr. Buckley hatte mir dazu geraten. Sie sagte, es habe etwas Therapeutisches, einen Brief zu schreiben und meine Gefühle herauszulassen, dass ich aber in Schwierigkeiten geraten könnte, wenn ich ihn tatsächlich abschickte. Sie ist eine sehr logische Frau. Ich kann mir zum Beispiel nicht vorstellen, dass der Besitzer der Dallas Cowboys, Jerry Jones, sehr glücklich wäre, wenn er einen Brief erhielte, in dem ich ihn als den größten Schwachkopf in der Geschichte der NFL bezeichnete. Tatsächlich habe ich ihm sechs solcher Briefe geschrieben. So eine Beschimpfung würde jeden Menschen verletzen.

Nach dem Tod meines Vaters stellte ich die Wirkung meiner Briefe infrage. Ich wollte sehen, wie es mir erginge, wenn ich mich mit meinen Frustrationen in dem Moment auseinandersetze, wenn sie auftauchen. Und ich muss sagen, dass es mir ziemlich gut damit geht. Was ich jetzt tun möchte, ist, all diese alten Beschwerdebriefe noch einmal zu lesen und mich an die Ereignisse zu erinnern, die mich damals so aufregten, um zu sehen, ob ich ein Muster erkennen kann. Wenn es ein Muster gibt, kann ich vielleicht etwas daraus lernen. Wenn es kein Muster gibt, kann ich immerhin in Erinnerungen schwelgen (ich liebe den Ausdruck »in Erinnerungen schwelgen«).

* * *

Um 12:16 Uhr klingelt es an der Tür. Ich lege einen Beschwerdebrief vom 3. April 2001 beiseite, in dem ich auf meinen Vater schimpfe, weil er meine Mutter beim Abendessen zum Weinen gebracht hat. Im Nachhinein ärgere ich mich über mich selbst, diesen Brief geschrieben und nie abgeschickt zu haben. Ich hätte meinem Vater gleich dort, beim Abendessen, sagen sollen, dass er sich unerhört verhalten hat. Er hätte es hören müssen.

Ich gehe zur Tür und lehne mich dagegen.

»Wer ist da?«, rufe ich.

»Dr. Arschtritt und die Partypisser.«

Das kann nur einer sein. Ich öffne die Tür, und tatsächlich steht Scott Shamwell vor mir, in einem T-Shirt mit der Aufschrift: »Sie dürfen mir bei meinem Eingriff gern behilflich sein.«

»Ed!«, ruft er. »Zum Teufel, Mann, wie geht's dir?«

»Scott Shamwell, was tust du denn hier?«

»Ich hab's dir doch gesagt, Mann. Ich hab gesagt, nach Weihnachten gehen wir zwei mal los und hauen auf die Kacke. Tja, und jetzt ist nach Weihnachten!«

»Aber du hast gesagt, ich soll dich anrufen.«

»Komm schon, Mann. Ich wusste doch, dass du das nie tun würdest. Und jetzt guck dir das mal an!«

Scott Shamwell tritt zur Seite und schwenkt seinen Arm in Richtung Straße, wie eine von diesen hübschen Frauen bei »Der Preis ist heiß«, wenn sie auf einen Gewinn zeigen. Vor meinem Haus steht ein schwarzes Motorrad mit Beiwagen.

»Komm schon, Mann«, sagt Scott Shamwell. »Ich nehm dich als mein Mitfahr-Kumpel mit. Lass uns scheiß unvernünftig sein!«

* * *

Scheiß unvernünftig zu sein ist nicht das, was ich normalerweise mache.

Scott Shamwell streckt die Arme ganz durch, als er das Lenkrad meines Cadillac DTS umfasst.

»Ein verdammter Cadillac«, sagt er. »O Gott, ich hoffe, keiner von meinen Freunden sieht mich in diesem Ding.«

»Es tut mir leid«, sage ich, »aber ich habe mir ein paar Rippen gebrochen. Ich kann nicht in einem Beiwagen sitzen. Außerdem sind Motorräder gefährlich.«

»Ich weiß, aber …«

»Zumindest lasse ich dich fahren«, sage ich. »Ich bin immer noch dein Mitfahr-Kumpel. Das klingt lustig.«

»Ich weiß, Mann, aber ein Cadillac ist ja so spießig!«

»Mein Vater hat immer gesagt, es ist das großartigste Verhandlungsinstrument überhaupt.«

»Ich will nicht verhandeln, Mann. Ich will Bier und Frauen.«

* * *

Wir finden einen Platz in Stillwater County auf einem Felsvorsprung mit Blick über den Yellowstone River, setzen uns auf die Motorhaube meines Cadillac DTS, essen Chicken Wings und trinken Root Beer.

»Der Typ ist also einfach so hochgegangen und hat dich wegen nichts umgehauen«, sagt Scott Shamwell.

»Ja. Du kannst immer noch ein bisschen was unter meinem Auge sehen.«

Scott Shamwell sieht genau hin und zieht die Nase kraus.

»Ich glaube, es ist weg.«

Ich gehe zum Seitenspiegel und sehe selbst nach. Scott Shamwell hat nicht gut genug hingeschaut. Unter dem Auge ist es noch ein bisschen blau. Aber ich schätze, man sieht es besser, wenn man genau weiß, wo es war.

»Ich wünschte, ich wäre da gewesen«, sagt er. »Ich hätte dem Kerl ein zweites Loch in den Arsch getreten.«

Er spannt seine sommersprossigen Arme an und gibt jedem seiner Bizepse einen Kuss. Manchmal ist er ganz schön witzig.

* * *

Als ich Scott Shamwell von Sheila Renfro erzähle, wird er ganz aufgeregt. Er ruft: »Oh, wow, Mann! Jippie-yeah!« Dann galoppiert er zweimal um den Wagen und tut so, als würde er einem Pferd auf die Kruppe schlagen.

Als er stehen bleibt, sagt er: »Hast du sie gebumst, Mann?«

Dazu bewegt er sein Becken vor und zurück.

»Hast du sie geritten?«

»Nein.«

Ich sage das kurzangebunden. Ich ärgere mich über Scott Shamwell.

»Hey, Mann«, sagt er und schlägt mir auf die Schulter. »Du musst sie rannehmen, als wenn's kein Morgen gäbe.«

Ich bin mehr als verärgert. Ich bin wütend.

»Halt den Mund«, sage ich. »Sie ist meine Freundin. Sag nicht so schmutzige Sachen über sie.«

Scott Shamwell macht ein bestürztes Gesicht. Dann wirkt er beschämt. Dann sogar reumütig.

»Sie bedeutet dir etwas«, sagt er.

»Ja.«

»Tja, Ed, das ist ... Es tut mir leid. Wirklich ... ganz furchtbar leid.«

Er sammelt unseren Müll in die Tüte.

»Willst du nach Hause fahren?«, erkundigt er sich.

»Nein«, antworte ich. »Lass uns scheiß unvernünftig sein!«

* * *

Wir sind auf einer Nebenstraße in Carbon County, ein ganzes Stück von der Landstraße entfernt, und Scott Shamwell will ausprobieren, wie schnell der Cadillac fahren kann. Er findet eine gerade Strecke und hält den Wagen an.

»Bereit?«, fragt er.

»Ich wünschte, du würdest das nicht tun.«

»Tja, Mann … Wünsche in der einen Hand und Kacke in der andern.«

Er tritt fest aufs Gaspedal, der Cadillac senkt sich hinten ein klein wenig ab, und los geht's!

»Hübscher Start«, sagt Scott Shamwell. Dann lässt er einen Schrei los. »Wuuuuuhhuuuuuuuuu!«

Er sieht mich an. Ich wünschte, er würde auf die Straße sehen.

»Schrei, Edward!«

»Wuu«, sage ich.

»Nein, du musst richtig schreien, Mann! So: Wuuuuuuhhuuuuuuuuuu!«

Ich sage: »Wuuuuuuhhuuuuuuuuuuu!«

Scott Shamwell nimmt den Fuß vom Gas.

»Hundertfünfundachtzig«, sagt er. »Das ist scheißverdammt schnell.«

* * *

Es ist 18:17 Uhr, als wir zu meinem Haus zurückkehren. Scott Shamwell sagt, er liebe meinen Cadillac und wolle auch einen und ihn »aufmotzen«.

Er schaltet den Motor ab, hält das Lenkrad aber immer noch fest. Er starrt auf meine Garage.

»Edward«, sagt er. »Ich muss dir etwas sagen, weil ich glaube, dass du im Begriff bist, eine schöne Scheiße zu bauen.«

»Okay.«

»Du willst doch nicht für diesen Eselstreiber Lamb arbeiten, oder?«

»Nein, eigentlich nicht.«

»›*Eigentlich nicht*‹ … für'n Arsch! Gar nicht!«

Scott Shamwell hat recht.

»Du solltest ihm in den Arsch treten«, sagt er. »Das ist beschissen, Mann, dass er dich für sich arbeiten lässt, während er deine alte Dame vögelt. Und es ist beschissen, wie sie dich behandeln ... dass sie dich aus Colorado zurückholen, als wärst du ein kleines Kind oder so was.«

Scott Shamwells Empörung amüsiert mich, aber die Vorstellung, mit Jay L. Lamb – oder sonst jemandem – zu kämpfen, ist vollkommen absurd.

»Was, wenn er meine Mutter liebt?«, frage ich. »Und sie ihn?«

Daraufhin schweigt Scott Shamwell einige Sekunden.

»Scott Shamwell?«, frage ich.

»Liebe ist was anderes, Mann«, sagt er schließlich. »Wenn sie ihn liebt, musst du sie gehen lassen, denn sonst wird sie dir das niemals verzeihen, und du dir selbst auch nicht, wenn es wirklich echt ist. Liebe ist Blödsinn und unheimlich und dumm, aber Scheiße, Mann, wenn du Liebe hast, sollten dich alle anderen in Ruhe lassen und sie dir gönnen, solange du sie halten kannst.«

Scott Shamwell sieht traurig aus, als er das sagt. Er atmet tief ein und lässt die Luft mit einem Stoßseufzer ab.

»Falls du dieses Auto je verkaufen willst, lass es mich wissen, Mann.«

»Das werde ich, Scott Shamwell.«

Er öffnet seine Tür, ich öffne meine. Wir steigen beide aus.

»Frohes neues Jahr, Ed«, sagt er.

»In einer Woche, ja. Noch ist es 2011.«

»Wann auch immer, Mann. Pass auf dich auf.«

Ich sehe ihm nach, wie er zu seinem Motorrad geht, und wünschte, meine Rippen würden nicht mehr wehtun, damit ich in seinem Beiwagen mitfahren kann. Ich denke, es würde ihm dann besser gehen. Ich denke außerdem, dass ich ihn eine Weile lang nicht mehr sehen werde, und das ist seltsam. Es ist eine Vermutung, was ich nicht mag, und sehr unklar, was ich noch weniger mag.

Als ich all diese Ungewissheiten beleuchtet habe, sind Scott Shamwell und sein Motorrad nur noch ein dröhnender Punkt auf der Clark Avenue und drei Straßenecken entfernt.

QUASI DIENSTAG, 27. DEZEMBER 2011

Um 2:21 Uhr werde ich von einem bizarren Traum geweckt. Darin sehe ich Scott Shamwells Gesicht, höre aber Sheila Renfros Stimme, die immer wieder ein Wort sagt: »Liebe. Liebe. Liebe. Liebe. Liebe.«

Als ich endlich wach bin, tauche ich augenblicklich in die Klarheit der wachen Welt ein. Und noch während ich mich an die psychedelischen Aspekte meines Traums erinnere, die hier in der bewussten Welt eigentlich absurd erscheinen müssten, ergibt alles, was ich gesehen und gehört habe, zum ersten Mal vollkommen Sinn. Ich kann nicht fassen, dass ich das vorher nicht erkannt habe.

Ich habe hart daran gearbeitet, dass mein Leben überschaubar und kontrolliert verläuft – in diesem Haus, in dieser Stadt, bei meiner Arbeit beim *Billings Herald-Gleaner*. Aber egal, wie sehr ich mich angestrengt habe – meine Lebensumstände sind nicht so hieb- und stichfest, wie ich sie gerne hätte. Ich habe meinen Job verloren. Meine Freunde sind weggezogen. Meine Mutter will weggehen, und so, wie es aussieht, wird sie das mit ihrem neuen Freund tun.

Und ich liege hier in meinem vertrauten Bett in dem Zimmer, in dem ich jede Nacht schlafe. Vor meiner Tür sind alle meine Sachen dort, wo ich sie hingetan habe und wo ich erwarte, dass sie sind, wenn ich sie brauche. In meinen Notizbüchern stehen Zahlen und Statistiken zu allen Dingen, die ich über die Jahre aufgezeichnet habe, und ich habe diese Zahlen und Dinge heute nicht mehr im Griff als damals, als ich mit den Aufzeichnungen begonnen habe.

Ich will das nicht mehr tun. Alle, die ich kenne, haben dorthin gefunden, wo sie sein wollen. Ich bin immer noch ohne Halt. Aber es gibt etwas, das ich dagegen unternehmen kann.

* * *

Ich ziehe mein Hemd und die Jeans und Socken an und schlüpfe in meine Schuhe. In der Mülltonne hinter dem Haus finde ich die Kaffeemaschine für meine Mutter. Die Schachtel ist eingedrückt und nass, sonst aber in Ordnung.

Ich packe die Schachtel in den Kofferraum meines neuen Cadillac DTS und fahre zur Wohnung meiner Mutter, wobei ich an der 7th Street West und der Lewis Avenue und am Broadway rechts abbiege. Es ist dunkel, und die Straßen sind nass, wodurch die Spiegelungen der Straßenlaternen wie Flecken gelber Farbe auf dem Asphalt wirken.

Bei meiner Mutter klingele ich einmal, dann noch ein weiteres Mal.

Schließlich höre ich ihre schlaftrunkene Stimme. »Ja?«

»Lass mich rein, Mutter.«

* * *

Meiner Mutter zu sagen, dass sie meine Souveränität untergraben hat, ist gar nicht so schrecklich, wie ich angenommen hatte. Sie hört mir aufmerksam zu und folgt mir mit ihrem Blick, während ich in ihrem Wohnzimmer auf und ab wandere. Ich sehe Menschen nicht gern in die Augen, wenn ich mit ihnen spreche, vor allem nicht bei einem Thema wie diesem, aber ich schaffe es, alles zu sagen.

»Ich bin kein Kind mehr, Mutter. Ich bin nicht unfähig, Entscheidungen für mich zu treffen. Und du musst aufhören, mich so zu behandeln.«

Sie sieht mich unverwandt und ohne Blinzeln an. »Du hast recht.«

»Wirklich?«

»Ja, natürlich. Ich dachte, ich müsste dich beschützen …«

»Ich war nicht in Gefahr. Und ich bin zweiundvierzig Jahre alt. Ich kann mich selbst beschützen. Ich bin in meiner Entwicklung gestört, aber ich bin nicht dumm.«

»Ich weiß. Du hast recht. Du hast vollkommen recht.«

Ich hatte vorgehabt, noch mehr dazu zu sagen, aber jetzt würde es so wirken, als wollte ich noch eins draufgeben, also lasse ich es.

»Ich habe mich aber auch bei etwas geirrt, Mutter.«

»Wobei denn?«

»Ich habe mich bei Jay L. Lamb geirrt.«

»Nein, das hast du nicht. Du hättest es verdient, vorher schon informiert zu werden. Ich dachte nur …«

»Liebst du ihn?«, will ich wissen.

Sie sieht mich an, als hätte sie diese Frage nicht erwartet, was in Ordnung ist. Ich hatte auch nicht erwartet, sie zu stellen, jedenfalls nicht so.

»Ja. Sehr«, sagt sie. »Es hat mich überrascht. Ich hatte nicht gedacht, dass ich noch einmal lieben könnte. Aber … ja. Ich liebe ihn.«

Was ich als Nächstes sage, überrascht mich selbst.

»Ich freue mich für dich.«

Es überrascht mich außerdem, dass ich merke, dass es tatsächlich stimmt. Ich hätte Jay L. Lamb nicht für meine Mutter ausgewählt, da will ich ehrlich sein. Aber es lag nicht an mir, jemanden auszuwählen. Wenn, dann hätte ich meinen Vater zurückgewollt. Ich habe so viele Dinge gelernt, und das hätte ich ihm gern erzählt. Ich würde gern sein Freund sein, denn das kann ich jetzt gut.

* * *

Bevor ich gehe, reden wir über ein weiteres Thema, und das ist mein Vater. Ich erzähle ihr, dass ich von ihm geträumt habe, und sie hört zu und drückt immer wieder den Knöchel ihres Zeigefingers in den Augenwinkel.

»Es hat mich traurig gemacht, dass du gesagt hast, du würdest ihn nicht vermissen«, erzähle ich ihr. »Ich vermisse ihn die ganze Zeit. Ich wünschte, er wäre nicht von uns gegangen.«

Meine Mutter lädt mich ein, neben ihr auf der Couch zu sitzen, Ich nehme an.

»Ich war erschöpft«, sagt sie. »Es war schwer, mit Ted Stanton verheiratet zu sein. Da war nicht nur die Trinkerei, die schlimm war und immer schlimmer wurde, oder was er dir angetan hat, auch wenn ich lange brauchen werde, um ihm das zu verzeihen.«

»Ich habe ihm verziehen.«

»Du bist ein guter Junge. Aber für mich war es ... so allumfassend. Mit deinem Vater verheiratet zu sein, war, wie mit der ganzen Stadt verheiratet zu sein ... und dazu mit jedem Gedanken, den er hatte, und jedem Wort, das er sagte ... Seit er tot ist, tue ich das, was *ich* möchte. Verstehst du das? Jetzt mache ich die Regeln. Ich bestimme, wie ich meine Zeit verbringe und wer oder was meine Aufmerksamkeit bekommt. Vorher ging das nicht.«

»Hast du ihn geliebt?«

»Natürlich.«

»Ich auch.«

»Und er hat uns geliebt«, fügt sie hinzu. »Er wäre jetzt stolz auf dich, wenn er sehen würde, dass du tust, was du tun willst.«

Dazu fällt mir nichts weiter ein, als dass ich gleichzeitig glücklich und traurig darüber bin. Das ist eigenartig.

OFFIZIELL DIENSTAG, 27. DEZEMBER 2011

Um 6:18 Uhr stehe ich an einer Stelle, von der aus ich die Lichter der Stadt unter mir sehen kann. Ich bin zwei Stunden lang herumgefahren, und meine Muskeln sind verkrampft. Der erste Schimmer des Sonnenaufgangs leuchtet schwach im Osten auf. Der Geruch von Kiefern und Gras kitzelt selbst jetzt im Dezember meine Nase. In meiner linken Hand, die kalt und noch relativ unbeweglich ist, halte ich mein scheißgeiles iPhone.

Ich wähle die Nummer. Der Straßenverkehr wird allmählich lebhafter als das, was ich vom Parkplatz aus beobachtet habe, als ich mein Frühstücks-Sandwich aß. Auf der Landstraße unter mir fahren große Lastwagen Richtung Westen und Osten.

Die Verbindung steht.

»Hier *Derrick Motel.* Wie kann ich Ihnen helfen?«

»Hallo, Sheila.«

Ich höre Schweigen, dann ein ruckweises Einatmen.

»Edward?«

»Ja.«

»Du hast mich nicht Sheila Renfro genannt.«

»Nein.«

»Wo bist du?«

Ich sehe auf die Stadt unter mir, die im ersten Morgenlicht aufstrahlt.

»Sheridan, Wyoming.«

»Was machst du da?«

»Mich fragen, ob du ein Zimmer frei hast.«

»Du willst herkommen?«

»Ja.«

»Aber deine Mutter …«

»Meine Mutter sagt, sie freut sich darauf, dich im Frühling zu sehen, wenn wir nach Texas fahren und sie und ihren neuen Freund besuchen.«

»Du willst, dass ich im Frühjahr mit dir nach Texas fahre?«

»Ja. Wir können das Motel dann für ein paar Tage schließen.«

»Das heißt …«

»Ja.«

Sheila schreit auf. Sie ruft: »O mein Gott, o mein Gott, o mein Gott!« Und dann sagt sie: »Edward Stanton, du bist der besondere Mann, auf den ich gewartet habe. Das bist du.«

»Ich weiß. Du hattest unrecht, als du sagtest, ich wäre es nicht.«

»Edward, ich bin ja so glücklich, dass ich mich geirrt habe.«

»In neun Stunden bin ich da«, sage ich und kann die Worte kaum aussprechen, weil ich so sehr grinsen muss. »Neun Stunden, je nach den Unwägbarkeiten des Verkehrs und der Tankstellen.« Ich habe das Gefühl, mir müsste das Gesicht auseinanderreißen.

»Ich bin ja so glücklich«, sagt sie.

Ich gehe zum Wagen zurück, der ganz allein auf dem Parkplatz steht.

Sheila spricht mir aufgeregt ins Ohr.

»Hör zu, Edward«, sagt sie. »Wenn ich dir von nun an meine Hand aufs Knie lege, möchte ich, dass du den Arm um mich legst. Dann fühlt sich ein Mädchen bei dir wohl und geborgen.«

»Das werde ich«, erwidere ich. »Und ich will Kabel- oder Satellitenfernsehen im Motel.«

»Okay, aber du musst mich manchmal küssen, vor allem dann, wenn ich nicht damit rechne.«

»Das werde ich.«

»Und bitte sag nicht immer, dass Münder eklig sind, okay? Denn das weiß ich und werde versuchen, meinen immer sauber zu halten.«

»Ja, mein Schatz.«

Sie atmet wieder überrascht ein.

»Du hast ›mein Schatz‹ gesagt!«

»Ich dachte, ich probiere es mal aus. Gefällt es dir?«

»Ja, es gefällt mir. Es gefällt mir sogar sehr, Edward.«

Und so geht es die nächsten vier Minuten und siebenunddreißig Sekunden weiter. Sheila gibt mir Anweisungen, wie ich sie lieben und glücklich machen soll, und ich laufe um den Parkplatz herum und warte, dass sie aufhört, damit ich zu ihr fahren kann, aber gleichzeitig will ich nicht, dass sie jemals wieder auflegt, was sie natürlich tun muss, wenn ich in ungefähr neun Stunden bei ihr sein will.

Sie fragt, warum ich meine Meinung geändert habe, und ich sage: »Weil ich meine Souveränität geltend gemacht habe.«

Sie lacht und sagt: »Ich weiß nicht genau, was das bedeutet, aber versprich mir, dass du jedes Mal anrufst, wenn du wieder anhältst.«

»Ich verspreche es.«

»Ich will nicht auflegen.«

»Ich weiß. Aber das müssen wir.«

»Komm schnell her zu mir.«

»Das werde ich.«

»Dann sehe ich dich bald, Edward.«

»Das wirst du, mein Schatz.«

Sie kichert, und dann legt sie auf, und ich fahre vom Parkplatz Richtung Autobahn. Ich weiß genau, wohin ich will. Während ich die Auffahrt nehme und den Wagen beschleunige, singt Michael Stipe, dass sie schön ist und dass sie das Alles ist.

Ich weiß, dass es so ist.

DANKSAGUNG

So viel Dank, so wenig Platz.

Meinen »Testlesern« Jim Thomsen, Celeste Cornish, Jessica Park, Jill Rupert, Amy Pizarro und R. J. Keller: Euer immer aufrichtiges Feedback hat dies zu einem unermesslich besseren Buch gemacht. Ich stehe tief in eurer Schuld.

Elizabeth Holleran: Du bist unglaublich witzig und hast einen Schlüsselsatz für die Dialoge geliefert, auf den ich allein nie gekommen wäre. Du weißt, welchen ich meine. Danke.

Alex Carr, Jessica Poore und dem Team bei *Amazon Publishing*: Danke, dass Sie an Edward geglaubt und ihm ein Zuhause gegeben haben. Es tut gut, wieder bei euch zu sein! Und Charlotte Herscher, meine begleitende Lektorin: Sie haben dieses Buch so viel besser gemacht, als es ohne Sie gewesen wäre. Danke.

Chris Gauble, Linda Gauble, Janet Spencer, dem Team bei *Riverbend Publishing*: Ohne Ihre harte Arbeit wäre nie etwas daraus geworden. Ich bin Ihnen überaus dankbar.

Mollie Glick und *Foundry Literary + Media*, der besten Agentin und Agentur im ganzen Land: Alles passiert noch einmal. Danke für Ihre unermüdliche Arbeit, Ihre Weisheit und Ihr Lob.

Und schließlich den Lesern und jenen, die das Buch in ihre Hände gelegt haben: danke, danke, danke! Ich werde das niemals oft genug sagen können.

39989132R00197

Printed in Poland
by Amazon Fulfillment
Poland Sp. z o.o., Wrocław